«PANDORA»

ELISABETH BEER

LA COLLEZIONISTA DI LIBRI

Traduzione di Paola Olivieri

Sperling & Kupfer

La citazione da *Il buio oltre la siepe* di Harper Lee è tratta dall'edizione Feltrinelli, Milano 2019, traduzione di Vincenzo Mantovani.

Pubblicato per

Sperling & Kupfer

da Mondadori Libri S.p.A.

ISBN 978-88-200-7919-2

I Edizione aprile 2024

Anno 2024-2025-2026 – Edizione 1 2 3 4 5 6 7 8 9 10

Prologo
Il problema della Tabula Peutingeriana

Col senno di poi è evidente che mettersi alla ricerca del frammento smarrito della Tabula Peutingeriana fu un'idea balorda. Il problema delle antiche cartine geografiche è che sono fuorvianti. Il problema della cartografia, in generale, è che presenta le cose in una scala che non trova corrispondenza nella realtà, creando grattacapi inimmaginabili e insospettati.

Una volta ho sentito una storia – a dire il vero era una fiaba – in cui un imperatore cinese incaricava i cartografi di corte di realizzare una mappa del suo regno che fosse il più possibile fedele alla realtà. Dopo aver interpellato tutti i viandanti e i generali, i mercanti nomadi e gli eremiti delle montagne, nell'arco di alcune settimane i cartografi disegnarono una cartina che riproduceva l'impero allora conosciuto con una precisione mai raggiunta prima. L'imperatore osservò l'enorme cartina composta da numerosi fogli, ma non restò soddisfatto. «Ancora più precisa», ordinò. E fu così che i suoi sapienti si misero all'opera per realizzarne una ancora più grande, ancora più dettagliata. Stavolta crearono un gigantesco giardino con una copia in miniatura di ogni strada, città, villaggio e dorsale, ogni fiume e lago. L'imperatore percorse questo suo regno in miniatura, ma non restò soddisfatto.

«Ancora più precisa», ordinò, che sia reale come reale è il mondo. E fu così che i cartografi cominciarono a rivestire la terra con la carta che la rappresentava, che la ispirava, fino a quando tutto fu ricoperto di carta, e carta e impero furono una cosa sola.

Non so spiegare esattamente il senso di questa storia. Ma ho l'impressione che parli di proporzioni e scale. Perché è questo che avviene quando si perdono le proporzioni, e una cartina in scala viene scambiata per la realtà, quando di colpo cartina e mondo diventano tutt'uno e non si distingue più la vera realtà. All'incirca.

A ogni modo, la storia dell'imperatore non mi è mai veramente uscita dalla testa. Forse anche perché ho vissuto a lungo da sola in questa casa, immersa tra i libri e le mappe, o in giro sempre e solo a caccia dell'ennesimo facsimile, dell'ennesimo antico manoscritto in cui potermi seppellire. Come se il mondo fosse fatto di carta. E per quanto la ricerca dell'antico stradario romano abbia scombussolato la mia vita, una cosa me l'ha insegnata: se vuoi scoprire cosa conta davvero, o perlomeno inciamparci, devi abbandonare il sentiero già tracciato.

E, talvolta, è inevitabile gironzolare un po' a vuoto.

In ogni caso, meglio non dimenticare una giacca impermeabile e qualche biscotto da condividere. Anche questo può causare problemi inaspettati, ma ne vale la pena. Parola d'onore.

Accludo i seguenti scritti,
S. R., 15 giugno 20xx

PARS III

Colonia, Treviri, Argentorate
(Segmenti II, III)

«Fino a quando temetti di non poterlo più fare, non avevo mai amato leggere. Non si ama respirare.»
Harper Lee, *Il buio oltre la siepe*

1
Principessa di un palazzo di carta

SUONARONO alla porta. Le mie dita inguantate stavano accarezzando il dorso di un antico romanzo cavalleresco. Era l'ordine di un collezionista, ma prima di venderglielo dovevo cambiarne la rilegatura. Il campanello rimbombò impietoso in tutta la casa, raggiungendo la biblioteca e il laboratorio e interrompendo il flusso dei miei pensieri sullo sgradevole signore che presto avrebbe avuto il volume tra le mani. Non ho mai capito perché zia Amalia abbia installato un campanello che suona come il Big Ben, un tintinnio davvero infelice se sei costretto a sentirlo più volte alla settimana. Mi bloccai, in attesa che l'intruso se ne andasse. Se era il postino, si sarebbe dileguato all'istante. Mi conosceva e, a giudicare dalla fretta con cui scappava quando mi sentiva in prossimità della porta, aveva un po' paura di me. Invece suonarono un'altra volta.

Sospirando appoggiai l'antico volume sul tavolo, mi tolsi i guanti e mi diressi all'ingresso. Operazione non semplice come potrebbe sembrare. La biblioteca, al pari del soggiorno, il salotto, il corridoio e le stanze adiacenti è tappezzata di pile di libri e rotoli di mappe che formano torri, piccole e medie, ricoprono mobili e mensole, e talvolta crollano. Non sto parlando degli antichi e preziosi manoscritti, ma della biblioteca della nonna di Amalia: romanzi e prime edizioni, ma anche i libri che io e Amalia abbiamo letto di recente o a cui siamo passate davanti e non abbiamo potuto fare a meno di acquistare. Mi aprii un varco tra le cataste, ripromettendomi ancora una volta di fare un po' d'ordine tra i libri, magari dandone via qualcuno, vendendone o donandone altri. Al solo pensiero, però, mi si strinse lo stomaco.

La villa è un labirinto, non di quelli divertenti però. Si trova a Marienburg ed è una di quelle antiche magioni di Colonia un po' distanti dal centro, con tanto di giardino perché i proprietari di un tempo, gente snob, non intendevano sporcarsi i piedi andando a passeggiare in città. Perlomeno questo mi raccontò mia zia quando a dieci anni mi trasferii da lei insieme a mia sorella, una settimana dopo la morte dei nostri genitori in un incidente.

La dimora si compone di più annessi, uniti ma diversi quanto a forma e dimensioni. Il principale è nel tipico stile tedesco medievale; ci sono poi una specie di torretta in pietra rosa e una parte che con tutta probabilità un tempo fungeva da stalla ma che al momento è adibita a rimessa. Al piano terra la facciata è in pietra e ha un bovindo, su cui appoggia il balcone del primo piano. Il resto è intonacato di bianco. Le finestre alte e strette richiamano quelle delle vecchie case a graticcio, ma sono più grandi. All'esterno si vedono le travi, ma hanno una funzione estetica più che strutturale. I comignoli sono decorati e il tetto è nero come l'ardesia. Ignoro chi sia l'artefice, privo di qualsivoglia senso artistico, di tanta architettura. La gran parte della facciata è ormai ricoperta di edera e rovi, ragion per cui non è poi tanto brutta a vedersi.

La parte migliore, in realtà, è il giardino, grande quasi quanto un parco e con un muro di cinta in pietra. Accoglie ciliegi, meli, mandorli e prugni, un pino dell'Himalaya, un faggio pendulo e una magnolia bianca di cui Amalia è sempre andata molto fiera, per quanto, nonostante i suoi sforzi, l'albero abbia sempre lottato per la sopravvivenza; il pollice di mia zia era tutt'altro che verde. Ci sono anche uno stagno con canneto, dove vivono due tartarughe di terra, e una specie di orto con una selva di erbe aromatiche; i fiori sono pochi, ma in compenso abbondano viticci di more e cespugli di mirtilli con cui preparare marmellate ogni anno. Purea di prugne alla cannella, marmellata di mele e more o gelatina di ciliegie e cioccolato. A terra è un proliferare di zucche gigantesche, che per misteriose ragioni attirano le cornacchie. Un tempo Milena e io ci arrampicavamo in cima al muro e, sedute con le gambe penzoloni, osservavamo la strada. O ci dondolavamo attaccate ai rami dei meli, spiccando salti sul prato. Facevamo scorpacciate di mirtilli prima che l'armata di merli e altri uccelli li avvistasse e li divorasse anticipandoci al mattino.

La villa ha stanze numerose e ampie, le più usate da me e da Amalia sono al centro dell'edificio, senza finestre. I libri e le cartine antiche, infatti, devono stare al riparo dai danni della luce solare, che al giorno d'oggi ormai non serve neanche più per la lettura. La stanza mia e di Milena era al primo piano, Amalia abitava in un'altra ala.

Ormai ero rimasta soltanto io e me ne stavo rintanata nel cuore della casa. Qui restauravo antichi manoscritti che avevo scovato su Internet o grazie alle mie spedizioni tra collezioni di oggetti antichi, soffitte da svuotare, antiquari ed eredità. Sono una collezionista di libri e di cartine, così come lo è stata mia zia, e il mio regno è la carta polverosa.

Quando sono alle prese con un restauro, mi immergo completamente nel mio lavoro, nel ritmo delle mie dita, nel leggero odore di muffa della carta ingiallita, nel fruscio delle pagine. Serve concentrazione per sciogliere una rilegatura, integrare le fibre di cellulosa, sostituire la cucitura di una segnatura o restituire pazientemente colore alle iniziali di un incunabolo. Concentrazione e calma e zero interruzioni da parte di postini ostinati.

I piedi mi condussero risoluti all'ingresso, nessun inciampo nelle cataste di libri. Aprii infastidita.

Sulla soglia c'era uno sconosciuto, con un gessato beige che creava un bel contrasto sulla sua pelle nera. Osservai il viso squadrato, i corti capelli scuri, la montatura metallica degli occhiali rotondi, il mento pronunciato. Mi soffermai sugli occhi. Marroni, grandi e incorniciati da ciglia scure, occhi che mi osservavano mentre si sistemava gli occhiali con l'indice.

A giudicare dall'abito, non era il postino.

«Sì?» domandai sgarbata. Mi scostai i capelli dalla fronte: avevo l'abitudine di scompigliarli mentre lavoravo, ravviandoli sovrappensiero con le dite inguantate, ragion per cui si sfilavano dalla treccia. Non amo le interruzioni, mi disturbano la concentrazione, e soprattutto non amo le sorprese. Il tizio sapeva di sorpresa, e già solo questo mi dava fastidio. Forse anche perché era bello, fatto sta che mi scombussolava. Cosa che amo meno di tutte.

Socchiuse gli occhi.

«Ho davanti la signora Amalia von Richtershofen?» mi domandò con parole eleganti e inconsuete. L'accento è inglese, pensai, ed è ancora più bello che alla televisione.

«No» risposi.

Mi guardò fisso. Sembrò raccogliere le idee. «Questo però è il suo indirizzo. Dove posso rintracciarla?»

«Al cimitero» dissi, e stavo per richiudere il portone quando appoggiò la mano sul telaio.

«Come, scusi? Amalia è morta? Sono desolato.»

Tentai di decifrare l'espressione sul suo viso. Sembrava schietta e sincera, coerente con le condoglianze. Non sono molto brava con le persone, soprattutto quando si tratta di capirne i sentimenti. Milena mi ha sempre preso in giro perché so leggere cartine e manoscritti antichi, ma i volti rimangono per me un mistero insondabile. Amalia ripeteva sempre che era solo una questione di tempo, non dovevo lasciarmi confondere mentre parlavo con le persone, prima o poi avrebbero manifestato le loro intenzioni. Quello che penso è che gli esseri umani sono troppo complicati, se solo dicessero direttamente cosa vogliono, invece di parafrasare, non avrei nessun problema.

A ogni modo le parole del tizio di fronte a me sembravano sincere, anche se inverosimili.

«Grazie» risposi «non è certo colpa sua.»

Volevo richiudere il portone, ma la sua mano era ancora lì. Lanciai pertanto un'occhiata eloquente alle sue dita, che stavo per schiacciare nella porta. Si affrettò a toglierle.

«La prego, aspetti un attimo» disse. «Ero in contatto con Amalia per questioni di lavoro. L'ultima volta più o meno nove mesi fa. Questo spiega perché non ho più avuto notizie da lei. Oh, mi perdoni, non mi sono presentato. Mi chiamo Ballantyne. Lavoro alla British Library, questo è il mio biglietto da visita.»

Lo estrasse dal taschino della giacca e me lo porse. Lasciai la porta per prenderlo e lessi:

BENJAMIN BALLANTYNE
DOTTORE IN RICERCHE E ACQUISIZIONI

«Senta, dottor Ballantyne, mia zia è morta sei mesi fa. Sto sbrigando i suoi ultimi incarichi. Se è per un restauro, torni tra qualche mese. Se le doveva dei soldi, spiacente ma non posso esserle d'aiuto, mi ha lasciato in eredità soltanto debiti. Buona giornata.»

Gli restituii il biglietto, che riprese con una certa perplessità. Mi guardò con gli occhi sgranati. Poiché la sua mano non era più appoggiata sul telaio, ne approfittai per chiudere la porta.

Questo fu il mio primo incontro con Benjamin Ballantyne, ricercatore e bibliotecario della British Library. Non sarebbe stato l'ultimo, ovviamente, visto che le cose in cui Amalia era coinvolta avevano un modo tutto loro di tirarla sempre in ballo. E da quando lei non c'era più, tiravano in ballo me. La morte è la fine solo per chi se ne va. Per tutti gli altri è l'inizio del groviglio indistricabile di uno spiacevole processo doloroso, legato al vuoto che la persona morta lascia dietro di sé. D'accordo, non basta foderare con carta nuova lo strappo di una carta antica e scriverci sopra; però, usando con cura, con molta cura, un setaccio sottile si può far sì che le fibre di cellulosa immerse nell'acqua si accostino l'una all'altra così da feltrare dopo che l'acqua è stata filtrata. Con la carta funziona, anche se non sarà mai più come prima. Con la vita è diverso. Il tempo smusserà i lembi dello strappo dovuto alla scomparsa della persona, ma il buco resterà per sempre, e non verrà mai più cucito.

Fu questa la sensazione che provai mentre stringevo ancora la maniglia della porta e ascoltavo risuonare di nuovo il Big Ben senza aprire. Amalia non c'era più e mi aveva lasciato da sola a venire a capo di ciò che avevamo iniziato assieme. Ma l'impressione non era che ne sarei venuta a capo, anzi, era un po' come se mi fossi persa dentro un labirinto e sentissi alle mie spalle il fiato del Minotauro. D'accordo, può suonare più tragico di quanto non fosse in realtà, ma Amalia mi aveva cresciuto a classici della letteratura, perciò ci stava.

Imboccai di nuovo il labirinto a me così familiare. Il romanzo cavalleresco non si sarebbe certo cambiato la rilegatura da solo. In soggiorno urtai una catasta di libri che rovinò a terra sparpagliandosi sul pavimento in legno, sembrava una slavina cartacea. Imprecando, fissai la marea di pagine avvolte in rilegature ingiallite o coloratissime. Pensai: se adesso succede qualcos'altro, se ne cade un altro, se viene annullata un'altra commessa, se arriva un'altra fattura da pagare, mi stendo accanto a questa brossura di *Moby Dick* e non mi alzo più. Non sono un tipo incline al melodramma, anzi, ho una predisposizione al pragmatismo. Ma questo era uno di quei giorni. Ed ecco che uno dei libri caduti scivolò addosso a un'altra catasta che cominciò a oscillare pericolosamente, finendo a terra con un tonfo sonoro.

Guardai l'edizione speciale con motivi floreali di *Orgoglio e pregiudizio* che, non so come, era atterrata ai miei piedi, e mi sentii tutt'altro che in armonia con l'universo.

Con un sospiro rifeci la strada fino al laboratorio, il tempo di arrivare e avevo già dimenticato il visitatore della British Library.

2
Elenchi per sopravvivere

NESSUNO ti dice cosa succede quando muore qualcuno. Eppure è un evento ricorrente nella vita della gran parte delle persone... la morte di un'altra, intendo. Sì certo, sapevo che ci sarebbe stato il funerale, per la verità ne avevo già avuto esperienza, visto che i miei genitori erano morti quando avevo dieci anni. Ma ne conservavo solo un vago ricordo, e non ero stata io a dovermene occupare. Stavolta era diverso e qualche consiglio su come vanno veramente le cose sarebbe stato utile. Un elenco come questo, per esempio:

- Gli istanti in cui tua zia cade dall'ultimo gradino della scala, chiami i soccorsi, le tieni la mano fino a che non arriva il medico, non ti fanno salire sull'ambulanza e lei è priva di conoscenza quando la raggiungi in ospedale sono momenti che non dimenticherai mai più.
- Tenere la mano di una persona cara che se ne sta andando sul momento è importante e doloroso, poi diventa importante ed essenziale. Hai l'impressione che solo la tua mano possa tenerla in vita e sai che non puoi mai, mai e poi mai lasciarla andare.
- Morte = choc. Arriva a sorpresa e, anche se te l'aspet-

ti, è uno choc. Prevedi un giorno e mezzo in cui non riuscirai a pensare.

– Il mondo non smette di girare perché è morta tua zia. Sorpresa! La gente telefona, devi andare in ospedale, parlare con le pompe funebri e con tua sorella che si fa prendere da una crisi di pianto mentre i suoi figli schiamazzano in sottofondo.
– Anche se vorresti chiuderti anche tu in un buco sottoterra, devi richiedere il certificato di morte e scoprire chi devi informare del decesso, dalle assicurazioni all'abbonamento al giornale. Nota bene: non informare i fornitori di elettricità e gas prima di aver fatto la voltura dei contratti, altrimenti avrai freddo.
– Abbonamenti ai giornali: ma c'è ancora gente che li sottoscrive?
– Teorema: non importa quanto pensi di conoscere una persona, non saprai mai quanti abbonamenti ha sottoscritto.
– Sarebbe utile saper decifrare la grafia del defunto.
– Sarebbe utile non scoprire soltanto a posteriori che tua zia aveva un tumore, che ha rifiutato le terapie e non te ne ha mai parlato anche se abitavate sotto lo stesso tetto.
– Metti da parte soldi per le spese funebri. La morte costa.
– Porta al funerale una bella scorta di biscotti per i bambini, per avere un po' di pace quando cominciano a litigarseli.
– Preparati all'idea che nessuno ti aspetterà finché non riprendi a pensare.
– Evita di trovarti in condizione di non riuscire a leggere il testamento (vedi anche la questione della grafia).
– Metti in conto che si ereditano anche i debiti (chi l'avrebbe detto?).

– Prevedi che ogni corridoio della casa, ogni fruscio di fogli, la teiera verde e il cactus, i giornali che continuano ad arrivare puntualmente in ritardo, il campanello, il laboratorio, lo sgorbio su un post-it attaccato al frigorifero, l'aroma di cardamomo e tutto il maledetto giardino quando meno te l'aspetti ti ricorderanno tua zia e in quell'istante tutto il mondo si accartoccerà, e sarà così fino a che non riprenderai a respirare.

3
Di tesori, amazzoni e trichechi

L'INDOMANI mattina, quando scesi le scale, i caldi raggi del sole estivo disegnavano un motivo sul tappeto orientale. Dopo essermi soffermata a osservare il caos che regnava nel soggiorno, andai in cucina e accesi la macchina per il caffè. Guardai il tavolo in legno e il posto di Amalia che, a differenza delle altre superfici inutilizzate della casa, non era ancora coperto dai libri. Distolsi lo sguardo. La porta che dava sull'orto delle erbe aromatiche si aprì con il consueto cigolio e infilai la testa per respirare l'aria fresca del mattino. Il mio sguardo si posò su una gazza che saltellava tra le foglie di zucca. Alzò la testa, la inclinò di lato e restò a fissarmi con i suoi occhioni neri. Scrutai contrariata l'uccello che non si lasciava confondere da me, pescando imperterrita tra i resti dei miei esperimenti culinari.

Avevo messo un annuncio online per una svendita parziale nel fine settimana.

Armata di tazza di caffè, andai in soggiorno e cominciai a riordinare in torri i mucchi di libri, sgomberai poltrone e divani dai manoscritti, ritrovai un'antica cartina della Polonia che portai al sicuro in laboratorio e nascosi alcuni romanzi dozzinali in fondo alle librerie. Misi in bella vista sul tavolo e su altre superfici utili scatole con le posate in argento, vasi antichi (perlomeno così mi sembravano, sono una restauratrice, mica un'archeologa!) e ogni sorta di oggetti che io e Amalia avevamo acquistato alle vendite insieme ai libri e alle cartine geografiche.

Le spese del funerale avevano fatto lievitare i debiti che Amalia mi aveva lasciato in eredità. Non avevo potuto dividerle a metà con Milena, poiché suo marito Thomas diceva che i soldi servivano per i lavori di ristrutturazione della casa e per i bambini, e Milena non aveva introiti propri.

Quindi avevamo ereditato entrambe la casa di Amalia ma solo io, grazie al laboratorio di restauro, mi ero accollata la montagna di debiti. Avevo perciò pensato che qualche poltrona e libro in meno in cambio della possibilità di acquistare materiale per la rilegatura dei manoscritti e saldare qualche fattura fosse una bella idea. Perdere la casa non era nemmeno lontanamente pensabile.

Con Amalia eravamo state a numerose vendite e aste, pertanto conoscevo il meccanismo, vale a dire: Amalia scovava un annuncio su uno dei giornali a cui era abbonata. La maggior parte delle volte la notizia arrivava di mattina, mentre sedevamo al tavolo in cucina, con lei che mangiava il suo pompelmo con un cucchiaino e beveva il suo caffè nero al cardamomo, e io, le dita appiccicose del miele che gocciolava dalla mia fetta di pane integrale, che cercavo di svegliarmi. Amalia commentava sempre la lettura del giornale: «Ah!» esclamava più o meno «si sapeva che era un corrotto, con quella faccia da ragazzino. Gli austriaci sono pazzi». Oppure: «Be', se mai ci ridurremo a ordinare vino sul giornale, smetterò di berlo, neanche una goccia, mai più! Willi si rivolterebbe nella tomba. Andiamo, su, merlot dallo Jutland! C'è del marcio in Danimarca». Willi era stato il suo vinaio di fiducia. Mia zia poteva contare su un'ampia rete di conoscenze e aveva il contatto giusto per ogni necessità. Da quando era morta, mi ero resa conto di avere bisogno dei suoi contatti e di non essermi mai presa la briga di coltivarne nessuno. Come ho già detto, non ci so fare con le persone, ma Amalia mi rendeva la vita facile.

In quelle mattine in cui, finché non avevo finito la mia seconda tazza di caffè, registravo tutto quello che diceva Amalia con un brontolio, in casa regnava la tranquillità. Il sole spuntava dal finestrone della cucina e dalla porta sull'orto delle erbe aromatiche, che d'estate lasciavamo sempre aperta per sentire il ronzio delle api e il profumo della lavanda. Il vecchio tavolo in legno, tempestato dai cerchi scuri lasciati dalle bevande troppo calde, dal vino e da macchie varie, era coperto per metà da libri e riviste e per metà dal vassoio della colazione. A parte la voce di Amalia, gli unici rumori erano il ticchettio dell'orologio a parete, i versi sommessi degli uccelli e il fruscio del giornale. Era così ogni mattina, d'estate e d'inverno. Amo la routine e anche se Amalia era più un'amante del cambiamento e dell'inquietudine avevamo sempre fatto colazione insieme, era il nostro piccolo rituale. Fu Amalia a proporcelo quando io e Milena ci trasferimmo qui: veniva a svegliarci, ci spediva in bagno e ci aspettava in cucina con tè, pane e miele, con occhi teneri, mani calme e una voce che riempiva il silenzio lasciato dalla scomparsa dei nostri genitori.

È stato così anche negli anni in cui sono rientrata a casa di Amalia dopo la laurea, per apprendere il suo mestiere e cominciare anch'io l'attività di restauratrice. Milena era già sposata da tempo e abitava a Buchheim. Il nome del sobborgo, «Casa del libro», era l'unica nota positiva: per me e Amalia, infatti, suo marito Thomas era un errore, né più né meno della vita in periferia con i figli. Non avevamo nulla contro i bambini, anzi, ma eravamo contrarie a uno stile di vita, quello della casalinga infelice con un marito privo di tatto. Chiaramente Milena era di tutt'altro avviso, per lei era strano che io dopo la laurea fossi tornata a vivere a casa della zia e avessi iniziato la sua bizzarra attività. Ma a me piaceva. Mi piaceva questa meravigliosa, vecchia casa pervasa dall'odore della carta, mi piaceva il lavoro sui volumi, sulle mappe antiche delle costellazioni e la caccia ai libri nelle soffitte, nelle cassapanche, nelle collezioni, nelle biblioteche, nelle ceste nei fondi di bottega e, come capitò una volta, addirittura dentro un orso impagliato. Per un'amante della routine come me, sembra tutto molto eccitante. I cambiamenti mi piacciono solo se limitati, solo se nell'ambito dei miei binari abituali, perché la routine non può riservarti sorprese e quando nulla ti sorprende nulla può nuocerti. È difficile da spiegare, ma la vita mia e di Amalia, fatta di ricerche di tesori, aste su Internet, cacce all'affare e lunghe ore in laboratorio a lavorare su antichi tomi, era per me un'abitudine, era confortevole. Solo perché non si ama la routine non significa che le routine siano tristi e desolanti come lavorare all'Agenzia delle entrate.

A ogni modo il nostro rituale della colazione è rimasto più o meno lo stesso fino a sei mesi fa. Amalia sfogliava le pagine degli annunci e dei necrologi, e spesso trovava qualcosa di interessante nella sezione locale. Gli antiquari, i collezionisti e i restauratori come noi sono un popolo strano. Naturalmente esiste anche un mercato parallelo su Internet, ma molti di noi sono all'antica, proprio come mia zia. Amalia odiava i telefonini, i centri commerciali, Twittergram, le brossure fresate, i nazisti e i complottisti, Theodor Fontane e i formaggi sottovuoto. La storia di Fontane non l'ho mai capita del tutto.

Amalia adorava i vestiti colorati e i foulard sgargianti, con cui legava la sua chioma tinta di rosso. Adorava i buoni affari, i fiori pressati e i tesori dimenticati, me e Milena, così come adorava gli annunci di vendite sul giornale. «Aha!» esclamava. «Tombola, ragazza mia! Si parte.» Le si accendeva lo sguardo e, con i vestiti ampi che le svolazzavano alle spalle come piume quando si alzava dal tavolo, mi ricordava una gazza. A quel punto in genere avevo già bevuto la mia prima tazza di caffè ed ero sveglia per metà.

Dopodiché, a bordo della sua vecchia jeep militare che aveva un telone come capote, raggiungevamo l'indirizzo. Amalia sfrecciava tra le strade, insultando gli automobilisti che non erano lesti abbastanza da lasciarle il passo e dimostrandosi un vero e proprio pericolo. Più d'una volta le avevo detto cosa pensavo del suo stile di guida, ma lei era incorreggibile. «Blablabla» rispondeva «non è così malvagio, dai.» Dal lato passeggero, provavo a cercare su Internet informazioni sull'attuale o ex proprietaria o proprietario degli oggetti che di lì a breve avremmo valutato. Era utile capire se fosse meglio andare in avanscoperta oppure cercare subito di acquistare in un sol colpo tutta la cianfrusaglia a un prezzo speciale, così da esaminarla con calma, senza la concorrenza. E permetteva anche di valutare un'offerta economica realistica: i proprietari erano eredi ignari della fortuna su cui sedevano? Si trattava forse di una collezionista costretta a dividere il patrimonio e non proprio sicura del suo valore? O di una vedova nervosa intenzionata a sbarazzarsi della collezione di francobolli di chissà chi? Durante il tragitto leggevo ad Amalia le informazioni raccolte e insieme mettevamo a punto un piano d'attacco. Nella caccia ai libri ciò che più conta è la velocità. Dovevamo scovare i pezzi migliori e fiutare l'affare prima dei nostri concorrenti, azzerando così le loro chance di batterci. Il nostro, infatti, era un budget limitato.

«Tu ispezionerai il piano superiore, io tallonerò Dengelmann, così eviteremo che quella "donnola" ci porti via i pezzi migliori anche stavolta» diceva Amalia. Basso e tarchiato collezionista e antiquario dai capelli grigi con un'accurata scriminatura al centro e con i completi grigi della taglia sbagliata, Dengelmann era il nemico giurato di Amalia. Ogni volta che lo incontravamo a un'asta o a una vendita, i due si lanciavano in una gara che spesso per noi si concludeva con un esborso per una prima edizione del *Guglielmo Tell* di gran lunga superiore a quello che si dovrebbe pagare per un libro su un tizio che attenta alla vita del figlio, con o senza incisioni.

La nostra suddivisione del lavoro era chiara: io mi occupavo di perizie e valutazioni dei pezzi che ritenevamo importanti, Amalia conduceva le trattative, teneva alla larga la concorrenza e allacciava i contatti. Io mi dedicavo agli oggetti, lei alle persone, ci piaceva così. Amalia si acconciava la chioma rossa con uno dei suoi variopinti foulard, preparandosi come un'amazzone alla battaglia. Prima di gettarci nella mischia, mi scoccava un'occhiata e sorrideva in segno di gratitudine per il mio essere lì con lei e di incoraggiamento a mantenere la calma.

Ormai dovevo sbrigare tutto questo da sola. E stavolta non ero la cacciatrice di affari in casa altrui, ma stavo per aprire le porte del mio rifugio a tutti i Dengelmann del mondo.

Il mattino della vendita spalancai presto la porta di casa e del giardino a un'orda di persone che si sarebbero aggirate per la villa, toccando ogni oggetto e, all'occasione, infilandoselo nella tasca dei pantaloni. Avevo chiuso a chiave le porte che conducevano al laboratorio e alle stanze al piano superiore. Nel giro di poco la casa fu piena: la marea di gente, le loro voci e il loro andirivieni nel mio campo visivo erano al limite del sopportabile. Ben presto mi ritrovai impelagata in spiacevoli trattative.

«Quello quanto costa?» mi domandò una signora in tailleur scuro, indicandomi con un gesto sprezzante della mano l'orologio a cucù alla parete.

«Non è in vendita, apparteneva a mia zia.»

«Ma certo che lo è, è una vendita, no?»

Alzai gli occhi al cielo. «Cinquecentomila» dissi.

«È fuori?» domandò la signora indignata.

«Non mi sembra» risposi.

«Lo dica subito che non ha intenzione di vendere!»

«L'ho appena fatto.»

«Pensavo fosse parte della vendita!»

«Ma non lo è.»

La donna si picchiettò la tempia, si agganciò al braccio di un uomo più anziano di lei e se ne andò imprecando.

Stavo per avviare le trattative per un'edizione completa di Wilhelm Busch con una giovane coppietta di giapponesi, quando con la coda dell'occhio intercettai un tizio in grigio. Un tipo basso e tarchiato che tentava di sfilarmi accanto per sgattaiolare in biblioteca. Dengelmann. I miei campanelli d'allarme interiore scattarono, misi il libro in mano alla coppietta allibita, li mollai e seguii il nostro nemico. Ci mancava solo lui!

Dengelmann stava allungando la mano su un'edizione di pregio di Emily Brontë, quando gli tamburellai con il dito sulla spalla. Era una spanna più basso di me e, appena si voltò, aveva il terrore negli occhi.

«Signorina von Richtershofen!» squittì.

«Signor Dengelmann» dissi, aggrottando la fronte. Non c'è da aspettarsi nulla di buono da chi ti dà della signorina.

«Mi ha spaventato» borbottò, portandosi una mano al petto con fare melodrammatico.

«A quanto pare.»

Mi fissò con un'espressione che non riuscii a decifrare ma, dal momento che non mi fidavo di lui, poco contava.

Deglutì e io socchiusi gli occhi. Spuntò un fazzoletto, con cui si asciugò la stempiatura della fronte alta.

«Sono venuto per farle le mie condoglianze, signorina von Richtershofen.»

Restai in attesa. Ci fu una pausa di silenzio.

«In genere, si risponde grazie» aggiunse infine.

«In genere, si porgono le condoglianze, per ora lei le ha soltanto fatte» replicai.

Dengelmann sospirò tamponandosi la fronte con maggior frenesia.

«Signorina von Richtershofen.»

«Signor Dengelmann.»

Dopo essersi guardato intorno in cerca di aiuto, fece un inchino arrivandomi così all'altezza del gomito.

«Sappia che ho sempre nutrito grande rispetto per sua zia. Era una corifea in questo campo. Una donna eccezionale, nonché un'avversaria fantastica. Se non fosse stato per il volume di poesie, saremmo potuti diventare persino soci» dichiarò.

I miei occhi si trasformarono in due fessure. «Si riferisce forse a quando Amalia ha dovuto restaurare l'edizione di Annette von Droste-Hülshoff che lei aveva quasi rovinato? O a quando ha venduto il falso di Emily Dickinson?»

La testa di Dengelmann scattò all'indietro, tanto che per un attimo lo fece sembrare una tartaruga.

«Non è andata affatto così! È stata sua zia a raccontarglielo? Ma come si permette?» Dengelmann stava urlando, quando di colpo sentii accanto a me qualcuno che si schiariva la voce.

Era spuntato il tizio che aveva suonato alla mia porta qualche giorno prima, il bel bibliotecario dall'abito chiaro a cui oggi aveva accompagnato un cappotto beige e una camicia nera. Il mio sguardo si posò sui suoi occhi scuri dietro gli occhiali ed ebbi un sussulto, perché in quello stesso istante il vecchio orologio a cucù di Amalia che aveva smesso di funzionare ormai da un po' riprese a suonare.

«Tutto bene, qui?» domandò il ricercatore della British Library, Benjamin Ballantyne, gentilmente rivolto a me.

«Tutto bene. Il signore se ne stava andando.»

Dengelmann restò senza fiato. «Non è vero! È un'iniziativa pubblica, non può certo mettermi alla porta così!»

«Certo che posso, è mia la porta» gli feci notare, e scuotendo la mano cominciai a spingerlo verso l'uscita, tra gli altri cacciatori di tesori e le cataste di libri.

«Ma... Sarah, la prego!» protestò Dengelmann.

«Per cosa mi sta pregando?» domandai, con crescente fastidio. Doveva andarsene. Era un intruso e mi ricordava troppo Amalia, due cose che non riuscivo a sopportare.

Dengelmann si bloccò, lo fissai irritata e colsi uno sguardo da cane bastonato che non gli avevo mai visto.

«Io... io...» balbettò, e con mio grande orrore gli occhi gli si riempirono di lacrime. Mi guardai intorno in cerca d'aiuto e incrociai le pupille sgranate di Benjamin Ballantyne, bibliotecario della British Library.

«Che succede, signor Dengelmann?» domandai all'ometto davanti a me.

Per un attimo restò in silenzio, il labbro inferiore tremante, poi sussurrò: «Mi manca, sa? Amalia. Intendiamoci, di fondo era un'insopportabile dilettante e una strozzina senza scrupoli, ma aveva portato colore nella mia vita. Le aste con lei erano sempre le migliori, nessuno come sua zia sapeva soffiarti sotto il naso un buon reperto».

«Amava i vestiti colorati, è vero» affermai e sovrappensiero strinsi i pugni, come se potessi trattenerne il ricordo. «Diceva sempre che tutti i colori stanno bene con gli altri. Che non ha mai trovato un colore che non stesse bene con un altro, ragion per cui tutti stanno bene con tutti. Ovviamente non è vero.»

Dengelmann e il bibliotecario inglese mi guardavano.

Alla fine Dengelmann annuì con circospezione. «Era così sua zia, dico bene? Piena di convinzioni con cui riusciva a persuadere gli altri.»

Lo sguardo di Benjamin Ballantyne faceva la spola tra me e Dengelmann.

«Potrei almeno... portarmi via una minuscola edizione delle Brontë?» domandò Dengelmann. Tentò ancora la strada dello sguardo da cane bastonato. «Sa, come ricordo di lei?»

Era a questo che mirava, dunque. «Giù le zampe dalle sorelle Brontë, so benissimo cosa ha in mente di fare» sibilai. «Non l'aiuterò certo a diffondere una falsa edizione speciale tra i collezionisti alle prime armi!»

Quando lo afferrai per un braccio sgranò gli occhi e, ignorando il suo balbettio, lo trascinai all'uscita buttandolo fuori. Richiusi la porta davanti alla sua bocca aperta.

«Ecco» dissi «e questa è fatta.»

Accanto a me all'ingresso c'era ancora il bibliotecario che mi guardava con un'espressione che per l'ennesima volta non seppi interpretare.

«Che c'è?» sbottai, un po' sgarbata.

Benjamin Ballantyne sembrò trasalire, dopodiché si riprese. «È stata molto severa con quel poveretto.» La sua voce era profonda e cupa, esattamente come i suoi occhi.

«Non conosce Dengelmann» replicai. «Con lui anche una breve distrazione può avere conseguenze nefaste. È peggio di un elefante in un negozio di porcellane.»

Il tizio della British Library mi squadrò e scoppiò a ridere. Per un attimo non riuscii a staccare gli occhi da lui e dall'inattesa allegria che rendeva il suo viso, se possibile, ancora più bello.

«Lei mi ricorda un po' mia sorella» disse.

«Aha» dissi. «E lei che ci fa di nuovo qui?»

Il tizio socchiuse gli occhi. «Perdoni il disturbo... è una che va dritta al punto, vero?»

«Sì» confermai «in generale fa risparmiare tempo.»

Le dita sottili della sua mano sinistra giocherellavano con il gemello del polsino destro.

«Sono consapevole che probabilmente questo è il momento meno opportuno, ma c'è qualcosa che vorrei discutere con lei. *Sono tenuto* a discuterne, diciamo. E poiché la nostra conversazione di qualche giorno fa ha subìto una brusca interruzione, ho pensato di intraprendere un altro tentativo, la porta era aperta.»

Usava parole d'altri tempi, non spocchiose come Dengelmann, ma era come se avesse imparato il tedesco con Goethe e Schiller, e non a un corso. A ogni modo il suo era un tedesco impeccabile, soltanto l'accento e talvolta qualche formulazione inusuale facevano venire il dubbio che non fosse madrelingua. I tratti pronunciati del viso, la pelle liscia e scura, gli occhiali e i capelli corti neri mi facevano pensare che fosse prossimo ai trent'anni, mentre il modo di parlare e di vestirsi si addicevano a un uomo più maturo. Al primo sguardo, Benjamin Ballantyne mi sembrò un mistero.

«Signora von Richtershofen?» disse, di fronte al mio prolungato silenzio.

«Sì?» Mi schiarii la voce. «Parliamone in soggiorno, mentre controllo che nessun altro tenti di rubare la poltrona Luigi XIV.»

«C'è gente che fa di queste cose?» domandò.

«Certo. In realtà, amano rubare qualunque cosa non sia fissata con i chiodi. A parte le orride edizioni in brossura fresata, quelle non so perché non le vuole nessuno.»

Benjamin scoppiò a ridere sorpreso, ed ebbi la sensazione

che avesse capito esattamente cosa intendevo dire; del resto, lavorava in una biblioteca. Il viso gli si illuminò, i tratti sembravano più giovani, più distesi. Gli occhi scuri mi fecero l'occhiolino, come ci fossimo fatti battute chissà quante altre volte. In automatico, la mia bocca si piegò in un sorriso di risposta. Quando mi girai ebbi l'impressione di sentire il calore del suo sguardo sulla schiena che mi accompagnò per tutto lo slalom tra le cataste di libri fino al soggiorno.

4
Il ritmo delle cose

RICORDO ancora benissimo il giorno in cui arrivammo a casa della zia. Avevo nove anni, quasi dieci, e Milena ne aveva sette. Il tempo precedente è un po' confuso: le estati infinite con gli scout, il ricordo sbiadito dell'odore di afa e crema solare, dell'acqua scura del mare e del verso della civetta di notte. I momenti di crisi miei e di Milena erano la regola durante le giornate estive imposte dai nostri genitori: ginnastica mattutina, colazione, scuola, pranzo, compiti, gioco, cena, lavaggio denti, lettura e sonno; ogni punto del programma, sempre alla stessa ora e dalla durata prestabilita, era riportato nel taccuino di mia madre e spuntato. A casa nostra, tutto doveva seguire un ordine e un ritmo. Non che gli scout fossero il caos, ma al confronto con l'ordine militaresco di mia madre sembravano dei dilettanti.

Eppure arrivò l'estate in cui destino volle che tutto si ingarbugliasse. Fu l'estate che finì con la nostra convocazione, mia e di Milena, nell'ufficio della direzione del campeggio, dove un assistente sociale oberato di lavoro ci rivelò che l'aereo con a bordo i nostri genitori si era schiantato in Amazzonia. Il tizio indossava una camicia chiara e aveva raccolto i capelli grigi in una coda di cavallo, me lo ricordo ancora perché mentre parlava il mio sguardo si aggrappò al suo codino dondolante. Attesi che concludesse la spiegazione, che dicesse dove si trovavano al momento, se al pari dei personaggi di avventura dei nostri libri per bambini, dovevano farsi largo nella giungla a colpi di machete fino a quando una tribù locale, scuotendo la testa, non li avesse salvati dalla loro inettitudine europea. Ma il tizio si limitò a guardarci con impazienza. Milena mi afferrò la mano.

Ci volle qualche giorno perché l'ufficio di assistenza ai minori trovasse l'unica parente in vita dei miei. Quei giorni al campeggio furono i peggiori. Nessuno sapeva come trattarci. Il dolore e lo smarrimento sembravano terrorizzare tutti, come l'odore di un animale del branco morto.

Infine il tizio con la coda di cavallo ci accompagnò con la sua Sedan grigia in un lungo viaggio tra autostrade e paesaggi scoloriti dal sole. Ci aveva spiegato che saremmo andati da nostra zia Amalia a Colonia, che lei ci aspettava. Zia Amalia, la sorella di mamma, al cui solo nominarla mia madre sospirava e mio padre la guardava di traverso. Non che le due non si intendessero tra loro, più che altro mia madre riteneva che Amalia fosse un'irresponsabile. «Mai che si assuma una responsabilità» diceva mentre tagliava a pezzettini una zucchina e una ruga profonda le spuntava sulla fronte. Mai una volta che dicesse per cosa Amalia non si assumeva le responsabilità. Mio padre invece alzava gli occhi dai compiti che stava correggendo al tavolo della cucina e diceva: «Non davanti alle bambine».

«Non davanti alle bambine» era una delle sue frasi preferite, un'altra costante della nostra vita. Al mattino, quando mia madre dopo la doccia scendeva le scale in accappatoio, si legava i capelli biondo rame, dava un bacio e un altro ancora a mio padre seduto al tavolo della cucina con il suo caffè e il giornale, e infine gli prendeva il viso tra le mani per imprimergliene uno ancora più vigoroso, lui diceva: «Non davanti alle bambine».

Quando alla sera s'intrattenevano in terrazza davanti al loro secondo bicchiere di vino e mia madre tirava fuori il pacchetto di sigarette offrendogliene una, mio padre diceva: «Non davanti alle bambine».

Al mattino a colazione, quando ci dava la ciotola del muesli e una spremuta d'arancia e mia madre gli leggeva un pezzo di uno dei suoi articoli sulla rivista specializzata che a lui non piaceva e per cui sarebbe scattato il litigio, appena lui apriva bocca lei gli diceva: «Non davanti alle bambine!» gettando le pagine stampate sul tavolo e precipitandosi nel suo studio sbattendo la porta.

Per i miei, Milena e io eravamo state una specie di ripensamento. Erano due accademici purosangue nei propri campi, la farmacognosia per mia madre, la botanica per mio padre. Papà estraeva enzimi dalle piante e mamma avvelenava rane. Si potrebbe credere che siano discipline diverse, ma il modo in cui i miei genitori vi si approcciavano era simbiotico: la loro ricerca in laboratorio si fondava l'una sull'altra, completandosi a vicenda. E simbiotica era anche la loro relazione, il modo in cui ognuno era fondamento e completamento dell'altro. Si potrebbe pensare che crescere con genitori del genere, che si amano così tanto, condividono ogni cosa, sono animati da una passione per la ricerca pari a quella che nutrono l'uno per l'altra sia un'esperienza meravigliosa. E non intendo certo lamentarmi, sono stati un modello meraviglioso quanto a passione per la scienza, collaborazione, impegno accademico e dedizione al lavoro. Non sono stati però genitori premurosi. Un amore autosufficiente come il loro lasciava poco spazio agli altri.

Prima di approdare a casa sua, io e Milena conoscevamo Amalia solo per le rare occasioni in cui era venuta a farci visita a Natale. La maggior parte delle volte mangiavamo tacchino ripieno e sedevamo tutti intorno al grande tavolo del soggiorno. Io giocherellavo con i piselli nel piatto, Milena cercava di attirare l'attenzione di nostra madre tirandola di continuo per la manica. Amalia indossava ampi vestiti colorati anche d'inverno, calzamaglia e calzettoni arrotolati alle caviglie. Il giorno in cui ci chiese che cosa ci avesse portato in dono Babbo Natale, noi scuotemmo la testa perplesse. I nostri genitori non erano inclini a raccontarci bugie che avrebbero dovuto comunque spiegarci in seguito. Amalia si guardò intorno. Non c'era nemmeno l'ombra di un albero di Natale, nessuna decorazione con gli angioletti o fiocchi di neve dalle forme tecnicamente sbagliate, né montagne di regali. Di solito ricevevamo doni, ma erano più che altro di tipo pratico: libri di scuola, matite e zaini ergonomici. Amalia fece una smorfia e sentenziò: «Se non impari da piccolo a credere che esistono ancora i miracoli, non lo imparerai più». I miei si scambiarono uno sguardo e papà trangugiò un bel sorso di vino rosso.

Nella nostra famiglia Amalia passava per difficile. «È difficile» diceva mia madre, mentre con una matita rossa inseriva numeri in una tabella stampata. «Si ravvedrà» diceva papà, appoggiandole una mano sulla spalla e mettendole una tazza di tè verde accanto ai fogli.

Il giorno in cui ci portarono da Amalia, il sole splendeva impietoso attraverso il finestrino dell'auto, ed erano ore ormai che Milena non apriva bocca. Davvero strano per una come lei che cicalava senza sosta. Giocava con la sua bambola dai capelli biondo rame sul sedile posteriore della Sedan e alzò la testa soltanto quando parcheggiammo in un tranquillo viale alberato. L'assistente sociale con la coda di cavallo scese, ci aprì le portiere e ci prese per mano, io a sinistra e Milena a destra. Facemmo qualche passo sul marciapiede, sfilando accanto a grandi case vecchio stile. Infine ci fermammo davanti a un cancelletto che l'assistente sociale aprì con una spinta. Un vialetto lastricato conduceva a una villa. La prima cosa che notai furono il graticcio delle travi e i comignoli decorati, il rosso di cui erano dipinti il bovindo e la torretta rosa. L'erba ai lati del vialetto era incolta. A Milena arrivava all'altezza degli occhi. Il giardino aveva un'aria selvatica, il prato andava falciato, i rampicanti debordanti sembravano un tutt'uno con le piante, gli alberi lussureggianti necessitavano di una potatura: era un unico caos verde. Doveva aver suscitato qualche perplessità anche nell'assistente sociale, perché si fermò nel bel mezzo del vialetto guardandosi intorno disorientato, come se cercasse un cartello che spiegasse lo stato del giardino. Dopo aver sospirato, salì insieme a noi i tre scalini che conducevano alla porta con un piccolo portico. Mi lasciò la mano e suonò il campanello che fece un suono strano. Non accadde nulla. Suonò di nuovo, stavolta più a lungo, bussò e sbirciò attraverso il vetro smerigliato.

Milena e io ci sedemmo sui gradini: mia sorella ricominciò a giocare con la bambola e io cercai di enumerare le specie che riconoscevo tra il verde straripante del giardino: un melo, *Malus domesticus*, il rovo al muro di casa, noto come *Rubus* della famiglia delle Rosacee, il dente di leone, *Taraxacus*, che prosperava nel prato e le tante varietà di erbe che nonostante il mio entusiasmo, e per quanto papà non facesse che classificarle per varietà, non c'era mai stato verso che riuscissi a riconoscere.

L'assistente sociale faceva su e giù per il vialetto, parlando al telefono. Nel momento esatto in cui infervorato diede le spalle alla strada, si aprì il cancelletto del giardino e spuntò Amalia. Portava due valigie, una rossa e una blu, il vestito quel giorno era vinaccia, con ampie tasche e un cinturone giallo dalla grossa fibbia. Indossava una serie di collane con conchiglie colorate di giallo, giganteschi occhiali da sole dalla montatura gialla, guanti marroni, stivali e un fazzoletto a fiori bianchi che le tratteneva la chioma rosso fuoco. Si fermò sulla porta, si sistemò gli occhiali sulla testa e squadrò me e Milena, mentre il tizio con la coda di cavallo le dava ancora le spalle. Il suo sguardo fece la spola tra noi due, dopodiché i lineamenti intorno alla mascella le si indurirono. Posò le valigie e tamburellò sulla spalla dell'assistente sociale che si voltò spaventato. Quando la vide, abbassò il cellulare.

«Perdonate il ritardo, eccomi qui» disse Amalia a me e Milena. Non ci abbracciò, non ci accarezzò la testa, ma si limitò ad aprire la porta facendoci strada in un labirinto di libri ammucchiati, mobili e scaffali. In cucina, senza dire una parola, liberò quattro sedie, aprì la porta che conduceva al rigoglioso orto delle erbe aromatiche e accese il bollitore. Milena e io ci tenevamo per mano, eravamo rimaste sulla soglia, l'assistente sociale dietro di noi. Amalia, dandoci le spalle, si appoggiò con entrambe le mani al lavello, le sue spalle si sollevarono e abbassarono un paio di volte, l'assistente sociale si schiarì la voce. Amalia restò ancora un po' immobile, dopodiché si girò e cercò risoluta il mio sguardo.

«Coraggio, sedetevi» ci esortò, prendendo il miele dalla credenza e una mela dalla borsa, che tagliò a spicchi e coprì di miele prima di offrircela.

Ascoltò in silenzio per un po' il tizio dalla coda di cavallo, firmò alcuni fogli e lo accompagnò alla porta. Quando tornò, si sedette al tavolo con me e Milena che giocava muta e a testa bassa con la sua bambola mentre io disegnavo facce con le dita appiccicose di miele nel tè che avevo rovesciato.

«Ora siamo solo noi tre» disse Amalia, togliendosi gli occhiali dalla testa, prendendo una rivista e sospirando.

Finora non ci avevo creduto che i nostri genitori fossero morti sul serio. Pensavo che fosse tutto un errore, che gli assistenti sociali si riferissero ad altri bambini, che ci fosse stato uno scambio, che tutto si sarebbe chiarito e che da un momento all'altro sarebbero tornati dal loro viaggio abbronzati, con le facce sorridenti e gli occhi raggianti.

«Dove sono mamma e papà?» domandai pertanto.

Amalia fece un bel respiro. «Sono morti, tesoro mio, del loro charter non restano che rottami fusi e cenere. Nessuno sopravvive a un incidente del genere. Mi dispiace.»

Milena alzò lo sguardo e fissò Amalia.

«Non è vero» bisbigliò.

«Vorrei anch'io che non lo fosse. Ma su una cosa avevano ragione i vostri genitori, per quanto scarseggiassero di sensibilità pedagogica: è inutile mentirvi, se tanto prima o poi bisognerà svelarvi la menzogna.»

Milena riabbassò lo sguardo sulla bambola.

Ci vollero giorni prima che la nuova realtà ci entrasse davvero in testa. Sembrava un brutto sogno, da cui non bastava un pizzicotto per svegliarsi, un sogno che aveva invaso la nostra normalità e non voleva saperne di finire.

La sera, dopo che Amalia ci aveva messo davanti a una serie per bambini alla televisione in soggiorno, seguii le sue orme sull'erba calpestata del giardino e la trovai che fumava seduta su una panca di legno sotto un melo.

Mi fermai di fronte a lei. «Che fai?» domandai.

«Fumo» rispose, soffiando una nuvoletta tra i rami sopra le nostre teste.

«Papà dice che il fumo fa male.»

«Papà non è qui, tesoro mio, è questo il problema. Se ci fosse, non fumerei di certo. Vieni, siediti un attimo qui con me. Tua sorella dov'è?»

Presi posto accanto a lei e cominciai a giocherellare con l'orlo della camicia. «Sta guardando la tv» risposi, aggiungendo: «Anche questo fa male» e Amalia scoppiò a ridere.

«Non preoccuparti» replicò «non sarà sempre così. Avevo solo bisogno di un momento per riflettere, capisci?»

Annuii, mentre Amalia soffiò un'altra nuvola densa verso il cielo.

«Sarah, non vuoi toglierti il caschetto?»

«No» risposi. Indossavo la divisa scout con i pantaloni cachi, la camicia chiara e il caschetto da quando io e Milena avevamo saputo dell'incidente aereo in Amazzonia.

«Mi sono sempre chiesta in cosa consistono le scoperte degli scienziati. Delle scienziate delle aree tropicali e via dicendo. Ogni volta che dicono di aver trovato una piramide nella giungla o una specie animale sconosciuta, penso: ma la gente che abita lì sapeva già che c'erano ruderi e animali a strisce? Che significa "scoperta"? Se avessero chiesto, se si fossero presi la briga di ascoltare la gente del posto, loro glielo avrebbero detto senz'altro. È proprio necessario andare con l'aereo nelle cosiddette "regioni selvagge", correre il rischio di avere un incidente e abbandonare i parenti senza alcun preavviso, per scoprire qualcosa che in realtà la gente del posto conosce già da tempo?» disse Amalia. Parlava con voce sempre più alta, soffiando il fumo a intervalli più brevi.

Riflettei sulle sue parole.

«Dobbiamo essere unite, adesso, noi tre, Sarah. Tu, Milena e io. Non sarà facile, ma insieme ce la faremo. Altrimenti servirà un miracolo» aggiunse infine.

Le mie dita si contrassero, l'orlo della camicia ormai sfilacciato sotto le punte.

«Non esistono i miracoli» affermai.

«Lo so, lo so. Però esistono gli assistenti sociali, perciò dobbiamo metterci in riga. Ce la faremo.»

Spense la sigaretta e la gettò tra i mozziconi di un vasetto in vetro sotto la panca.

«Andiamo» mi invitò «occupiamoci di tua sorella, prima che la televisione le faccia troppo male.»

E da allora fummo noi tre soltanto.

Quella sera e per qualche altra notte a seguire io e Milena dormimmo nella camera di Amalia, nel suo lettone con i piedini in ferro battuto a forma di leone, circondate da scaffali colmi di libri e maschere inquietanti, un corvo impagliato, conchiglie e fotografie incorniciate. La prima notte a un certo punto Milena si svegliò e cominciò a singhiozzare, e Amalia ci abbracciò entrambe sussurrandoci parole tranquillizzanti e dolci, fino a che non ci addormentammo tutte e tre strette l'una all'altra.

Durante i primi giorni ci portò nella mansarda, che svuotò e decorò con fili di lucine e dove, al termine di un'impegnativa operazione di pulizia, montò due letti in legno nella parte a spiovente. Se a uno dei letti mancava qualche vite o se Milena giocando si dava una martellata su un dito, Amalia diceva: «Ce la faremo». Andammo anche a fare spese. Comprammo cibo, dolciumi, pigiami e pantaloni per noi due, e una nuova divisa da scout per me, così che Amalia poté lavare l'altra, in attesa di prendere il resto del nostro guardaroba dalla casa dei nostri genitori. Quando mi rifiutai di togliermi il caschetto a scuola, Amalia era accanto a me nell'ufficio della direttrice, e il suo commento fu: «Ce la faremo».

Quando finiva il miele e Milena cominciava a urlare come un'ossessa prima di scoppiare a piangere, Amalia le accarezzava i capelli e sospirava. «Andrà tutto bene, tesoro mio, ce la faremo.»

Quando tornavo da scuola con un occhio pesto e andavo a nascondermi in fondo al giardino, dopo che Milena le aveva scodellato tutta la faccenda – ovvero, che avevo fatto a botte perché gli altri avevano riso del mio caschetto – Amalia veniva a cercarmi sotto il cespuglio di oleandro e si sdraiava accanto a me tra gli alti fili d'erba.

Mi giravo un filo nelle mani.

«Amalia, sono una psicopatica?» domandavo.

Lei girava la testa verso di me. «Ma come ti viene un'idea simile?»

«Perché sono brava con i numeri e ricordo tutto, ma non so mai cosa pensano gli altri. Perché non passo il tempo a piangere come fa Milena, anche se mamma e papà sono morti, e perché, come dice Martin, questi sono tutti i segnali di una psicopatia» risposi elencando gli indizi.

«Sciocchezze» tagliò corto Amalia. «È evidente che questo Martin ha visto troppa televisione, lo sai anche tu che fa male, soprattutto al pensiero. Sei diversa da Milena, tutto qui, e soprattutto ognuno vive il dolore diversamente. Mi vedi forse passare il tempo a piangere?»

«No» ammisi.

«Appunto» mi incalzò Amalia. «Ce la faremo.»

A fare cosa esattamente non ce lo spiegò mai, tuttavia questa frase scandì il nuovo ritmo della nostra infanzia, fu la risposta a ogni domanda, la soluzione a ogni problema, e nei primi anni successivi alla morte dei miei genitori fu l'unica costante a cui potei aggrapparmi.

5
Da qui in poi ci sono i draghi

A PIEDI nudi nel fresco dell'erba. Seduta sulla panca sotto il melo in giardino. Alzai lo sguardo e il luccichio del sole tra i rami e le foglie verdi mi scaldò il viso. Salì il vento, il fruscio delle fronde mi placò i nervi tesi dal giorno prima. Era domenica, fortunatamente mi ero lasciata alle spalle la ressa e il trambusto da mercatino delle pulci. I miei sensi erano stati messi a dura prova, procurandomi il mal di testa e mettendomi quasi al tappeto.

Avevo già contato gli incassi e catalogato le vendite, purtroppo i guadagni non erano all'altezza delle aspettative. In compenso, avevo impiegato una mattinata intera a sistemare il caos che ne era scaturito. Si potrebbe pensare che davanti a pile di libri non ci sia molto da sistemare, ma era l'ordine interno a dover essere ripristinato. Avevo ricominciato a sentirmi bene tra le mie quattro mura solo dopo aver accarezzato il dorso della maggior parte dei libri rimasti ed essermi sincerata che fossero ancora al loro posto, aver lavato il pavimento, pulito le finestre e controllato la collezione nella stanza di Amalia. E dopo aver accennato un gesto di scuse a mia zia per il sacrilegio di aver aperto casa nostra ai cercatori di tesori. Ma neanche questo era bastato a zittire del tutto la mia coscienza sporca.

Una gazza appollaiata tra i rami sopra la mia testa mi osservava con i suoi occhietti neri. In lontananza risuonavano le campane di una chiesa. Era pomeriggio ormai, non potevo più rimandare.

Presi il cellulare. Lo lasciai squillare. Riattaccai prima che scattasse la segreteria, rifeci il numero di Milena. Finalmente il clic della risposta.

«Sarah! Bello sentirti. Mi trovi però alquanto sotto stress, credo che Lukas abbia ingerito un omino della Lego e Florian è di nuovo nella sua fase dispettosa.» Sentii gli strilli di un bambino in sottofondo.

«Milena» la interruppi prima che potesse riappendere «il prossimo weekend vado in Francia. Non è che potresti dare un occhio alla casa di Amalia? E alle tartarughe?»

«Cosa?» E dopo aver passato il telefonino all'altro orecchio, proseguì: «Ma che significa Francia? Vai in vacanza? Ero convinta che non ti piacesse salire su un aereo. E poi ti sembra il momento giusto per farlo, proprio adesso che hai rilevato l'attività di Amalia?»

Digrignai i denti, per fortuna Milena nel suo profluvio di parole non se ne accorse. Per quanto le statistiche dicessero che l'aereo era più sicuro del traffico stradale, era vero che odiavo volare. Il rumore, le tante persone concentrate in uno spazio ristretto, la mancanza di controllo, la morte dei miei genitori erano motivi a sufficienza, per non parlare poi dell'inquinamento ambientale.

«Andiamo in macchina» dissi.

«Andiamo? Chi? Che stai dicendo, Sarah? La jeep di Amalia è in officina e da quando in qua guidi così lontano?» Di nuovo le grida in sottofondo. «No, Florian, non puoi picchiare tuo fratello sulla schiena con la macchinina.»

Quest'ultimo commento mi diede il tempo di fare la cernita della sua ondata di domande.

«Con Ben, guida lui. Ha detto che ha la macchina.»

Silenzio.

Di nuovo le urla in sottofondo, e poi ebbi l'impressione che mia sorella fosse uscita dalla stanza, perché sentii una porta sbattere e finalmente la quiete.

«Aspetta un attimo, chi è Ben?» domandò Milena, la voce pericolosamente tranquilla. Adesso mi prestava tutta la sua attenzione.

«Ben è un ricercatore e fa acquisizioni per conto della British Library. Devo trovargli una cartina antica, certificarne l'autenticità e restaurarla. Parliamo del primo frammento perduto della Tabula Peutingeriana; venne divisa in undici segmenti, il dodicesimo è considerato smarrito. Te ne rendi conto?» Il mio cuore accelerò al pensiero di tenere tra le mani un simile tesoro.

«Momento, momento! Tabula *che*? E chi è questo Ben? Un conoscente di Amalia? Lo sai che non hai molto intuito quando si tratta delle persone, non puoi andare in Francia con chissà chi!»

S'interruppe.

«E soprattutto, in tua assenza chi si occuperà della casa di Amalia?» riprese.

Eccoci giunte al nocciolo del problema.

«Come ben sai, Amalia ci ha lasciato una montagna di debiti. Se non ne ripago subito qualcuno, perderemo la casa. Con la provvigione per la vendita del segmento mancante della Tabula Peutingeriana, potrei salvarla, Milena!»

Silenzio.

«Sarah, non ho la più pallida idea di cosa tu stia dicendo. Perché non mi racconti tutto da capo?» domandò infine Milena con voce pacata.

«Dunque, prima di morire Amalia era sulle tracce del frammento smarrito dell'unico originale medievale della Tabula Peutingeriana...»

Il giorno prima avevo aperto la porta del mio laboratorio e lasciato entrare Benjamin Ballantyne nel mio sancta sanctorum. Mi aveva fatto bene, perché il caos che regnava nel resto della casa aveva cominciato a mettermi a dura prova. Avevo urgente bisogno di tranquillità.

Benjamin sembrava impressionato, riusciva a malapena a staccare gli occhi dagli alti scaffali a muro stracolmi di libri, sbirciava ogni teca climatizzata e guardava i tavoli di lavoro mio e di Amalia con le lampade al neon giallognolo al centro della biblioteca. Osservavo il suo modo di esaminare il laboratorio. Aveva la meraviglia stampata in volto, persino io riuscivo a cogliere la sua espressione di gioia come un bambino nel trovare una prima edizione di *Alice nel Paese delle meraviglie*. Mi guardò come se gli avessi aperto la porta dell'armadio che conduceva a Narnia.

«Lei è collezionista e restauratrice, dico bene?» chiese, lo sguardo illuminato.

Annuii.

«La collezionista era soprattutto mia zia» precisai, avvertendo l'ormai familiare dolore al petto di quando parlavo di lei al passato.

Benjamin rimase in silenzio, la sua era la reazione giusta. In quel suo silenzio avvertii la necessità di raccontargli di Amalia affinché mia zia non restasse una dei tanti con cui si era scambiato email, una persona deceduta che non aveva alcun significato per lui. Era doloroso anche solo pensare che Amalia fosse per Benjamin una fra tanti, una la cui vita non lo aveva nemmeno sfiorato. E non l'Amalia eccentrica, meravigliosa, cordiale e mattacchiona, diretta e inimitabile che era stata per me.

«Amalia adorava i libri per bambini» lo informai, e subito un nodo alla gola mi fece ammutolire, per quanto fosse la cosa più facile che si potesse dire a uno sconosciuto sul conto di mia zia.

Ben mi sorrise e per un attimo sentii un formicolio nello stomaco, prima che lui abbassasse lo sguardo e dicesse: «Mi spiace davvero molto che sia morta».

Lo aveva già detto, ma adesso ero più incline ad accettare le sue condoglianze. Annuii senza rispondere nulla.

Restammo in silenzio per un attimo, mentre le punte delle sue dita sorvolavano il romanzo cavalleresco sopra il mio tavolo da lavoro senza toccarne le pagine antiche.

«Lei dunque porta avanti l'attività di sua zia?» mi domandò.

«Da poco, sì» risposi. «Ma non ho ancora finito di controllare tutte le sue carte.»

Guardai la scrivania piena di documenti e mucchi di fogli. Gli occhi di Benjamin seguirono il mio sguardo e si sgranarono in modo curioso.

«La contabilità di mia zia era un po'... be', ecco, non convenzionale.»

«Non stento a crederlo» rispose con un filo di voce.

Osservai il completo stirato di Benjamin e i pantaloni con le pince e non riuscii a immaginare che qualcosa nella sua vita potesse mai essere andato così a rotoli come la gestione dell'attività di mia zia. Mi riavviai infastidita un paio di ciocche che erano scappate, ma che subito ricaddero sulla fronte.

«Che cosa l'ha portata qui, esattamente?» chiesi.

Benjamin si girò verso di me e si sistemò gli occhiali. «Sua zia ha fatto una proposta alquanto interessante alla nostra biblioteca. Una proposta piuttosto impossibile, in realtà. Ha detto che disponeva di informazioni sul luogo in cui si trova il frammento mancante dell'originale medievale della Tabula Peutingeriana. Che forse poteva fare da mediatore nella vendita alla British Library. Questo primo segmento smarrito, che dovrebbe rappresentare il West England, è qualcosa di sensazionale. Ritrovarlo sarebbe un rinvenimento di portata storica! È dato per disperso da secoli.»

Restai sorpresa. Molte di queste affermazioni mi stupivano. «Perché Amalia si è rivolta alla British Library?» fu la mia prima domanda.

«Ce lo siamo chiesti anche noi» ammise Benjamin, mentre le sue dita scivolavano sul piano della scrivania. «Pensiamo che sua zia sapesse che la British Library dispone di un budget considerevole per questo genere di acquisizioni. E naturalmente anche che sul segmento è riprodotto un pezzo di Britannia mancante nelle stampe più tarde. E inoltre noi siamo in grado di riunire una squadra di scienziati che analizzi in maniera adeguata un ritrovamento tanto importante per la posterità.»

Nel pronunciare l'ultima frase Benjamin mi fissò. Il mio cuore, che aveva accelerato già alle precedenti parole, sobbalzò.

Ciò che aveva implicitamente sottinteso non aveva nulla di lusinghiero sul conto della zia, ma nei suoi occhi non c'era alcun rimprovero. E poteva anche essere un bene che Amalia ne avesse fatto una questione puramente di soldi, in fondo le nostre finanze non erano mai state rosee. E adesso erano perfino peggiorate. Tuttavia, Benjamin aveva trovato un motivo per vedere la faccenda sotto una luce positiva.

Fu qualcos'altro, però, a scioccarmi: perché Amalia non mi aveva mai raccontato di essersi procurata un affare tanto redditizio? Lo lessi come un tradimento ed ebbi un tonfo al cuore.

«Voleva fare da intermediaria nella vendita alla sua biblioteca di un segmento smarrito dell'ultima versione medievale di una famosa cartina di epoca romana. A parte questo, le ha detto altro?»

«Ci ha inviato foto con il timbro recante data e luogo, così che a un'analisi delle immagini potessimo dedurre che sua zia aveva davvero accesso al frammento perduto della cartina... con la rappresentazione storica dell'Inghilterra occidentale, Spagna e Portogallo.»

Dovetti appoggiarmi a un tavolo. «Sul serio?»

Benjamin annuì. «E lei è all'oscuro di tutto questo?»

Scossi la testa e indicai con un gesto della mano il mucchio di documenti. «Lo vede anche lei, non ci sto dietro.» Mi resi conto di quanto stanca potesse sembrare la mia voce.

Benjamin osservò la marea di documenti non nascondendo un brivido.

«Mmh» si limitò a commentare. E dopo aver raccolto le idee si girò verso di me. «E se facesse un controllo adesso? Se vuole, potremmo esaminare i documenti insieme. Lungi da me volerla assillare, ma questo frammento perduto significherebbe un ampliamento sostanziale della nostra biblioteca e darebbe impulso a uno degli ambiti di ricerca della mia specializzazione. Se ci fosse una qualche possibilità...» Tacque, fece un'espressione complicata e ripeté: «Mi perdoni, non voglio sembrarle insistente».

Il disagio all'idea di esaminare i documenti di Amalia mi pervase da capo a piedi. Erano mesi che rinviavo il momento. Ogni volta che leggevo, o tentavo di leggere, la sua scrittura disordinata, le sue note a margine sulle fatture o i suoi commenti sugli acquirenti scarabocchiati su un foglio, sentivo la gola chiudersi e avvertivo una pressione dietro la fronte, che allentava solo dopo che avevo lasciato in fretta e furia la stanza. La situazione dei pagamenti ancora in sospeso non aveva certo aiutato.

Squadrai il bibliotecario inglese. I suoi pantaloni con le pince s'intonavano alla perfezione con la giacca e con gli occhiali: tutto in Benjamin – dal taglio corto dei capelli alle scarpe lucide – suggeriva ordine. I tratti squadrati del viso e gli occhi marroni che mi guardavano con un'espressione che non riuscivo a decifrare. Magari non sarebbe stata una brutta idea passare in rassegna i documenti di Amalia con una persona che sapeva cosa significasse portare ordine nel caos dell'esistenza umana.

Valutai per un attimo la situazione: non era facile fidarmi di uno sconosciuto abbastanza da metterlo al corrente di faccende personali. A volte, l'incontro con le persone mi lasciava un vago senso di tradimento per il fatto che potessero pensare o intendere altro rispetto a quello che dicevano, e che io fossi l'unica a non capire mentre se la ridevano alle mie spalle.

Benjamin sistemò un libro sulla scrivania di Amalia allineandolo in parallelo allo spigolo del piano. Dopodiché ebbe un sussulto.

«Mi scusi» mormorò «non volevo... Lo faccio in automatico quando sono nervoso.»

Mi osservò in attesa, la mano appoggiata sul dorso del volume, e fu proprio questo gesto – il libro come àncora – a scuotermi.

«Se aspetta che gli avvoltoi nel mio soggiorno se ne siano andati, possiamo dare un'occhiata ai fogli insieme» gli proposi con modi più bruschi di quanto volessi.

Benjamin socchiuse gli occhi stupito. «Sul serio? Voglio dire: con grande piacere! Ne sarei davvero lieto!» Il suo sorriso ammorbidì i tratti squadrati e definiti del suo viso.

Stavo per aggiungere un commento, quando di colpo sentii un rumore. Nel girarmi vidi la manica di un completo grigio maschile sparire dietro lo spiraglio della porta aperta del laboratorio. Dengelmann. Era tornato e ci aveva spiato?

«Venga» dissi furibonda a Benjamin. «Mi aiuterà a cacciare via i trichechi indesiderati.»

Benjamin fece per replicare, ma alla fine annuì. E fu così che poche ore più tardi eravamo chini sulle scritte criptiche della zia, a dare il via alla caccia al tesoro più grande che abbia mai intrapreso.

6
Niente segni, niente miracoli

A QUINDICI anni sapevo che non avrei mai amato nessuno, né sarei mai stata amata, ragion per cui sarei rimasta sola per sempre.

All'inizio, a scatenare il vago disagio che sotto questo aspetto fossi diversa, erano state le piccole cose: le cotte delle altre ragazze, le domande su chi mi piacesse, chi era già stato insieme a chi, com'era il sesso (la prima volta «strano» per quasi tutti).

Prima di allora avevo pensato di essere semplicemente tarda di comprendonio, e *prima di allora* non ci avevo mai riflettuto su. Arrivata a quindici anni, però, l'argomento era ormai inevitabile e sembrava oggetto di discussione generale, era in ogni rivista per ragazze, in televisione, ed era il preferito di Milena: l'amore. O ciò che a quell'età si ritiene tale, vale a dire un mix confuso di ormoni, pessimi modelli e storielle romantiche hollywoodiane.

È difficile stabilire se si è veramente diversi dagli altri, soprattutto visto che ogni adolescente ha una propria idea di solitudine e unicità e crede di essere una monade isolata nell'immensità dell'universo, con *Creep* dei Radiohead a scandire il battito cardiaco di ogni maledetto individuo.

Il momento in cui avevo capito di essere diversa era arrivato e passato, e l'amore non c'entrava niente. La domanda se fossi in grado di amare come gli altri venne in seguito, con il passare del tempo, tutto qui. Nessuno ti spiega che è una domanda che non bisogna neanche porsi. Da piccoli sembra sempre che l'amore sia alla portata di chiunque.

La cognizione che per me potesse non esserlo s'insinuò lenta durante una lezione di matematica in terza media. Ero seduta accanto a Jamila, all'epoca la mia migliore amica. Il sole filtrava dalle veneziane disegnando una grata d'ombra sui banchi nella parte destra dell'aula e sui volti delle studentesse annoiate. La matematica non era un problema per me, ma il professore, che sembrava confuso dalle sue stesse parole monocordi, sì. La sua unica peculiarità, a parte la capacità di annoiare a morte, era la passione per le cravatte con variopinti motivi animali. La matematica con lui era un tormento, persino per gente come me che nutriva una certa simpatia per i numeri.

Il mio sguardo cominciò a vagare, approdando alla nuca davanti a me. I capelli neri scarmigliati appartenevano a Daniel, che gli amici, per motivi per me misteriosi, chiamavano Dex. Sentii un formicolio allo stomaco. Daniel era bello, con gli occhi verdi, tratti del viso regolari, gli avambracci snelli ma gradevolmente muscolosi, le T-shirt disinvolte, i braccialetti in cuoio logoro ai polsi. Era l'idolo della classe, con i giubbotti in pelle e le magliette delle band anni Ottanta, la chitarra ad aspettarlo a terra accanto a lui fino al suono della campanella. Le lunghe ciglia di quegli occhi dall'aria assonnata. Attirò il mio sguardo, non riuscivo a distoglierlo.

Era un po' che pensavo a come poterlo avvicinare e il giorno prima, in attesa dell'autobus l'uno accanto all'altra, mi ero finalmente sentita pronta: erano passati due giorni da quando mi ero decisa e il terzo gli avevo rivolto la parola.

Tre è il mio numero fortunato e in tutte le favole servono tre tentativi perché qualcosa riesca. Inoltre, al mattino avevo visto due gazze appollaiate sulle zucche, un segno di buon auspicio. E così avevo chiesto a Dex se dopo la scuola avesse voglia di tornare a casa con me. Per un attimo credetti di leggere confusione nei suoi occhi, poi lui annuì e a me sembrò di poter conquistare il mondo. Avremmo trascorso quindici minuti insieme, quindici minuti in cui parlare, ridere e capirci a meraviglia, e poi, ne ero sicura, Dex mi avrebbe chiesto se d'ora in avanti avremmo potuto farlo ogni giorno. Era quello che succedeva nei libri che leggevo ed era l'inizio del grande, eterno amore.

Mentre contemplavo la sua nuca sottile e abbronzata con i capelli scompigliati, la mia compagna di classe Rebecca gli allungò furtiva un foglietto. Eravamo troppo grandi per giocare alla posta segreta a rischio di intercettazione e imbarazzante lettura pubblica da parte dell'insegnante. Ma Rebecca sembrò infischiarsene. Appena lui finì di leggere, la guardò e alzò le spalle, e lei gli lanciò un'occhiata.

Non capivo la scena a cui avevo assistito. Che cosa gli aveva scritto per risponderle con un'alzata di spalle? Rebecca aveva un'aria sicura, la schiena dritta, mentre Dex era appoggiato allo schienale della sedia come al solito.

Dopo la lezione, mentre radunavo le mie cose, Rebecca si avvicinò a Dex.

«Senti, non capisco questo esercizio, mi sarebbe di grande aiuto se tu me lo rispiegassi» esordì.

Per un attimo lui rimase in silenzio guardandosi intorno, e Rebecca continuò: «Dopo la scuola, a casa tua?»

Lei rise e lo sfiorò con la mano, mano che poi atterrò sulla sua spalla. Dex le sorrise e alla fine annuì.

Fui assalita dalla gelosia, si era dimenticato di me! E poi, cosa intendeva Rebecca? Era brava in matematica, più di Dex, e faticavo a immaginare che lui potesse spiegarle qualcosa che lei non capisse. A un certo punto mi cadde il velo dagli occhi: si trattava di ben altro! Rebecca sapeva flirtare.

E mentre i due uscivano dalla classe insieme, avvertii un brivido e rimasi paralizzata sulla mia sedia.

Non avrei mai saputo parlare con Dex allo stesso modo di Rebecca. Né Dex né chiunque altro si sarebbero mai interessati a chi non era in grado di flirtare, non capiva le battute e spesso non sapeva cosa dire.

Lungo la via di casa, mentre sotto le scarpe si avvicendavano ghiaia, acciottolato e lastroni di cemento, a testa bassa non facevo che ripassare la scena di loro due.

Avevo visto molti dei miei amici e delle mie amiche innamorarsi. Il modo in cui si guardavano mentre coglievano e rispondevano allo sguardo ricevuto. Il modo in cui scherzavano, parlavano di serie tv o film, si scambiavano canzoni, si davano appuntamento per un gelato o la discoteca. Li vedevo fare tutte queste cose per me ignote, mentre loro non capivano nulla del mio mondo fatto di codici multilingue, manoscritti preziosi e sillabari restaurati. Della magia che trovavo nei numeri, nelle vecchie storie e nelle fiabe. Mentre io mi immergevo nei libri, cercando di leggere il mondo nei racconti e nei simboli, loro si tuffavano nella vita vera. E per la prima volta mi domandai se il motivo per cui non avevo mai capito tutto questo fosse che mi mancava qualcosa.

Quando guardavo Dex, provavo una leggera paura. Non di lui, ma del fatto che non mi capisse. Che mi ignorasse o dimenticasse, che non contassi nulla ai suoi occhi e che a un certo punto mi abbandonasse a metà strada; l'aveva già fatto, del resto. Non eravamo neanche tornati a casa insieme. Pertanto, pensai, per innamorarsi serviva ben più coraggio di quanto ne avessi io.

Quel pomeriggio d'autunno, attraversando la città sulla

via di casa, i piedi in marcia e il naso arrossato dall'aria gelida, pensai che non ce l'avrei fatta. A trovare qualcuno per cui essere la persona più importante al mondo. Con cui condividere ogni cosa, così come avevano fatto i miei genitori.

Forse, però, non ne avrei avuto neanche bisogno perché, se per innamorarsi serviva un cuore impavido come quello di Rebecca, io non ci sarei mai riuscita.

7
La cartina e il mondo

In realtà non è nella mia natura lanciarmi spontaneamente in un'avventura temeraria. Del resto, non sono un'amante dei viaggi rocamboleschi né una scienziata, ma una restauratrice, e il mio livello di tolleranza della confusione e delle sorprese non è il massimo. Per giunta, so fin da piccola cosa può accadere agli scienziati che sorvolano l'Amazzonia a bordo di un charter. Eppure, mentre ero china sulle carte di mia zia assieme a Benjamin a interrogarci sul significato dei suoi scarabocchi illeggibili come un manoscritto antico, qualcosa mi scattò dentro. Parlare con Benjamin era strano. Ogni tanto avevamo un piccolo fraintendimento, poi però lui cercava di chiarire. Parlare con lui non era sgradevole come con la gran parte degli sconosciuti. Magari perché l'argomento appassionava entrambi o perché eravamo stati contagiati dall'euforia di rintracciare il leggendario frammento mancante della cartina romana.

A proposito... Giunti a questo punto, prima che vi racconti della nostra odissea, forse è il caso che spenda qualche parola in più sulla Tabula Peutingeriana. Chi si immagina una moderna cartina stradale, magari un po' scolorita, magari su pergamena, magari di quelle che si potrebbero stendere su un tavolo come in un fantasy tipo *Il signore degli anelli*, si sbaglia di grosso. La Tabula Peutingeriana deve il suo nome a un certo Konrad Peutinger, che intorno al 1507 la ricevette in dono da un amico. A oggi si è conservato un solo esemplare medievale della carta. A quanto pare, dopo la morte di Peutinger un membro della sua famiglia ne realizzò 1225 stampe, vale a dire moderni facsimile. Era la fine del Sedicesimo secolo e numerose altre copie furono realizzate ed esposte nelle biblioteche. L'originale medievale di Peutinger era a sua volta una copia del Dodicesimo secolo e probabilmente si basava su cartine precedenti risalenti alla fine della Tarda Antichità. Queste versioni precedenti sono andate smarrite e anche dell'originale di Peutinger se ne persero le tracce per oltre un secolo e, da quando è stato ritrovato, è conservato nella Biblioteca Nazionale a Vienna. Si compone di un rotolo di pergamena che, per una migliore cura, nel corso del tempo è stato suddiviso in undici segmenti. Poiché l'attuale segmento numero uno – che probabilmente all'epoca era il segmento numero due – rappresenta solo una parte dell'isola britannica e di altre regioni dell'Europa occidentale, si presume che in origine esistesse un segmento numero uno di cui si sono perse le tracce. Si pensa che rappresentasse regioni della Spagna, del Portogallo e dell'Inghilterra occidentale. Benjamin Ballantyne, bibliotecario della British Library, era sulle tracce di questo segmento smarrito.

Chi si immagina una gigantesca cartina rettangolare, come se ne vedono nei film e nelle serie tv sui tavoli dei condottieri, con la cornice bianca e la scritta DA QUI IN POI CI SONO I DRAGHI, si sbaglia di grosso un'altra volta.

La Tabula Peutingeriana, infatti, è un rotolo. In linea di principio è sì un rettangolo, ma è lunga più di sei metri e alta poco più di trentaquattro centimetri. Bisogna dunque immaginarsela come una lunga strada che poteva essere srotolata da entrambi i lati, per poterne vedere il tratto desiderato. La cartina, infatti, è il tracciato della rete stradale di quasi tutto il mondo conosciuto dai Romani.

Raffigura fiumi, città, strade e vie commerciali in un territorio compreso tra la Britannia e l'India. Le città sono indicate dal simbolo di edifici; più grande è il simbolo, più importante era la città all'epoca della creazione della mappa.

La cartina è alquanto precisa e fornisce al viaggiatore gli itinerari più importanti al tempo, con tanto di numero di tappe giornaliere tra i punti dei percorsi principali o le città, e la posizione delle stazioni di posta in tutto l'impero romano. Ciononostante sono sicura che con questa cartina la generazione di Google Maps non sopravvivrebbe neanche a un'escursione, poiché la terraferma è rappresentata sotto forma di strisce orizzontali in maniera talmente distorta che gli elementi geografici sono resi in modo per niente fedele all'originale. Bisogna immaginarsi la Tabula Peutingeriana come una strana salsiccia che sembra non finire mai, in cui il mondo è disteso come un intestino allungato. D'accordo, magari non è il migliore dei paragoni. Ma, dal nostro punto di vista, è una cartina davvero strana, con cui nessun esercito del *Trono di Spade* potrebbe stanare le milizie avversarie.

A questo punto dovrei inserire una breve spiegazione della cartografia, dei suoi pericoli e difficoltà reali, così come della paura di precipitare una volta giunti ai bordi del mondo. Ma questa è davvero un'altra storia.

Resta solo da dire che la Tabula Peutingeriana è un affascinante reperto storico che a tutt'oggi costituisce uno dei documenti più importanti per campionare le denominazioni geografiche antiche. Inoltre, a prescindere dal valore e dall'interesse accademico, la piantina è semplicemente fantastica. Alberelli separati da lettere raffigurano boschi. Il Mediterraneo e il Mar Adriatico sono due lunghe strisce blu ondulate che somigliano a fiumi scanalati, le catene montuose paiono salsicciotti marroni, e alcune città sembrano piccole dita dalle unghie smaltate di rosso, tutte ben allineate. Roma, sebbene non sia collocata al centro, è simboleggiata da un uomo all'interno di un cerchio dorato, con lo scettro e una palla in mano... tutte le strade partono da lui. L'omino siede su un trono, ha uno scudo accanto a sé e, a giudicare dall'espressione del viso e dallo sguardo con cui osserva la palla nella sua mano, svolge un compito che lo angustia. A Costantinopoli c'è un altro uomo su un trono con la testa ornata da una specie di corna caprine dorate. Al pari della statuetta sopra l'alta torre accanto a lui, indica anche lui Roma, se non sbaglio. Ha un'aria sorpresa, sembra a dire «oh», o forse è severo, come suggerisce il dito indice alzato, chissà?, non è dato stabilirlo. Attorno a lui sono radunati i mari, simili a serpenti fluviali blu, mentre i quadratini sparsi in maniera regolare nelle vicinanze raffigurano le isole greche. Anche un aviatore della domenica stenterebbe a trovare la sua meta con questa cartina.

E Antiochia, *Antakya* in turco – oggi ai margini della Turchia e all'epoca in cui vennero realizzati gli originali di questa cartina probabilmente la terza città più grande del mondo –, è rappresentata da un omino dai capelli rossi seduto su un trono, indossa un elmo, una mano stringe il giavellotto mentre l'altra è appoggiata sulla testa di un signore ancora più piccolo. Quest'ultimo, seduto ai suoi piedi, è nudo come un verme e infila strategicamente una mano sotto le vesti del tizio sul trono. Una scena dagli echi senz'ombra di dubbio omoerotici, che solleva qualche domanda interessante sulla città. La funzione della racchetta da ping-pong in mano all'omino in basso è destinata a restare un mistero per i posteri.

La Tabula è una cartina che presenta le meraviglie e le

attrazioni dell'epoca per intrepidi viaggiatori intenzionati ad andare da un capo all'altro del mondo anche senza nave.

Una mappa, dunque, piena di avventure e storie, il cui segmento perduto vale senz'altro la pena di un po' di disturbo e un viaggio non preventivato.

8
Ben e Sarah architettano un piano

CON Ben avevamo smistato i documenti in pile: fatture (suddivise in pagate e da pagare) ordinate per data; commissioni fatte e da svolgere; ricevute di pagamento; foglietti, post-it (da non credere quanti!) e «consigli criptici». Tra i consigli criptici mettemmo qualunque cosa scritta a mano: margini di pagine di giornale, tovaglioli di carta, buste. A un certo punto tra la marea di torri emerse il dispositivo elettronico per i bonifici online che cercavo da un bel po' e che adesso brandivo con aria trionfante, mentre Benjamin scuoteva la testa.

Non era stato facile farlo entrare nel mio mondo e in quello della zia, ma avevo accettato la sua offerta di aiuto anche per disperazione. Sapevo che da sola non ci avrei messo mano. Per la semplice ragione che era troppo doloroso. E così avevo mandato giù il boccone amaro e sfruttato la sua passione per l'ordine, passione evidente già dal modo in cui vestiva. Ero pragmatica ma, siamo sinceri, per quanto amassi la routine, i numeri e le strutture, non ero capace di crearle. La maggior parte delle volte le cose affollavano la mia mente ben prima che riuscissi a farlo. Certo, incise anche il fatto che Benjamin fosse un bibliotecario e chi meglio di lui, dunque, poteva decifrare scritte a mano e mettere ordine in quel caos di carta?

Le sue mani sottili sfogliavano i documenti che avevamo suddiviso in pile.

«Non capisco come sua zia riuscisse a mantenere una visione d'insieme» borbottò, e sembrava davvero rattristato dallo stato in cui versava la contabilità di Amalia, quasi fosse un affronto personale. Quando ci rendemmo conto della portata della confusione, il terrore si dipinse sul suo volto, perfino io riuscivo a leggerlo. La sua cortesia british lo tratteneva dall'aggiungere ulteriori commenti, ma sentii un brivido di vergogna lungo la schiena e fui sul punto di dirgli che era meglio lasciar perdere. Non lo feci solo per il modo in cui lisciò un minuscolo brandello di foglio spiegazzato riponendolo sul mucchio delle cose criptiche.

Smisi di sfogliare uno dei taccuini. «Visto e considerato che sono ore che rivoltiamo le viscere cartacee dell'impresa di mia zia, propongo di darci del tu» dissi.

Benjamin alzò lo sguardo e mi scrutò. Lentamente si aprì in un sorriso.

«Con grande piacere. I miei amici mi chiamano Ben.»

«Io sono Sarah» risposi.

Mi porse la mano destra e ci scambiammo una stretta sopra uno dei cumuli di carta, come se ci fossimo appena incontrati. La sua pelle era calda e morbida, e lasciando la presa ci sorridemmo.

Benjamin passò altre tre ore a riordinare il mucchio di fatture e alla fine, in una vecchia Moleskine, trovai un riferimento alla Tabula Peutingeriana. Recitava:

> Cartina di Peutinger nel 1498? Chiedere a Jean quale primo segmento fhkjsfk<öskhijfkj. vendere; meglio provare che lasciar perdere. Contattare Matthieu??

O almeno così sembrava esserci scritto. Mostrai il passaggio a Benjamin, che subito si drizzò sulla sedia. Sgranò gli occhi.

«Eccolo!» Sembrava emozionato. «Tua zia era davvero sulle tracce del segmento perduto! Sai chi sono Jean e Matthieu?» Mi guardò.

Abbassai il taccuino. Non ero certa di che interpretazione stesse dando a quell'annotazione.

«Matthieu non mi dice nulla, ma Jean sì» risposi con un filo di voce.

Benjamin strinse il pugno con aria trionfante. «Eccellente! Quand'è così, possiamo chiedere a Jean se sa dirci qualcosa in merito.»

Le mie mani automaticamente infilarono uno dei foglietti del mucchio più incomprensibile nel taccuino come segnalibro, prima di chiuderlo, guadagnandomi un'occhiata di Benjamin indecifrabile.

«Temo che non sarà tanto facile. Jean è un vecchio amico di Amalia. Un collezionista francese che abita in una tenuta con vigneto nella Champagne, vicino a Reims.»

«Sono certo che, se uniamo il mio e il tuo francese, saremo in grado di fargli qualche domanda!» Gli occhi di Benjamin scintillavano alla luce della lampada alogena.

«Non è necessario perché sa il tedesco, ma per parlarci dovremmo andare in Francia» risposi.

Benjamin aggrottò la fronte. «In Francia? Questo Jean dovrà pur avere un numero di telefono salvato nel cellulare di tua zia, o magari lo puoi trovare fra i suoi appunti.»

Gesticolando indicò i mucchi con una decina tra taccuini e indirizzari.

Per un attimo chiusi gli occhi e ripensai all'ultima volta che ero stata da Jean. All'odore del prato tagliato di fresco, la vista delle viti al tramonto e il sapore delle patate al rosmarino e del vino.

«Devi sapere che mia zia fino all'ultimo si è rifiutata di prendere un cellulare. E Jean è stato persino più estremo di lei. Jean è per così dire... una persona un po' speciale. Ha il terrore delle onde elettromagnetiche e delle microonde. Non ha nemmeno la linea fissa, per non parlare di Internet, di un televisore o un computer. Probabilmente è il genere di persona che, se abitasse negli Stati Uniti, avrebbe un bunker; stando in Francia si limita a un vigneto e una marea di libri. Forse però potremmo scrivergli una lettera.»

Benjamin fece una smorfia. «Una lettera?»

«Sì, un indirizzo di posta ce l'ha, anche se è capitato che minacciasse il postino con un fucile della Prima guerra mondiale pensando che fosse una spia nazista.»

Sul viso di Benjamin si fece strada il terrore puro, lo colsi anch'io.

«È alquanto inusuale» disse infine, passandosi una mano sulla fronte.

«Tuttavia, potremmo provare con la lettera» insistetti. «Potrebbero volerci un paio di settimane prima che risponda. O un paio di mesi.»

Mi tornò in mente la cartolina di invito al funerale di Amalia che gli avevo scritto ed ebbi un tonfo al cuore. Non avevo mai ricevuto risposta, non ero neanche sicura che sapesse che era morta.

Jean era stato uno dei pochi amici veri di mia zia, anche se le sue paranoie avevano spesso complicato i nostri contatti. Eppure il francese dagli arruffati capelli grigi, i vivaci occhi verdi, con il suo vino biologico e l'incapacità di fare del male a chiunque era stato uno dei punti fermi della mia infanzia. E Jean era incredibilmente ben connesso e informato, per essere un uomo convinto che Internet fosse il casinò privato di Jeff Bezos.

Con Amalia avevamo trascorso più d'una estate a casa sua, nella sua villa tra le dolci colline della Champagne, dove l'assenza di una piscina era compensata da una terrazza con vista sui vigneti e da libri a non finire. Più o meno ogni due giorni Amalia e Jean bisticciavano, urlando in francese, mentre io sdraiata su una coperta sul prato cercavo di leggere Alexandre Dumas e Annie Ernaux. Amalia a un certo punto usciva di casa e dopo essersi gettata alle spalle lo scialle con fare teatrale, inforcava gli occhiali da sole e s'incamminava verso i vigneti, mentre Jean la rincorreva cercando di parlarle disperato. La sera si rappacificavano e bevevamo tutti il vino di Jean. In realtà, la regione è famosa per lo champagne, ma lui e la sua caparbietà preferivano usare il tipico vitigno del pinot nero per produrre vino rosso. Quando avevo capito che, raccogliendo con un certo anticipo l'uva nera, si poteva ricavare uno spumante bianco, mi ero sentita un po' imbrogliata. Jean, che manco a dirlo non si adeguava mai a quello che facevano gli altri, lasciava maturare l'uva e produceva un vino rosso mediocre che Amalia criticava con veemenza ma ingurgitava a litri. Lui la guardava con occhi da cane bastonato, poi prima della partenza non mancava di regalarle sempre una o due bottiglie che riteneva particolarmente buone, con la preghiera di scrivergli cosa ne pensasse una volta aperte a Colonia.

Jean non era venuto al funerale di Amalia, né aveva mandato un biglietto di condoglianze, e io l'avevo relegato nell'angolino più remoto del mio cuore, come del resto tutte le cose che mi ricordavano troppo Amalia e il tempo che avevamo condiviso.

Benjamin mi sfiorò la mano e trasalii a quei ricordi.

«Sarah, che ne diresti se tu e io facessimo un viaggetto?»

mi domandò con una strana luce negli occhi che mi impedì di distogliere lo sguardo.

«In che senso?» chiesi diffidente.

«Ce ne andiamo in questa tenuta in Francia per interrogare Jean a proposito del segmento perduto della cartina, tua zia era sicura che lui ne sapesse qualcosa, è evidente.»

«Non posso andare in Francia così su due piedi abbandonando tutto questo» obiettai con un ampio gesto della mano. «La casa, le tartarughe, il mio lavoro di restauratrice. Mi spiace, Benjamin, ma è davvero troppo. Qualunque sia stata la promessa che ti ha fatto mia zia, non posso mantenerla.»

«Tartarughe?» chiese Benjamin. «Capisco benissimo che non puoi partire così su due piedi, senza un'attenta valutazione. Ma quanto disterà mai Reims da qui, quattro, cinque ore? In fin dei conti, in macchina è una gita di un giorno, e comunque sia dovrò riattraversare la Francia per prendere il traghetto da Calais a Dover. Ti pagherò il biglietto per il ritorno in treno. Jean non mi sembra un tipo disponibile a parlare della Tabula con uno sconosciuto. Tutto sommato ti costerebbe un weekend al massimo, e pensa alla provvigione che ricaveresti dalla vendita! A giudicare dalle tante ricevute da pagare ne hai urgente bisogno.» Benjamin parlava svelto e alzai gli occhi al cielo.

«Calma un attimo, non puoi approfittarti così del fatto che ti ho permesso di aiutarmi a cercare informazioni e hai visto tutte le fatture! Inoltre, se non troviamo la cartina o non posso fare da intermediario nella vendita, non riceverò un soldo. Senza contare che certi collezionisti non sono disposti a vendere.»

Il suo volto fu attraversato da un rapido guizzo istantaneo.

«Trovato! Ti nominerò esperta e intermediaria. Ti posso garantire un sostanzioso rimborso spese. Il budget in questi casi è molto buono. Si andrà ad aggiungere alla provvigione, quindi in un modo o nell'altro verrai pagata.»

Benjamin fece una smorfia. Gli diedi del matto.

«Devo accompagnarti in Francia per un commento criptico di mia zia sul diario? Non è una ragione sufficiente per fare un viaggio, non parliamo poi del fatto che non ti conosco!»

Sfogliai un altro taccuino di Amalia. Senza volerlo, il mio pensiero corse a Philip, il mio ex, che mi rimproverava sempre di mancanza di spontaneità.

«In veste di antiquaria sono certo che cerchi spesso tesori a prescindere dall'esito finale. Ma quel che conta è la ricerca. E potrei aver davvero bisogno del tuo aiuto per questa faccenda. Anche non considerando tutto ciò, pensa solo al valore che avrebbe per la scienza il ritrovamento del frammento perduto della cartina, a quanto sarebbe fantastico renderlo accessibile al pubblico! E tua zia ha ragione quando scrive: "Sempre meglio tentare che lasciar perdere".»

Benjamin mi guardò con i suoi occhioni. Distolsi lo sguardo, infastidita. Le parole di mia zia in bocca a lui mi procurarono una sensazione strana. Non era ingiusto che Ben usasse le sue frasi per convincermi? Se c'era una cosa che avevo imparato quando stavo insieme a Philip era non credere ciecamente alle belle parole.

«Sentiamo, quanto potrebbe pagare la tua biblioteca se ti aiutassi nella ricerca?» domandai diffidente.

Ben disse una cifra. Deglutii.

«Sei venuto qui in macchina?» gli domandai sgarbata. «Perché io non amo prendere aerei.»

Sul suo viso si fece strada un sogghigno.

«Che combinazione, mia cara Sarah, neanch'io amo prendere aerei e, per giunta, guido come un vecchietto, come mi hanno confermato molti dei miei parenti. Una navigatrice attenta può tornarmi utile.»

I pensieri cominciarono a frullarmi nella testa. Avevo urgente bisogno di soldi, era vero. Ero arrivata addirittura a esporre casa mia allo sciacallaggio di mani estranee, che avevano rovistato tra le mie cose, un vero gesto di disperazione. Con gli occhi fotografai l'espressione sul viso di Benjamin, il contrasto fra la montatura dorata degli occhiali e la sua pelle, gli occhi scuri, il mento pronunciato. Le sue mani dalle dita sottili, le unghie corte appoggiate su un mucchio di fogli, come se il suo tocco potesse arginarne il caos sul punto di traboccare da un momento all'altro.

Nulla del viso o dell'atteggiamento di una persona mi aveva mai fatto capire se potessi fidarmi. Ogni volta era un salto nel buio, un atto di fede che mi rendeva vulnerabile. Mi mancava quello che gli altri sanno per istinto: il modo di guardare le persone e vedere cosa c'è dietro le loro parole, capire cosa intendono dire veramente. Le parole altrui erano per me come frasi stampate in un libro: potevano cambiare il contesto aggiungendo informazioni nuove, ma prima di tutto il significato coincideva sempre con quello che dicevano. Se qualcuno mi dice che è animato da buone intenzioni, gli crederò finché non mi dà un pugno in faccia. Negli anni dell'università e della mia storia con Philip avevo permesso alle belle parole di ingannarmi anche riguardo ai miei stessi sentimenti. Non che Philip mi picchiasse, ma a volte mi chiedevo come avrei reagito se lo avesse fatto e poi avesse promesso di non ripeterlo più. Sarei rimasta con lui? Amalia era scettica, non aveva mai sopportato Philip, ma avevo impiegato un po' a capirne il perché. Adesso non avevo più Amalia ad aspettare paziente che ammettessi i miei errori di valutazione, per poi consolarmi quando cercavo conforto tra le sue braccia. È difficile fidarsi delle persone quando l'unico legame tra te e loro è credere alle loro parole.

Sentii un formicolio allo stomaco, come non ne sentivo

dall'ultima liquidazione di un inventario nove mesi fa, l'ultima a cui ero andata con la zia. Era come se Amalia mi avesse appoggiato le mani sulle spalle, come se avesse lasciato un indizio, creato un enigma che dovevo risolvere. Come se mi stesse offrendo la possibilità di salvare la sua casa e rendere omaggio alla sua memoria. L'ultima cosa che avrei voluto era deluderla.

Stupidità e coraggio sono parenti, diceva sempre Amalia, ma chi mai osa mai scopre a quale dei due è più vicino. Dopodiché mi strizzava l'occhio e a volte canticchiava con la bocca chiusa l'inno nazionale francese. Chissà perché poi.

Guardai Ben. «E va bene. Parla con la tua biblioteca e fammi una proposta di compenso, poi io valuterò se accettare.» Mi venne in mente un'altra cosa: «Ma solo a una condizione: Bonnie e Clyde vengono con noi».

9

La ricetta di zia Amalia per una vita felice insieme

QUANDO Milena aprì per la prima volta la scatola nel frigorifero e vide le due tartarughe, cominciò a urlare. Era appena iniziato il primo inverno che passavamo a casa di Amalia. Dalle nostre stanze io e la zia ci precipitammo in cucina, dove Milena gridava come se l'avessero infilzata con uno spiedo, mostrando le due creature che aveva scovato nella sabbia. Amalia sospirò, mentre io rimasi disorientata sulla soglia.

«Santa pace, Milena, con la tua voce potresti risvegliare i morti» disse Amalia, ricoprendo di sabbia le tartarughe e rimettendole nel frigo. Chiuse lo sportello.

Mia sorella domandò con voce tremante e occhi sgranati: «Dobbiamo... dobbiamo mangiarle, adesso? Sono morte?»

Mi stavo sentendo male. Avevamo visto le due tartarughe tutta l'estate nello stagno del giardino, dove fino a qualche giorno fa si godevano l'ultimo sole autunnale sulle pietre lisce. Amalia le aveva uccise? Deglutii. I miei genitori dicevano sempre che non si assumeva mai responsabilità. Era forse questo che intendevano?

Amalia si appoggiò allo sportello del frigorifero e chiuse per un attimo gli occhi. Quando li riaprì, guardò fisso Milena che nel frattempo era scoppiata a piangere.

«No, Milena, non è vero. Scusami, non avrei dovuto dire quella cosa sulla tua voce. Bonnie e Clyde stanno bene. Vieni qui, tesoro mio.»

Allargò le braccia e Milena si abbandonò in maniera commovente nel suo grembo, affondando il naso nel suo maglione verde. Amalia mi guardò.

«Anche tu, Sarah.»

Mi fece un cenno con il braccio libero e io attraversai titubante la cucina per unirmi a loro. Misi un braccio intorno a Milena e la testa sul seno destro di Amalia, così che lei potesse cingermi.

Mia zia aveva una regola: se una di noi piangeva, dovevamo abbracciarla tutte, fino a che non stava di nuovo bene. La prospettiva che la mia sorellina mi abbracciasse con le sue mani appiccicose era motivo sufficiente per piangere il meno possibile. Per Milena invece quasi ogni occasione che ricordava la morte era motivo di lacrime, e capitava spesso. E se devo essere sincera non mi dispiaceva stringerci l'una all'altra finché non passava, perché l'abbraccio di Amalia era caldo e morbido, profumava di lavanda e sapone al lime, caffè al cardamomo e pagine di libro.

«Sentite un po', voi due, sapete già degli animali che vanno in letargo d'inverno, dico bene?» domandò infine Amalia, quando ormai Milena singhiozzava soltanto.

«Letargo?» Milena arricciò il naso. «Ma non lo fanno solo gli orsi?»

«Un orso non entra certo in un frigorifero» commentai.

«Esatto» aggiunse Amalia, lanciandomi un'occhiata di traverso. «Sono gli orsi a entrare in letargo, ma qualcosa di simile lo fanno anche gli altri animali. Le tartarughe dormono così tanto che per loro si parla di sonno invernale: per alcuni mesi non si svegliano e sognano fino all'arrivo della primavera. E poiché qui da noi non è più così freddo da farle addormentare da sole, o non fa troppo freddo, entrano nel frigorifero.»

Milena sgranò gli occhi. «E siamo sicure che non gli fa male? Davvero a primavera si svegliano?» domandò con voce tremante.

«Ti do la mia parola. Per certe tartarughe è addirittura molto più pericoloso non entrare in letargo, perché sono sempre stanche e assonnate, e muoiono giovani.»

Avrebbe forse fatto meglio a non dire l'ultima parte della frase, perché la parola «muoiono» sulla bocca di Amalia scatenò un'altra crisi di pianto da parte di mia sorella.

«Scusami, tesoro mio» si rammaricò Amalia, dandole un bacio sulla testa. Ne diede uno anche a me, sebbene non piangessi. «A volte dimentico che sei così sensibile. Bonnie e Clyde, comunque sia, vivranno a lungo. Non devi preoccuparti, Milena.»

«Quanti anni possono arrivare ad avere le tartarughe?»

«Dipende dal tipo di tartarughe» rispose Amalia con un sorriso. «Alcune anche più di cent'anni. Bonnie e Clyde appartengono a una specie che non arriverà a cent'anni, ma se ne abbiamo cura possono vivere a lungo.»

Milena tirò su forte con il naso e guardò Amalia dubbiosa. «Promesso?»

«Promesso.» Sorrise. «Vedrete, quando le sveglieremo a primavera saranno in formissima. Nel frattempo però dovete lasciarle dormire in pace nella loro scatola in frigorifero, evitando di spaventarle e fargli perdere il buon umore, ok?»

Io e Milena annuimmo serie. Perlomeno conoscevamo il pericolo di svegliare mia zia troppo presto: servivano svariate tazze di caffè al cardamomo prima che il cattivo umore l'abbandonasse. Amalia di cattivo umore era un'esperienza che, con tutta la buona volontà, era meglio evitare il più possibile.

«Bene. E adesso io e Milena prepareremo i pancake,

è proprio ciò che ci vuole dopo tante lacrime. Intanto tu, Sarah, ci leggerai la voce *tartarughe* dall'enciclopedia degli animali, d'accordo?»

Era un'altra delle regole di Amalia: non c'era crisi che non si potesse affrontare, perlomeno in una certa misura, con qualche pancake alle mele.

Ricordo ancora oggi il sapore dei pancake mangiati intorno al tavolo pieno di macchie, il senso di liberazione dopo le lacrime, le risate di tre persone che seguivano una delle ricette di Amalia per una vita felice insieme.

10

Mettere un piede davanti alla porta è pericoloso

ERA un venerdì mattina presto, gli uccelli cinguettavano piano piano, e mi trovavo sul marciapiede davanti a casa mia. Mi godevo il sole domandandomi se avessi preso la decisione giusta e se fossi in grado di fare valutazioni sensate anche senza la mia dose di caffeina.

Due giorni dopo la nostra chiacchierata, Benjamin mi aveva spedito una proposta di onorario firmata dalla sua capa che prevedeva una diaria e una percentuale qualora la transazione fosse andata in porto e riportava il possibile budget per l'acquisto del frammento perduto della Tabula Peutingeriana. Per poco non caddi dalla sedia. L'indomani avevo accettato la proposta e scritto una breve email agli altri miei clienti, annunciando un po' di ritardo sul lavoro. Dopodiché mi ero immersa in una ricerca al limite del maniacale leggendo tutto ciò che ero riuscita a trovare sulla Tabula Peutingeriana. Il giorno prima mi ero svegliata con la testa appoggiata sul bracciolo del divano, con la bocca secca, una tazza di caffè rovesciata a terra e lì accanto una canapa africana (*Sparmannia africana*) ...non avevo la più pallida idea di cosa fosse successo.

Quella mattina, a quasi una settimana dalla mia chiacchierata con Benjamin nel laboratorio, infilai le mie cose in una valigia di Amalia, Bonnie e Clyde in un terrario portatile e le mie paure e dubbi nell'angolo più remoto della mente. Qualunque appassionato di rettili avrà da ridire, perché non c'è dubbio che le due tartarughe potevano tranquillamente trascorrere qualche giorno in giardino anche senza di me: era estate, avevano cibo a sufficienza e c'era un muro abbastanza alto da impedire che finissero a passeggiare in strada. Non sono neanche il tipo che maltratta gli animali convinta che le tartarughe preferiscano fare centinaia di chilometri in auto insieme a me invece che starsene tranquille sopra le loro pietre al sole, solo perché non riesco a separarmi da loro. No, non è così.

Ero convinta che, a seguito della morte di Amalia, le due soffrissero di depressione. E per giunta Bonnie si era presa un bel raffreddore e necessitava di antibiotici onde evitare una polmonite, e mia sorella si era rifiutata di occuparsi di loro in mia assenza, per l'ennesima volta. La colpa come sempre era di Thomas, terrorizzato all'idea che lui e i bambini potessero beccassi la salmonella e altre infezioni intestinali, sebbene né Amalia né Milena né io avessimo mai preso alcunché dalle tartarughe, e sebbene gli avessi ripetuto che se si lavava le mani dopo averle toccate invece di mettersele in bocca, non correva alcun pericolo. Thomas aveva fatto una smorfia e sentenziato il divieto d'accesso a Buchheim per Bonnie e Clyde, e così non mi era rimasta altra scelta se non quella di portarle con me. Per la cronaca, Bonnie e Clyde sono due femmine. Le due tartarughe di terra sono capitate insieme da mia zia, e lei è sempre stata convinta che la loro potesse essere una storia d'amore eterno, probabilmente una fuga dalle autorità. Per questo doveva venire anche Clyde, perché non ero sicura che lei o Bonnie avrebbero superato una separazione... anche solo per pochi giorni.

A primavera, quando le avevo tirate fuori dal frigorifero, era stata la prima volta che erano state liberate in giardino senza l'accompagnamento delle parole dolci e delle mani callose di Amalia. La prima volta in cui mia zia non aveva annunciato la primavera dicendo: «Bonnie e Clyde sono riemerse dalla sabbia, l'inverno deve essere finito!»

Le tartarughe avevano fatto il loro primo giro dello stagno, preso il sole sopra la loro pietra preferita e passeggiato a lungo in giardino, mi avevano guardato con i loro occhi neri da rettile che socchiudevano lentamente e poi era scattata in entrambe un'agitazione mai vista. Le tartarughe non sono certo l'animale più veloce del pianeta. E di solito sono rilassate, si potrebbe quasi dire, letargiche. Eppure, dopo aver ripreso confidenza con ogni centimetro del proprio territorio e non aver trovato da nessuna parte Amalia, le due si erano arrabbiate. Quando gli avevo offerto un dente di leone o una piantaggine mi avevano soffiato contro. Per essere animali che passano la gran parte della vita nel mutismo, mi erano parse fin troppo sollecite. Dopodiché, invece di starsene al sole, avevano iniziato a perlustrare il territorio, mostrando una certa difficoltà a mangiare. Sulle prime avevo pensato che fossero malate, ma la veterinaria non aveva confermato la mia diagnosi (aggiungendo però un'altra fattura a quelle che non potevo pagare). Magari non era una malattia fisica, ma qualcosa era cambiato. Bonnie e Clyde avevano iniziato a dormire su sponde diverse dello stagno, cosa che non avevano mai fatto prima, e prendevano il sole su pietre il più possibile distanti tra loro. Avevo l'impressione che sparlassero l'una dell'altra, e anche di me. Avevano cominciato a tendermi agguati in giardino, per guardarmi con aria di rimprovero e soffiarmi contro, anche quando non gli davo cibo.

Ero certa che sentissero la mancanza di Amalia proprio come me. Da quando lei non c'era più, non c'erano più neanche la sua risata gutturale, le sue mani calme e la sua voce calda, e non riuscivo a immaginare che potesse esistere qualcuno che l'aveva conosciuta e non ne sentisse la nostalgia.

E adesso Bonnie aveva il raffreddore e sarebbe stato un ultimo, imperdonabile tradimento nei confronti di mia zia se non le avessi prestato le cure necessarie.

Eccomi dunque qui sul marciapiede – il terrario portatile da un lato, la valigia dall'altro – ad aspettare Benjamin che veniva a prendermi in macchina.

Era a bordo di una piccola auto grigio metallizzato, che a un primo sguardo mi sembrò quella di uno dei vicini: orribile. Ma quando aprii la portiera del passeggero, capii che tra le due c'era una sostanziale differenza.

«Che succede?» domandai interdetta, quando Benjamin mi accolse con un sorriso.

Restai in piedi accanto alla portiera aperta, che in realtà avrebbe dovuto essere quella del passeggero.

«In che senso?» replicò lui.

«Il volante è dalla parte sbagliata!»

Sulla fronte di Benjamin – quella mattina in abito gessato, le lunghe gambe piegate nel piccolo abitacolo – si formò una ruga profonda.

«Questa non è la parte sbagliata per il volante, è quella giusta per una Vauxhall inglese!» disse leggermente infastidito.

«Una che?»

«Una Vauxhall!» E con un gesto della mano indicò gli interni e fu allora che capii che si riferiva alla marca dell'auto. Come se mi dicesse qualcosa.

«Gran bella roba» risposi «ma non possiamo attraversare la Germania, il Belgio e la Francia con una macchina che ha il volante dalla parte sbagliata!»

«Ma non è dalla parte sbagliata! È dalla parte giusta per la

Gran Bretagna. E, tranne che per il sorpasso, funziona benissimo anche per la guida sul continente» sostenne Benjamin.

Lo fissai.

«Certo, se hai qualcuno a bordo è ancora meglio» ammise, guardandomi serio oltre gli occhiali dalla montatura dorata. «Ma all'andata ero da solo, ed è filato tutto liscio.»

Sospirai. Ormai era troppo tardi per tirarsi indietro. Milena lo diceva sempre che quando decido qualcosa, non ci sono santi che possano farmi cambiare idea. Forse. In ogni caso avevo raccolto le tartarughe e le mie cose e sarei partita con il bel bibliotecario inglese per questa caccia al tesoro e per migliorare lo stato delle mie finanze, anche a bordo di un pericolo pubblico su quattro ruote come quello.

«E sia» concessi. «Ma se facciamo un incidente, urlerò a squarciagola che lo sapevo fin dall'inizio.»

«Affare fatto» mi sorrise, lo scintillio negli occhi irritante come sempre.

Mi spostai di lato per sistemare le tartarughe sul sedile posteriore. Benjamin nel frattempo era sceso e si era messo al mio fianco.

«Pensavo che scherzassi con la storia delle tartarughe.»

«No» e decisi che alla luce delle condizioni di viaggio era meglio se tenevo il terrario davanti con me.

Si passò una mano tra i capelli ed ebbi l'impressione che volesse dirmi qualcosa.

«Che c'è?» domandai.

Restò a guardarmi per un momento, poi rispose: «Ho l'impressione che devo ancora imparare a interpretare le tue frasi, Sarah».

«Non ci conosciamo per niente.»

«Hai ragione» replicò.

Dopodiché mi prese la valigia e, prima ancora che potesse aprire bocca, chiarii: «No, non mi sono portata dietro l'armadio per un fine settimana, ma dovevo per forza prendere i taccuini di Amalia e uno o due atlanti e qualche prima edizione con cui corrompere Jean».

«Non ho detto nulla» bofonchiò Benjamin. E poi: «Atlanti?»

«Ma certo! Che si fa se ci perdiamo?»

«In un viaggio di quattro ore per Reims?» Scosse piano la testa. «Mai sentito parlare di Google Maps?»

«E che succede se non c'è campo? Meglio essere preparati. Gli atlanti sono imbattibili quando ci si mette in viaggio.»

Benjamin aggrottò la fronte. «Hai preso anche la bussola?»

Gli scoccai un ampio sorriso. «Certo. È pericoloso uscire dalla porta. Ti metti in strada e, se non presti attenzione ai tuoi passi, non puoi sapere dove ti ritroverai.»

Il sorriso con cui Benjamin mi rispose era degno dello Stregatto.

11
Qualche regola per viaggiare

AMALIA aveva stabilito alcune regole per quando era in viaggio perché, prima che io e Milena ci trasferissimo a casa sua, si spostava molto. Quando siamo arrivate noi due ha dovuto per forza di cose smettere, perlomeno i viaggi lunghi. Aveva continuato le sue cacce ai libri, all'inizio anche con Milena, poi soltanto con me, ma solo in zona e non in giro per il mondo come faceva in passato.

Ecco le sue regole per viaggiare:

1. Mai portare più cose di quante ne possa trasportare.
2. In macchina, chi guida ha il permesso di scegliere la musica (ma solo se non è fan del Death Metal, in tal caso il diritto decade).
3. Se sei una persona dalle grandi aspettative, meglio non farti alcuna idea della meta del tuo viaggio, così può stupirti in positivo.
4. Chi viaggia dovrebbe sempre portare con sé una limetta per le unghie (utile anche a evadere dalla prigione, qualora la tua vita di colpo si trasformasse in una delle *Avventure di Tintin*).
5. Sii sempre gentile con chi è alla guida. Ha in mano la

tua vita e... perfino se ascolta il Death Metal è meglio se non lo fai arrabbiare.

6. Il passeggero è quello che consulta lo stradario e la bussola ed è responsabile della navigazione.
7. Se arrotoli i vestiti invece di piegarli, entrano meglio in valigia.
8. Portati almeno tre libri, se possibile di autori/autrici del posto in cui stai andando, almeno uno deve esserci ambientato.
9. Ritagliati tempo a sufficienza per visitare un parco, un edificio abbandonato o un cimitero locale. I più istruttivi sono i luoghi dove la natura e l'uomo interagiscono tra loro, o in cui la natura ha ripreso il dominio.
10. Cerca di stare tranquillo se qualcosa va storto, perché in un viaggio c'è sempre qualcosa che va storto. Mantieni la calma, consuma caffè, vino, sigarette, acqua, sorridi e improvvisa.
11. Importante: Viaggia solo con persone che lasciano la mancia a camerieri/cameriere e musicisti di strada.
12. In aereo ordina un Bloody Mary, perché è buonissimo quando ti ci aggrappi in preda al terrore.
13. Di solito non ti serve tutto quello che hai messo in valigia. Ma un foulard, un ombrello e un paio di scarpe con cui poter scalare una montagna o camminare giorno e notte a Roma sono sempre utili.
14. Respira l'aria di un Paese straniero sotto le stelle, quando la polvere del giorno si è posata a terra, i fiori notturni sprigionano il loro aroma nella calura o la pioggia ha dato refrigerio alla terra, quando il gelo ti pizzica il naso o la cappa di nubi riduce lo spazio tra cielo e terra, quando gli animali notturni lanciano i loro richiami, i grilli friniscono o qualche cane

del vicinato abbaia, quando le risate dei nottambuli risuonano per strada e il traffico si è placato. Quando la luna illumina la terra, disegnando un'immagine più tenera del mondo; è allora che conoscerai il posto in cui ti trovi.

12

Quando sei ferito a morte la speranza è pericolosa

Ricordo ancora bene il viaggio che Amalia, Milena e io facemmo l'anno in cui morirono i miei genitori. Andammo in Francia, in Provenza.

Ricordo soprattutto la luce intensa, la casetta bianca con i cespugli pieni di api ronzanti che incantavano giorno e notte con il loro profumo. I campi di lavanda lungo la strada. Il verde intenso dei prati, i colori scintillanti dei fiori in giardino e il fruscio del vento tra le chiome degli alberi. I grilli che frinivano talmente forte che all'inizio non riuscivo a addormentarmi in quella casa sconosciuta, che continuava a scricchiolare e cigolare in modo insolito e minaccioso finché non mi infilavo nel letto di Milena. La seconda sera Amalia ci raccontò una storia sugli animali notturni e i loro versi, le cicale malate d'amore che si cercano senza mai trovarsi, i gufi e le piccole civette dagli occhi grandi e dal richiamo melanconico, le tartarughe silenziose che percorrono centinaia di chilometri nel mare alla ricerca di coloro che hanno perduto, per poter fare ritorno a casa insieme.

Col senno di poi è chiaro che Amalia soffriva per amore. Ma all'epoca ero una bambina e, presa dall'eccitazione e dalla novità per quella casetta bianca avvolta dal profumo dei campi di lavanda, ai margini di un paesino con solo un mercato e una marea di gente e colori incomprensibili, non me ne resi conto.

Nel giardino circondato da uno steccato in legno io e Milena giocavamo ad acchiapparella o andavamo a caccia di grilli, che smettevano di frinire appena ci avvicinavamo. Amalia apparecchiava il tavolo bianco pieno di bozzi in veranda e mangiavamo baguette con un formaggio puzzolente che lei spacciava per prelibatezza, frutta e verdura fresche che erano un'esplosione di sapori. Non ho mai dimenticato i miei primi pomodori francesi, il sapore del sole in bocca.

Al mattino Amalia ci spalmava di crema e ci spediva fuori a giocare, mentre lei sedeva al tavolo in giardino o leggeva un libro. Al pomeriggio andavamo con lei in avanscoperta nei dintorni: il paesino sulle pendici della collina. Il mare, lontano e scintillante di blu, in cui ci tuffavamo tra urla e risate, mentre Amalia ci gridava di non allontanarci troppo dalla riva perché le onde potevano inghiottirci.

Il sole splendeva e Milena rideva ogni volta che un'onda la buttava a terra, un granchio ci camminava sui piedi o lei trovava una conchiglia che voleva subito far vedere ad Amalia. Quando Milena le mostrava il tesoro, però, Amalia si limitava ad annuire sorridendo, lo sguardo assente.

E poi, un mattino, Amalia chiese a una vicina di occuparsi di noi, una signora paffuta e gentile in grembiule blu, più anziana di lei, che ci portò in cucina, ci offrì limonata fatta in casa e ci propose di preparare insieme un dolce. Ci spiegò a gesti cosa dovevamo fare e non si arrabbiò quando per una svista rovesciai una ciotola di farina e Milena cominciò subito a lanciarla in aria, facendocela piovere addosso tra le risate. La signora si limitò a spedirmi al piccolo alimentari del paese a ricomprarla, con un foglietto, un po' di soldi e un'infinità di gesti.

Ci andai, mentre Milena restò nel tinello della vicina.

Percorsi le stradine tortuose nella calura di mezzogiorno cercando riparo all'ombra delle casette; ad accompagnarmi lungo quelle strade deserte sotto il sole estivo, soltanto il trapestio delle mie scarpe sull'acciottolato e i rumori dei televisori o delle conversazioni provenienti dalle finestre oscurate dalle veneziane, il tintinnio delle posate o l'abbaiare di un cane.

Il negozio, l'unico che restava aperto in pausa pranzo, si trovava su una piazzetta dove di solito si teneva il mercato. C'era anche un caffè. Gli ombrelloni chiari facevano ombra ai tavoli occupati: due anziani che giocavano a scacchi, alcune signore che bevevano un caffè conversando nella loro lingua melodiosa.

Sulle prime non riconobbi Amalia. Era seduta in un angolo, all'ombra di un castagno, il suo abito giallo e la chioma rossa però erano inconfondibili, anche a distanza. Appoggiava i gomiti sopra il tavolino bianco tenendosi il viso tra le mani. Le sue spalle sussultavano.

Mi fermai accanto alla fontana al centro della piazza. Impiegai un po' a capire che stava piangendo. Non l'avevo mai vista piangere.

Fu per questo forse che mi accorsi del tizio che le sedeva accanto soltanto nel momento in cui lui si alzò per inginocchiarsi di fronte a lei. Gli vidi il viso solo di sfuggita, aveva bei tratti regolari. I capelli scuri e screziati di grigio. Si accosciò prendendole le morbide mani. Restai come impalata a guardare di profilo il suo sguardo pieno di lacrime. Lasciò le mani e le prese il viso, le asciugò una lacrima con il pollice. Dopodiché si alzò e si chinò per darle un bacio sulla fronte. Quando lui se ne andò, vidi che mia zia aveva gli occhi chiusi.

Qualcosa dentro di me cominciò a tremare. Non volevo che Amalia piangesse. Era l'unica persona che io e Milena avevamo al mondo. E se fosse stata infelice insieme a noi, tanto da spedirci in un orfanotrofio o darci a genitori adottivi che ci trattavano come estranee? Che non capivano l'importanza del mio quaderno di scienze con le foglie pressate tra le pagine che avevo iniziato con mio padre, o quanto odiassi quando mi allacciavano le scarpe o mi toglievano le cose dalle mani solo perché ero lenta a fare da sola. O quanto poco bastasse perché Milena scoppiasse a piangere alla vista di un animale ferito o perché le avevano preso la sua bambola dai capelli biondo rame, per quanto anche Milena sapeva essere perfida.

Amalia riaprì gli occhi e alzò lo sguardo incrociando il mio che la fissava dalla piazza. Mi guardò. Scappai via, il suo viso rigato di lacrime si era impresso a fuoco dentro di me.

Alla vicina diedi a intendere che non avevo trovato la farina, lei alzò le spalle e preparammo una *tarte tatin* alle mele che ne richiedeva poca. Quando Amalia ci venne a prendere non aprii bocca; la sera, a cena, mentre Milena raccontava allegra della nostra avventura pasticcera, non dissi nulla. Amalia sorrise, annuì e sembrava la stessa di sempre, ogni traccia di lacrime era sparita.

Quando ci mise a letto, i ricordi tornarono a frullarmi nella mente. E se avesse detto a quell'uomo che non ci voleva? Che la rendevamo infelice o portavamo sfortuna? E se dovevamo andarcene? Proprio adesso che Milena aveva ricominciato finalmente a ridere.

Amalia ci raccontò come al solito la favola della buonanotte e quando Milena si addormentò si sedette dalla mia parte del letto e mi accarezzò i capelli. Non mi disse né chiese nulla, restò semplicemente in attesa, lo sguardo posato sul mio viso, mentre io non riuscivo a guardarla negli occhi e mi aggrappavo forte ai bordi della coperta.

Amalia aspettò fino a che non potei più resistere.

«Adesso io e Milena dobbiamo andarcene?» mi uscì. La guardai terrorizzata.

«Che vuoi dire, Sarah? Staremo qui un'altra settimana. Non ce ne andremo certo prima, perché pensi una cosa del genere?»

«No, dico andarcene da casa tua. Perché... Perché non sei felice insieme a noi.» La mia voce si spezzò.

L'espressione sul volto di Amalia mutò, e odiai il fatto che non riuscissi a interpretarla. «No, tesoro mio, non dovete andarvene da casa mia.»

«Ma...»

Mi zittii e riordinai i pensieri, mentre Amalia continuava ad accarezzarmi i capelli.

«Perché prima eri tanto triste con quell'uomo. È colpa mia e di Milena? Ti prometto che da adesso in poi svuoterò sempre la lavastoviglie quando me lo dici. E metterò a posto i vestiti. Ma io e Milena non possiamo andare in un orfanotrofio. E se poi lì nessuno ci vuole bene?»

Il mio viso si rigò di lacrime e gli occhi di Amalia si accesero di un sentimento che non riuscivo a capire. Mi prese le mani e mi tirò a sé, abbracciandomi forte.

«Sarah, ti prometto che finché sarò viva, tu e Milena non dovrete andare da nessuna parte. Siamo una famiglia, tu, Milena e io siamo una cosa sola. Fino a che non sarete grandi e non vedrete voi l'ora di sbarazzarvi della vostra stramba zia, dove sono io, sarete anche voi due.»

«Non sei stramba» dissi tirando su con il naso. L'abbraccio di Amalia era morbido e forte allo stesso tempo, e profumava di sapone, lavanda e familiarità.

Continuò ad accarezzarmi la testa finché non mi calmai.

«E quell'uomo?» domandai, quando mi tornò in mente la scena del mattino.

Amalia rimase in silenzio per un attimo. «Matthieu... C'è stato un tempo in cui ho sperato che entrasse a far parte della nostra famiglia. Ma ha fatto un'altra scelta. Comunque sia non importa, non devi preoccuparti per questo. Ciò che conta è che nessuno, né Matthieu né nessun altro, e soprattutto nessun assistente sociale, potrà mai separarci. Ok, Sarah? Ti fidi di quello che ti dico?»

Riflettei sulle sue parole. «Non mi stai dicendo una bugia?»

«No, è la verità e non ti mentirò mai neanche in futuro sulle cose importanti.»

«Promesso?» domandai.

«Promesso» rispose Amalia.

13

Il cammino ci porta alla meta (più o meno)

QUANDO partii insieme a Ben alla ricerca dell'antica cartina che aveva già tratto in inganno tanti Romani, il nome di Matthieu si aggirava come uno spettro nella mia testa. L'ultima volta che l'avevo incrociato era stato mentre leggevo il taccuino di Amalia, accanto alla nota sulla Tabula Peutingeriana. Erano anni che non l'avevo più sentito nominare o che non ci pensavo. Rivedevo la scena davanti al caffè francese, ricordavo cosa aveva detto Amalia su di lui. Per la prima volta mi domandai cosa ci fosse stato tra loro. Se si conoscevano già da tempo, se erano innamorati, cosa li aveva separati. Non lo chiesi mai ad Amalia. Con un certo senso di malessere me lo domandavo adesso, mentre accanto a me sfilavano le strade e le case di Colonia, l'ampia distesa blu del Reno, mi domandavo se Amalia progettasse di trasferirsi in Francia e il nostro arrivo l'avesse costretta a rinunciare perché non voleva sradicarci ancora una volta dal nostro ambiente.

Un sonoro colpo di clacson mi strappò ai miei pensieri. La macchina dietro di noi ci sorpassò con stridore di freni, e il conducente gesticolò come un forsennato contro di noi.

Ben sterzò e io mi aggrappai alla portiera. Lui si infilò lento ma deciso nel traffico, senza farsi distrarre dai clacson delle auto né dai miei sguardi pieni di panico ogni volta che imboccava la corsia sbagliata.

Mi chiesi se accompagnarlo fosse stata una idea buona – per salvargli la vita con i miei «attento!» – poiché a bordo di quella macchinina inglese avremmo senz'altro causato una strage.

Tenevo il terrario sulle gambe e mentre Bonnie mi ignorava, Clyde mi guardava con rimprovero a causa del continuo dondolio.

Costeggiare il Reno era stato un errore, naturalmente, ma Ben aveva insistito a usare il navigatore, e già dopo qualche metro da casa mia Google ci aveva fatto perdere... ok, perdere forse no, ma ci aveva sicuramente fatto fare un giro più lungo. Avrei volentieri preso il mio atlante per dargli indicazioni migliori, ma la guida richiedeva la mia completa attenzione. Mentre attraversavamo un ponte, l'ampio fiume sotto di noi scintillò sfavillando al sole.

Finalmente, dopo una curva baldanzosa, Ben si incolonnò in direzione dell'autostrada e grazie a Google ritornammo da dove eravamo venuti, attraversando di nuovo la distesa blu. Ben mantenne la sinistra e con il suo passo da lumaca si mosse abilmente nel traffico cittadino. Ciononostante il mio respiro cominciò a placarsi e la stretta delle mie dita ormai bianche intorno alla maniglia della portiera ad allentare. Dopo venti minuti eravamo ancora vivi e cominciavo a nutrire la speranza di sopravvivere al resto del viaggio.

«Sei molto silenziosa» osservò. «Tutto bene?»

Mi lanciò un'occhiata in tralice e subito mi aggrappai di nuovo alla maniglia.

«Meglio se guardi la strada» dissi, con la voce un filo troppo alta.

Ben aggrottò la fronte, lo vidi con la coda dell'occhio dal momento che non riuscivo a distogliere lo sguardo dal parabrezza e dal migliaio di potenziali morti che ci sfrecciavano incontro o ci sorpassavano... nella corsia giusta.

«Un po' di musica?» domandò Ben, girando la manopola della radio.

L'altoparlante sparò di colpo un brano di musica classica. Ben si affrettò ad abbassarne il volume e poi pigiò più volte sul tasto della radio, così che passammo dal cd a uno strimpellamento pop. Anche se erano state solo poche note, lo avevo riconosciuto.

«Ascolti Beethoven in macchina?» chiesi.

Ben si grattò la testa imbarazzato, terrorizzandomi, ma per fortuna riportò svelto la mano sul volante.

«Sì» confermò. «Nel traffico, la musica classica è quella che più mi calma.»

«Fatico a credere che la *Settima* calmi nell'ora di punta.»

Ben fece una smorfia. «Un'esperta di musica classica.»

«Esperta mio malgrado. Quando era alle prese con un restauro particolarmente difficile, Amalia ascoltava sempre musica classica a tutto volume. La adorava, anche il valzer viennese. Ma prova tu a integrare le fibre di cellulosa di un'antica mappa mentre nella stanza risuona la *Cavalcata delle Valchirie* di Wagner.»

Ben rise. «Amalia deve essere stata proprio un bel tipo.»

Avvertii una fitta e abbassai lo sguardo sulle due tartarughe sopra le mie gambe.

«È così» confermai.

Per un po' proseguimmo senza dire una parola. A un certo punto, però, ne ebbi abbastanza del pop che passavano alla radio.

«Ascolta pure il tuo cd» dissi. «Meglio Beethoven che questo mal di testa garantito.»

«Nessuno ci obbliga ad ascoltare musica classica, cerca pure la stazione che preferisci. Che genere di musica ascolti?»

Cominciò ad armeggiare con la manopola della radio e sentii di nuovo le spalle irrigidirsi.

«In realtà mi piace tutto. Poco la musica tedesca. Se capisco il testo non riesco a concentrarmi sul lavoro. Come mai questa tua passione per la classica?» domandai.

Ben lasciò la manopola. «Viene da mio padre. Lui ama la musica classica sopra ogni cosa. Non so perché ma la associo alle domeniche in cui gironzolava per casa e, appena arrivava a un punto che gli piaceva particolarmente, si metteva a dirigere. Mio nonno mi ha insegnato un po' di cose sul jazz, mi portava con sé alle serate fin da quando ero piccolo. All'epoca, però, tutti quei suoni strani e quelle bettole piene di fumo in cui mi trascinava non mi dicevano granché.»

Ben sorrise, ma non so perché sembrava a disagio.

«Che c'è?» chiesi. «Ti vergogni della tua passione per la musica classica?»

Non rispose e in me si fece strada la spiacevole sensazione di averlo offeso con le mie parole scortesi.

«Sai» iniziò «di solito gli altri si aspettano che io ascolti il jazz. O l'hip hop. Magari anche il soul. In ogni caso ho l'impressione che la maggior parte delle persone pensi che, ascoltando la musica di vecchi uomini bianchi, tradisca la mia gente.»

Stavolta fui io a girare la testa per guardarlo, sembrava non riuscire a stare fermo sul sedile. «La gente ti dice quale musica devi ascoltare?» Non l'avrei mai ritenuto possibile... a ennesima dimostrazione di quanto poco conoscessi la realtà al di fuori del mio mondo di carta.

«Be', non è come sembra» disse Ben «ma io ho sempre la sensazione che la gente se lo aspetti.»

Non commentai perché non sapevo proprio come farlo.

Le barriere antirumore sfrecciavano ai nostri lati, e di tanto in tanto una macchina ci sorpassava a destra strombazzando.

Qualche minuto più tardi dopo essermi lambiccata il cervello per farmi venire in mente qualcosa, dissi: «Ma il senso del movimento di emancipazione non era che tutti possono fare quello che vogliono?»

«Eh?» fece Ben, chiaramente altrove con la testa. Poi si girò verso di me.

«Se fosse così facile. Ma ci sono tante storie, tante cose che non si possono perdonare, e le condizioni di partenza sono talmente impari che non basta una legge che dice che ognuno è libero di fare quello che vuole. Bisogna impegnarsi affinché tutte le persone abbiano le stesse opportunità, lo stesso stipendio, lo stesso rispetto. Lo sapevi che negli Stati Uniti il valore di un immobile crolla appena i neri vi si trasferiscono ad abitare? Ed è solo un esempio di come il capitalismo e la discriminazione agiscano insieme, e naturalmente questo non significa che c'è razzismo negli Stati Uniti. Finché nel mondo reale esistono svantaggi e vantaggi, non basta l'uguaglianza sulla carta a risolvere il problema.»

Il suo tono era diverso dal solito, e mi resi conto che probabilmente era un argomento che, per un verso o per l'altro, era presente nella sua vita in maniera diversa dalla mia.

«Scusa» risposi «non dovrei fare commenti su cose di cui non mi intendo.»

«No, Sarah, preferisco che tu dica la tua e ne parliamo, piuttosto che portare avanti ognuno la propria idea. A ferirmi non sono le domande ma i falsi preconcetti. Parlare è l'unica possibilità che abbiamo di capirci. Fare domande, ascoltare o prendere sul serio l'altro. Sbaglio?»

Mi guardò e stavolta c'era qualcosa nei suoi occhi per cui non distolsi i miei.

«Ok.» Ben annuì e le sue spalle si rilassarono, come se tra noi ci fosse appena stato un chiarimento. Solo che non sapevo su cosa.

«Com'è che sei diventato ricercatore della British Library?» gli domandai a un certo punto.

Sembrò riflettere. Poi mi chiese: «La versione lunga o quella breve?»

«Prima la breve, poi la lunga.»

«Nella mia famiglia l'istruzione è importante. Mia madre è avvocato, mio padre è professore universitario. E poiché fin da piccolo mi sono interessato alla storia antica, la medievistica e la storia inglese facevano al caso mio; lavorare in una delle più grandi biblioteche del mondo è venuto poi da sé.»

«E la versione lunga?»

Colsi un sorriso. «Mio nonno aveva un cane, un vecchio bassotto che si chiamava Selma e, ogni volta che era nervosa, faceva i suoi bisogni. Un giorno il nonno portò me e Selma nella famosa sala di lettura del British Museum, fu prima che la collezione di libri venisse trasferita a San Pancrazio e la sala restaurata. Nella sala di lettura e in tutto il museo era vietato l'accesso ai cani, ovviamente. Quando la bibliotecaria si rifiutò di farci entrare con Selma, mio nonno senza esitare le mise il guinzaglio tra le dita dicendole che aveva qualcosa di importante da mostrare a suo nipote. E lasciò lì l'impiegata interdetta. Dopo avermi preso per mano, mi guidò attraverso quel gigantesco edificio fino al centro della sala di lettura. Non so se hai mai visto una foto: era una splendida stanza rotonda con una fantastica cupola blu che ricordava il Pantheon di Roma. Alle pareti c'erano scaffali alti fino al soffitto e la cupola blu era di cartapesta bianco-dorata per ridurne il peso ed era punteggiata di finestre. Era straordinaria! Oggi la sala non esiste più in questa foggia, non accoglie più i libri ed è stata restaurata per ospitare mostre. Mio nonno fece un ampio gesto della mano e mi disse: "Ricorda, Benjamin, qui dentro, da qualche parte, c'è anche la nostra storia. O perlomeno il pezzetto che è già stato scritto. E un giorno ci sarà anche il pezzo che dobbiamo ancora scrivere noi". All'epoca non capii cosa intendesse. Ma quando uscimmo dal museo – io, un ragazzino di sei anni emozionato, la mano nella sua – trovammo ad aspettarci la bibliotecaria con Selma al guinzaglio. La signora si limitò a dirci: "Il suo cane ha problemi intestinali". Mio nonno sorrise e le rispose: "Avrebbe fatto meglio a lasciarla entrare nella sala. L'odore dei libri la calma". La bibliotecaria inspirò indignata, scosse la testa e rientrò nel museo, come se non fossero necessarie altre parole. Ancora oggi ricordo l'espressione sul suo viso, il fatto che per lei fosse importante che un nonno mostrasse i libri al nipote e che, per permetterglielo, fosse stata disposta a infrangere le regole e a occuparsi di un cane che faceva i suoi bisogni. I libri contengono le storie di tutti noi e di tutti quelli che devono ancora venire, e occuparsi dei libri è un compito importante.»

Osservai le mani di Ben strette intorno al volante.

«È un valido motivo per lavorare in una biblioteca» affermai «e l'odore dei libri calma anche me. Non che io abbia problemi intestinali, ma l'odore della carta mi fa lo stesso effetto che a Selma.»

Ben rise.

Guardai fuori dal finestrino, a poco a poco il paesaggio iniziò a cambiare, la periferia della città cedette il passo ai campi e ai boschi.

Non ero molto brava a parlare con gli estranei, e solo adesso mi rendevo conto che la traversata del Belgio per raggiungere Reims poteva diventare alquanto lunga. Fino a quel momento però la chiacchierata con Ben era filata liscia. Restammo in silenzio per un po', poi mi lanciò una delle sue occhiate in tralice.

«Raccontami di Jean e magari anche di tua zia, se ti fa piacere.»

«E sia, cosa desidereresti sapere?»

«Come si sono conosciuti lei e Jean, per esempio.»

«Mmh, è una strana storia» dissi. «È iniziato tutto con una bottiglia di whisky rotta, una prima edizione di Oscar Wilde e tre dolci al limone.» E cominciai il mio racconto, mentre il verde e l'oro dei campi e dei prati estivi ci sfrecciavano accanto.

PARS II

Lugdunum (Segmenti I, II)

«Lascerò parole
sotto la tua porta.
Sotto la luna che canta
Vicinissime al punto calpestato dai tuoi piedi
Nascoste negli anfratti, d'inverno.
E nell'istante in cui ti ritroverai sola
Baciami
Se vuoi.»
Patrick Watson, *Je te laisserai des mots*

14

Le civette hanno occhi grandi per vederti meglio

Si potrebbe pensare che un viaggio in macchina con Google Maps sia meno pericoloso, che so, di un viaggio a bordo di una nave con un solo sestante o di un volo con il primo aliante in balìa di venti sconosciuti. Dopo aver passato un po' di tempo in auto con Ben, non ne ero più tanto sicura. Durante la traversata del Belgio e del Lussemburgo era filato tutto liscio, a parte forse il fatto che non avremmo dovuto attraversare il Lussemburgo. Raccontai qualche aneddoto della ricca scorta di esperienze bizzarre mie e di Amalia alla ricerca di libri rari, e chiesi a Ben del suo lavoro, che sembrava consistere nella ricerca scientifica e nelle nuove acquisizioni per il fondo della biblioteca.

A un certo punto ci ritrovammo su una stradina nei pressi di Reims, priva di spartitraffico. Era un rettilineo, lo sguardo poteva spaziare davanti; a destra e a sinistra, campi e prati. Dopo il lungo viaggio, interrotto solo dalla sosta a un paio di stazioni di servizio e da litri di caffè, mi sentivo cullata dal ritmo del paesaggio che sfilava lento accanto a noi. Avevamo alternato silenzio a conversazione, litigato più volte per il percorso ed eravamo entrambi esausti. Sulle gambe tenevo ormai il mio stradario, mentre le tartarughe nel loro terrario avevano trovato posto sul sedile posteriore, la cintura di sicurezza allacciata.

Il sole era cocente: avevo abbassato un po' il finestrino respirando il mix di calura estiva, asfalto rovente, erba secca e polvere. L'odore era talmente familiare che mi sentii pervadere le membra stanche di uno strano calore, e per un attimo accarezzai l'idea che bastasse voltare la testa per vedere seduta accanto a me con la sua chioma rosso fuoco Amalia sorridente. Accanto a me, invece, c'era un bibliotecario contrariato dopo la nostra ultima schermaglia sulle sue arti di guidatore.

«Guarda» disse, indicando un uccello gigantesco che planava regale su un campo accanto, dirigendosi verso la strada.

Era davvero grande, con piume che disegnavano strisce orizzontali e verticali bianche e marroni, le verticali erano più chiare sul petto e sulla pancia. Quando l'uccello si fece più vicino, Ben rallentò. L'uccello continuò ad avvicinarsi – la sua apertura alare era di sicuro pari alle mie braccia aperte – e puntava verso la nostra macchina.

«Wow!» esclamò Ben sorpreso, schiacciando sul freno, mentre io d'istinto lanciai un urlo. Il gigantesco uccello finì con un grosso tonfo contro il nostro parabrezza.

«Oh» feci, quando lo vidi rimbalzare stordito, atterrare sulla strada davanti a noi e non muoversi più.

Sia io sia Ben ci paralizzammo, lo sguardo fisso sull'animale che socchiudeva gli occhi stupito. Era un rapace massiccio, con giganteschi occhi arancioni e orecchie piumate che gli davano un aspetto arruffato.

Ben stringeva forte il volante, chino in avanti. Si girò verso di me e mi guardò con occhi sgranati quanto i miei.

«È una civetta?» domandò, la sua voce un'ottava più alta del normale.

«Non saprei» risposi. Lanciai un'occhiata al sedile posteriore, per sincerarmi che il terrario fosse uscito incolume dalla brusca frenata, anche se Clyde mi guardava di nuovo con aria di rimprovero.

Mi voltai verso l'uccello che era ancora accovacciato sull'asfalto e apriva e chiudeva il becco nero. Aveva spiegato le ali, quella destra formava uno strano angolo. Con il muso tondo incorniciato dalle piume, che sembravano sopracciglia calate, somigliava davvero a una civetta.

«Pensavo che avessero occhi così grandi per vedere meglio» osservò Ben.

«Sì, al buio.»

«Ma allora perché è volato proprio contro il nostro parabrezza? E in pieno giorno?»

«Mmh, magari ha valutato male l'angolo di planaggio?» ipotizzai, slacciando la cintura.

Ben si girò di nuovo verso di me, gli leggevo il terrore negli occhi. «Che hai intenzione di fare?»

«Dare un'occhiata alla civetta» dissi, aprendo la portiera per scendere.

«Ma Sarah... quell'animale è gigantesco!»

Mi affacciai dal finestrino e gli chiesi: «E allora? Lo abbiamo investito, dobbiamo aiutarlo».

«Ma è lui che mi è venuto addosso!» Ben alzò le mani e più che una collisione mimò un'esplosione.

«Non possiamo lasciarlo qui così, le macchine lo investiranno. Sarebbe omissione di soccorso!»

Richiusi la portiera e mi avvicinai lenta e con circospezione al gigantesco uccello che pensavamo fosse una civetta. Se ne stava accovacciato ad ali aperte, gli occhi ridotti a una fessura. Lentamente, molto lentamente, mi avvicinai un altro po', ma l'animale sembrò non accorgersi di me. Povero. Aveva senz'altro battuto la testa e l'ala destra sembrava spezzata.

Sentii una portiera sbattere alle mie spalle.

Di colpo, mi ritrovai Ben accanto che mi domandò: «Che si fa?»

«Dobbiamo portarla da un veterinario, ha l'ala spezzata.»

«Portarla?» chiese Ben.

«Be' sì, siamo soliti chiamare la maggior parte degli animali al maschile, ma direi che una civetta è femmina» spiegai.

«No, volevo dire... non posso far entrare un uccello nella mia macchina!»

«Senti, non abbiamo il numero di un veterinario della zona, e sono sicura che non dovrebbe tenere l'ala così come ce l'ha adesso. Dobbiamo almeno portarla da Jean, lui conosce di sicuro un ambulatorio veterinario.»

«Ma... è enorme! Non possiamo certo prenderla in braccio! Non sarebbe meglio lasciarla qui, nel suo ambiente? Magari si riprende.»

Lo guardai. A un certo punto del viaggio si era tolto la giacca, ed era rimasto in camicia, con le maniche arrotolate. Era un po' stropicciata ormai. Esattamente come l'espressione sulla sua faccia.

«Un uccello non si riprende da un'ala spezzata. Se la lasciamo qui, morirà. E a quel punto l'avremo uccisa.»

Ben fece per replicare, ma rinunciò.

Sentii montare la rabbia. «Davvero vuoi lasciare una civetta ferita e indifesa in mezzo a una strada? Mentre soffre e ha paura, e non capisce cosa le sta succedendo?» Le mie mani si strinsero a pugno.

Ben chiuse gli occhi, le sue spalle si abbassarono. «No, certo che no. Hai ragione. È solo che... è così grande... e le piume, gli artigli... Gli uccelli sembrano alieni. Non hai mai visto il film di Hitchcock?»

Rabbrividì.

«Hai paura degli uccelli?» gli domandai brusca.

Ben abbassò lo sguardo e annuì in silenzio.

Quando definì «alieno» quel grosso uccello, capii cosa intendesse dire. *Alien* in inglese significa «diverso». E forse il senso che attribuiva Ben alla parola era più appropriato a esprimere la peculiarità della creatura di fronte a noi, i suoi giganteschi occhi arancioni che celavano chissà quale coscienza.

L'uccello soffiò come un gatto. Ben e io balzammo all'indietro con un urlo quasi in sincrono. L'uccello spalancò gli occhi e soffiò un'altra volta. Noi e la civetta ci guardammo. Una situazione di stallo e nessuna possibilità di comprensione reciproca. Avrebbe potuto benissimo essere di un altro pianeta.

«E... e adesso?» domandò Ben, riparandosi dietro di me, come se gli potessi offrire uno scudo protettivo.

«Ho letto da qualche parte che un uccello ferito deve essere avvolto in un canovaccio e messo dentro una scatola delle scarpe» dissi, senza distogliere lo sguardo dalla civetta, che a sua volta sembrava osservarmi.

«Scatola delle scarpe?» domandò Ben da sopra le mie spalle. «Di un uccello così potrebbe entrarci al massimo la testa. Ma temo che se ci avviciniamo ci caverà gli occhi.»

Alzai lo sguardo al cielo, anche se l'unico a vedermi fu l'uccello che, proprio come me, capiva cosa lo preoccupava.

«È solo un'indicazione generale. Bisogna avvolgerlo nella stoffa, così da evitare si dibatta procurandosi altre fratture dell'ala. E metterlo al buio, per farlo calmare» dissi.

«Non ha l'aria di una intenzionata a calmarsi» bofonchiò Ben alle mie spalle, mentre la civetta continuava a guardarci.

Ma le forze sembravano abbandonarla, le sue piume arruffate si stavano afflosciando, si rannicchiava di nuovo, l'ala spezzata era priva di vigore a terra, l'altra piegata. A poco a poco i suoi grandi occhi arancioni si ridussero a una fessura. Sentii una stretta al cuore.

«Avvolgiamola in una giacca, così da bloccarle l'ala, e mettiamola nel bagagliaio» decisi.

«Sarah...» Ben si interruppe e riformulò la frase. «E va bene. Prendo il mio impermeabile.»

Allungai una mano verso di lui e gli strinsi un braccio, senza voltarmi. Il contatto era caldo sotto le mie dita, avevo la pelle d'oca.

«Grazie» dissi. «Andrà tutto bene. Perché non dovrebbe?»

15
Di giorni di pioggia e altre catastrofi

AMALIA aveva un teoria: nei giorni di pioggia gli adolescenti raggiungono il picco dell'insopportabilità. Forse dipendeva dal fatto che, a tredici anni, Milena cambiava umore come cambiava le magliette e nei giorni di pioggia la scelta della mise era particolarmente problematica, dal momento che tutto ciò che era pratico (giacche impermeabili e stivali di gomma) rappresentava un'intollerabile caduta di stile, senza contare poi che l'acqua le rovinava l'acconciatura.

Anche per me la pioggia era un problema, perché bagnava le cose, e le cose bagnate erano umidicce e appiccicose, in una parola: disgustose. Se c'era una cosa che odiavo erano le pagine del libro appiccicate. La maniglia fradicia della portiera sotto le dita o quella sensazione schifosa di quando tieni male l'ombrello e qualche goccia gelida ti corre giù lungo la schiena. O quando chiudendo l'ombrello ti si bagnano le mani, o quando ti si inzuppano le scarpe e per tutto il giorno fai rumore camminando lungo i corridoi della scuola.

Neanche Amalia amava la pioggia, perché a suo dire lavava via strati di lucentezza, lasciando l'odore di occasioni perse. Era una giornata alquanto grigia, io e Amalia sedevamo al tavolo della cucina, lei china su un giornale, io sui miei compiti. Amalia aveva aperto la porta sul giardino e il crepitio della pioggia aveva un effetto calmante con il suo fruscio di sottofondo. Ero alle prese con il calcolo di una curva e Amalia beveva il caffè, il profumo familiare del cardamomo nell'aria.

Milena si precipitò rumorosamente giù dalle scale e fece capolino in cucina, aggrappandosi allo stipite con una mano e compiendo un ampio gesto teatrale con l'altra.

«Io così non *posso* uscire, non se ne parla! Guarda i pantaloni, non *posso* certo infilarli negli stivali, non stanno bene insieme! E Daniel, quello scemo, verrà di sicuro con quei suoi pantaloni antipioggia in cui lo ficca sua madre e che poi non riesce a togliersi da solo. Una cosa di-sgu-sto-sa!» Dopo questa tirata Milena fu costretta a riprendere fiato.

Mia zia abbassò il giornale. «Parli come quel nazista di tuo nonno, lo sai?» Aveva un tono tagliente. «E lo sai che hanno fatto i nazisti a persone come Daniel? Le hanno ammazzate.»

Milena restò pietrificata sulla soglia. Anche Amalia era impalata, la schiena dritta.

Daniel era il nuovo compagno nella classe inclusiva di Milena. Amalia, di ritorno da una riunione con i genitori, aveva detto che era autistico e ne aveva spiegato il senso a Milena.

La faccia di Milena crollò e lei scoppiò a piangere. A grandi singhiozzi corse di nuovo su per le scale. La porta della sua stanza sbatté talmente forte da farmi sussultare.

«Accidenti!» inveì Amalia, buttando il giornale sul tavolo. Quando emise un gemito e si prese il volto tra le mani, rimasi in silenzio. «Sono una brutta persona. Non avrei mai dovuto parlarle così.»

«Il nonno era un nazista?» domandai.

Io e Milena non avevamo mai conosciuto i nonni: avevano avuto Amalia e mia madre quando erano già in là con gli anni ed erano morti quando eravamo nate io e Milena. Dei genitori di mio padre non si parlava mai.

Mia zia alzò lo sguardo. «Sì, purtroppo.»

Guardai il quaderno di matematica con i quadratini tutti uguali in cui la mia scrittura debordante trovava spazio a malapena.

«La mamma non ci ha mai detto niente.»

Amalia si morse il labbro inferiore e annuì pensierosa. «Non ne parlava volentieri. Però sì, nostro padre era un nazista, ha fatto la campagna militare in Francia, per essere precisi» rispose.

«E tu come lo sai?»

Fece uno strano rumore gutturale accompagnato da una smorfia. «A volte, quando beveva una birra di troppo, ce lo raccontava.»

La squadrai. Non ero brava a interpretare le espressioni del viso, non coglievo dal tono della voce e dalla mimica le intenzioni, le motivazioni e la sincerità, ma riuscivo a leggere tra le righe di ciò che veniva detto. Il silenzio e il non detto, infatti, sono come le pause nella musica: sono importanti come le note se vuoi creare un pezzo, se vuoi raccontare una storia.

«Non volevi molto bene a tuo padre, dico bene?» domandai piano.

Amalia si guardò le mani. «No, non era un uomo amabile» sentenziò.

Annuii in silenzio.

«Una volta ho persino frequentato un seminario sul tema della colpa all'interno della propria famiglia, è lì che ho conosciuto Jean» disse.

«Anche Jean frequentava il corso?»

«Non esattamente. Quando ero all'università in Francia e frequentai questo seminario di storia, in contemporanea si teneva anche un ciclo di conferenze con un piccolo buffet. Bevande, stuzzichini e dolcetti al limone dall'aspetto squisito. Durante la pausa di una delle conferenze, si presentò un tizio francese con un groviglio di capelli grigi che gli avvolgeva la testa come una nuvola selvaggia. Cominciò a inveire violentemente contro uno dei conferenzieri che aveva parlato dei partigiani nella propria famiglia. Disse che aveva fatto ricerche e aveva scoperto che quell'uomo era un bugiardo, i suoi genitori erano nazisti e lui un truffatore. Erano tutti scioccati e l'organizzatrice cercò disperata di placare il tizio dai capelli grigi.»

Amalia rise sommessamente al ricordo. «A ogni modo, di colpo il tizio cominciò a farneticare di una prima edizione di Oscar Wilde che non avrebbe mai venduto al conferenziere, se solo lo avesse saputo. Dopodiché prese uno dei dolcetti al limone del buffet e lo scagliò con tutta la sua forza contro quel tipo. E poi un altro e un altro ancora. L'ultimo andò a segno, proprio un attimo prima che la sorveglianza lo buttasse fuori. Più tardi incontrai il lanciatore di dolcetti in un bar, era chino su una bottiglia di whisky che aveva già bevuto per un terzo. Aveva un'aria inconsolabile. Gli domandai cosa c'entrasse Oscar Wilde e lui, dopo essersi limitato a guardarmi, scoppiò a piangere. Venne fuori che era un mercante di libri e un antiquario, e che aveva venduto a quell'uomo un libro, vendita di cui si pentiva amaramente. Condividemmo il resto del whisky escogitando piani sempre più assurdi per riuscire a recuperare il prezioso volume. Alla fine della serata, a forza di gesticolare, scaraventò la bottiglia di whisky a terra, e nel raccogliere i cocci si tagliò. Lo accompagnai in albergo, gli fasciai la mano e da allora diventammo grandi amici. È stato Jean a farmi conoscere il business dell'antiquariato.»

Amalia sorrise. «Vedi, tesoro mio, dalle situazioni più strane possono nascere le alleanze più importanti.» Mi scompigliò i capelli mentre d'istinto allontanavo la testa per impedirglielo.

«E l'avete recuperato?» domandai. «Il libro, intendo.»

Amalia annuì sovrappensiero.

«E come?»

Il sorriso di Amalia, ampio e con i suoi tanti denti, bastò come risposta. «Questa è un'altra storia, tesoro mio. Meglio che vada di sopra a scusarmi con tua sorella. Altrimenti ricomincia a odiarmi e non arriveremo mai in tempo a scuola. Lei però non può dire certe cose né pensarle. Che è successo ai ragazzi di oggi?» Alzò le mani. «Ne discuteremo con calma stasera. Adesso vai a cercare i tuoi stivali di gomma!»

Mi fece l'occhiolino e sparì al piano di sopra, mentre mordendo la matita me la immaginavo da giovane, con la chioma rosso fuoco e la risata gutturale, che beveva whisky in un bar francese in compagnia di uomini, sapeva fasciare ferite e allacciare amicizie. E anche se ero completamente diversa da lei, in quel momento capii che da grande volevo essere proprio come lei.

16
Avvoltoi e cornacchie

Appena ci vide uscire dall'auto, Jean scese gli scalini d'ingresso per venirci incontro, i passi incerti e malsicuri sulle sue gambe arcuate.

«Sarah!» gridò, mentre Ben procedeva lento, osservando l'ampio podere dal vialetto con il ghiaino su cui avevamo parcheggiato.

«Sarah!» esclamò di nuovo Jean, la faccia incorniciata dalla nuvola di capelli ondeggiante. «Che bello vederti, ne è passato di tempo!»

Mi strinse in un abbraccio, mentre io restai immobile per lo stupore, le mani prive di forza lungo i fianchi, fino a che ancora rigida non gli diedi qualche pacca sulla schiena.

Ben mi raggiunse. Mi schiarii la voce. «Lui è Ben» dissi quando Jean sciolse l'abbraccio.

Jean gli strinse la mano, scuotendola con forza. «Che gioia!» disse. «*Bienvenue!* Aspettate, vi aiuto con le valigie.» Mi sfilò accanto e aprì il bagagliaio.

«Aspetta!» gridai, ma era troppo tardi.

«Ahh» urlò Jean, mentre qualcosa di grosso, arrabbiato e dotato di piume, artigli e occhi inferociti gli saltava addosso.

17
Il mondo a piccole dosi

Da quando ho memoria, mi capita che il mondo diventi troppo chiassoso, troppo colorato, troppo luminoso, troppo urlante. Non sempre, ma ogni tanto sì. Quando accade, qualunque contatto risulta falsato: troppo caldo, troppo freddo, troppo energico.

Quando papà mi portò all'asilo la prima volta, restai paralizzata in mezzo al corridoio in cui dovevo togliermi le scarpe, mentre i bambini, le maestre, le pareti verdi e rosse, le urla e le voci intorno a me aumentavano sempre più. A un certo punto le pareti cominciarono a restringersi e a schiacciarmi e non riuscivo più a respirare; mi accovacciai a terra, la testa bassa, le braccia attorno al corpo, cercavo di prendere fiato. A quel punto papà mi prese per un braccio: «Controllati» disse. «Vengo a prenderti dopo il lavoro.»

Quando non volevo mangiare i broccoli perché mi saltavano addosso dal piatto con quel loro orribile verde scuro ed ero certa che quelle minuscole palline sarebbero state come minuscoli piedini di millepiedi sul mio palato e io mi sarei strozzata. Tanto che avvertivo un brivido e un formicolio lungo tutto il corpo, come di zampette di insetto, e scoppiavo a piangere e la mamma diceva: «Santo cielo, non adesso. Non ho tempo per queste scenate».

A volte, quando uscivo di casa, il sole era così luminoso e le macchine così rumorose, la calura mi colpiva con tutta la sua violenza ed ero costretta a chiudere gli occhi e restavo senza fiato, bloccata sulla soglia di casa. Fino a che Milena non mi dava una spinta da dietro urlando: «Non stare qui ferma impalata, cretina!»

Non succedeva spesso che il mondo diventasse troppo per me, ma era imprevedibile e capitava quando ero in mezzo alla gente e le parole mi restavano in gola, e io volevo avvitarmi su me stessa e tenermi la testa fino a che non passava. A volte mi aiutava contare. Sedici macchine rosse sulla via per la scuola, cinquantasei piselli nel piatto, venticinque sassi tra la porta di casa e il cancello del giardino.

Dopo la morte dei miei genitori, per un po' il mondo fu come avvolto nell'ovatta, tutto era rallentato e attutito; perciò, mi successe di nuovo solo qualche mese dopo che eravamo andate a vivere da Amalia.

Eravamo in un negozio di abbigliamento, la musica sparata dagli altoparlanti e l'aria carica dell'odore di plastica e stoffe colorate e sudore, ci stavamo dirigendo ai camerini di prova, Amalia ci teneva per mano. Si era messa sulle spalle i vestiti che avremmo provato. C'era fila, un gruppo di ragazzini rideva. E di colpo fu come se il velo che arginava tutto si fosse squarciato: le risate erano squillanti, per niente a tempo con la musica, i colori dei vestiti attorno a me così brillanti che cominciò a martellarmi la testa e i polmoni non riuscirono più a prendere aria, tanta era la puzza.

Mi liberai dalla mano di Amalia e mi rannicchiai dietro la tenda di un camerino. Quando mi infilai nell'angolo, raggomitolandomi e chiudendo gli occhi, una signora gridò per lo spavento. Mentre cercavo di tapparmi le orecchie, la sentii aprire la tenda sbuffando e domandare con voce stridula: «È sua figlia? Si vergogni! Ma non le ha insegnato l'educazione?»

Non capii cosa le rispose Amalia, ma sentii il rumore della tenda e il sospiro infastidito di Milena e la mano sulla mia spalla che scossi infastidita, era troppo calda sopra la mia pelle sovreccitata, migliaia di piccoli aghi mi pungevano e bruciavano, rabbrividii. Per un po' non accadde nulla: sentivo solo il brontolio di Milena e il mormorio di Amalia che le parlava a voce bassa. A un certo punto il mio cuore si placò, riuscii di nuovo a respirare e tolsi le mani dalle orecchie.

Amalia e Milena erano sulla panca dentro il camerino di prova, la tenda era chiusa e le osservavo nello specchio di fronte. Milena mi fissò e alzò gli occhi al cielo. «Devi fare sempre così, Sarah? Non puoi aspettare di tornare a casa?»

Amalia le teneva la mano e le lanciò un'occhiata prima di incrociare i miei occhi nello specchio. «Ti succede spesso?»

«Le piace farlo quando vuole attirare l'attenzione» rispose Milena imitando il tono di nostra madre.

Fui travolta da un'ondata di vergogna, mi sentii avvampare.

«Chi l'ha detto?» domandò Amalia.

Milena arricciò le labbra e rimase in silenzio. Amalia sospirò e mi porse la mano. Mi alzai in piedi ma non la presi.

«Che è successo?» mi chiese.

Mi sedetti accanto a lei, tra gli sbuffi di Milena.

«Niente» bofonchiai guardandomi le scarpe. Erano verdi con i lacci bianchi. Infilati in tre buchi per lato, una riga orizzontale in alto e tre incrociate sotto, due cappioline con doppio nodo.

«Le succede ogni volta che diventa troppo per lei» disse infine Milena a bassa voce.

«È così, Sarah?» domandò Amalia.

Annuii in silenzio.

«E c'è qualcosa che ti aiuta?»

«Contare le cose» risposi stringendomi nelle spalle.

Restammo in silenzio per un po'.

«Contare le cose, eh? Immagino che così facendo riduci il mondo in dosi più piccole» mormorò Amalia.

Immaginai di ripiegare tutto quello che contavo – il rumore, i colori, gli odori – e tutto diventava sempre più piccolo, fino a poter stare in un barattolino, come quello del mais o dei viscidi fagioli rossi che non riuscivo a mandare giù. Immaginai che tutto ciò che contavo si restringeva alle dimensioni di un barattolo da impilare.

«E mamma e papà cosa ti dicevano?» domandò infine Amalia.

Mi strinsi di nuovo nelle spalle. Tutto quello che stravolgeva la loro giornata superorganizzata era uno stress, gli dava sui nervi e li faceva arrabbiare.

«Dicevano che Sarah deve controllarsi» ribatté Milena a gran voce. E subito dopo: «Ahia! Mi stritoli le dita!»

«Scusa» disse Amalia «non volevo.»

Una mano calda si appoggiò sulle mie spalle e stavolta non era troppo, era un'àncora che non mi faceva naufragare.

«Ascoltami Sarah, non devi cercare di controllarti quando non stai bene o ti senti sovraccarica, capito?»

Mi guardai i piedi senza rispondere. Ogni volta che la mia testa esplodeva a causa dei rumori striduli e delle voci squillanti, degli odori pungenti e dei colori chiassosi, l'unica cosa che potevo fare era stringerla tra le mani.

«E cosa dovrei fare, invece?» domandai, continuando a guardarmi i lacci.

«Bella domanda. I tuoi ti hanno mai portato da un dottore per questa cosa?» mi chiese Amalia.

Scossi la testa.

«D'accordo» disse alla fine «andrà tutto bene. Per adesso, finché non troveremo una tattica migliore, continua a contare.»

Mi prese la mano e la strinse, e io sperai che una tattica fosse qualcosa che puoi portarti sempre appresso.

«Andiamo a casa» disse Amalia, come se mi avesse letto nel pensiero.

«Ma avevi promesso che avremmo mangiato il gelato!» protestò Milena.

«E lo faremo, tesoro mio, a casa mangerai tutto il gelato che vuoi, ok?»

«Ma non è la stessa cosa!» Milena fece una smorfia e incrociò le braccia sul petto.

«Hai ragione» sospirò Amalia. «Ma Sarah non sta bene, perciò mangeremo il gelato a casa. In compenso, la prossima volta potrai ordinare il gelato più grande del menu, promesso!»

Milena sgranò gli occhi ma di colpo li socchiuse di nuovo: «E chi mi garantisce che la prossima volta manterrai la promessa?» domandò.

Amalia scoppiò a ridere. «Be', difficile dirlo, in effetti. Di fondo, la garanzia non ce l'hai, cara la mia volpona.» Le scompigliò i capelli e Milena ringhiò risentita. «Ma farò del mio meglio per non deluderti, tesoro mio, ok? Ce la faremo.»

18
Il linguaggio dei fiori

SEDUTO al tavolo del soggiorno, Jean frugava tra i fagiolini che ci aveva servito insieme alla bistecca con le patate al rosmarino. Aveva un grosso cerotto sul naso, per fortuna i tagli in faccia e sulle mani non erano profondi, ed erano bastati disinfettante e cerotti.

La faccenda del rapace aveva occupato l'intero pomeriggio. Dopo aver assalito Jean (che se l'era cavata con qualche graffio e lo spavento di una vita), il grosso uccello era rimasto nel vialetto, sbattendo l'ala integra, soffiando e guardandoci rabbioso, fino a quando non aveva capito che non sarebbe riuscito a volare.

Aveva perseverato nel suo atteggiamento, finché non ci aveva visto salire le scale e rifugiarci in casa; a quel punto aveva saltellato fino al prato e si era rannicchiato.

Avevamo trascorso il resto della giornata a chiamare i veterinari che avevamo trovato nell'elenco telefonico e sullo smartphone (Jean non aveva Internet) finché finalmente un tizio della protezione animali si era mosso a pietà ed era arrivato con un furgoncino bianco, caricando l'ingrato volatile avvolto in una coperta, mentre io, Jean e Ben ci tenevamo a debita distanza.

«È un gufo reale» confermò il tizio della protezione animali chiudendo la portiera del furgoncino. «Nella nostra regione! Non è per niente di casa, qui. Comunque sia, andrà tutto bene!»

Partì con stridore di freni per portare il gufo ferito il più in fretta possibile al centro per gli animali selvatici, mentre Jean scuoteva la testa e borbottava imprecazioni in francese.

Adesso stavamo cenando, e l'unica cosa che eravamo riusciti a fare era sbarazzarci dell'uccello, dare l'antibiotico alla tartaruga e metterle tutte e due nello stagno del giardino di Jean, dove erano sparite con un tonfo. Dopodiché avevamo iniziato a cucinare (a dire il vero, Jean aveva marinato le patate e preparato la bistecca arrosto e i fagiolini, mentre io e Ben avevamo assistito sorseggiando vino, ma per me anche questo valeva come aiuto in cucina).

«La cena è squisita» disse Ben tra un boccone e l'altro. Le sue buone maniere a tavola erano come la sua camicia, che si era appena cambiato e che indossava senza la giacca: impeccabili. L'unica concessione che fece alla calura della sera fu slacciare il primo bottone, così che la camicia bianca gli incorniciava con una morbida v la fossetta sotto la gola. Di solito non notavo certe cose, perciò scossi la testa guadagnandomi una strana occhiata di Ben.

«Non ti piace?» domandò Jean abbassando la forchetta. Il suo accento francese mi fece raggelare, portava con sé troppi ricordi di Amalia, del passato e dell'infanzia.

«Ma sì, perché me lo chiedi?» ribattei, il viso chino sul piatto. Ingoiai un fagiolino senza quasi masticarlo. Tossii.

«Così» disse Jean abbassando la testa. Continuò a stuzzicare il cibo, non sembrava averne toccato granché finora.

Sedevamo a un lungo tavolo, in una delle stanze che nella mia testa erano in realtà una biblioteca, ma da questo punto di vista quasi tutte le stanze nell'ampio podere di Jean erano una biblioteca. L'edificio era uno strano miscuglio di grande e antica casa colonica e castello romantico. Non scherzo quando parlo di castello. Al piano terra c'erano due soggiorni (pieni di scaffali di libri e mobili antichi che cambiavano in continuazione), un corridoio stretto, una grande cucina che aveva conosciuto tempi migliori con un gigantesco piano cottura a gas, un bagno con una vasca con piedini di leone, un'antica stufa con un grosso camino, un salone centrale, la biblioteca ufficiale, una stanza della musica (a sua volta piena di libri e strumenti antichi), un ufficio e una dépendance con la caldaia dove erano immagazzinate altre antichità. C'era inoltre un'imponente cantina con la volta a botte, dove Jean torchiava l'uva. Una meravigliosa e ampia scala in legno a vista conduceva al piano superiore e alle tre camere da letto, il bagno nella torre, un soggiorno (leggi: biblioteca), una stanza nella torre (leggi: piccola biblioteca) e una stanza piccola (leggi: deposito per altre antichità). C'era anche un'orangerie, ovvero un'antica veranda senza aranci però, ma qualche pianta in vaso e un tavolo da giardino con le sedie in rattan e i pomodori di Jean, naturalmente.

La tenuta sorgeva su una collina che dominava i vigneti di proprietà di Jean. Sul retro della casa si trovava un giardino che sembrava un parco, pieno di aiuole fiorite e con uno stagno seminascosto da un canneto e alcuni vecchi alberi. Tutto sembrava versare in uno stato d'abbandono, perché raramente Jean faceva qualcosa per evitarlo e da anni aveva ingaggiato una battaglia contro il suo giardiniere che aveva tutt'altri piani ma si doveva accontentare di annaffiare, tagliare il prato e potare ogni tanto gli alberi. Per Jean infatti non esistevano le erbacce, esisteva solo l'incapacità di riconoscere la bellezza in ciò che è selvaggio e imperioso.

Guardai le grandi mani ossute di Jean che giocavano con la forchetta. Mi resi conto che era invecchiato. Già in passato mi aveva sempre dato l'impressione di essere vecchissimo. Doveva essere venuto al mondo già vecchio, pensavo, tanto più che Amalia mi aveva raccontato che aveva già i capelli grigi quando lo aveva conosciuto.

Jean era l'ultimo discendente di una qualche misteriosa stirpe nobiliare francese. L'unico obiettivo dichiarato del contributo personale all'illustre storia del suo lignaggio consisteva nel portarlo finalmente all'estinzione, a suo dire l'unica cosa giusta per aristocratici e parvenu del tutto ignoranti in fatto di arte. Per il momento era a buon punto, tanto più che il suo interesse romantico era rivolto agli uomini.

Le sue mani erano ormai rugose, cosparse di macchie. Una macchia per ogni occasione persa nella vita, amava dire, e ormai il dorso delle mani ne era pieno. Mi domandai quali occasioni perse avessero cartografato, e se il funerale di Amalia fosse tra queste.

Abbassai piano le posate e lo guardai in faccia. «Perché non sei venuto al funerale di Amalia? Ti avevo spedito una cartolina.»

Jean lasciò cadere la forchetta che tintinnò sul piatto e poi finì a terra, dove il tappeto ne attutì il colpo. Assunse un'espressione complicata.

«Santo cielo, Sarah, vai sempre dritta al sodo, tu» mormorò senza alzare la testa. «Niente "Come stai, Jean?" niente "Come sono andati questi ultimi anni?" nessuna tregua, eh? Solo rapaci selvaggi nel bagagliaio e domande dirette.»

«A parte qualche graffio, non mi pare che ti abbia lasciato danni irreversibili» replicai.

Jean fece una smorfia.

«Forse non volevi venire in Germania, è per questo?» insistetti. «O avevi altri impegni? Pensavo che Amalia ti stesse abbastanza a cuore da venire al suo funerale.»

Ben fece uno strano rumore di gola e gli lanciai un'occhiata infastidita. Quando lo guardai di nuovo capii la reazione di Ben: il viso di Jean aveva ceduto, le folte sopracciglia erano piegate all'ingiù, come gli angoli della bocca, ed emetteva un suono gutturale come di animale ferito, non dissimile da quello del gufo reale quando era schizzato fuori dal bagagliaio. A un tratto, grosse lacrime gli rigarono le guance grinzose e cominciò ad avere il singhiozzo che, passato il momento iniziale di stupore, riuscii a identificare come un vero e proprio pianto a dirotto.

Ben e io ci scambiammo un'occhiata, lui aveva gli occhi sgranati. Restammo come pietrificati, mentre Jean, coprendosi il volto con le mani, era scosso dalle lacrime.

Ben gli appoggiò una mano sulle spalle tremanti.

«Le mie condoglianze» mormorò e per certi versi era proprio quello che avrei dovuto dire io, ma che mai nella vita mi sarebbe venuto in mente. Jean annuì, prima di scoppiare di nuovo a piangere.

Ben continuò a tenergli la mano sulla spalla, fino a che i singhiozzi si placarono e lui riuscì a balbettare: «Io... io... non avrei mai pensato che morisse prima di me. Era così... così allegra, così vitale, luminosa, proprio come la vita».

«Non l'avrei mai pensato neanch'io» dissi, e Ben alzò gli occhi al cielo. Ma era vero, Jean era sempre stato anziano, mentre Amalia, per quanto avesse dieci anni più di mia madre, a modo suo era sempre rimasta giovane.

«Sul serio, non capisco. Così come non capisco perché non ci ha mai parlato del tumore» continuai, e Jean emise di nuovo il verso di un animale ferito.

«Jean, in realtà siamo venuti qui per farti domande su una cosa di cui si è occupata Amalia negli ultimi mesi prima di morire.»

Ben scosse forte la testa e, nel tentativo di dirmi qualcosa, fece un cenno in direzione di Jean, che nel frattempo aveva lasciato cadere le braccia e singhiozzava nella manica della camicia. Ben gli accarezzò un'altra volta la spalla, come se potesse servire a qualcosa. Mia sorella aveva fatto lo stesso con me al funerale di Amalia, ma non aveva prodotto alcun effetto degno di nota.

«Si tratta di un segmento della Tabula Peutingeriana e...»

Jean mi interruppe e con voce affannata disse: «Le volevo bene!»

«A cosa? Alla cartina?» replicai, confusa.

«No!» Aggrottò la fronte e scosse impaziente la testa. «Ad Amalia. Era la mia famiglia» rispose guardandomi con gli occhi vitrei. «Le volevo bene come a una figlia.»

Fissai Jean, i tratti rugosi del viso, gli occhi gonfi. «Ma tu non hai una figlia» ribattei «né hai mai voluto averne.»

Jean lasciò ricadere la testa e singhiozzò senza freni, mentre Ben mi guardava stralunato e sospirava piano.

«Sarah, è un modo di dire» mormorò Jean «e non volevo figli perché non volevo portare avanti la discendenza. E perché avevo già una famiglia: Amalia, te e Milena. Negli ultimi tempi mi aveva confidato che stava male, ma non voleva stressare te e Milena. Diceva che era una battaglia che doveva combattere da sola. Tanto più che probabilmente l'avrebbe persa.»

Gli uscì fuori come a ondate, come se stesse rivelando un segreto che aveva conservato a lungo, quasi una confessione. Mi bloccai. Cercai di correggere l'immagine che avevo di lui in quanto amico intimo di mia zia. A quanto pare, per lui eravamo molto di più, soprattutto Amalia, la quale gli aveva fatto confidenze che a me non aveva mai fatto.

«Non potevo venire al funerale perché se fossi venuto, il fatto che non c'è più sarebbe diventato reale.»

Allungò la mano verso di me, a stringere la mia con le dita ossute. Non sopportavo contatti inaspettati e Jean lo sapeva, ma sentirlo singhiozzare mi fece pensare che la mia mano nella sua, e forse anche l'abbraccio all'arrivo, in realtà erano per Amalia.

Annuii e mi alzai.

Ben mi seguì con lo sguardo e domandò: «Dove vai?»

«In giardino» risposi sovrappensiero. Dovevo raccogliere le idee, di colpo c'era troppo chiasso nella mia testa, mi scoppiava, per quanto in realtà gli unici rumori fossero Jean che tirava su con il naso e il canto ininterrotto delle cicale attraverso la finestra aperta, ma quelle parole continuavano a risuonare in me come zombie. «Cenate pure senza di me.»

I piedi mi condussero all'aperto quasi senza la mia partecipazione. Il canto delle cicale crebbe d'intensità. Ricordai che Amalia, al nostro primo viaggio in Francia, ci aveva raccontato che il loro è in realtà il canto di quelli che si amano, di quelli che hanno perso il compagno. Mentre i piedi mi facevano attraversare il prato tosato e raggiungere le aiuole fiorite, pensai che all'epoca dovesse già essere innamorata e che, se non ci aveva raccontato nulla al riguardo, magari lo aveva raccontato a Jean, che a quanto pare sapeva molte più cose di me.

Il sole era tramontato ma faceva ancora caldo, l'erba secca sotto i piedi, nell'aria l'odore di calura estiva. Mi sedetti a gambe incrociate davanti alle aiuole fiorite, la schiena rivolta alla casa, lo sguardo che spaziava sul vigneto, e osservai le piante. Di fronte a me c'era una «bella di notte» o *Nyctaginaceae*, circondata da due farfalle bianche, di cui non conoscevo la specie di appartenenza. Accanto c'era un oleandro lussureggiante, i cui fiori rosa a forma di stella brillavano a contrasto con le foglie verde scuro. Recitai nella mia mente i nomi latini dei fiori e delle erbe: lo zafferanone giallo, il *Carthamus*, la carlina bianca, *Carlina acaulis*, la rossa *Gerbera aurantiaca*, un lussureggiante cespuglio di salvia, *Salvia* per le sue proprietà benefiche, una profumata menta piperita *Mentha x piperita* e una manciata di *Myosotis* blu, conosciuti anche con il nome comune di nontiscordardime.

I pensieri mi vorticavano nella mente come un caleidoscopio di colori variopinti, e ripetei i nomi come un mantra: *Nerium oleander*, *Carthamus*, *Carlina acaulis*, *Gerbera aurantiaca*, *Salvia*, *Mentha x piperita*, *Myosotis* e via daccapo.

A poco a poco il mio respiro si calmò, e i pensieri ritrovarono un ordine, come i fiori con il loro genere e specie.

Non è facile incontrare qualcuno che ti ami con la stessa intensità e nello stesso momento in cui lo ami tu. Ne ero consapevole. Jean aveva amato Amalia come una figlia, e Amalia aveva amato un certo Matthieu di cui non ci aveva mai parlato e che forse, dopo quella famosa vacanza, non aveva mai più visto. Mia sorella si era innamorata di Thomas e poi Thomas di lei, e adesso non ero più sicura che l'uno volesse ancora l'altra, e viceversa. Io avevo amato i miei genitori, e loro si erano amati l'un l'altra ma, a parte i bisogni primari, non avevano mai avuto tempo per Milena e me. Il mio ex fidanzato diceva di amarmi, eppure mi aveva lasciata per un'altra, e io non ero sicura di cosa avessi provato per lui, se era amore o confidenza o, superati i primi tempi, soltanto abitudine. In base alla mia esperienza, l'amore era segnato da un girotondo infinito di desideri irrealizzati, occasioni perse, asincronia e, non di rado, fraintendimenti.

Su una cosa però non nutrivo alcun dubbio: Amalia aveva amato Milena e me, e noi lei, e mai e poi mai sarebbe dovuta morire di malattia senza dircelo.

«*Nerium oleander*» mormorai «*Carthamus*, *Carlina acaulis*, *Gerbera aurantiaca*, *Salvia*, *Mentha x piperita*, *Myosotis*, *Myosotis*, *Myosotis*.»

Quand'ero piccola, un giorno mio padre mi diede un libro di Edith Nesbit, *The Wonderful Garden*. Parlava della lingua dei fiori e di quello che un gentiluomo può dire a una signora con il fiore giusto. Cercai di indovinare cosa volesse dirmi papà, che da botanico padroneggiava la lingua dei fiori solo in forma di specie e generi latini bisbigliati alla stregua di formule magiche. Me la impressi nella mente a suon di esercizio, animata dal desiderio di parlare un giorno una lingua che ci accomunasse. Quanto mi avrebbe amato, se fossi riuscita a farmi capire da lui. La lingua dei fiori nel libro per bambini di Nesbit era ben diversa. Una lingua dove forma e colore avevano sì un senso, ma che riguardava il rapporto tra gli esseri umani, non tra i fiori. Pensai che fosse un consiglio, un'indicazione su come parlare a mio padre. E fu così che per il compleanno gli portai un mazzolino di prezzemolo raccolto in giardino, che stando alla lingua dei fiori significava: *Vorrei fare un gesto d'amore per te!* Ma papà mi guardò senza capire e imbastì uno dei suoi sorrisi infastiditi, con gli occhi che guardavano altrove, verso qualcosa che in quel momento avrebbe sicuramente preferito fare, per esempio terminare un articolo alla sua scrivania. Non capii perché non capisse, in fondo avevo imparato il suo latino dei fiori, e lui mi aveva dato il libro di Nesbit per comunicare con me. Eppure non ci capivamo, semplicemente non parlavamo la stessa lingua, qualunque cosa facessi... fino a che precipitò con l'aereo in Amazzonia e insieme a lui svanì anche ogni ulteriore possibilità di comprensione reciproca.

Amalia mi aveva capito, probabilmente era stata l'unica, e per questo l'avevo amata sopra ogni cosa.

Forse era stato così anche per Jean, e forse si era sentito tradito anche lui per il fatto che fosse morta e ci avesse lasciati senza nemmeno darci il tempo di dirle addio, dopo aver rifiutato la chemioterapia.

I fiori davanti a me parlavano molte lingue, avevano un nome in ogni idioma parlato dall'uomo, parlavano agli insetti attraverso il profumo e il colore, e forse parlavano anche tra loro, chissà. Sopportavano imperturbabili il loro nome latino e la lingua dei fiori tra esseri umani, disinteressati al fatto che i nostri piccoli cuori dipendessero dal loro significato.

È troppo pericoloso, disse il cardo. *Grazie a te sarà tutto più bello*, la gerbera, e *Perdonami!*, la menta piperita. E i nontiscordardime dicevano in entrambe le lingue: *Non ti scordar di me*. Ti prego, non dimenticarti di me.

Mi chiesi se anch'io potessi dire qualcosa a Jean usando la lingua dei fiori. Chissà se c'erano fiori capaci di dire: Jean, sei matto, sei fuori di testa con il tuo terrore delle intercettazioni ambientali da parte del governo e del postino, ma sei un brav'uomo. Hai un cuore d'oro. Sono certa che Amalia ti voleva bene, anche lei ti considerava la sua famiglia. Potresti aiutarmi nella mia ricerca e occuparti delle mie tartarughe mentre sono via?

Con un sospiro mi alzai e mi riavviai verso il soggiorno per parlare con Jean e Ben e riprendere da dove avevo cominciato: la ricerca dell'ultima cosa che mi aveva lasciato Amalia, un mistero senza indicazioni concrete in una lingua che non comprendevo. E forse era questo il tradimento più grande di Amalia: il fatto che non capissi e non potessi più domandarle perché mi aveva abbandonato.

19

Elenco delle cose che mi ricordano te (estratto)

Il primo pensiero quando muore qualcuno è che sentiremo la mancanza delle cose evidenti: la persona, il suo carattere, la sua presenza. Ed è anche vero. Ma l'assenza è troppo grande per percepirla come tale: per poterla vedere, servirebbe il buco nero al centro della galassia, con il suo peso di quattro milioni e mezzo di soli, un buio e una massa talmente incredibili da inghiottire la luce. L'assenza non si può vedere né se ne può stimare l'esistenza solo in base a indizi circostanti, come avviene con un buco nero. È solo dall'unione di telescopi giganteschi, calcoli e teoria della relatività che forse è possibile stabilire che esiste e dove si trova, dal momento che tutto gli gira intorno. Tutto continua a girare intorno a questa assenza, perché è talmente pesante da inghiottire il tempo e lo spazio, e piegare ogni cosa attorno a sé. Ed è vero: non puoi mai vedere direttamente l'assenza, non puoi mai vedere il buco, solo indovinarne i contorni con la coda dell'occhio, mentre continui a girargli intorno, e già solo questo è talmente doloroso da dover distogliere il tuo sguardo.

Sono le piccole cose a tracciare i contorni dell'assenza, le piccole cose che restano o che mancano a rendere concreto il buco nero al punto che diventa visibile:

- L'ultima tazza che Amalia ha usato e lasciato sporca, con il cerchio del fondo di caffè che si è asciugato.
- La porta chiusa tra la cucina e il giardino, che apriva ogni mattina prima che scendessi.
- Gli incunaboli con i loro fermagli in metallo che sfiorava con le dita, così come la cartina che era ancora sul suo tavolo di lavoro.
- Il mio stomaco brontolante, che mi fa rendere conto di aver lavorato tutto il giorno senza che Amalia mi interrompesse per il pranzo.
- L'assenza dell'aroma di cardamomo al risveglio, che invece era solito risalire su per le scale per svegliarmi.
- Il bruttissimo orologio da polso dorato con il cinturino marroni che portava sempre, finché un giorno non dimenticò di toglierselo sotto la doccia e smise di funzionare, e da allora è rimasto sul mobiletto del bagno, accanto al rimmel, alla tinta per i capelli, ai trucchi e ai rossetti in tutte le sfumature possibili.
- La sua musica, quand'era di buono e di cattivo umore, la sua voce e la risata che riempiva ogni angolo della stanza.
- Il mio impulso di gridare: «Sono tornata!» quando aprivo la porta, seguito dalla sensazione opprimente che non ci fosse nessuno a poterlo sentire.
- L'assenza dei suoi passi in corridoio di notte quando andava in bagno, il mancato cigolio dei vecchi tubi quando si lavava le mani.
- La mancanza di risposte, soprattutto alla domanda: «Perché? Perché? *Perché?*»
- I suoi occhi verdi che mi scrutavano attenti, ma mai, mai una volta sembravano giudicarmi, come se ciò che vedevano andasse bene com'era.
- La sua incapacità di innaffiare i fiori nei tempi giusti,

tanto che appena se ne ricordava veniva presa dal senso di colpa e li affogava.

- La luce nei suoi occhi quando recuperavamo un libro particolarmente bello, una vecchia prima edizione o un manoscritto a un prezzo ridicolo, la sua smorfia maliziosa all'indirizzo di Dengelmann quando lo battevamo sul tempo.
- La sua jeep che aveva esalato l'ultimo respiro e se ne stava in garage come un relitto spiaggiato da quando lei, a suon di carezze, imprecazioni e riparazioni dilettantesche, non tentava più di farla partire.
- Milena che mi strinse il braccio un paio di settimane dopo il funerale e l'improvvisa presa di coscienza che non mi capitava da tempo: nessuno mi aveva più abbracciato. Il brivido che mi percorse, il contatto *talmente* doloroso da farmi paura, da fulminarmi perché avevo dimenticato come ci si sentiva a essere abbracciata da Amalia, a essere stretta forte; avevo dimenticato il suo odore tranquillizzante di lavanda e melissa nel mio naso, la sua risata gutturale nelle mie orecchie.

20
Ogni porto nella tempesta

QUANDO rientrai nel soggiorno, Jean sembrava aver ritrovato la calma, parlava tranquillo con Ben.

«Sarebbe un ritrovamento davvero incredibile» stava dicendo.

«In mano a un collezionista privato si perderebbe un immenso tesoro a livello scientifico. Se rintracciassimo il frammento mancante della cartina e potessimo renderlo accessibile al pubblico, sarebbe davvero il ritrovamento del secolo» rispose Ben.

Jean, che viveva dei soldi dei collezionisti privati, sbuffò. «Be', chiedere aiuto a un collezionista o a un antiquario e volerlo convincere dei vantaggi di un'acquisizione da parte dello Stato ha un che... di ironico.»

«Non penso. Se, come mi sembra, attribuisci anche tu tanto valore agli oggetti antichi» obiettò Ben «sai benissimo che certe cose appartengono a una biblioteca e agli studiosi.»

Jean fece uno sbuffo sprezzante, ma non replicò. Quando entrai, entrambi alzarono lo sguardo. Avevano sparecchiato la tavola, lasciando solo il mio piatto, il cibo ormai era freddo.

Nella rimessa in giardino, che in realtà era parte dell'edificio, ma che il giardiniere usava per scopi personali, avevo trovato un vaso per i fiori in cui avevo messo un dente di leone sbocciato. Lo posai sul tavolo, davanti a Jean, le mie dita ancora sporche di terra, la mezzaluna delle unghie nera.

Osservai il volto rugoso di Jean, i capelli bianchi, gli occhi stanchi. Era tempo di lasciar andare.

«Jean» cominciai «non prendertela con me, ma sei un tipo piuttosto bizzarro, vivi qui da solo, senza Internet e, scusa se te lo dico, ti mancano solo un paio di attacchi di paranoia per arrivare a indossare un cappello di carta stagnola.»

«Sarah!» mi riprese Ben.

Alzai una mano per dire che non avevo ancora finito, mentre Jean mi faceva l'occhiolino.

«Amalia ti voleva molto bene» proseguii. «Anche per lei tu eri parte della famiglia, non ho dubbi. Adesso lei non c'è più, e noi non possiamo far altro che andare avanti dal punto in cui ci eravamo fermati.»

Feci un bel respiro.

«Jean, vuoi essere il mio nuovo nonno? Anche per Milena, naturalmente. O preferiresti forse essere il mio nuovo zio? Magari è più consono.»

Jean mi fece un'altra volta l'occhiolino.

«Ho raccolto questo dente di leone per te in giardino» aggiunsi.

Jean annuì lento. «Che significato ha il dente di leone nel linguaggio dei fiori? "Possa ogni tuo desiderio realizzarsi"?»

Sbuffai. «"Non essere triste"» risposi «o: "Non essere solitario". Le fonti al riguardo divergono.»

Jean rovesciò la testa all'indietro e scoppiò a ridere, una risata profonda, gutturale.

Quando smise, mi scrutò. Dopodiché disse: «Mi sei mancata, Sarah, tu e le tue stranezze».

Mi pulii le mani sui pantaloni.

«Certo che continuerò a essere parte della vostra famiglia,

per quel che posso per te e Milena io ci sarò sempre. Mi dispiace non esser venuto al funerale, ma questo non significa che non vi ho pensato, capito? O che non mi siete mancate. Mi perdoni?»

Annuii, un improvviso groppo alla gola, le spalle che si rilassavano per la prima volta dopo tanto tempo.

La bocca di Jean si aprì in un ampio sorriso.

Lo sguardo di Ben faceva la spola tra noi due. «Credo sia arrivato il momento di un abbraccio» disse.

Jean rise nel vedere l'espressione sul mio viso, dovevo dare l'impressione di aver morso un limone.

«Che c'è?» domandò Ben. «È un momento commovente tra due persone che mi sembra tendano a tenere sotto chiave le proprie emozioni. È quello che ci vuole, perlomeno è quello che dice sempre mia madre quando litigo con i miei fratelli.»

Jean sghignazzò e mi si avvicinò a braccia aperte, al che io mi ritirai dietro il tavolo come se fosse un appestato.

«No, no, non è necessario, sul serio!» dissi, mentre indietreggiavo di qualche passo schermandomi con le mani. «Ci siamo già abbracciati quando siamo arrivati!»

Mentre Jean mi inseguiva intorno al tavolo, mi sembrò di tornare a essere la bambina che lui rincorreva per casa tra strilli e risate di felicità, minacciandola di sgradevoli abbracci che naturalmente non arrivavano mai perché la lasciava sgusciare via. D'un tratto non potei fare a meno di ridere, deglutire e trattenere le lacrime che sgorgarono al ricordo. Mi nascosi dietro lo sbalordito Ben.

Jean si bloccò e, come sempre, mi lasciò andare.

«E va bene, e va bene. Pace» mi concesse. «Vedo che Ben ha qualche chance in più di me.»

Abbassai lo sguardo su Ben e mi accorsi di aver appoggiato d'istinto le mani sulle sue spalle. Le tolsi subito.

Jean si sedette e si rilassò nel vedere che mi sedevo anch'io e prendevo la bottiglia del vino per versarmene un po'.

«E va bene, Sarah. Esattamente, come posso aiutarvi?» domandò Jean. «Se un collezionista deve dare una mano a un bibliotecario, la situazione è davvero brutta.»

21
Sbagliato fino a prova contraria

UNA volta nel libro di uno scrittore argentino lessi la storia di un cavallo suicida. Si era arrampicato su per gli scalini di un tempio, per lanciarsi giù dal punto più alto. La gran parte degli ungulati non se la cavano bene con i gradini, immagino sia stato un vero tormento per lui. Alla fine il cavallo era salito fino in cima e si era gettato giù, e solo all'ultimo momento aveva visto che non era affatto il tempio più alto: di fronte ce n'era uno più alto ancora. Fine della storia del cavallo.

In qualche modo la capivo: per fortuna, non il desiderio di buttarmi giù dal tetto, ma l'idea che si può passare la vita a commettere errori e che persino l'ultima cosa che si fa può rivelarsi una delusione. Che persino in una situazione in cui sarebbe impossibile sbagliare, si fa qualcosa di deludente.

Perlomeno era così che mi sentivo da piccola, quando mia madre mi guardava come se non si capacitasse che qualcosa in me non andava come doveva, dopo tutta la fatica che aveva fatto per condurmi sui suoi binari ordinati.

O quando a scuola qualcuno faceva una battuta che non capivo ed ero l'unica a non ridere.

Quando Martin mi prometteva di darmi un pezzetto di

cioccolata, quando alla ricreazione dicevo a Jan che mi piaceva, e poi lui ridendo con perfidia mi respingeva.

Quando riuscivo a elencare tutti i fiori del giardino, ma non trovavo le parole per far sì che papà non sospirasse per colpa mia.

Quando non capivo perché Milena piangesse e, se gliene chiedevo il motivo, lei mi sbatteva la porta in faccia.

Quando ero in grado di fare tutti gli esercizi di aritmetica in classe ma non riuscivo ad aprire bocca se l'insegnante mi poneva una domanda.

Quando non capivo cosa volesse sapere la gente che mi chiedeva come stavo dopo la morte dei miei genitori e io rispondevo: bene.

Quando aspettai un'ora da sola all'ingresso del cinema perché non si presentò nessuno, fino a che non arrivò mia madre a prendermi. Mi aveva invitato la mia migliore amica e l'indomani scoprii che mi aveva dato l'indirizzo sbagliato apposta.

Quando non interpretavo le espressioni sul viso della gente – significavano pietà, perfidia, rabbia? – appena mi vedevano nel cortile della scuola con la testa china sul libro.

Quando guardavo film cercando di memorizzare le espressioni degli attori e delle attrici che dicevano: «Ti amo» così che, se mai fosse capitato anche a me, avrei saputo come comportarmi.

Nei primi mesi dopo il nostro trasferimento da Amalia, mi aspettavo che da un momento all'altro anche lei perdesse la pazienza perché non capivo o non afferravo cosa volesse dirmi. Che alzasse gli occhi al cielo e dicesse che Milena e io dovevamo andarcene perché non ero normale.

Era ciò che più mi terrorizzava: che rovinassi quest'unica cosa che *dovevo* fare bene affinché io e Milena avessimo una casa, con la conseguenza che mia sorella mi avrebbe odiato per sempre.

Ricordo ancora che pensai: È finita quando Amalia mi portò dallo psicologo, poco dopo l'episodio del camerino nel negozio. Era un tizio dall'aspetto normale, con capelli brizzolati, la barba curata e una voce profonda, che mi faceva soltanto domande, mi diede un foglio per disegnare e mi incuteva talmente tanta paura che a malapena aprii bocca. Non capivo cosa volesse da me, o cosa mia zia volesse da me, e cosa potessi dire affinché tutto andasse per il verso giusto.

Quando il tizio mi guardava attraverso gli occhiali spessi, riuscivo a sentire persino le rotelle che strepitavano nel suo cervello mentre tentava di scoprire cosa non andasse in me. E se lo avesse scoperto che cosa sarebbe successo?

Alla terza seduta ero insieme ad Amalia nella sua sala d'attesa gialla con i giocattoli: i cubi per le costruzioni e una di quelle strutture in metallo in cui poter far girare formine colorate sopra un groviglio di binari colorati. Con libri per bambini e il poster con i girasoli sopra le scomode sedie in pelle e una *Livistona rotundifolia* in un angolo. Non c'era un oggetto che non fosse disperatamente allegro su cui poter aggrappare lo sguardo.

Amalia sedeva accanto a me, mi teneva la mano sudata, e io stringevo forte la sua, come se temessi che mi abbandonasse per sempre in quel limbo giallo fatto di allegri girasoli e morbidi tappeti beige.

Lo psicologo uscì dallo studio e il mio cuore cominciò a battere sempre più forte. Invitò mia zia a un breve colloquio a quattr'occhi, mentre un suo assistente si sarebbe occupato di me. Quando Amalia mi lasciò la mano, pensai che il cuore mi si sarebbe fermato. Lui le avrebbe detto cos'è che non andava in me, e lei avrebbe cercato di rispedirmi all'assistente sociale con la coda di cavallo, come un articolo fallato dopo l'acquisto.

Restai in sala d'attesa e furono i dieci minuti più lunghi della mia breve vita, finché Amalia non uscì dalla porta, una ruga profonda sulla fronte, mi prese per mano e mi trascinò via.

Scendemmo le scale senza dire una parola, fino al parcheggio dietro lo studio, e mia zia rimase in silenzio. Avevo il fiato corto, sapevo che era finita, avrebbe caricato me, Milena e le nostre cose in macchina e ci avrebbe portate in orfanotrofio. E la mia casa non sarebbe più stato il vecchio edificio scricchiolante pieno di libri e odore di carta ingiallita, ma un altro posto, forse non ci sarebbe neanche stato più un posto.

Amalia si appoggiò alla vecchia jeep, mi stringeva ancora la mano, e respirò sonoramente. Il cuore mi batteva forte in petto, talmente tanto che pensai non potesse non sentirlo.

«Che c'è che non va in me?» domandai piano, e lei strabuzzò gli occhi.

Di colpo mi si accovacciò davanti e mi prese entrambe le mani. «Non c'è assolutamente niente che non va in te, Sarah. Niente.»

Non poteva essere vero.

«Ma che ti ha detto quell'uomo? Dallo psicologo si va solo quando qualcosa non funziona, no?»

«*No!*» Scosse la testa. «Mio dio, sono una vera idiota! Avrei dovuto dirtelo di non preoccuparti. Ho pensato: vabbe', se non stai bene perché la scuola a volte ti stressa... e dopo quello che è successo ai tuoi genitori...» Si interruppe e mi strinse forte a sé, e per un momento mentre mi stringeva quasi le credetti.

«Non hai bisogno di quel tizio. Voglio dire, sono sicura che è giusto cercare l'aiuto di uno psicologo quando è necessario. Evviva la psicoterapia e compagnia bella, ma non voglio più sentir nominare questo ciarlatano che propina medicine ai bambini per farli funzionare meglio!»

Amalia aveva il fiatone e cercai di capire a cosa si riferisse.

«Allora non ci porterai all'orfanotrofio?»

I suoi occhi si spalancarono. «No, certo che no! Santo cielo, ma come ti è venuta un'idea simile?»

«Perché... Perché Martin dice che uno va dallo psicologo quando c'è qualcosa che non funziona. Quando è malato nel cervello.»

«Martin è un idiota patentato. In generale è un bene cercare aiuto quando serve, ed è il segnale che si è sulla via giusta, non che si è *malati.*»

Amalia mi allontanò così da potermi guardare negli occhi, le sue mani calde appoggiate sulle mie spalle: «Sarah, prometti che mi dirai quando non stai bene, quando tutto diventa troppo per te, quando qualcosa ti rende triste o ti travolge e pensi di aver bisogno di aiuto. Ce la fai?» Rimase in silenzio, il suo sguardo era intenso. «Ti do la mia parola che farò di tutto per farti stare meglio e che mai e poi mai tu e Milena finirete in un orfanotrofio.»

Riflettei per un momento. Cercai di decifrare l'espressione sul suo viso, di capire se diceva sul serio. E non sapevo che non puoi mai esserne sicura del tutto, ma lei aveva sempre detto che ce l'avremmo fatta e io volevo tanto crederci.

«Ma se te lo dico, torniamo da quell'uomo?» domandai timida. Abbassai la testa e guardai la punta delle scarpe.

«No, non torneremo mai più da lui.» La sua voce si ammorbidì. «Non sono ancora in grado di dirti precisamente cosa faremo, innanzitutto parliamone. E poi se non stai meglio, magari ne cerchiamo un altro più gentile. Ma ti giuro che saprò scegliere meglio e che non significa affatto che c'è qualcosa che non va in te. Ok?»

Mi sollevò il mento con un dito per guardarmi negli occhi.

Le credetti. Le credetti in un momento in cui a malapena avrei creduto a qualcuno, e pensai: magari quello che faccio non è sempre sbagliato, magari è giusto fidarmi di lei.

«Ok» mormorai.

Amalia non mi diede mai, proprio mai, l'impressione che ci fosse qualcosa di sbagliato in me, finché a poco a poco cominciai a convincermene anch'io.

22
Il mondo a tempo di valzer

La casa di Jean era una sala delle meraviglie. Negli anni aveva raccolto oggetti così strani che vagando tra le stanze sembrava di stare in un museo.

Aveva un debole per le opere d'arte che ritraevano bovini, circostanza infelice dal momento che queste raffigurazioni trovano pochi estimatori nel mondo del collezionismo, e così Jean doveva tenerseli. Quasi ogni centimetro delle pareti senza libreria aveva il ritratto di un toro di razza, di mandrie di manzi, scene bucoliche con buoi e pecore e paesaggi agresti di epoche diverse con vacche al pascolo.

Con la punta delle dita sfiorai i dorsi dei volumi rilegati in pelle nella biblioteca e mi girai verso Ben che, dopo la chiacchierata con Jean, mi aveva seguito fin qui.

«Allora?» gli domandai. «Mi sto dimostrando all'altezza della diaria della tua capa?»

Richiuse di scatto il grosso libro che aveva aperto, come se lo avessi beccato a fare qualcosa di proibito. I suoi grandi occhi oltre la montatura dorata scintillarono, la sua espressione era indecifrabile.

«Be', i tuoi metodi per ottenere informazioni sono un po' insoliti» disse. «Non avrei mai pensato che cogliere di sorpresa e scioccare potesse essere una tattica tanto fruttuosa anche al di là di un interrogatorio della polizia.»

«Non sono sicura di poter scioccare Jean. Fa l'antiquario da oltre trent'anni e nel suo lavoro ha avuto a che fare con alcune delle cose e delle persone più bizzarre al mondo. Una volta ci ha raccontato di un collezionista che si interessava esclusivamente dei molari di personaggi famosi morti.»

Alle mie spalle Ben si schiarì la gola, ed ebbi l'impressione che stesse trattenendo una risata. Mi rigirai e lo guardai.

Accarezzò con le dita una bottiglia azzurra con un veliero a tre alberi appoggiata sopra uno scaffale.

«Sei sempre così diretta?» domandò.

«Non sono brava a capire le persone, se non dicono cosa intendono. Rende tutto così faticoso, così complicato.»

«Ed è per questo che dici sempre quello che pensi?» Gli occhi di Ben mi seguirono mentre mi avvicinavo a un tavolino con un vecchio grammofono.

«Non saprei fare diversamente» ammisi. «Ma a volte mi scappa anche qualche battuta.»

Con la coda dell'occhio lo vidi annuire, mentre mi chinavo sulla raccolta di dischi di Jean, ne sceglievo uno, lo toglievo dalla custodia e lo mettevo sul grammofono. Lo accesi. La puntina posizionata è come una cantante che sta per produrre la prima nota, come una tromba accostata alla bocca prima che le labbra si chiudano, come la quiete prima della tempesta. Il piatto crepitò e poi arrivarono le prime note, stridule e gementi.

«Cos'è?» domandò Ben, mentre la melodia di un'antica canzone francese riempiva la stanza.

«Una canzone sugli addii.»

Ben teneva ancora le mani appoggiate sulla bottiglia con il veliero.

«Ti piacciono i modellini delle navi?» chiesi, quando il silenzio nella stanza si fece opprimente.

«Mmh.»

«Significa sì, no, o non sono affari tuoi?» domandai.

Mi lanciò un'occhiata che non riuscii a decifrare.

«Ogni volta che vedo un modellino o un'immagine di un vecchio veliero e galere o antiche carte nautiche, penso che la navigazione per i neri abbia avuto un significato ben diverso da quello che ha avuto per i bianchi. Al giorno d'oggi la storia della navigazione europea per i bianchi è legata a un senso di nostalgia, mentre io mi chiedo quanti dei miei antenati a bordo di quelle stesse navi sono stati deportati in un'altra terra, per sgobbare fino a morire, e quanti di loro non sono neanche sopravvissuti alla traversata.»

«Be', è spaventoso» sospirai.

«Lo so che molti non amano sentire questo discorso.»

Avvertii un potente senso di vergogna che mi pervase come un'onda.

«No, non era questo che intendevo. Certo che dovresti parlarne e se gli altri non amano ascoltare, peggio per loro. Dovremmo vergognarci di dimenticare certe cose.»

Ben si girò dall'altra parte e mi venne il dubbio che non prendesse sul serio le mie parole, che le considerasse un tentativo di placare gli animi.

«Ben, mi dispiace se ti ho ferito.»

Si girò verso di me. «Non si tratta di questo. È solo che...»

«Cosa?» domandai piano.

«A volte mi chiedo perché sono così legato alle testimonianze di una storia che non mi ha neanche mai considerato un essere umano.»

Di colpo mi domandai cosa provasse a trovarsi in una casa piena di documenti, indizi e prove di una storia in cui la schiavitù aveva avuto un ruolo significativo nel conseguimento della ricchezza le cui testimonianze erano la nostra cultura e le nostre opere d'arte. Finora non avevo mai riflettuto sul fatto che la storia di questi oggetti è una storia che si può ribaltare come un'illusione ottica, mostrando il lato crudele a cui non vogliamo pensare. Deglutii non sapendo cosa rispondere. Prima che potessi cambiare idea, azzerai la distanza che ci separava e gli strinsi la mano. Lui rispose alla stretta, si girò per un attimo e osservai la sua schiena, le braccia forti, la linea dritta della nuca, mentre guardava la parete di libri che aveva di fronte.

«È uno dei motivi per cui sono diventato bibliotecario» disse. «Perché è importante ricordare, anche le cose peggiori. Forse proprio quelle. E perché volevo veder accrescere il sapere, altre voci che prendono la parola e raccontano la propria storia.»

Non potei fare a meno di pensare a suo nonno che, tenendo il nipote per mano, gli aveva mostrato una miriade di libri dicendogli che non contenevano ancora la sua storia, ma un giorno l'avrebbero fatto.

«E naturalmente perché i libri hanno proprio un buon odore» aggiunse Ben. Seguì una smorfia di disgusto. «Senz'altro migliore delle flatulenze di un bassotto.»

Scoppiai a ridere per la sorpresa, mi andò di traverso la saliva e cominciai a tossire.

«E tu perché sei diventata restauratrice e collezionista di libri e vecchie cartine?» domandò, quando ripresi fiato.

A un tratto mi sentii a disagio; sottrassi la mia mano alla sua. I miei motivi erano molto più banali dei suoi. «Soprattutto perché volevo collaborare con mia zia.» E con un gesto della mano indicai gli scaffali di libri tutt'attorno. «Inoltre, sono sempre stata circondata più dai libri che dalle persone. Cos'altro potevo diventare? Un libro?»

Stavolta fu Ben a ridere. «Saresti stata sicuramente un libro davvero straordinario, pieno di cambiamenti e avventure.»

«Ma non una brossura patinata!»

«No di certo!»

Ci scambiammo un sorriso, e gli occhi di Ben scintillarono.

«Sarah...»

«Sì?»

«Mi concederesti un ballo?»

Per un attimo non capii cosa intendesse. Poi la musica sullo sfondo si riaffacciò nella mia coscienza e le note assunsero il ritmo di un blues.

Lo sguardo di Ben si posò su di me e non riuscii a distogliere il mio. Dopo un attimo di esitazione mi diedi una scossa. «Ok.»

Prese la mia mano destra e mi trascinò al centro della stanza. Rimase dritto davanti a me, mi prese l'altra mano e le tenne entrambe nelle sue. Restammo per un attimo l'uno di fronte all'altra, non troppo vicini, né troppo lontani. Continuando a guardarmi fece un respiro, e poi iniziammo a muoverci lenti e non proprio a ritmo con la musica, *un*-due-tre, *un*-due-tre, *un*-due-tre, mentre ci tenevamo per mano e dovevamo sembrare la coppia più maldestra della storia della danza.

Le note della melodia e il fruscio del grammofono riempirono la stanza, le calde dita di Ben nelle mie. Mi sentii attratta verso di lui, perché si era ricordato che non amavo gli abbracci eppure aveva trovato un modo per ballare con me.

23
Sicuramente tra le righe

QUAND'ERO più giovane e capitava che il mondo mi sembrasse così impenetrabile da piombarmi addosso come pioggia gelida, ogni goccia la puntura di una percezione contrastante, un rumore, un odore, un suono, un sentimento che mi precipitava in un gorgo da cui non c'era via d'uscita, Amalia mi aiutò a cavarmela accompagnandomi nel mondo dei libri. Libri dentro cui potevo nascondermi: dall'insegnante che scuoteva la testa quando non riuscivo a rispondere perché la mia lingua non voleva muoversi in mezzo a tutto quel rumore caotico; dalla difficoltà del ricordo dei miei genitori che mi abbatteva; dalla testa che mi esplodeva quando Milena non smetteva di piangere e lamentarsi; dalla vergogna di quando gli altri ridevano di me, mi ignoravano o non mi capivano.

I libri diventarono il mio rifugio, il mio mondo di carta, ben prima che Amalia mi insegnasse a restaurare i suoi più sacri tesori con cura e amore così che potessero continuare a vivere e offrire riparo anche a qualcun altro.

Leggevo storie dove per una ragazza cresciuta tra i lupi era più facile parlare con gli animali che con gli esseri umani. Dove, attraverso un armadio nel muro, i bambini sparivano dentro un mondo in cui un corvo abitava con una famiglia e portava ovunque scompiglio, in cui un piccolo re scompariva negli inferi e doveva lottare per tornare a casa. Storie dove cinque amici vivevano avventure, dove un ragazzo volava fino all'Himalaya su un drago, dove un altro trovava in un mucchio di pietre il cuore pulsante di un re malvagio caduto in disgrazia, che si trasformava in un uccellino, dove due fratelli in un oltretomba combattevano contro un tiranno e dove una ragazza cresceva tra i masnadieri e vagava nei boschi, libera e selvaggia come un cucciolo di volpe.

Dentro tutti questi libri mi nascondevo dal mondo che conoscevo, ogni volta che diventava troppo urlante, troppo puzzolente, troppo stridulo, troppo doloroso. In giardino, sopra un plaid nel prato, in autobus, a letto, sulla panchina sotto il melo, sotto le coperte con una torcia: in tutti questi momenti scappavo altrove, lontana, in mondi sconosciuti che mi offrivano una casa. Amalia al mattino mi lasciava i libri nel mio posto a tavola, me li infilava nella cartella o li impilava accanto al mio letto. Erano libri usati, le pagine sgualcite, i dorsi ammaccati. Amalia li pescava dalla cesta «regali» e dalle collezioni, dagli antiquari o dalla propria raccolta. Non era contraria alle mie fughe; sorrideva e mi accarezzava la testa, anche se d'istinto mi divincolavo perché mi interrompeva in un momento avvincente.

Mi lasciava leggere, leggere e leggere, mi era proibito farlo solo durante i pasti e a scuola, per evitare che le professoresse telefonassero per l'ennesima lamentela. Anche se Amalia sosteneva che nella vita non c'è scuola migliore dei libri.

Mi lasciava leggere, perché la prima volta che lesse la favola della buonanotte a me e Milena, vide che ero rimasta subito incantata. Parlava di una piccola sirena che si era innamorata di un principe sulla terraferma. Solo alla fine io e Milena scoprimmo che eravamo troppo piccole per una storia del genere, quando Milena ebbe una crisi di pianto e io gli incubi. Ma nelle ore in cui leggeva per noi, ero tranquilla e concentrata, mai assente, mai nevrastenica, mai disperata. E Amalia lo notava. Lo notava e diceva: «Va bene se ti nascondi per un po' nei libri, tesoro mio, quando il mondo diventa troppo per te. I libri esistono per questo».

E fu così che diventarono il mio rifugio, ben prima che ne riparassi i dorsi, sostituissi le rilegature e chiudessi i buchi provocati dalle tarme.

Diventarono luoghi, innumerevoli luoghi che potevo conoscere al ritmo che stabilivo io, perché la storia non correva mai più veloce della mia capacità di lettura. Una scena scritta non mi sovraffaticava mai, perché potevo approcciarmi alla mia maniera, fare una pausa al bisogno. Potevo fidarmi dei protagonisti e delle protagoniste delle storie, potevo lasciarmi trasportare, vivere avventure con loro, prendere decisioni giuste e sbagliate... con loro al mio fianco non ero mai sola, non ero mai incompresa.

Oltre ad Amalia e Milena, i personaggi dei libri furono i miei primi punti di riferimento, i miei primi amici, i primi a cui mi appassionai.

Furono queste storie a insegnarmi a credere nel bene, nel fatto che valesse la pena combattere per difenderlo. Furono queste storie a legarmi alle altre persone, oltre le distanze di tempo e di spazio, grazie all'empatia.

Finché, a poco a poco, non diventarono una prigione, una gabbia di carta da cui non riuscivo più a uscire e non ci sarei mai riuscita, se non fosse stato per l'insistenza di Amalia.

Stavo a letto, i piedi in alto, il naso nella terza parte del libro che stava diventando davvero avvincente.

«Sarah!»

«Mmh» borbottai alzando lo sguardo.

Amalia era sulla soglia – Milena e io ormai avevamo

ognuna la propria stanza al primo piano, per fortuna – capii che era già un po' che mi chiamava e non l'avevo sentita.

«Che c'è?» domandai.

Amalia venne a sedersi sul bordo del letto.

«Non ti andrebbe di andare al cinema con i tuoi amici? O a fare shopping o a praticare uno sport, insomma le cose che fanno i ragazzi.»

Mi accorsi della ruga che si stava scavando nella mia fronte. «Quali amici?»

«Sarah» disse, e la sua voce suonò calda, morbida, come ogni volta che stava per dirmi qualcosa di spiacevole. Mi preparai all'impatto delle sue parole.

«Ecco» proseguì «è esattamente quello che volevo chiedere a te. A scuola non c'è proprio nessuno che ti piacerebbe frequentare? Oppure qualche corso o hobby che potrebbero piacerti? Milena adora il corso di musica, ha conosciuto lì la maggior parte delle sue amiche.»

La mia espressione si trasformò senza volerlo in una smorfia. «Amalia, Milena è negata per la musica e quando suona il flauto dolce è una tortura, lo sai benissimo.»

Sul volto Amalia si disegnò un'espressione complicata. «Ma si diverte. E passa il tempo in compagnia.»

«Anch'io ho la mia compagnia» obiettai, alzando a riprova il mio libro.

I tratti del viso di Amalia si ammorbidirono. «Sì, i libri possono essere gli amici migliori. Ci sono stati momenti in cui lo sono stati anche per me. Ma tu passi le giornate a leggere, Sarah, che piova o ci sia il sole. I tuoi insegnanti mi dicono che infili il tuo libro tra quelli di scuola e ti metti a leggere. Non pensi che dovresti passare un po' più di tempo con le persone in carne e ossa?»

La ruga sulla mia fronte si presentò di nuovo. Le persone in carne e ossa erano difficili, facevano battute, non dicevano mai cosa pensavano e le loro parole implicavano sempre cose di cui non avevo la più pallida idea. I ragazzi poi erano l'esemplare più incomprensibile in assoluto. In realtà, avevo sperato di trovare in Amalia un'alleata, che capiva che me la cavavo meglio quando tra me e il mondo c'era uno strato di carta.

Amalia mi appoggiò una mano sulla schiena. «Lo so che è difficile, Sarah» disse, come se mi leggesse nella mente e magari era anche capace di farlo. «Ma non puoi sempre nasconderti dalla vita dentro ai libri.»

«Perché no?»

«Perché vivere nei libri non è la stessa cosa che vivere nel mondo. E perché i personaggi nei libri non ti danno mai risposte insolenti, non ti lanciano sfide come invece fanno le persone in carne e ossa. Lo so che pensi sia faticoso, è così per tutti, ma sono le sfide a farci crescere. Pensa se le protagoniste dei tuoi libri se ne stessero a casa a leggere: non ci sarebbe più nessuna avventura, nessuno che si rivolterebbe alle ingiustizie o lotterebbe per il bene. La vita andrebbe avanti e noi ci limiteremmo a seguirla con lo sguardo. E a quel punto nessuno crescerebbe, imparerebbe e diventerebbe una persona migliore, o anche solo una persona che aspira a migliorare.»

Riflettei sulle parole di Amalia. A volte diceva cose che sembravano molto drammatiche, ma le pensava sul serio, e la sua serietà mi portava ad ascoltarla. Nessuno mi aveva mai parlato con tanta serietà quanto lei.

«Devi vivere la tua vita, Sarah, non lasciare che le protagoniste dei tuoi libri la vivano al posto tuo. Altrimenti ti scivolerà accanto e a un certo punto ti chiederai che cosa ne hai fatto del tuo tempo su questa Terra.»

«Amalia. Ho quattordici anni, non ottantacinque, è un po' presto per preoccuparmene!» replicai.

Amalia mi guardò con le braccia incrociate sul petto e capii che la mia risposta non l'aveva convinta.

«E cosa dovrei fare? Non è che posso decidere che qualcuna deve essermi amica, se nessuna vuole fare amicizia con me. Oppure comandare che di punto in bianco divento un genio in qualcosa e questo mi fa vivere le avventure delle persone speciali.»

«Non è vero che nessuna vuole fare amicizia con te» ribatté Amalia veemente. «Ma ti guardi mai attorno? Se tieni sempre la testa china sui libri, non puoi accorgerti di chi potrebbe andarti bene. Tieni gli occhi aperti e vedrai che le avventure verranno loro da te, perché non c'è alcun dubbio che sei speciale!»

Si chinò a baciarmi la testa e mi arruffò i capelli. Mi scostai di lato, ma avvertii un calore espandersi dentro di me.

«Voglio che ti trovi almeno un corso. Cercati un hobby, parla con la gente che ha la tua stessa passione. Potrai tornare ai tuoi libri ogni volta che desidererai, ma non voglio che perdi di vista la tua vita.»

E fu così che iniziai pianoforte e a scuola frequentai un corso – il mio primo e unico – di rilegatura di libri. Un hobby che sarebbe diventato il mio lavoro. Amalia aveva ragione: lì conobbi la mia migliore nonché unica amica Jamila, che avrebbe poi lavorato in una casa editrice e condivideva la mia passione per i libri. Non credo che Amalia fosse arrivata a immaginarsi tanto, ma fu un passo che mi salvò la vita, così come prima avevano fatto i libri. Avevo finalmente trovato una vocazione che mi legava al mondo come un'àncora.

24
Jane Eyre, funestata

Era già passata ampiamente la mezzanotte, quando rinunciai una volta per tutte a addormentarmi e riemersi dalla montagna di cuscini nel letto medievale per gli ospiti di Jean. A volte sai esattamente che qualcosa andrà storto, come quando riempi una borsa d'acqua calda e pensi: adesso l'acqua bollente mi si rovescia sulle dita, e succede davvero. Mentre ascoltavo il legno scricchiolante della casa e le imposte scosse dal vento, sapevo che avrei passato la notte insonne. Mi alzai, mi misi uno scialle sulle spalle, guardai la mia camicia da notte. Era di Amalia, una delle sue vecchie camicie a fiori che per qualche motivo aveva trovato posto nella mia valigia. Avvertii una fitta giù per la schiena, lenta ma profonda come la voce delle cicale in giardino, il cui canto non mi dava pace.

Andai a piedi nudi alla finestra, la spalancai e mi affacciai nell'aria fresca della notte. Respirai. Il buio ricopriva la tenuta di Jean come un foulard di seta nera, il cielo si era chiuso, e l'aria calda era carica dell'elettricità che precede la tempesta. Il vento liberò una ciocca della treccia sbattendomela in faccia. Le foglie degli alberi frusciavano, un uccello notturno cantò, forse un gufo reale che cercava il suo compagno ferito. Nell'oscurità indovinavo a malapena le sagome delle viti, e riuscivo a vederle solo quando le nubi che scorrevano veloci aprivano un varco e la luce argentea della luna si riversava sul giardino e sui pendii della collina, avvolgendo di una luce spettrale la casa che troneggiava sulla collina e facendone rilucere la pietra chiara.

Ho sempre amato la notte, le ore di quiete che spesso trascorrevo da sola o in compagnia di Amalia, in soggiorno o nel laboratorio.

Raramente ho incontrato persone che amavano la notte quanto me, solo all'università incrociavo uno o due nottambuli con cui condividevo le silenziose ore notturne in biblioteca. Il mio ex fidanzato Philip era mattiniero. «Chi si alza di buon'ora ha una marcia in più» non faceva che ripetermi, lamentandosi del fatto che la mia attività notturna riducesse il tempo da passare insieme.

Feci un altro bel respiro e cercai di sbarazzarmi del senso di inquietudine. Ma avevo l'impressione che a ogni mio respiro l'elettricità dell'aria si depositasse nelle mie ossa, facendole vibrare.

Il vento infuriava, una civetta cantò e le cicale sembrarono gareggiare con il fruscio delle foglie. Le ombre delle nuvole guizzavano rapide sui prati e sulla macchia nera dei boschi in lontananza. Ombre che proiettavano le forme sulla terra e poi sparivano, rapide come erano venute. Di colpo mi sentii estranea a me stessa, un fantasma.

Chiusi la finestra e uscii dalla stanza. Il pavimento in legno scricchiolò sotto i piedi nudi, era ruvido e inconsueto. Non era casa mia, ma erano tanti i ricordi che mi orientai facilmente al buio. Eppure il castello, con tutte le sue camere, i ripostigli, le stanze e la mansarda pieni di mobili, cassapanche e oggetti d'antiquariato, mi sembrò un corpo estraneo sotto i miei piedi. Un tempo, quando la risata di Amalia rimbombava nei corridoi, era stato un nido di calore e vita. Era lo stesso anche per la villa di Amalia a Mariendorf? Era spirata anch'essa insieme a lei, era rimasta un involucro senza vita, e io mi ero ritirata in me stessa al punto di non accorgermene?

C'era una cassapanca nella mansarda di Jean. Una cassapanca in legno dipinta, in cui Amalia conservava alcune cose che non so perché non voleva tenere a Colonia. Era finita nell'angolo più remoto della mia memoria, coperta dal sedimento melmoso dei miei pensieri torbidi, ma quando Ben e io ci eravamo messi in viaggio, mi era tornata in mente. Una cassapanca piena di cose che forse potevano parlarmi di mia zia, dirmi quello che le mie quattro mura, le mura di Amalia, non mi avevano detto.

Sbattei l'alluce contro un tavolino liberty e imprecando feci dietrofront per recuperare il cellulare.

Alla luce della torcia del telefonino, salii la stretta scala che conduceva al magazzino fino a raggiungere una scala a pioli. La botola per la mansarda si sollevò con un cigolio e rovesciandosi alzò una nuvola di polvere che esplose come un fungo. Fui investita da aria stantia. Tossendo arrancai su per gli ultimi scalini e illuminai le numerose sagome attorno. Era una grande stanza, con mobili coperti da teli di stoffa che sotto il raggio di luce riemergevano dal buio. Grandi, piccole, spigolose e tondeggianti, le forme sotto le lenzuola bianche sembravano fantasmi addormentati.

Mentre mi dirigevo verso una delle pareti a spiovente per aprire un lucernario, lasciai impronte nella polvere. Il vento fuori mugghiava.

Uno dopo l'altro, tirai via ogni lenzuolo. Mentre tossivo riemersero divani, secrétaire, ceste, cassapanche, tavolinetti, cassettiere, una chaise longue, alcune lampade e un vecchio cavallo a dondolo in legno. La polvere continuava a sollevarsi vorticando. Aprii tutti i lucernari e il vento si infilò tra l'armatura del tetto e sentii la pioggia incipiente colpire le scandole. Impiegai un po' ma alla fine la trovai dietro una delle pareti a spiovente: la piccola cassapanca di Amalia. Era sotto un vecchio e grosso scrittoio con le zampe di leone e se non ci fossi finita contro con l'altro alluce non l'avrei vista. Mi chinai, la tirai fuori e la pulii con un lenzuolo, mentre mi sedevo su uno dei divani. Si alzò un'altra nuvola di polvere e tossii di nuovo imprecando.

Illuminai con la torcia la piccola cassa in legno che avevo appoggiato sulle gambe. Era molto più piccola di quanto ricordassi, più o meno come una scatola delle scarpe.

Sul coperchio erano disegnati piante e animali, a una seconda occhiata riconobbi volatili, variopinti uccelli del paradiso e piante tropicali. Mentre li accarezzavo con le dita, mi ricordai del mercatino di anticaglie in cui io, Amalia e Milena eravamo finite durante una delle nostre visite qui. Milena, che ammirava eccitata gli orecchini e le collane di una bancarella, e Amalia che sorridendo comprava quella scatola dipinta a mano, sebbene sapesse che il prezzo era esagerato.

«Certe cose hanno più valore del loro vero prezzo» aveva detto strizzandomi l'occhio e dando a Milena i soldi per un paio di orecchini scintillanti. «Ma non dirlo a Dengelmann.»

Aprii la scatola e spuntò la copertina di un album fotografico.

Risuonarono passi nell'oscurità, supposi nei pressi della botola. Feci un sobbalzo.

«Chi è?» domandai tagliente, illuminando il punto con la mia torcia.

Dalla botola spuntò una testa: Ben mi fece l'occhiolino dietro la montatura dorata, alzando poi una mano per proteggersi dalla luce. Abbassai il cellulare.

«Sei tu» dissi, mentre il cuore a poco a poco si calmava.

Ben saltò su, avanzando lentamente tra i mobili mentre gli facevo luce. Rimase a qualche metro da me, a osservare il caos di fogli sparsi sul divano e sul pavimento.

«Sarah?» La sua voce sembrava diversa dal solito.

«Che c'è?» chiesi, portando il cerchio di luce al suo viso. Socchiuse gli occhi schermandosi di nuovo con la mano. Abbassai la torcia. Indossava pantofole e, sopra i jeans, qualcosa che somigliava a un pigiama a quadretti.

«Ho sentito dei rumori e ho pensato che forse ero finito in un castello abitato dai fantasmi, o che la mansarda fosse infestata dallo spirito di Jane Eyre.»

«Non era Jane Eyre a infestare la casa, ma la povera Bertha, la moglie di Rochester, datore di lavoro di Jane Eyre e in seguito consorte. E non era un fantasma, era semplicemente ritenuta pazza» dissi, muovendo la mano e starnutendo. Maledetta polvere.

«Lo so.» Si sedette con cautela sul divano accanto a me. «Voleva essere una metafora. Che fai quassù?»

«Questo» iniziai, illuminando la marea di foglietti e fotografie che avevo sparso intorno a me, «è il contenuto di una cassapanca che Amalia conservava qui.»

«Ok, ma perché a quest'ora?»

«Be', mi sono ricordata di questa cassapanca e non riuscivo a dormire e così ho pensato che magari potevo trovarci dentro qualche indizio...» Mi interruppi.

«Pensavi di trovarci dentro qualche indizio relativo alla Tabula Peutingeriana?»

Lo guardai sinceramente confusa. «No.»

«E di cosa, allora?»

Non riuscivo a spiegare cosa avessi pensato, le mie parole sarebbero suonate ridicole e mi avrebbero lasciato scarica e svuotata.

Ben mi osservò alla luce della torcia, grattandosi una guancia che lasciò una striscia di polvere di grigia.

«Dunque, è buio e piove, il vento mugghia tutt'attorno, e ho già detto che è notte fonda e tu sposti mobili in mansarda come il personaggio di un romanzo gotico?»

Fece un gesto della mano a ricomprendere me in camicia da notte e le numerose foto sparse tutt'attorno.

«Credevo che ci fossero i fantasmi!» disse ad alta voce. Non mi ero ancora resa conto che finora avevamo solo bisbigliato. «Mi sono svegliato per il chiasso sopra la mia testa e per poco non morivo di paura. E tu ti aggiri quassù al buio con la torcia del cellulare a rovistare tra le cose di tua zia?»

«Ehm sì» confermai. Non capivo dove volesse andare a parare.

Ben sospirò, si frizionò i capelli, distribuendo altra polvere.

«Hai una cosa...» iniziai, chinandomi verso di lui per tirargli via un laniccio di polvere dai capelli.

Al cenno di no con le dita di Ben, abbassai la mano. «Sarah, hai le mani sudicie!»

Abbassai lo sguardo e mi resi conto che le mani e la camicia da notte erano ormai nere per la polvere.

«Oh!»

«E sei scalza!»

Mi guardai i piedi nudi. Forse non era stata un'idea brillante salire quassù in piena notte e senza scarpe.

«Credi ai fantasmi?» domandai a Ben.

«Fantasmi? Cosa? Ehm, be' ecco... non proprio. Ma quando ero più giovane, una volta...»

Sollevai una mano e lo interruppi. «No, intendevo dire se credi che le persone possano lasciare tracce di sé nel mondo, anche da morte. Come i fantasmi, che ci funestano.»

Ben sembrò soppesare le parole. «Ma certo che ci credo. Attraverso il ricordo che ne abbiamo e attraverso ciò che ci hanno lasciato di sé e ciò che hanno compiuto. È questo che intendevi?»

Tentennai con la testa, perché non era esattamente ciò che volevo dire. A volte avevo la sensazione che Amalia mi funestasse attraverso tutte le cose che non mi aveva detto, attraverso tutte le cose che non erano successe tra di noi e che mi avrebbero perseguitato per sempre perché lei ormai non c'era più. E se i fantasmi fossero l'assenza di una persona sulla Terra?

«Che succede?» mi domandò Ben, la voce bassa, porgendomi cauto la mano. Esitai e poi appoggiai la mia nella sua. Le sue dita erano calde e solo in quel momento mi resi conto di quanto gelide fossero le mie. La pioggia sferzava il tetto; di colpo faceva freddo, ma ero talmente assorta da non essermene ancora accorta. D'istinto intrecciai le mie dita a quelle di Ben.

«Pensavo... Pensavo che forse Amalia mi avesse lasciato qualche indizio sul perché non mi ha detto di essere malata. Perché per tutti questi anni l'ha taciuto a me e Milena e perché...» Il fiume di parole si interruppe, non ero in grado di concludere la frase: perché quando il tumore è tornato ha deciso di non farsi curare. Singhiozzai.

Ben mi strinse la mano, restò in silenzio e aspettò che i sussulti delle mie spalle si placassero.

«Ma qui non c'è nulla» mormorai «solo foto di gioventù, vecchi documenti e qualche cartolina da un certo Matthieu. Niente su di me e Milena, tutto risale all'epoca prima di noi.»

Ben prese una delle foto e la guardò alla luce del telefonino. Ritraeva una giovane Amalia che rideva sottobraccio a due ragazzi. Aveva i capelli corti, e l'edificio alle spalle sembrava un'università.

«Che tipo di indizi ti aspettavi di trovare?» domandò.

Era la domanda cruciale e non avevo una risposta. In tutta

sincerità, non avrei neanche saputo dire quale messaggio mi aspettavo da lei. Probabilmente non mi sarei nemmeno accontentata di un lettera che dicesse: «Cara Sarah, ecco i motivi per cui ho taciuto sulla mia malattia...» Non era lo stesso che litigare con Amalia, prenderla per le spalle e scuoterla, fino a farle uscire la verità.

Mi guardai intorno, che cosa pensavo di trovare?

Ben strinse di nuovo le mie dita nelle sue. «Sarah, tutto bene?»

Scossi piano la testa. Non ne ero certa.

Ben si avvicinò con cautela sul divano polveroso, con la mano libera spostò foglietti e fotografie per fare spazio. Alzò il braccio e restò in attesa. Esitai di nuovo. Ma la sua vicinanza mi dava un senso di intimità, non voleva farmi pressione, era un'offerta che aspettava con pazienza. Lo guardai incerta, ma alla fine mi abbandonai al suo abbraccio.

Mentre affondavo il naso nel suo collo, mi accarezzò la schiena. Tirai su con il naso e a un tratto mi resi conto che stavo piangendo. Mi bisbigliò parole tra i capelli che non capii e respirai il suo profumo, un misto di bucato, sonno e pelle calda, di Ben e pólvere, e qualcosa dentro di me smise di agitarsi, come un uccello che ormai è troppo stanco di lottare con la gabbia in cui è rinchiuso. Respirai profondamente e avvertii qualcosa allo stomaco, una tensione, un'elettricità, a ogni soffio di fiato di Ben che entrava nei miei polmoni.

«Sarah, ma che combini?» domandò piano, anche se il suo non sembrava un rimprovero, né una domanda vera e propria.

«Pensavi sul serio che fossi Bertha Rochester?» dissi tirando su con il naso.

«Scusami se, vedendoti in camicia da notte tra mobili impolverati e lenzuola a rovistare in una vecchia cesta, il primo pensiero è stata la famosa matta di un romanzo di

Charlotte Brontë» disse, sorridendo. «Ma non temere, non penso che tu sia matta.»

«È confortante» risposi, mentre mi scioglievo lenta dal suo abbraccio. Lo guardai e cercai di decifrare la sua espressione, cosa pensava, ma, come accadeva spesso, restò per me un mistero. Mi passai una mano sulla faccia ricordandomi di quanto fosse sporca solo quando Ben fece un rumore soffocato.

«Non si accettano commenti da parte di un uomo che crede ai fantasmi» dissi con tutta la dignità che la mia faccia impolverata poteva sfoggiare. Inevitabilmente starnutii.

Ben mi sorrise, i suoi occhi scintillavano nel buio. La mia mano era ancora nella sua.

Fulmini e tuoni raggiunsero la mansarda. Sussultammo insieme accorciando la distanza che ci separava. Ci guardammo a occhi sgranati. E a un tratto mi sentii pervadere da una specie di elettricità ronzante di cui il fulmine aveva caricato l'aria, e cominciai a ridere sommessamente.

25
Quel che resta

L'INDOMANI mattina eravamo seduti al tavolo della colazione nell'orangerie di Jean, la serra piena di pomodori, e inzuppavamo i nostri croissant nel caffellatte che sapeva un po' di bruciato. Il sole era caldo e per nulla perturbato dagli eventi della notte, il temporale si era trasferito altrove, l'erba era già di nuovo asciutta, e viste alla luce del mattino le ore degli spiriti trascorse nella mansarda sembravano una parentesi improbabile. Ben era accanto a me, gli occhi un po' più piccoli del solito, l'unico segno che nel cuore della notte aveva invocato con me i fantasmi del passato. Avevamo dormito solo poche ore.

Dopo che eravamo scesi dalla mansarda e ci eravamo salutati un po' impacciati sulla porta della camera da letto di Ben, mi ero infilata sotto la doccia bollente, per lavare via lo sporco, le ragnatele e il pensiero di Amalia. Noncurante avevo abbandonato la camicia da notte sul pavimento della stanza, ritrovandola al mattino nel punto esatto in cui l'avevo lasciata, come il lenzuolo di un fantasma, la prova di quanto accaduto la notte precedente.

Jean sembrò del tutto ignaro della nostra avventura notturna. Aveva appena spiegato un asciugamano sulle gambe e ci aveva messo Bonnie, dopo averla pescata dallo stagno. Le sventolava sotto il naso un involtino di lattuga, in cui aveva infilato le pasticche di antibiotico. Quando lei, affamata, tentò di addentarlo, Jean glielo infilò svelto in bocca. Bonnie masticò lenta e calma, socchiuse i suoi occhietti neri, lo squadrò. Poi fece uno starnuto, sembrava quello di un essere umano.

Jean le accarezzò con dolcezza la corazza e le diede un'altra foglia di lattuga. «Presto starai meglio, tesoro mio» le sussurrò.

Con la coda dell'occhio guardai Ben, che con le dita eleganti stava spezzettando il croissant. Sembrava prendere ogni evento – dal violento attacco del gufo reale al mio vagare notturno in mansarda, fino al pasto della tartaruga al tavolo della colazione – con la tipica flemma inglese.

Bevvi un sorso della mia spremuta d'arancia vagando con lo sguardo oltre i vetri della serra, sul prato e i vigneti illuminati dal sole. Faceva caldo e Ben indossava una camicia pulita bianco candido, pantaloni con le pince e un paio di stivaletti neri. Jean indossava una vestaglia da camera con motivi orientali. Guardai la mia maglietta verde e i jeans che avevano senz'altro conosciuto tempi migliori. All'occhio di un osservatore esterno dovevamo sembrare un trio piuttosto strambo.

«Che programmi abbiamo per oggi?» domandai a Jean.

Lui alzò gli occhi e per poco Bonnie, alle prese con una gustosa foglia di cavolo, non gli addentò le dita. Le allontanò svelto, aggrottando le sopracciglia cespugliose.

«Jean, ieri dicevi che...» esordì Ben, ma Jean lo interruppe alzando la mano.

«Lo so, so cosa ho detto ieri. Certo che vi aiuto nella ricerca. Ma solo dopo aver nutrito questa bestia.» La tenerezza con cui Jean guardò la tartaruga fu la prova che non diceva sul serio.

Io e Ben, che schermava il sorriso con il tovagliolo, ci scambiammo un'occhiata. Restammo in silenzio, in attesa che Jean finisse di dar da mangiare a Bonnie e la lasciasse scorrazzare in libertà.

Solo a questo punto ci degnò della sua attenzione. «Mi sono chiesto come possa aver fatto Amalia a venire a conoscenza del frammento perduto della Tabula Peutingeriana. Voglio dire, se è come dice Ben, e sul serio il frammento del West England è stato ritrovato, sarebbe sensazionale! Posto che non sia un falso, chiaramente. A ogni modo, un ritrovamento del genere dovrebbe far scalpore, cosa che non è avvenuta. Perché? E allora come ha fatto Amalia a saperlo? Sono queste le domande a cui dobbiamo rispondere.»

Me lo ero chiesto anch'io, poi però avevo dato per scontato che Amalia avesse molti più contatti di me e che le informazioni avessero trovato il modo di raggiungerla.

«Secondo te, il fatto che Amalia fosse l'unica a esserne al corrente può voler dire che è un falso? È stata contattata da un truffatore che non voleva rischiare di attirare l'attenzione pubblica?» domandò Ben a Jean. Anche se coperte dai vestiti, riuscivo a cogliere la tensione delle sue spalle.

Jean esitò. «È una possibilità. Un'altra è che Amalia avesse sentito della Tabula a un'asta privata. Eventi simili sono spesso preclusi al pubblico, come un ritrovamento importante che deve essere venduto senza che la stampa lo venga a sapere. E naturalmente anche quando la provenienza non è del tutto legale» spiegò Jean.

«Perché si tratta di mercato nero, per esempio.»

«Esatto» confermò Jean.

Le labbra di Ben si assottigliarono, gli occhi rivolti alla tazza di caffè. «Non sarebbe affatto una bella notizia. Se così fosse, a quest'ora la Tabula avrà probabilmente già cambiato proprietario e resterà chiusa in un patrimonio privato per decenni, se non per sempre.»

I contorni della sua bocca si indurirono. Chiaramente era un'idea riprovevole ai suoi occhi di bibliotecario che voleva vedere reperti di valore in mano pubblica. Stavolta fummo Jean e io a scambiarci un'occhiata: chi come noi viveva di queste aste non si permetteva il lusso di una superiorità morale.

«A ogni modo, senza altre informazioni non possiamo sapere come è andata. Se la troviamo, Sarah potrà verificare l'autenticità della cartina, se è un falso faremo presto a scoprirlo» concluse Jean, cambiando argomento.

Ben si girò verso di me. «Anche se ho fatto molte ricerche sulla Tabula e la sua scomparsa, non sono un esperto nell'autentificare oggetti antichi. So che sei una restauratrice, Sarah, ma con che certezza potresti stabilire se un documento del genere è autentico?»

«Grossa certezza» risposi. «Mi sono documentata a fondo sulla Tabula prima di partire. L'età delle fibre di cellulosa può essere stabilita con esattezza attraverso la datazione con la tecnica del carbonio 14, ma probabilmente non sarà necessaria. Ci sono gli altri frammenti della Tabula, possiamo basarci su di essi per verificare con facilità l'autenticità di stile e carta. Per farlo serve l'originale naturalmente, non basta la foto che mi hai mostrato. Inoltre, possiamo mettere a confronto le isole britanniche con l'edizione facsimile di Konrad Miller e scoprire se qualcuno l'ha usata per realizzare un falso.»

Jean annuì, e Ben mi sorrise.

«Che c'è?» chiesi.

«Mi piace quando fai uscire fuori la tua competenza» disse Ben piano. «La competenza è sexy.»

Mi resi conto che ero arrossita e diedi un morso al croissant per non dover rispondere.

«Sta a noi trovare la cartina così che Sarah possa fare

il suo lavoro» esclamò Jean. «I contatti miei e di Amalia si sono ampiamente incrociati. Penso che un paio di telefonate mi basteranno a trovare qualche traccia.»

Ingoiai svelta il boccone.

«Ma Jean, tu non hai il telefono!» dissi.

Le sue sopracciglia formarono un pericoloso triangolo all'ingiù.

«Tu e Ben vi siete portati le vostre moderne macchine infernali, le userò per chiamare vecchi amici e inzuppare il mio cervello di onde elettromagnetiche» brontolò.

Sentii il battito accelerare. Ma Jean alzò una mano per impedirmi di aggiungere altro. Ben mi guardò e io mi strinsi nelle spalle.

«Chiaramente lo faccio volentieri per te, Sarah. E intanto voi guardate gli appunti di Amalia e cercate di scoprire chi potrebbe averle passato l'informazione o se ha lasciato altri indizi, d'accordo?»

Mi ricondusse al problema: i taccuini di Amalia che, dopo averli avvolti con cura nella carta, avevo messo in valigia e portato fin qui, e che nella mia mente erano come macigni resi ancora più pesanti dal sedimento della coscienza sporca.

Finora non mi ero azzardata a leggerli con attenzione, mi sembravano troppo personali, adesso però non potevo più sottrarmi.

Il mio sguardo approdò su Ben, che annuì. Sebbene ci conoscessimo solo da pochi giorni avevo l'impressione che avesse già imparato a capire le cose che mi tormentavano.

«E va bene» acconsentii. «Ah, Jean, hai mai sentito parlare di un certo Matthieu? Amalia lo nomina in relazione alla Tabula.»

Jean si raddrizzò sulla sedia, di colpo le sue spalle magre sembrarono rigide sotto la vestaglia. «Matthieu? È una vita che lo sento nominare. Non era finita tanto tempo fa tra loro?»

Lo fissai. «Ma che significa finita?»

«Be', dopo che lui è tornato dalla moglie» rispose Jean, prima che lo interrompessi.

«Sapevi di questo Matthieu?»

Jean mi guardò in modo strano. «Sarah, tua zia aveva una vita prima che entraste in scena tu e Milena. La storia con Matthieu risale a molto tempo fa.»

Fui colta da un breve capogiro e dovetti aggrapparmi allo spigolo del tavolo. «Si è separata da lui per causa nostra, mia e di Milena, vero?»

Lo sguardo di Ben continuava a fare la spola tra Jean e me. Aprì la bocca, ma poi decise di restare zitto, cosa di cui gli fui grata.

«No, non è così» protestò Jean. «Matthieu e Amalia si sono conosciuti quando Matthieu era già separato dalla moglie. Poi però ha deciso di tornare da lei.» Le sopracciglia di Jean disegnarono di nuovo un tetro triangolo. «*Quel idiot!*»

Per la prima volta da molto tempo avevo la sensazione di respirare di nuovo. «Quindi non è stato per colpa mia e di Milena?» domandai.

«No, certo che no.»

Tirai un sospiro. Ben mi lanciò uno sguardo che non riuscii a decifrare e mi versò un altro po' di spremuta d'arancia. Diedi il tempo ai pensieri che mi frullavano per la testa di trovare un ordine e vuotai il bicchiere in poche sorsate.

Un angolo della bocca di Jean si sollevò. «Ragazza mia, quanto a testardaggine sei tutta tua zia. Credi davvero che Amalia avrebbe rinunciato a un amore per una sciocchezza come l'affido di due bambine? No, la separazione tra i due è stata tutta colpa di Matthieu.»

Riuscivo a sentire i pesi rotolare giù dal mio cuore.

«Non ne sapevi nulla?» domandò Ben con dolcezza.

Scossi la testa.

«Raccontami cosa è successo esattamente» lo sollecitai.

Si strinse nelle spalle ed ebbi un tonfo al cuore. «Mi spiace, ma non so molto altro al riguardo. Amalia ne accennava solo quando aveva bevuto qualche bicchiere di troppo.»

Tipico di Amalia: non parlava mai delle cose che le stavano più a cuore. Calò il silenzio e cercai di mandar giù la delusione. Infine feci un bel respiro, guardai Ben negli occhi e poi Jean. Sorrisi nonostante il groppo alla gola.

«Non è importante, adesso. Ci attende la ricerca di indizi» dissi risoluta «e i soldi della biblioteca di Ben sono un buono stimolo. Sarebbe assurdo non salvare questo tesoro. Quel che ha fatto Amalia da sola sicuramente possiamo farlo anche noi tre.»

Ebbi bisogno dell'intera mattinata per raccogliere il coraggio sufficiente per leggere i taccuini della zia. Ben e io ci sistemammo nella serra. Erano piccoli quaderni rilegati in pelle, grosse agende, brogliacci colorati e taccuini dalle belle illustrazioni: l'unico elemento che li accomunava erano gli appunti fitti di Amalia, coperti di inchiostro nero come impronte di cornacchie. Presi posto a terra in un punto illuminato dal sole e sparpagliai i quaderni tutt'attorno. Ben sedeva su una poltrona e le sue pile sopra il tavolino erano molto più ordinate delle mie.

Nel mio laboratorio a Colonia Ben e io avevamo già sbirciato qualche taccuino e dato una scorsa, fino a che non ero incappata nella frase che ci aveva condotti fin qui. Ma non li avevo certo letti. Gli scritti di Amalia si rivelarono meno istruttivi ma anche molto meno strazianti di quanto avessi pensato. Anche perché riuscivo a leggerne ben poco. E soprattutto perché mia zia non gli aveva affidato i pensieri e i sentimenti più intimi come un'adolescente malata d'amore, bensì soprattutto le sue e le nostre numerose transazioni, gli acquisti e le vendite, documentati nei particolari. E io che mi preoccupavo che potessero essere una lettura troppo intima!

Invece delle pene d'amore, per esempio, c'erano annotazioni su un manoscritto del Diciottesimo secolo – dove un aristocratico descriveva in maniera esaustiva l'origine dello stemma di famiglia secondo la scala araldica – mangiato dalle tarme e con la rilegatura in pelle ammuffita che Amalia aveva restaurato e rilegato per un discendente. Il suo commento recitava: «Ricevuti i soldi per il restauro di un libro sullo stemma con la rutabaga... Chi paga per una cosa del genere?»

C'erano elenchi di mobili, libri, manoscritti e rarità. Amalia descriveva nei particolari le condizioni in cui si trovavano e quanto lavoro occorreva dedicargli per salvarli e rivenderli. Brevi note su transazioni, clienti e concorrenti, vi compariva persino Dengelmann, che Amalia con la sua tipica perfidia affettuosa chiamava «la Donnola».

Uno dei problemi più grossi era che gli appunti non recavano la data, molte delle abbreviazioni non avevano alcun senso per me, le descrizioni andavano dal «libro blu» alla «stupida poltrona Luigi XIV» e spesso non chiarivano a quali delle numerose antichità che erano passate tra le sue o tra le nostre mani si riferisse. Io mi curavo soprattutto dei libri, era Amalia a occuparsi del restauro dei mobili, e per quel che mi riguardava i suoi commenti sull'imbottitura di un divano in stile rinascimentale potevano benissimo anche essere scritti in un'altra lingua.

Dopo circa tre ore, colta da frustrazione mi diedi per vinta e guardai Ben che, dando la straordinaria impressione di un dandy incurante, sedeva nella poltrona accanto alle piante di pomodoro con uno dei taccuini... non riuscivo a distogliere lo sguardo da lui. Così come non riuscivo a distoglierlo dalla sua schiena leggermente piegata e illuminata dal sole che metteva in risalto i tendini e i muscoli del suo collo. O dalle sue mani affusolate che sfogliavano caute le pagine, come se il libro che tenevano fosse un gioiello prezioso. Dal leggero sorriso che compariva sul suo viso quando scopriva qualcosa di divertente. Deglutii. D'accordo, forse non era proprio vero che non mi distraesse. Certe belle persone sono una vera sfida per la concentrazione.

Radunai i libri che avevo già esaminato. Quando mi avvicinai, Ben alzò gli occhi socchiudendoli. Senza aprir bocca, gli lasciai cadere il mucchio in grembo. Ben sobbalzò.

«Ma perché faceva quei ghirigori?» Sospirai con fare teatrale. «Hai trovato qualcosa? O pensi anche tu che siamo di fronte alle scoperte più noiose del secolo?»

A poco a poco il suo viso si aprì in un sorriso caldo e raggiante.

Ben prese i libri, si alzò e si sedette sul tappeto dove fino a poco prima ero seduta io. Lo vidi sfilarsi gli stivaletti e mettersi comodo a gambe incrociate. Gli vidi i calzini, erano rossi con il ricamo di un peperoncino che lui, in leggero imbarazzo, cercò di nascondere appena si accorse del mio sguardo. La pelle nera di Ben nascondeva il suo rossore piuttosto bene, ma a tradirlo erano gli occhi che si socchiudevano rapidi.

Con la mano batté sul pavimento accanto a sé. «Vieni Sarah, forse se li guardiamo insieme andrà meglio.»

«Ok. Mi interessa qualsiasi indizio sulla Tabula Peutingeriana o sul fantomatico Matthieu. Anche appunti su tesori nascosti o mappe del tesoro sono i benvenuti, naturalmente.»

Ben annuì, prese uno dei taccuini e cominciò a sfogliarlo. Le lenti degli occhiali non riuscirono a celare la luce nei suoi occhi: era nel suo elemento naturale.

In due procedemmo di gran lunga più spediti. Era più facile guardare i taccuini di Amalia insieme a Ben, perché appena trovavo un punto in cui lei si abbandonava agli improperi nel suo solito modo o descriveva incarichi che facevano riemergere in me un ricordo, potevo leggere a Ben il passaggio che mi faceva ridere, deglutire e a volte calmarmi. Lui mi ascoltava. Parlava poco, rideva e a volte mi porgeva la mano e stringeva la mia. Era forse la cosa migliore che potesse fare.

Ci scambiavamo citazioni come ci si scambia un pallone, cercavamo di indovinare passaggi, decifravamo frasi e prendevamo appunti su fogli che inserivamo tra le pagine dei taccuini.

Era ormai tardo pomeriggio quando in mezzo a elenchi di materiali per il restauro ordinati, trovai due brevi frasi: «M. ha scritto una cartolina. Che fare?»

Drizzai le orecchie.

Riguardai i libri che avevo già visto. Veniva citato più spesso M.? Mi ero persa qualcosa?

«Spedire libro sugli uccelli a M.?» compariva a un certo punto tra numerosi conteggi. O: «br. mess. di M. malato?» tra due descrizioni di manoscritto.

«M. a Reims.»

«Buttato maglione di M.»

«Mandare condoglianze a M. per la madre?»

«Congresso a Berlino con M.?»

Ravviai una ciocca di capelli dietro l'orecchio e proseguii a guardare gli scritti di Amalia. Alcuni taccuini con uccelli in copertina riportavano impegni scolastici miei e di Milena. Dovevano risalire all'epoca in cui ci eravamo trasferite da lei. E sebbene non c'entrassero nulla con la ricerca della Tabula Peutingeriana, continuai a sfogliarli frenetica. M. veniva citato in maniera sporadica ma regolare. Negli anni e nei taccuini successivi era una costante che sembrava accompagnare Amalia nei suoi pensieri e appunti. Non poteva che essere Matthieu.

Dopo un po' trovai quello che al momento sembrava

l'ultimo appunto su M. «Chiamare M. Cartina? Non una parola. L'amore è quel che resta quando tutto scompare.»

Mi cadde il taccuino dalle mani. Era una frase dolorosa. Ben alzò gli occhi, ricambiai il suo sguardo ma non riuscii a parlare. Quell'appunto risaliva a circa cinque anni dopo la vacanza in Francia in cui avevo visto Amalia che piangeva in compagnia di un uomo in un caffè.

Era l'ultimo riferimento a M. che ero riuscita a trovare... a parte quello che aveva condotto me e Ben fin qui.

Mi alzai. Ben inclinò la testa di lato, con silenzioso fare interrogativo.

«Devo sgranchirmi un po' le gambe» dissi con voce roca. «Torno fra un attimo.»

«Se hai bisogno...»

«Grazie» risposi frettolosamente fuggendo dalla serra, prima di fare qualche sciocchezza o scoppiare di nuovo in lacrime davanti a lui.

I miei piedi nudi affondarono nell'erba, respirai profondamente, osservai le viti: erano così antiche che generazioni di viticoltori ne avevano accarezzato le foglie. Il loro verde, i giovani germogli, i primi grappoli, i ramoscelli nodosi o il morbido fogliame. Mi addentrai nel giardino, lontana da casa, dai ricordi.

Raggiunsi il punto in cui il prato declinava nel pendio, cedendo ai cespugli e agli arbusti che delimitavano i vigneti, e mi appoggiai a un albero.

Presi il telefonino. Sette chiamate perse. Con un sospiro richiami il numero di Colonia.

Milena rispose subito. Sentivo sullo sfondo le grida dei bambini. «Sarah? Ma *dove* accidenti sei? Sono passata a casa ieri e non c'eri, e tu sei *sempre* a casa, e inoltre non c'è traccia delle tartarughe e mi sono *preoccupata* e ti ho chiamato mille volte. *Perché* non rispondi, che ti è successo? Mi...»

«Milena» la interruppi «pensi che Amalia vivesse un amore non corrisposto quando siamo arrivate da lei?»

Silenzio.

Poi: «Sarah, ma di che *parli*? Sono *giorni* che cerco di contattarti e adesso te ne esci con questa domanda? Per poco non *impazzivo* per la preoccupazione.»

Serrai i denti, lasciandomi scivolare addosso il suo fiume di parole. Odiavo dover sentire anche qui, a centinaia di chilometri di distanza, l'enfasi che Milena metteva su certe parole, un'enfasi che mi mandava ai matti e che caricava i suoi discorsi come bombe a frammentazione.

A denti stretti urlai: «Milena, non è di te che stiamo parlando. Ti stavo solo chiedendo cosa ricordi di quando siamo arrivate da Amalia. Avevi l'impressione che sentisse la mancanza di qualcuno? Te ne ha mai accennato?»

Silenzio, stavolta protratto.

«Ma che posso saperne io?» replicò con voce forzatamente calma. «All'epoca ero impegnata a rielaborare la morte dei nostri genitori, Sarah. Lo sapresti anche tu, se solo nella tua testa non ruotasse tutto attorno alla tua ossessione *du jour* come al solito. All'epoca ero una bambina. E inoltre Amalia non ne avrebbe mai parlato con me, lei parlava di certe cose solo con te. Vi confidavate segreti e vi capivate al volo. Io ero esclusa. Quindi se non ha detto niente a te, figurati se è venuta a confidarsi con me.»

Silenzio.

«Quindi non ricordi nulla. Neanche il nome Matthieu?» domandai di nuovo, per sicurezza.

Milena sospirò. «No, nulla.» La sua voce sembrava più mitigata rispetto all'inizio della conversazione.

Sentivo le urla dei bambini in sottofondo, stava per partire un nuovo litigio. Milena fece un altro sospiro.

«E se anche fosse?» disse. «Ora mi vuoi dire dove sei?»

«Da Jean. Te l'avevo detto che sarei andata in Francia» risposi impaziente.

«Francia? Ma pensavo che...»

«E che significa che eri sempre esclusa?» le domandai di colpo. «Amalia ti voleva bene come ne voleva a me, non ho dubbi.»

«Sarah...»

«No, voglio sapere cosa vuoi dire. Sai benissimo che...»

Sentii montarmi dentro la rabbia. La mia mano stringeva forte il cellulare.

«Non è sempre e solo una questione di amore, Sarah. Non c'è dubbio che Amalia abbia sempre fatto del suo meglio, e so che ci ha volute bene. Ma io e lei non ci capivamo, tutto qui. Perlomeno non così bene come vi capivate voi. Ammettilo. Voi avevate i vostri libri, le vostre storie, il vostro lavoro di restauro, mentre io... io non ne facevo parte. Voi eravate una squadra, io ero solo la ruota di scorta.»

«Ma non è affatto vero! Sei tu che non volevi averci niente a che fare! Eri quella che...»

«Non posso parlarne adesso. Thomas sarà qui a momenti» mi interruppe brusca. «Volevo solo sapere come stai.»

Tacemmo entrambe. Mi resi conto che la conversazione mi era sfuggita di mano. Non avevo la più pallida idea di cosa provasse mia sorella.

«Ne riparliamo un'altra volta, ok?» disse Milena.

«Ok» risposi. Lo sguardo fisso sui vigneti illuminati dal sole, il canto degli uccelli... d'un tratto mi sentii mancare la terra sotto i piedi.

«Abbi cura di te» aggiunse Milena. Volevo replicare ma aveva già riattaccato.

26
Di draghi e altri mostri

«RACCONTAMI una storia, ti prego ti prego!» chiese Milena per l'ennesima volta. Indossava il suo pigiama preferito ed era avvolta in una coperta sul divano, un grosso scialle al collo. Davanti a lei, una tazza con un infuso di salvia e miele. Erano tre giorni che non andava a scuola per una tonsillite e Amalia per precauzione aveva fatto restare a casa anche a me, sebbene avessi solo un raffreddore.

Era arrivato l'autunno e aveva portato con sé la stagione dell'influenza. Le temperature erano ancora miti, le foglie degli alberi verdi e gialle, lo stormo di passeri nel nostro lillà un chiassoso ricordo dell'estate.

Amalia sedeva in una bergère a orecchioni, uno dei suoi taccuini sulle gambe, scriveva velocemente. Io ero sdraiata a pancia in giù sul tappeto davanti al camino che Amalia aveva acceso per Milena, leggevo.

«Mmh» brontolò Amalia distratta.

«Ti prego ti prego!» cantilenava Milena.

Amalia richiuse il libriccino con un gesto risoluto. «E va bene.»

«Yeees!» esultò Milena con voce roca.

Appoggiai il mio libro aperto sul tappeto e mi girai verso

Amalia, anche se ero troppo grande per le sue storie, per non dire vecchia, troppo sazia e infastidita per ammettere che mi piaceva ascoltare la sua voce mentre raccontava.

«Che storia vuoi?» domandò Amalia a Milena.

«Una principessa!»

«C'era una volta una principessa» esordì Amalia.

Gemetti e la mia testa crollò sulla copertina del libro.

«Chiudi il becco, Sarah, è la *mia* storia!» disse adirata.

«Tu e le tue stupide principesse» brontolai. «Non potevano fare nulla, a parte essere carine e farsi sposare da qualcuno, non l'hai ancora capito? Come al mercato del bestiame.»

«Ehi» mi riprese Amalia «lascia stare tua sorella. E inoltre non è questo il modo di parlare delle donne, soprattutto di quelle che non avevano altra scelta.»

Mentre Milena mi lanciava un'occhiata compiaciuta, borbottai.

«C'era una volta una principessa» riprese Amalia «che un giorno venne rapita da un drago.»

Aggrottai la fronte. «E come fece?»

«Lei era sul balcone» tagliò corto Amalia.

«Avaaanti!» incitò Milena.

«Dopo un breve ma spaventoso volo durante il quale perse i sensi, la principessa si ritrovò in un luogo a lei sconosciuto» proseguì. «Dopo aver ripreso conoscenza, e dopo che i suoi occhi si abituarono al buio, capì che si trovava in una stanza gocciolante, all'interno di un castello in rovina.»

«Come fa una stanza a essere gocciolante?» domandai.

«Shhh» sibilò spazientita Milena, e Amalia rispose: «Licenza poetica della narratrice».

Milena scosse la testa, mentre io annuii.

«La principessa vagò tra le rovine del castello che sorgeva sopra una scogliera. Nella rimessa del giardino trovò un'ascia, doveva essere appartenuta a un legnaiolo, e la impugnò saldamente con entrambe le mani. Si mise quindi alla ricerca del bruto che l'aveva rapita.»

Amalia fece una pausa, sia io sia Milena restammo in silenzio.

«Era buio, la tempesta imperversava tra le rovine, e il vento ululava dalle finestre aperte. La pioggia sferzava all'interno e lampi guizzanti rischiaravano il cielo. Con il cuore in gola, la principessa andò da una stanza all'altra, camminando rasente le pareti, l'ascia ben stretta in mano. I suoi occhi seguivano ogni ombra sotto ogni mobile. Raggiunse infine una scala a chiocciola e nella stanza più in alto della torre trovò il drago che l'aveva rapita.»

Un ciocco di legno scricchiolò nel camino ed ebbi un brivido.

«Il mostro se ne stava rannicchiato su una chaise longue accanto a uno dei pochi muri ancora intatti della stanza.»

«Cos'è una *sceslong*?» domandò Milena.

«Una specie di sdraio lunga» spiegò Amalia.

«Quindi era un drago molto piccolo» commentò Milena.

«O una chaise longue molto grande» ribatté Amalia.

Milena annuì seria.

«La principessa si avvicinò piano al mostro che sembrava sonnecchiare pacifico. Era più piccolo di quanto pensasse, suppergiù il doppio del suo cavallo preferito, e dal muso agli artigli era ricoperto di scaglie verde scuro. Le sue ali nere cangiavano di colore come petrolio in una pozzanghera. La principessa alzò l'ascia pronta a uccidere il mostro, ma a quanto pare uno dei suoi piedi fece rumore contro le pietre del pavimento perché il drago si svegliò spaventato dal suo sonno.»

Amalia fece un'altra delle sue pause a effetto, mentre Milena si piegava in avanti, gli occhi strabuzzati. «E poi?» domandò con il fiato corto.

«Poi il drago spalancò gli occhi, vide la principessa che incombeva su di lui con l'ascia, e lanciò un urlo di terrore e si rannicchiò sotto le ali sbirciandola con occhi pieni di paura. "No, ti prego!" gridò terrorizzato. "Urd" disse la principessa, con l'ascia che le pesava tra le mani.»

«Non esiste la parola urd» dissi.

«Sarah» sibilò Milena.

«Urd *fece* la principessa» si corresse Amalia, proseguendo: «La principessa osservò il piccolo drago verde rannicchiato sotto le ali. "Mi hai rapito dal mio palazzo e sei un mostro, perché mai dovrei risparmiarti?" gli chiese. "Non volevo farti del male" rispose il drago con voce tremante "ti prego, credimi!" "Ma perché sono qui?" domandò la principessa. "Per via della tua scoperta" urlò il drago. La principessa abbassò l'ascia. È vero, era una scienziata provetta che stava studiando un modo per creare una fonte di energia inesauribile, ecologica e salutare grazie alla magia e alla luce solare. Un'energia con cui gli esseri umani avrebbero fatto andare le loro carrozze, riscaldato l'acqua e illuminato le case. La principessa non sapeva cosa replicare. "Che c'entra tutto questo con la mia invenzione?" domandò brusca al piccolo drago tremante. "Vuoi solo distrarmi, per salvarti la pelle." "No, credimi, ti prego! Se la tua invenzione avesse successo, i fabbricanti di carrozze, i carbonai con il loro legno e Tremotino con il suo lavoro minorile nella sua fabbrica della paglia che diventa oro perderebbero tutte le loro ricchezze" disse il drago "perché tutti loro si arricchiscono con ciò che la tua invenzione rimpiazzerebbe." "Mmh" fece la principessa "e tu che c'entri?" Il drago sollevò un po' di più le ali, come se così facendo potesse proteggersi dall'ascia affilata. "Ecco, io sono un drago" rispose a bassa voce. "E che significa?" chiese la principessa. "Significa" spiegò con tristezza lui "che le persone odiano ciò a cui loro stesse mi hanno ridotto. Mi temono perché mi odiano." "Non capisco." Il drago sospirò. "Sono un mostro perché nessuno vuole un drago, a parte quando gliene serve uno per rapire una principessa. E se non ti avessi rapito, loro mi avrebbero ucciso, e poi avrebbero ucciso anche te." Il drago la guardò con grandi occhi imploranti. "Mmh" fece di nuovo lei.

"Dimmi, drago, come hanno potuto obbligarti a fare qualcosa che non volevi? Non sei forse un mostro potente?"

"Come posso essere potente al confronto con coloro che possiedono ogni cosa? Sono solo un piccolo drago e loro hanno minacciato di cacciare me e tutti i draghi dalle loro caverne e di sterminarli fino a che non ne resterà traccia, se non avessi fatto quello che mi ordinavano."

Il piccolo drago verde aveva un'aria così triste che la principessa gli credette. "Allora non ci sei tu dietro a tutto questo, ma coloro che fanno soldi se resta tutto com'è" concluse la principessa».

Fremetti, la testa appoggiata sulle braccia. Tipico di Amalia: il cattivo delle sue storie non erano i draghi, ma il capitale, il capitalismo globale o l'industria petrolifera.

Dopo avermi lanciato un'occhiata, Amalia proseguì: «La principessa guardò il drago, il suo corpo esile e i profondi graffi sulle sue ali. Vide che le scaglie erano opache e non rilucevano, e suoi grandi occhi erano pieni di tristezza. Il mondo era un luogo di ingiustizia e chiaramente inospitale per i piccoli draghi verdi. "E va bene" disse "ti credo." Il drago alzò la testa. "Mi credi?" La principessa annuì. "Ma questa non è una scusa per portare via una donna contro la propria volontà" sentenziò severa. Il drago riabbassò la testa, aveva un'aria molto contrita. "Mi dispiace, ma se non ti avessi portato via, avrebbero mandato qualcun altro per sbarazzarsi di te." La principessa afferrò il concetto. "Quand'è così, non ci resta che darci anche noi alla caccia" disse al piccolo drago verde. "Alla caccia?" domandò titubante, le orecchie dritte per la curiosità. "Alla caccia di tutti i Tremotini e gli amministratori delegati avidi, che vogliono sfruttare il progresso sulla pelle della società. Per farlo potrei aver bisogno di qualcuno con le ali che mi porti via da queste misere rovine sopra la scogliera. Posso contare su di te?" domandò la principessa. Il drago annuì zelante e abbassò le ali sotto cui si era rannicchiato. E fu così che la principessa e il drago diedero vita a una squadra che lottava contro l'inquinamento, a favore di un ordine mondiale migliore. E vissero felici e contenti. Fine».

«Cosa?» urlò Milena su tutte le furie. «Non può finire così! Dov'è il principe che salva la principessa?» domandò.

«La principessa si è salvata da sola.»

«Ma... Ma chi sposerà?» domandò Milena.

«Magari non vuole sposarsi, magari le bastano il suo lavoro, le sue invenzioni e l'amicizia con il drago» disse Amalia.

Milena sbuffò scettica.

«O si innamora del drago» proposi.

«Non esiste proprio!» si scandalizzò mia sorella.

Adesso era Amalia a sorridere. «Perché no? In fondo il drago è quello che ha sofferto di più per tutta questa situazione. La principessa con i suoi privilegi ne ha ancora di cose da imparare e, se lo facesse, forse si accorgerebbe del cuore d'oro che si nasconde sotto quell'involucro di scaglie verdi.» Alla vista della smorfia disgustata di Milena, Amalia rise. «Ma è un drago!» brontolò Milena.

Mia zia scosse la testa, lanciando un'occhiata a me e a seguire a Milena. «Essere un mostro non ha nulla a che vedere con l'aspetto fisico. Il mostro nella vita non è sempre il candidato più evidente. È importante non confondere le proprie paure con la realtà.»

«Non ricominciare con le tue perle di saggezza» gemette Milena.

Non potevo che darle retta.

«Non si vede bene che con il cuore» la citai per punzecchiarla.

«L'essenziale è invisibile agli occhi!» aggiunsero in coro Amalia e Milena, a completamento della frase che la volpe rivolge al Piccolo principe.

E fu così che la principessa si innamorò del drago.

27
I fratelli sono i peggiori

Ben mi trovò in giardino, all'ombra di una betulla. Ero seduta sopra una radice nodosa, i piedi allungati nell'erba. Il muschio copriva il terreno attorno all'albero e alcuni cespugli secchi di erbacce che erano sfuggiti all'occhio del giardiniere. Le betulle sembrano portarsi appresso un proprio microclima, pensai, crescono su terreni umidi e secchi, su prati, nei boschi, nelle paludi e tra le dune. Ma il terreno ai loro piedi trasmette sempre la stessa impressione: quella di un luogo luminoso, niente affatto nascosto sotto la chioma folta, eppure protetto, un tronco grigio chiaro a cui appoggiarsi. Affondai i piedi nel muschio, le mani giocherellavano con i fili d'erba. Luce e ombre disegnavano sagome sulle mie braccia, le foglie dell'albero frusciavano piano al vento. Sentivo l'odore dell'estate: la terra secca, il seducente profumo del lillà poco distante, la calura, se mai la calura ha un odore. Le api e gli altri insetti ronzavano nel prato, un uccello lanciava il suo richiamo in lontananza. Ormai era pomeriggio inoltrato, la luce era dorata, l'aria calda e immobile, gli insetti lenti e appesantiti dal loro carico di polline. Quando Ben mi fu accanto non alzai lo sguardo. Si sedette cauto sopra un'altra radice, forse per non rovinarsi i pantaloni. Le sue scarpe lucide brillavano al sole mentre cercava una posizione più comoda che finì per essere con le ginocchia piegate e i gomiti puntati sulle cosce.

Restammo in silenzio per un po'. Ben non mi forzava. Tirai con entrambe le mani un cespuglio d'erba che, lenta e inesorabile, devastai.

«Hai fratelli o sorelle?» gli chiesi a un tratto. «Ne hai accennato, se non ricordo male.»

«Sì, ho una sorella e un fratello» rispose mentre come me guardava le mie mani che strappavano gli steli dal cespuglio.

«Più grandi o più piccoli?»

«Entrambi più grandi, mio fratello è il maggiore» rispose Ben.

Lo guardai. «Quindi sei il cucciolo di casa?»

«Mmh» fece Ben. «Temo di sì.»

«Com'è la vita con due fratelli maggiori?» domandai.

«Faticosa» rispose con una smorfia.

«Credo che a mia sorella, stando nel mezzo, sia andata anche peggio» aggiunse dopo un po'. «Con un fratello più grande che voleva proteggerla, per esempio dai fidanzati, e uno più piccolo che a volte non sopportava e a volte accudiva.»

La sua voce era affettuosa, sulla bocca un leggero sorriso.

«E con tuo fratello come va?»

Il sorriso sparì, tra le sopracciglia comparve una ruga. «Con lui è più complicato.»

«Mia sorella e io è un po' ormai che non ci capiamo più. Voglio dire, il nostro è sempre stato un rapporto strano. Lei ha sempre pensato di doversi occupare di me, perché da bambina non me la cavavo granché in mezzo alla gente. Al tempo stesso però era più piccola di me, e dopo che i nostri genitori erano morti... Amalia ha fatto del suo meglio, ma forse non è stato quello di cui Milena aveva bisogno.» Le ultime due frasi erano rivolte più agli steli d'erba che a Ben.

«I tuoi genitori sono morti? Mi dispiace, Sarah.» Ben allungò la mano e strinse le mie dita sporche di terra.

Mi strinsi nelle spalle. «Tanto tempo fa.»

«Quanti anni avevi?» La sua voce era dolce.

«Quasi dieci.»

«Mio Dio, Sarah, non riesco neanche a immaginarlo.» Intrecciò le sue dite alle mie, la sua stretta divenne più ferma. «Mi dispiace tantissimo.»

Feci un cenno di noncuranza con la mano. «Non preoccuparti. Milena e io siamo state fortunate. Amalia ci ha prese con sé, siamo cresciute in casa sua e credo che per certi versi mi abbia capita meglio dei miei genitori.»

Restammo in silenzio per un po'.

«Non c'è da stupirsi che ti manchi così tanto. Ti ha cresciuta e, ascoltando tutto quello che mi hai detto finora, si ha come l'impressione che tu abbia perso una mamma.»

«Non sento più la mancanza di Amalia» gracchiai.

Ben si schiarì la voce.

«No, sul serio» insistetti. «Ho letto delle cinque fasi dell'elaborazione del lutto secondo Elisabeth Kübler-Ross: negazione, rabbia, patteggiamento, depressione e accettazione, e sono certa di aver attraversato le prime quattro nei mesi successivi alla morte di Amalia. Non riesco neanche a credere di aver mai vissuto la fase della negazione... Non è razionale, ho sempre saputo che Amalia era morta. Non c'è stato nessun momento in cui non l'ho capito, e non si fa nessun cenno alla nostalgia...»

Ben sciolse la stretta delle nostre dita e mi appoggiò la mano sull'avambraccio. Guardai il gioco di ombre e luce sulla nostra pelle, chiara e scura.

«Va tutto bene, Sarah» disse piano, e per la prima volta da quando si era seduto il mio sguardo incrociò il suo. E per la prima volta dopo tanto tempo sentii montare dentro di me la vecchia frustrazione, perché avrei tanto voluto capire che cosa dicevano i suoi occhi, e sì che ne avevo fatti di progressi.

Sulle sue labbra si disegnò un sorriso. «È buffo vedere come una donna intelligente come te sia inconsapevole del proprio mondo interiore.»

Aprii la bocca per rispondere, ma la richiusi, come un pesce spiaggiato.

«Non sei il primo a dirlo» replicai.

«Oh, non volevo... Sì, non volevo dire che esiste una regola o che tu...»

Stavolta lo interruppi con un'occhiata di traverso, di colpo le sue spalle sembrarono rigide. «Non preoccuparti, nessuno mi ha mai fatto una diagnosi... e anche se fosse, non mi sentirei offesa.»

«È un bene. Voglio dire, è un bene che non ti abbia offesa. Non è un bene che non abbia una diagnosi. Voglio dire, non c'è niente di male ad avere una diagnosi ma anche a non averla...»

Scoppiai a ridere e Ben smise di parlare. «Non preoccuparti Ben, ho capito.»

Le sue spalle cominciarono a sciogliersi, ma intuivo l'imbarazzo. Gli accarezzai la mano.

«Quand'ero più piccola, per un attimo pensammo che rientrassi nello spettro dell'autismo, dal momento che non me la cavavo bene nelle situazioni sociali, mentre a scuola ero brava. Ma non ho mai approfondito la questione, perché con Amalia... Perché con Amalia non era mai un problema.»

Ben annuì, girò la mano così da poter accogliere e stringere la mia.

«L'università è stata un inferno» ammisi «forse perché non avevo né Milena né Amalia al mio fianco a farmi da interprete. E così durante gli anni di studio non ho conosciuto nessuno, a parte il mio fidanzato di allora.»

Restammo di nuovo in silenzio, ma ormai era qualcosa di intimo.

«Mio fratello maggiore ha sempre badato a me» disse Ben interrompendo il frinire dei grilli. «Ero il ragazzino con gli occhiali che a dieci anni aveva, per così dire, imparato a memoria l'*Oxford English Dictionary*. Ti lascio immaginare come mi consideravano gli altri a scuola. Non ne abbiamo mai parlato, ma credo che lui abbia fatto spesso a pugni per colpa mia, perché mi lasciassero in pace. Per molti aspetti è il mio esatto contrario: chiassoso, di bell'aspetto, sicuro di sé, ossessionato dal fitness. Quand'eravamo piccoli, in pratica lo seguivo ovunque. C'era una pista da BMX nel parco del nostro quartiere e ho trascorso la metà dell'infanzia a guardare mio fratello sfrecciare nel fango.»

Un sorriso si disegnò sul suo viso.

«Una volta, ero già grandicello, mi ha lasciato provare il percorso con la sua BMX, dopo che lo avevo pregato per settimane. Era una calda giornata estiva, il prato secco e duro come la pietra e le ruote delle bici avevano lasciato solchi profondi nel terreno. Chiaramente alla seconda curva ho inchiodato con i freni e sono volato, rompendomi un braccio e frantumando gli occhiali.»

«Uhhh.» Feci una smorfia.

«Isaac mi ha portato a casa in braccio, mentre piangevo disperato, un occhiale con i vetri frantumati sul naso. Non ha fatto la spia ai nostri genitori e si è addossato ogni responsabilità, sebbene di fondo fosse stata colpa mia. Come se non bastasse, gli avevano rubato la BMX che aveva dovuto lasciare al parco per portarmi a casa. Cionondimeno non ha detto nulla ai miei genitori, ma ha messo via i soldi grazie a un secondo lavoro fino a quando non ha potuto ricomprarne un'altra.»

Il suo sguardo era incollato al prato illuminato dal tramonto. Il sorriso di Ben sembrava in un punto lontano del passato.

«Oggi, secondo lui, non ne combino mai una giusta. Ha sempre da ridire su qualunque cosa. A volte mi domando dove sia finito quel ragazzo che è rimasto in punizione per me un mese senza battere ciglio. Mi manca. Perciò, capisco bene quando dicono che a volte è difficile con i fratelli e le sorelle. E che si può sentire la mancanza delle persone che non ci sono più, e a volte anche di quelle che sono ancora vive.»

Mi guardò come se stesse cercando qualcosa nei miei occhi. Senza volerlo le mie dita tirarono il cespuglio di erba e di colpo mi ritrovai in mano una piccola zolla di terra.

Ben scoppiò a ridere e per gioco gli colpii il braccio. Lui mi afferrò la mano e la strinse nelle sue. I suoi occhi vagarono sul mio viso e all'improvviso avvertii uno strano calore allo stomaco e dovetti deglutire.

«Aha» disse Ben. «Suppongo che il passaggio alla comunicazione non verbale sia il tuo modo per darmi ragione.»

Forse. A ogni modo era raggiante, i tratti del suo viso giovani e spensierati nella luce dorata dell'estate, tanto che non riuscivo a vedere nient'altro.

Ci guardammo, l'aria carica di un'elettricità nuova. Qualcosa tra noi era cambiato. Mi resi conto che stavo arrossendo e mi schiarii la voce.

«Perché sei venuto qui? Di sicuro non per tirarmi su di morale» l'apostrofai cambiando argomento.

Ben mi lasciò la mano ma non perse il sorriso.

«Non solo. Credo di aver scoperto qualcosa in un taccuino di Amalia che potrà aiutarci. Almeno è quello che pensa Jean. Era emozionato e sta chiamando un collega che tua zia nomina un paio di volte.»

Schizzai in piedi. «Perché non me lo hai detto subito?»

«C'erano altre cose che mi sono sembrate più importanti.»

«Quali?» domandai indignata. «Siamo qui per la cartina!»

Gli angoli della bocca di Ben si curvarono ancora di più verso l'alto. «Non importa, lascia stare. Andiamo a vedere se il cervello di Jean è sopravvissuto alle onde elettromagnetiche e se ha scoperto qualcosa.»

28
Domande

QUANDO eravamo ancora piccole, durante i lunghi viaggi in macchina o nei momenti di noia, Milena e io facevamo sempre un gioco. Il gioco delle domande: una faceva una domanda e l'altra doveva rispondere, e poi a sua volta poteva fare una domanda. Le domande particolarmente fantasiose guadagnavano punti extra.

– Com'è il cielo, oggi? chiedeva Milena.
– Oggi il cielo somiglia a un tendone grigio aperto, con appiccicato sopra un ciuffo d'ovatta, rispondevo.
– Quale personaggio delle fiabe vorresti essere? domandavo.
– La fatina dei denti... ha l'aria di avere sempre soldi, rispondeva Milena.
– Qual è il colore più bello che tu abbia mai visto? domandava Milena.
– L'ultravioletto, dicevo.
– Hai imbrogliato, non si può vedere, diceva Milena.
– Non è vero, replicavo.
– Certo che è vero, ribatteva Milena.
– Con chi ti piacerebbe vivere su un'isola? domandavo.

– Sven della B, rispondeva Milena.
– Sven con i capelli da paggetto? domandavo.
– Smettila, sbottava Milena.
– Quale libro potresti leggere più d'una volta? domandava Milena.
– È una domanda troppo difficile, protestavo.
– C'era da immaginarselo, replicava Milena.
– Qual è il tuo momento della giornata preferito? domandavo.
– Il mattino, quando mi sveglio mentre tutti ancora dormono, scendo di sotto e ho tutta la casa per me e nessuno che mi dice cosa fare o non fare, rispondeva Milena.

In questo gioco si doveva dire la verità, era una regola inderogabile. Pertanto non era così sconveniente porre domande scabrose tipo «sei innamorata?» perché un attimo dopo potevi star certa di ricevere la medesima domanda spinosa. Per esempio: «Hai mai baciato qualcuno?»

Allo stesso tempo non ci annoiavamo mai a interrogarci a vicenda. Potenzialmente era tutto scomodo o divertente, un'idea buona o pessima, ma sempre interessante. Venni a sapere del primo imbarazzante bacio di Milena, delle sue cotte, della sua paura dei ragni, quali jeans sperava di ricevere a Natale, quali firme trovava fighe e chi tra le sue amiche si tingeva i capelli.

Milena sapeva quali libri leggevo, con quali insegnanti litigavo, quali ragazzi mi facevano arrabbiare, cosa ci eravamo divise a pranzo io e la mia amica Jamila, quali Paesi mi sarebbe piaciuto visitare.

Sapevamo che colore avesse il cielo per l'altra, il profumo dei fiori del melo e il sapore delle more del giardino.

Sapevamo tantissime cose l'una dell'altra. E non era mai abbastanza.

Mi domandai come dovesse essere adesso il cielo per Milena e se il suo momento della giornata preferito era quando tutti la lasciavano in pace.

Mi domandai quand'è che avevamo smesso di farci domande.

Com'era possibile che, delle due persone più importanti della mia vita, una era morta e l'altra era diventata un'estranea al punto che non sapevo più che domande farle?

29
«Le vent nous portera»

PARTIMMO l'indomani mattina presto.

Dalla collina baciata dal sole contemplavo la tenuta di Jean, il prato, le viti dal verde acceso e gli alberi, le cui foglie frusciavano piano al vento.

Jean si mise al mio fianco, saltellava da un piede all'altro. Gli avevo consegnato i libri che gli avevo portato. Dopodiché avevamo fatto una passeggiata nel suo giardino, tacendo delle questioni importanti. Jean mi aveva indicato fiori e cespugli, arbusti e alberi, dicendomene il nome, pieno d'orgoglio per il fatto che la terra dei suoi avi fosse così generosa, come se fosse stato lui a piantare ogni pianta, con le sue mani, e non il giardiniere.

Osservammo in silenzio le viti. Chi le avrebbe vendemmiate, una volta che Jean non fosse più stato in grado di farlo? La sua scelta di porre fine alla stirpe nobiliare significava che uno sconosciuto avrebbe torchiato o mandato a male i suoi adorati grappoli d'uva.

Forse però era anche un bene. È molto peggio quando a tradirci è una persona che abbiamo amato invece che uno sconosciuto, pensai.

«E ne sei sicuro?» gli domandai per l'ennesima volta.

«Sì, Sarah! Wilfried, il collezionista di Heidelberg, ha confermato che l'ultima volta che è stato visto il segmento perduto della Tabula era a un'asta a Londra... A un certo punto l'hanno ritirato. Questo significa che la pista migliore è la casa d'aste. Sono sicuro che Amalia ha sentito parlare dell'asta nove mesi fa, poco prima di contattare Ben.»

Jean deglutì ed entrambi pensammo che era stata la morte a porre fine alla sua ricerca.

«Ma è insolito che il frammento perduto della Tabula sia stato ritirato nel bel mezzo dell'asta» commentai.

«Sì, molto» convenne Jean. «Deve essere stata una grossa perdita di denaro per il collezionista. La casa d'aste avrà sicuramente preteso un risarcimento.»

«Se non è stata una questione di soldi, deve esserci qualcos'altro. Era un falso che qualcuno minacciava di smascherare? Per scoprirlo ho bisogno di vedere la cartina.»

Assorti nei nostri pensieri, guardammo la collina, le viti nodose, i rami intrecciati dalle foglie verdi e i grappoli ancora acerbi, il cielo blu che li sovrastava. In lontananza vidi scomparire tra i filari il giardiniere con in mano un paio di cesoie.

«Sono anni che è il tuo giardiniere, giusto?»

«Michel?» borbotto d'istinto. «Sì, e più passa il tempo più diventa testardo e bizzarro.»

Mi scappò un sorriso, si poteva dire lo stesso di Jean.

«Magari un giorno potresti invitarlo a bere un calice di vino in terrazza.»

Jean mi lanciò un'occhiata di sbieco. «Lo diceva sempre anche Amalia.»

«E allora dovresti esaudire il suo desiderio.»

Il volto di Jean ebbe un cedimento.

«Va tutto bene» dissi. «Prima o poi tutti dobbiamo trovare il modo di andare avanti, Jean.»

«Senti chi parla!» ringhiò.

«Però io sono qui e sto cercando di portare a termine una delle sue ultime committenze.»

«E non è ironico?»

«E con questo che vuoi dire?»

«Non sei proprio un fulgido esempio di sana elaborazione del lutto» rispose.

Tirai su col naso. «Non so proprio di cosa tu stia parlando.»

Mi diede una spinta. «Abbi cura di te, mia cara Sarah. E vieni di nuovo a trovarmi. Sulla via del ritorno, per esempio.»

Gli sorrisi. «Puoi starne certo, ma lo faccio solo per le tartarughe. Prima che si ambientino troppo. E grazie, Jean, grazie di tutto.»

Tenne lo sguardo basso. «Era scontato. Amalia era la mia migliore amica, ma lo sei anche tu. Buona fortuna per la vostra ricerca, e non fatevi fermare da bazzecole come l'inflazione galoppante, la sorveglianza continua, la Brexit e il governo della destra populista!»

Gli feci l'occhiolino. «Stanne certo.»

30
Tanti passaggi di mano

Giunti a questo punto, prima di proseguire nella ricerca, vale forse la pena spendere qualche parola in più sulla Tabula Peutingeriana. Che io abbia sempre parlato di «originale medievale di uno stradario romano» può essere forse fuorviante. Dipende dalla storia movimentata di questa cartina e dei suoi facsimile.

Come ho avuto già modo di dire, la nostra cartina si basa su diversi precedenti, risalenti probabilmente all'epoca tardo-romana. L'ipotesi che tra gli antecedenti della Tabula ce ne sia almeno uno del Quarto secolo dopo Cristo deriva dal fatto che sulla Tabula compare la città di Costantinopoli, all'epoca di recente fondazione. Un altro modello potrebbe essere, per esempio, anche la mappa del mondo commissionata dal generale Agrippa che venne in seguito scolpita sulla sua lapide. Esistevano inoltre stradari romani per viaggiatori avventurosi e conquistatori che sicuramente sono confluiti nella realizzazione della Tabula Peutingeriana.

Alcuni storici partono addirittura dal presupposto che le origini di questo atlante su pergamena siano ancora più antiche perché, da un lato, esso rappresenta regioni poco interessanti per i Romani, che potrebbero pertanto derivare da modelli ellenistici mentre, dall'altro, non ne riporta altre che erano invece note ai Romani.

A ogni modo, ormai non esiste più nessuno di questi possibili precedenti. Ci è rimasta soltanto questa copia di un presunto modello di epoca tardo-romana. Il materiale del rotolo di pergamena permette di datare la copia al Dodicesimo secolo. Tuttavia, non sappiamo ancora chi e dove l'abbia realizzata. Probabilmente avvenne in un monastero in cui venivano eseguite copie. L'unica certezza è che intorno al 1500, tramite un amico, approdò a Konrad Peutinger. Si ignora dove sia stata prima, così come si ignora fino a quando il frammento perduto sia stato ancora parte integrante della cartina. Quando il rotolo di pergamena farà la sua comparsa nella collezione di Peutinger doveva già essere mancante del primo pezzo, visto che i facsimile realizzati dai discendenti non lo riportano.

Dopo la morte di Peutinger accadde un'altra stranezza: la cartina scomparve di nuovo per oltre cent'anni e venne rinvenuta solo nel Diciottesimo secolo. Cosa può essere successo? La risposta è semplice: non esiste biblioteca che non perda oggetti per colpa di una catalogazione o una collocazione sbagliata, un prestito, una disattenzione o un furto.

Passerò subito a un altro aspetto interessante di questa storia movimentata. La Tabula, infatti, è finita nelle mani di un principe, un rampollo di diverse dinastie nobiliari europee. Destinato in realtà a entrare in convento, il giovane principe Eugen aspirava alla carriera militare. E fu così che servì come generale degli Asburgo... non so se sia stata la scelta migliore. Molte battaglie, carneficine e sicuramente avventure galanti dopo – Eugen era dedito agli uomini ed è per questo che probabilmente non si sposò mai –, il principe era diventato un uomo stimato che investiva nell'arte, faceva costruire palazzi e collezionava libri e mappe. La Tabula arrivò al generale probabilmente come dono.

In seguito alla morte del principe Eugen, per una polmonite e una ferita in guerra, la sua enorme collezione di libri e tutti i suoi possedimenti – tra cui numerosi palazzi, molto denaro, parecchie opere d'arte, terreni e un gigantesco zoo con una marea di animali – andarono in eredità alla nipote Anna Viktoria, perché non aveva stilato un testamento. Alla fine, ad accaparrarsi la collezione di manoscritti fu l'imperatore Carlo VI, che dapprima la inserì nella biblioteca di corte, per poi confluire nella Biblioteca Nazionale Austriaca.

Furono proprio i bibliotecari verso la metà del Diciannovesimo secolo a dividere in segmenti la Tabula Peutingeriana lunga sei metri, così da gestirne più facilmente l'immagazzinamento e la conservazione. Undici parti che ancora oggi si trovano nella medesima biblioteca.

All'epoca, dunque, il primo frammento doveva già essere disperso. Era plausibile credere che fosse andato semplicemente distrutto fino a che ricomparve nella foto scattata da Amalia.

Curioso come si sia aggirato per secoli come uno spettro, finendo per pura fortuna o per caso nelle mani di alcune persone che lo riconobbero e si preoccuparono della sua conservazione. E adesso Ben e io saremmo andati a Londra, a tentare la fortuna dandogli la caccia.

PARS I

Britannia (Segmento I)

«Di carta costruiremo
un ponte
E srotoleremo
verso la nostra Terra.
Cosa succederà.»
Canto popolare yiddish

31
Via mare

AVEVAMO lasciato la macchina nella stiva del traghetto, circondata da altri veicoli con targa inglese. Che sollievo sarà stato per Ben e la sua Vauxhall la compagnia di altre automobili guidate da persone al volante dal lato sbagliato.

Ben e io ci incamminammo verso il ponte superiore per fare una seconda colazione. Quando dopo una lunga fila arrivò finalmente il nostro turno, ordinai due caffellatte e due croissant. La signora dietro il bancone raccontò di aver appena venduto le ultime brioche; alla mia richiesta di qualcosa di dolce non fece che scuotere la testa, rammaricata. Mi brontolava lo stomaco, il mio umore naufragò.

Ben mi fece cenno di uscire all'aria aperta, e ci affacciammo sulle onde. Nel cielo grigio garrivano i gabbiani spinti dalle folate di vento che increspavano il mare. L'aria fresca e salmastra scacciò la mia delusione. Ben era a un passo da me, lo vidi inspirare profondamente e stringere forte le mani intorno al parapetto di metallo. Quando gli porsi la sua tazza fumante, ci soffiò su prima di sorseggiare. Guardammo in silenzio le onde grigie e la schiuma che schizzava nell'aria satura delle urla dei gabbiani.

Quando un colpo di vento si infilò sotto i miei vestiti, ebbi un brivido.

«Hai freddo?» mi domandò Ben.

Risposi con un'alzata di spalle.

Senza dire una parola, Ben mi diede in mano il suo caffè, si tolse lo zaino e tirò fuori una giacca sportiva sottile, simile a quella che indossava lui.

«Ecco.» Me la porse in cambio della tazza.

«Come mai vai in giro con due giacche?»

Ben guardò a terra. «Be', vedi, io... secondo me non fai troppo caso al tempo e ho pensato che magari sarebbe potuta servirti.»

Mi scappò un sorriso. Era evidente che sapeva leggere nell'animo delle persone. È vero che non bado a cose irrilevanti, mentre altre catturano tutta la mia attenzione. Amalia ci scherzava spesso su, sostenendo che fosse già un miracolo che uscissi di casa con dei vestiti addosso.

«Grazie.» Mi misi la giacca che mi riscaldò subito.

Ben ripose la tazza a terra e rovistò di nuovo nello zaino. Tirò fuori un pacco di biscotti fragranti e me li piazzò davanti, come un invito.

«Per non rimpiangere il croissant?» domandò.

Presi due biscotti ricoperti di cioccolato e, affamata, li inzuppai nel caffè.

«Sei davvero ben equipaggiato» dissi mentre masticavo.

Ben mi osservò e morse un biscotto, lentamente. Se avesse continuato a quella velocità, non gli avrei lasciato nemmeno le briciole.

«Stiamo viaggiando in nave, in questi casi bisognerebbe sempre partire ben equipaggiati.»

«Per l'evenienza di perdersi durante una traghettata di un'ora e mezzo?»

«Esatto, per l'evenienza di incontrare una sirena da incantare con i biscotti.»

«Una cosa che l'*Odissea* si dimentica di raccontare: le sirene sono ghiotte di cioccolata e non le resistono.»

Il vento coprì la risata di Ben.

«Qualche volta» disse «durante questa traversata mi sento davvero Ulisse. Nel tempo che si impiega per arrivare in Inghilterra può succedere qualunque cosa: il giuramento di una nuova premier, l'incoronazione di un re, l'uscita dal sistema solare. Ogni volta tra il momento in cui guardo per l'ultima volta il cellulare sulla terraferma e quello in cui rimetto piede in Gran Bretagna potrebbe essere come se fosse trascorso un decennio di rivoluzioni.»

«Forse è vero, ma almeno non ti aspetta una moglie che vuole la tua morte per potersene stare con l'amante, no?»

Ben mi guardò stranito. «No, per fortuna non è così.»

«È la parte della storia che più mi sbalordisce: Ulisse parte per la guerra e per dieci anni affronta mille avventure – e non ci credo che non lo fa apposta: nessuno venga a dirmi che è realistico perdersi in quel modo nel Mar Egeo! – poi torna a casa e si chiede perché mai non può ricominciare dal punto esatto dove aveva lasciato. Ma insomma, cosa si aspettava?» dissi.

«Una moglie fedele, che si accoccola senza fiatare e rinuncia a tutto appena lui si ripresenta» propose Ben.

«Come no, mentre nel frattempo lui se la spassa in serate hot con sirene e maghe.»

«Ehm, me la ricordavo un po' diversa la storia» replicò Ben.

Rimanemmo in silenzio per un po', Ben a fissare il mare e io a fissare lui. Il suo sguardo sembrava puntato sull'orizzonte, una linea sottile a suddividere due grigi.

«La cosa fantastica delle vecchie storie come l'*Odissea* è che i sentimenti delle protagoniste e dei protagonisti non vengono mai davvero scandagliati. Sappiamo quello che fanno e, a volte, perché lo fanno. Ma il racconto non svela mai le emozioni che provano. Le lasciano alla tua immaginazione» disse Ben a un certo punto.

Conoscevo fin troppo bene la sensazione di ignorare cosa provino gli altri mentre dicono o fanno qualcosa.

«In realtà, per me è sempre così» ammisi.

«Credo invece che in queste cose tu te la cavi molto meglio di quanto pensi, Sarah.»

Sentii un formicolio nello stomaco. In lontananza apparvero le scogliere calcaree di Dover, che perfino nella luce flebile del sole impigliato tra le nuvole lucevano bianche sul mare grigio e inquieto. Presi fiato, feci un cenno a Ben con la spalla e indicai la scogliera. Lui però si voltò verso di me, lo sguardo incollato al mio viso. Il vento salì portando con sé aria salmastra e acqua, la schiuma atterrò sulla mia guancia.

Ben tese la mano, così lentamente che avrei potuto sottrarmi se l'avessi voluto, e con il pollice mi asciugò le gocce salate.

Ebbi un sussulto e mi concentrai di nuovo sull'orizzonte. Noi due là, lo sguardo puntato sulle rocce chiare, sotto di noi un mare in subbuglio, intorno a noi il soffio del vento, e tutto questo in compagnia di Ben, con una giacca calda e un pacco di biscotti che ci dividemmo fino all'ultima briciola.

32

Le stelle si specchiano nell'acqua scura

OGNI volta che vedo il mare, penso al cielo stellato. Penso al mare di notte. Un che di primitivo, infinito nel rumoreggiare delle maree buie, nel rovesciarsi delle onde nere, nel rispecchiarsi della Luna nell'acqua impenetrabile, nei piccoli riflessi di luce sulla superficie cangiante, inquieta. Piccoli bagliori in un buio infinito e vasto.

Il nero cielo notturno tra le stelle come il flusso dell'acqua, l'assenza di luce come lo spazio tra le cose, pregno e avvolgente come le maree.

«Santo cielo, quanto sei melodrammatica» direbbe adesso Milena, e forse avrebbe anche ragione.

Ma pure gli antichi marinai spinti dalle vele erano melodrammatici: credevano a mostri e a dee assetate di vendetta e all'infinità di un mondo che non comprendevano. Ai loro occhi soltanto la Terra, giustamente, non era infinita, e la paura di affacciarsi dal suo balcone e precipitare giù forse era concreta, anche se il mare continuava sempre. Il punto però è: dove credevano che sarebbero precipitati se l'acqua li avesse rovesciati fuori dal pianeta? Dentro il buio dell'universo, che allora girava ancora intorno alla Terra. Anche loro dunque vedevano un collegamento tra l'oceano e l'etere che avvolge il mondo, un collegamento concreto in cui il mare forse affluiva nell'immensità del cosmo, come fossero fatti della stessa materia.

Gli antichi navigatori avevano bisogno di sestanti per orientarsi in mare aperto e ritrovare la costa. Avevano bisogno di mappe celesti e di stelle polari, avevano bisogno della luce che danza sulle onde, che viene da così lontano che il calore di migliaia di astri infuocati diventa puntura di spilli nella trama dell'universo.

Ogni volta che vedo il mare, penso al cielo stellato. Ogni volta che vediamo qualcosa di bello, di chiaro e lucido ci dimentichiamo del buio, eppure è il buio a renderlo visibile.

Mi domandai come fosse possibile che una carezza delicata, data con il pollice per asciugarmi la guancia, potesse ricordarmi che da troppo tempo nessuno mi toccava. Mi abbracciava, mi stringeva la mano, mi lambiva il braccio, il viso, le labbra, me.

Mi domandai come fosse possibile che il contatto di un istante avesse potuto urlarmi che ero sola.

33
Vivi e lascia vivere

QUALCHE volta penso di essere sempre stata sola. Perfino nel periodo in cui ero insieme al mio ex fidanzato Philip. Anzi soprattutto allora. Forse sono proprio nata per la solitudine.

Le cose però non stanno esattamente così.

Era l'autunno che seguì l'estate infinita in cui perdemmo i genitori e compresi quanto Milena e io fossimo diverse. Certo, di avvisaglie ne avevamo già avute.

Quando in inverno Milena e io andammo a pattinare e un ragazzo le tirò le trecce e la riempì di neve, dopo lei lo baciò sulla bocca dietro la scuola; quando un ragazzo si prese gioco di me e mi tirò una palla di neve, io lo spinsi giù per la collinetta.

Il primo giorno di scuola mi rintanai dietro un lillà nel cortile e, per calmarmi, presi a elencare tutti i nomi latini di fiori che mi venivano in mente. Il primo giorno di scuola di Milena si concluse con lei che aveva già tre migliori amiche, e uscì dal portone ridendo insieme a loro.

Quando i nostri genitori morirono, Milena si mise a piangere e a lamentarsi, io ammutolii.

E quando quell'estate ci trasferimmo da nostra zia, Amalia ci prese per mano e ci disse che erano giuste entrambe le reazioni e che ce l'avremmo fatta.

Forse la differenza era tutta qui: entrambe le credevamo, ma ognuna a modo suo.

Nella nostra nuova scuola a Colonia, dove io ripetei la quarta e Milena iniziò la seconda, niente era più come prima. Stavolta eravamo tutte e due quelle strane: le sorelle a cui erano morti i genitori. I bambini sanno essere molto crudeli, magari soprattutto perché non capiscono ancora sé stessi e non conoscono bene le emozioni che provano, e non hanno ancora sviluppato completamente la capacità di immedesimarsi negli altri.

Fatto sta che di punto in bianco Milena e io iniziammo a passare l'intervallo insieme. Non perché ci piacesse, ma perché così eravamo meno vulnerabili e un po' meno sole.

Durante una di queste ricreazioni venimmo ai ferri corti con la nostra nemesi Tatiana: l'imperatrice del cortile che aveva un nome simile alla regina delle fate di Shakespeare. Scortata a destra e a sinistra dalle sue favorite, due ragazze che le portavano lo zaino e durante la lezione le accarezzavano l'avambraccio che lei distendeva sul banco.

Purtroppo la regina delle fate aveva puntato me e Milena. Ci tendeva agguati in corridoio, faceva battute sulla mia divisa scout, una volta strappò lo zaino a Milena, gettò a terra il mio quaderno, fece a pezzi la penna preferita di mia sorella. Nell'intervallo raccontava agli altri che puzzavamo di muffa perché vivevamo in una vecchia casa piena zeppa di carta rancida. Oggi credo che non fosse una persona felice. Con tutta l'infelicità che trasmetteva, non poteva non conoscerla da vicino. All'epoca, però, non lo sapevo ancora.

Durante un intervallo, comunque, si presentò Tatiana, accompagnata dalle sue fedeli vassalli, mentre io ero seduta su un angolino di pietra a disegnare sul mio taccuino e Milena accanto a me giocava con la sabbia e mi raccontava del fermaglio nuovo che le aveva comprato Amalia.

Tatiana ci si parò davanti e in quel preciso istante mi si chiuse lo stomaco. Non staccai gli occhi dal taccuino che avevo in grembo.

«Ciao Sarah» disse Tatiana «che cosa stai scrivendo sul tuo quaderno?»

Alzai lo sguardo. Sembrava una domanda piuttosto innocua.

«Lascia perdere» mi sussurrò Milena. «Non aprire bocca.»

«E dunque, cosa stai disegnando?» domandò Tatiana con un sorriso indecifrabile. «Ho fatto solo una domanda.»

Decisi che una risposta probabilmente non avrebbe arrecato danni.

«Sto disegnando l'apparato digerente di una mucca» risposi perciò. «I bovini hanno sette stomaci di cui hanno bisogno per ruminare. L'erba li attraversa tutti prima che loro la espellano.» Lo avevo imparato a lezione di biologia.

Tatiana mi fissò per un attimo, mentre dietro di me Milena tratteneva il fiato così forte che potevo sentirla.

Poi Tatiana mi indicò con un dito. «Tu dunque ti interessi della cacca di mucca? O della *cacca* in generale?»

«No, io...»

Ma ormai era troppo tardi. Dietro di lei le sue amiche cominciarono a sghignazzare.

«Sarah, Sarah... lo vorresti un bel mucchietto di merda del nostro cane per le tue ricerche?» domandò Tatiana canzonatoria, mentre intorno a noi anche altri si mettevano a ridere.

«No, la digestione di erbivori e carnivori...» cominciai, giacché avevo l'impressione che Tatiana non mi capisse, ma lei mi interruppe.

«Ficchi il naso anche nella tua stessa cacca? È per questo che puzzi sempre tanto?»

Mi guardai intorno confusa, ridevano tutti. Non avevo idea di come fossimo potuti arrivare in quella situazione partendo dall'apparato digerente delle mucche.

Milena si alzò in piedi lentamente. Mi girai verso di lei, aveva le mani strette a pugno e un leggero tremito. Avrei voluto chiederle cosa stesse succedendo, ma lei non faceva che fissare la nemesi.

«Sai una cosa, Tatiana? Qui c'è solo una cosa che puzza. Che tu ti accanisci su qualcuno che non è un pezzo di merda come te.»

E le tirò un pugno diritto in faccia.

Un tonfo, poi strilli.

Mentre mia sorella e io eravamo sedute davanti all'ufficio della preside in attesa di Amalia, Milena mi strinse la mano, come se avessi bisogno di aiuto. L'altra era ricoperta di ghiaccio.

Quando Amalia venne a prenderci, noi eravamo aggrappate l'una all'altra. Amalia sospirò e si inginocchiò davanti a noi.

«Fa' un po' vedere» disse e prese con cautela la mano di Milena, mentre lei faceva smorfie di dolore.

«Ti sei di sicuro rotta il pollice» sentenziò Amalia.

E in quel momento Milena iniziò a piangere, scivolò dalla panchina e si gettò tra le sue braccia.

«Mi dispiace tantissimo» piagnucolò «ma Tatiana... è stata taaanto cattiva con Sarah... Non potevo non...» Le parole si persero tra i singhiozzi.

«Shhh.» Amalia abbracciò mia sorella, la accarezzò sulla schiena e mi guardò in tralice mentre restavo seduta imperterrita sulla panchina davanti all'ufficio della preside. Non mi ero chiesta come avrebbe reagito Amalia. È per quello che Milena mi aveva stretto tanto la mano. All'improvviso nello stomaco mi deflagrò la paura. Anche Milena temeva che nostra zia ci avrebbe cacciate di casa se avessimo creato problemi? Lei era più brava di me nel giudicare queste cose.

Amalia però mi tese la mano e mi strinse nel loro abbraccio, non opposi quasi nessuna resistenza.

«Fai bene a proteggere tua sorella» disse infine Amalia «ma avrei dovuto insegnarti meglio che non si colpisce con i pollici dentro i pugni, vero?»

Milena la guardò incredula.

Nostra zia le accarezzò i capelli. «Vivi e lascia vivere: è il mio motto, ma quando è troppo, meglio sapersi difendere. Quando starai meglio con la mano, ti iscriverò a un corso di autodifesa, d'accordo?» Sorrise e aggiunse: «Insegnano anche l'autocontrollo».

Fu la prima e unica volta in cui vidi Milena talmente furiosa da attaccare sul serio. Di fatto odiava così tanto il corso di autodifesa che Amalia si convinse a sostituirlo con un corso di danza. Anche lì si insegna l'autocontrollo, sostenne mia zia con un'alzata di spalle, e il corso era già stato una punizione sufficiente.

Anche se l'episodio sollevò un polverone per colpa del quale dovemmo cambiare scuola, qualche volta dimentico la vera lezione che avremmo dovuto trarne: che Milena, due anni più piccola di me e tanto piagnucolona che Amalia ogni tanto alzava gli occhi al cielo, che la prima e unica volta che mia sorella aveva perso il controllo e picchiato qualcuno, lo aveva fatto per me.

E che Amalia non era l'unica a stare dalla mia parte, costasse quel che costasse.

34
Pene d'amor perdute

Ben e io vagavamo per le strade di Londra. Dopo aver lasciato la lenta legione di turisti e rimpatriati, ci avevamo impiegato più delle fatidiche due ore da Dover a Londra, ma adesso eravamo finalmente arrivati in città.

Ciononostante la guida dal lato sbagliato non giovava al mio sistema nervoso.

Il cielo era grigio e carico di nuvole e, mentre Ben puntava a Londra, io seguivo con lo sguardo un fronte di burrasca che sembrava accompagnarci da quando avevamo lasciato la nave. Quasi la Gran Bretagna non avesse soltanto la sua moneta, le sue regole del traffico, la sua Chiesa, la sua idiota uscita dalla Comunità Europea, ma finanche la sua zona climatica. Come a dire: sarà pure il meteo più brutto, ma è il *nostro*.

Non so esattamente come sia potuto accadere, fatto sta che, quando ci lasciammo alle spalle gli sfiatatoi della grande metropoli e ci avvicinammo al centro, ci perdemmo.

«Per dirla tutta, sinceramente Google non avrebbe mai dovuto condurci qui» bofonchiò per l'ennesima volta mentre uscivamo dalla tangenziale.

«Ricalcolo percorso» rispose la voce monocorde del navigatore.

Tirai su con il naso. Tenevo stretto in mano l'atlante, ma la cartina di Londra era troppo piccola e illeggibile.

«Allora perché segui le sue indicazioni?» gli chiesi anch'io per l'ennesima volta.

«Be', Google avrà in mente qualcosa» borbottò Ben, mentre ci fermavamo a un semaforo. Non mi ero ancora guardata intorno. In quel momento scorsi il pub all'angolo della strada, un edificio di mattoni rossi con i finestroni e un'insegna d'altri tempi in legno con su la scritta THE PRANCING PONY e l'immagine di un cavallo seduto sulle zampe posteriori. I gerani fiorivano in grandi vasi davanti alle finestre con i vetri a tondi. All'entrata uomini e donne con grandi pinte di birra in mano bevevano, fumavano e ridevano insieme.

Ben ingranò di nuovo la marcia e poi afferrò il cellulare. Fui più veloce io a strappargli il telefono che ripeteva stoicamente: «Fare inversione appena possibile».

«Concentrati sul traffico!» strillai, nervosa.

«Ma non siamo dove dovremmo essere» replicò Ben.

«Un momento, fermati lì se puoi.»

Ben si infilò disinvolto tra due macchine in una traversa stretta, mi venne un colpo quando frenò di botto. Davanti a noi un piccione camminava impettito, Ben ignorò le strombazzate del suv alle nostre spalle.

Finalmente il piccione finì di attraversare, e dopo qualche metro Ben trovò un buco dove spense il motore.

«Divieto di sosta» lesse aggrottando la fronte.

Inspirai per calmarmi. «Non ti piace infrangere le regole, vero?»

Si girò verso di me e si sistemò gli occhiali sul naso. «Da cosa lo deduci?»

Aprii la bocca per rispondere quando mi accorsi della scintilla nei suoi occhi. Mi fermai.

«Era un tono ironico, vero?» chiesi sospettosa.

Ben fece una smorfia e iniziò a scribacchiare qualcosa sul cellulare. Quelle dita avevano accarezzato le mie, e sentii una scossa nelle mani. Fissai Ben, che pareva non essersi accorto di nulla e borbottava contro la voce di Google cortese e apatica. D'istinto il mio sguardo seguì la linea della mascella fino alle labbra su cui presto si disegnò un piccolo sorriso.

Colti in fragrante, i miei occhi si nascosero in alto, le guance si infuocarono, ma le pupille di Ben mi fissavano tranquille.

«Che ne diresti di trovare tu la strada giusta con una piantina?» mi chiese di punto in bianco e si chinò sulle mie gambe per rovistare nel cruscotto. «Sono sicuro che qui da qualche parte... tada!» esclamò trionfante porgendomi una grande cartina ripiegata.

«Avevi una cartina stradale e hai acceso lo stesso quell'aggeggio diabolico che ci ha fatto girare in tondo per mezz'ora come nelle nove bolge dell'Inferno?» gli chiesi incredula mentre gli strappavo la cartina di mano.

«Sarò sincero, Sarah, insieme a qualsiasi altro essere umano sarei certo di avere più chance con Google che con una piantina stradale. Ma ho come la sensazione che tu sia bravissima a leggere le mappe, o sbaglio?»

«Ovviamente» replicai fingendomi indignata. «Sono la regina delle mappe.»

A dire il vero, ci impiegammo ancora un bel po' prima di ritrovarci davanti alla casa dei genitori di Ben.

Non posso giurare di aver imboccato la strada più breve, almeno però ne trovammo una. Seguimmo un viale lungo il Tamigi. Il London Eye, i grattacieli in lontananza, il London Bridge e il famoso Parlamento sfilavano al lato dei miei occhi, mentre mi concentravo sulla cartina che avevo tra le mani. Alzai lo sguardo e vidi il Big Ben tagliare un fronte di nuvole e, con un nodo nello stomaco, mi ricordai del campanello di Amalia e del suo suono iconico. Gli autobus rossi a due piani, i passanti con le giacche a vento sgargianti, le variopinte case galleggianti nell'acqua grigia del Tamigi mi lampeggiavano davanti agli occhi. Sul parabrezza cominciarono a cadere le prime gocce di pioggia; Ben azionò il tergicristallo.

Lo scenario della città mi sembrava surreale, quasi che tutti quegli edifici famosi non fossero altro che immagini dalla televisione. Anni luce da casa.

D'istinto strinsi le mani intorno alla cartina, il suo fruscio era un rumore familiare che mi calmava. Alla fine lasciammo il centro e sentii anche Ben sospirare sollevato.

Dopo un'altra breve eternità Ben parcheggiò in un anfratto minuscolo al margine di una stradina laterale puntellata di case in mattoni rossi, le cui modanature bianche e lucide sfidavano il grigio del cielo. Davanti, piccoli recinti di ferro battuto circondavano minuscoli giardini. La strada si dipanava come un arco, da un lato le file di case, dall'altro un parchetto con una chiesa. Thornhill Crescent, aveva detto Ben, e per un attimo ce ne restammo seduti mentre la pioggia incalzava.

Cercai di riconoscere l'edificio davanti a noi tra i goccioloni che picchiavano contro i vetri: una grande casa in mattoni con le finestre dentro cornici bianche e una porta dipinta di blu con un batacchio vecchio stile.

«E tu sei sicura che per te va bene?» mi domandò Ben.

Mi girai verso di lui, di colpo mi resi conto di quanto mi sentissi stanca. Concentrarmi per trovare la strada in una metropoli da milioni di abitanti mi aveva sfinito.

«Me lo hai già chiesto sul traghetto. Sì, Ben, per me va bene fare un salto dai tuoi perché al momento in casa hai un problema idraulico. E se mi accorgo che per me è troppo, mi accompagni in un albergo. Adesso però voglio soltanto sgranchirmi le gambe.»

«Quando dici una cosa, la intendi alla lettera, vero?»

«Certo» replicai. «Chi è l'idiota che dice una cosa diversa da quella che pensa?»

«Ce ne sono all'incirca otto miliardi, se contiamo anche i futuri adulti.»

«Touché» risposi, e aggiunsi: «Hai un ombrello?»

Non lo aveva e i pochi metri dalla macchina alla casa furono sufficienti a bagnarci dalla testa ai piedi.

Ben suonò il campanello. Poco dopo aprì la porta una donna sul cui volto si disegnò un ampio sorriso.

«Ben!» esclamò prima che il suo sguardo cadesse su di me. «E tu devi essere Sarah, Ben mi ha parlato tanto di te.» Prima che potessi ribattere qualcosa, aprì ancora un po' la porta e ci fece cenno di entrare.

Ci ritrovammo in un accogliente corridoio con un guardaroba ricolmo di giacche, sciarpe e cappelli. La donna aveva un sorriso cordiale. I capelli scuri mossi, la pelle immacolata, le labbra colorate di un rossetto rosso mattone. Alle orecchie perle luccicanti, un tailleur grigio che ne esaltava le forme. All'improvviso mi sentii in imbarazzo per i miei jeans, il pullover con il cappuccio verde e slabbrato e la giacca di Ben addosso. Difficile dire quanti anni avesse la donna, sembrava sui cinquanta forse, ma quando cominciò a parlare con Ben in un rapido inglese e lo aiutò a togliersi la giacca bagnata, ebbi la certezza che fosse sua mamma. Poi si rivolse a me.

«*Welcome*» mi porse la mano stringendo caldamente la mia. «Piacere, sono Naomie» si presentò con un elegante accento inglese.

«Piacere» le risposi sorridendo.

Un attimo dopo, in corridoio apparve un uomo. La somiglianza con Ben era inconfutabile: era suo padre. Indossava una giacca di tweed e un gilet beige, i capelli corti e brizzolati, la pelle un po' più scura di quella della moglie. Diede una pacca entusiasta sulla spalla del figlio, mi regalò un fugace sorriso e si rivolse poi a Naomie.

«Ho messo i biscotti in forno» la informò.

«Hai inserito il timer, caro? O questa puzza di bruciato viene da lì?» chiese sorridendo.

Il padre di Ben si voltò borbottando e scomparve di nuovo all'interno della casa. Naomie provò a soffocare una risata mentre Ben scuoteva la testa.

«Ti presento mio marito, Emrys» dichiarò. «Lo conoscerai meglio a tavola. È un eccellente professore universitario di Letteratura inglese, ma purtroppo anche un cuoco un po' distratto.» Poi strizzandomi l'occhio, aggiunse: «Non preoccuparti, i biscotti stanno benissimo, ci ho pensato io a spegnere il forno».

Ero meravigliata dai suoi modi cordiali e spontanei e da come mi coinvolgesse nella sua vita famigliare: non riuscii a far altro che a fissarla.

«Restate a mangiare, vero?» ci domandò, rivolta al figlio, che si passò una mano tra i capelli e mi guardò prima di rispondere: «*Mum*, non lo so, a dire il vero, avevo promesso a Sarah che avremmo fatto solo un salto e poi l'avrei accompagnata in albergo».

«Non se ne parla nemmeno, abbiamo una stanza per gli ospiti, e tu puoi dormire nella tua vecchia cameretta. Sono sicura che con questo tempaccio Sarah non muoia dalla voglia di uscire. Siete bagnati come dei pulcini, innanzitutto entrate e riscaldatevi. Sarah, vado a prenderti un accappatoio, prima di mangiare puoi fare una doccia calda, o almeno asciugarti i capelli» disse Naomie in un tono premuroso che non ammetteva repliche.

Prima che potessimo seguire le sue indicazioni, in corridoio si presentò una ragazza con un abito variopinto, i riccioli orgogliosamente afro e gli orecchini a cerchio tintinnanti, che abbracciò subito forte Ben.

«Non provarci nemmeno, fratellino! È una vita che non ceni con noi, oggi non la scampi!» disse mentre si scioglieva dall'abbraccio e gli arruffava i capelli.

Ben fece un rumore indefinibile e provò a riacconciarli, cosa alquanto inutile vista la lunghezza.

La sorella si rivolse a me e, con un respiro profondo, mi preparai a un abbraccio, ma lei mi porse soltanto la mano con lo smalto azzurro luccicante sulle unghie. «Sarah» disse «Ben ci ha parlato tanto di te. Entra. Io sono Debbie.»

Guardai Ben, e avrei voluto chiedergli cosa esattamente avesse raccontato di me.

La sorella non mi lasciò la mano e mi trascinò in salotto, dove la madre mi porse un asciugamano.

Debbie stava per dire qualcosa, quando Ben si intromise. «Datele almeno il tempo di raccapezzarsi. Le mostro dove può andare a darsi una rinfrescata e poi parliamo di tutto il resto, ok?»

Guardai la schiena di Ben con riconoscenza mentre mi accompagnava per una scala di legno chiara e apriva una porta che dava su un grande bagno dalle piastrelle color crema. Il lavandino, la vasca e la doccia erano in uno stile sobrio, di gusto e moderno, cosa che mi sorprese in una casa come quella.

«Tutto ok, Sarah?» mi domandò Ben che restò fermo davanti alla porta, una ruga a solcargli la fronte che avrei voluto cancellare con una carezza.

Un po' alzai le spalle, un po' annuii.

«La mia famiglia può essere faticosa, perfino per le persone che apprezzano le interazioni sociali.»

A braccia incrociate, replicai secca: «Chi l'ha detto che non apprezzo le interazioni sociali? Sono l'anima di ogni festa».

Ben aggrottò la fronte, ma gli tremò il labbro.

«Non preoccuparti, non sono di cartapesta, altrimenti tutta quella pioggia mi avrebbe sciolta.»

E mi rifugiai in bagno.

Dallo specchio mi guardò un viso pallido pieno di lentiggini. I capelli ispidi biondo fragola, che i più clementi tra i parrucchieri definivano fortemente ondulati di natura, erano zuppi di pioggia e sparati in tutte le direzioni. Presi fiato e tentai di rabbonirli.

Speravo con tutte le forze di non fare brutte figure davanti a quella famiglia. Forse chiacchierare con loro sarebbe stato facile come lo era con Ben e, se così non fosse stato, avrebbero avuto tante di quelle cose da raccontarsi che non se ne sarebbero nemmeno accorti se me ne fossi rimasta zitta.

Lo sguardo mi cadde sul kimono decorato con uno scintillante colibrì appeso alla porta del bagno. Non potei non pensare a Emily Dickinson e alla sua poesia sui pipistrelli, e nel petto sentii uno svolazzare d'ali.

35

Un po' di umidità non ha mai fatto male a nessuno

È STRANO come alcuni odori dribblino la coscienza e ti rispediscano direttamente nel passato. Almeno nel mio caso sono più gli odori che i sapori, proprio come Proust quando descrive l'effetto madeleine. Tipico anche che nell'iconica scena di *Alla ricerca del tempo perduto* a catapultare l'io narrante nel passato sia l'odore di una madeleine e non quello di una fetta biscottata, come invece probabilmente era nella realtà di Proust. Una decisione altamente condivisibile: dedicare la sua monumentale opera in sette volumi a una fetta biscottata sarebbe stato, in tutta sincerità, alquanto deludente.

E c'è un particolare odore di terra bagnata che mi ricorda immancabilmente il giardino di Amalia e una pompa d'acqua che parte dal fianco della casa e non smette mai di gocciolare. È un odore fresco, non sgradevole, non come uno stagno ma come un ruscello pulito che scorre lento su un letto di ghiaia in cui si può immergere la mano e lasciar scivolare l'acqua tra le dita. Se dovessi descrivere questo odore con una parola, direi che è l'odore dell'umidità.

In tedesco è difficile descrivere qualcosa di neutro con la parola *Geruch*, odore, che ha un retrogusto negativo, mentre *Duft*, profumo, ha una connotazione solo positiva. In qualche modo è un classico che la lingua tedesca abbia due concetti polarizzati ma nessuna parola neutra. Come se percepire con il naso fosse sempre solo una cosa buona o cattiva, non semplicemente interessante o irrilevante.

A ogni modo, l'odore della pompa d'acqua nel giardino di Amalia non era cattivo, però nemmeno magnifico. A renderlo speciale per me era la vicinanza con il mio rifugio preferito: un faggio pendulo i cui rami carichi di foglie arrivavano fino a terra. La pompa era lì vicino, e cosa strana – più che quelli di erba e terra, di corteccia d'albero e di *estate* – fu l'odore della minuscola pozza d'acqua lì sotto a incidersi nella mia mente. Mi stendevo sotto il faggio quando volevo starmene da sola o mi sentivo disorientata, quando succedeva qualcosa di grave o qualcosa che non riuscivo a comprendere. Come dopo il mio primo bacio, quando il ragazzo cominciò a sghignazzare perché aveva vinto una scommessa. Oppure quando mi costrinsero a togliermi la divisa scout. O quando la mia presunta amica mi mandò nel cinema sbagliato. Mi rifugiavo su quell'erba quando non mi invitavano ai compleanni o alle feste, quando al Carnevale di Colonia volevo vestirmi da molecola e per questo i miei compagni di classe mi prendevano in giro. Andavo a nascondermi nel giardino di Amalia perfino da grande, quando Philip diceva una cosa e ne faceva un'altra, quando mi criticava o mi sbeffeggiava, quando non lo capivo. In breve: quando il mondo era troppo per me. Allora mi stendevo sotto il faggio e respiravo l'odore della fresca umidità, poi arrivava Milena e mi raccontava qualcosa e si metteva a giocare o a fare i compiti o, da grande, a smanettare sul suo cellulare. Oppure Amalia mi passava davanti per riempire un annaffiatoio dopo l'altro con l'acqua della pompa per bagnare le piante in giardino, a cui di solito non dava la stessa attenzione. Milena e Amalia mi lasciavano in pace, ma non mi lasciavano sola. E quando sento l'odore fresco-umido della pompa d'acqua, per un attimo mi sento insieme triste e coccolata e sento letteralmente il pizzicore delle radici e delle faggiole sulla schiena.

Anche l'odore dell'eau de parfum di Milena mi fa un effetto simile. Forse qui dovei dire profumo, ma visto che, fosse per me, l'industria profumiera fallirebbe – perché trovo la maggior parte degli olezzi troppo forti e sgradevoli – preferisco parlare di odore. Un odore, comunque, che non so descrivere, non ho idea di quali aromi contenga, proveniva da un piccolo flacone a forma di goccia con la chiusura a fiore, e Milena lo metteva sempre prima di uscire. Lo aveva scoperto presto e lo usa ancora adesso, anche se ogni tanto sa più di latte rovesciato o di pappa.

Una volta ho sentito lo stesso profumo su una donna mentre camminavo in centro. Mi girai pensando di incontrare mia sorella, che rideva con gli occhi vispi, *che ci fai qui, Sarah?*, ma era un'altra donna, elegante, con il velo e due bambini per mano, che mi passò davanti frettolosamente.

All'inizio della mia relazione con Philip, l'odore delle sue camicie fresche di bucato, del detersivo mescolato a quello del suo corpo, mi scatenava un pizzicore nello stomaco. Mi piaceva molto annusargli il collo e inspirare profondamente. In seguito l'aroma del suo detersivo mi sarebbe apparso come una stilettata, una vaga sensazione di fallimento, lo stesso effetto che mi facevano ogni volta i suoi discorsi.

E poi c'era l'odore dello shampoo di Amalia, un odore familiare quasi provenisse da me stessa. Un po' fresco un po' acre con una nota di agrumi, caldo e soprattutto intimo, *naturale*. Mia zia si lavava sempre i capelli prima di iniziare la caccia ai pezzi di antiquariato e ai vecchi tomi, e in quei momenti l'odore era particolarmente forte. Per questo mi sembrava l'odore dell'eccitazione, un po' della paura e, di più, dell'avventura.

Me ne stavo lì nella grande doccia del bagno dei genitori di Ben con un flacone in una mano e una noce di shampoo nell'altra, da cui proveniva esattamente quell'odore. Fu insieme un caldo abbraccio e un pugno nello stomaco.

Fu come se Amalia mi fosse accanto e mi posasse una mano sulla spalla.

Qualche volta la cura è dolorosa quanto la ferita stessa.

Me ne stavo lì, fissavo le piastrelle e volevo che niente più mi piombasse addosso, né odori né ricordi, e non volevo essere a casa dei genitori di Ben sotto la doccia a piangere, con un pesante nodo nello stomaco. Non volevo più pensare ogni giorno a una donna che per me era stata una madre molto più di quella biologica e che mi aveva lasciato, e la sua assenza pesava di più di qualsiasi cosa avessi mai conosciuto.

Perfino quando Philip mi aveva detto che tra noi era finita per sempre, perché non sarebbe stato in grado di dire se io ero una persona o una specie di robot per quanto poco riuscissi a comprenderlo, perfino allora non aveva fatto così male.

L'acqua aveva lavato lo shampoo dalle dita. Con una mano mi appoggiai alle piastrelle e posai il flacone. Da quando ero partita con Ben, non avevo più pensato ad Amalia tanto quanto negli ultimi mesi, perciò il ritorno fulmineo del suo ricordo mi aveva fatto mancare il terreno da sotto i piedi. Ben era stato come un esorcista che aveva tenuto in scacco i demoni del passato con le sue domande, la sua curiosità, il suo desiderio di ritrovare un'antica mappa e di imbarcarsi in un'avventura insieme a me.

Chiusi il rubinetto e mi avvolsi nella stoffa morbida dell'asciugamano che mi aveva dato Naomie. Cancellai il vapore dallo specchio e vidi riflesso il viso pallido e verdi occhi stanchi. Di colpo non ebbi più voglia di stare sola e ripensai alle ore in macchina trascorse negli ultimi giorni con Ben, le ore in cui non mi aveva mai assalito il pensiero di Amalia e, ogni volta che il discorso era caduto su di lei, stranamente non mi aveva fatto soffrire. Mi era parso naturale, normale.

E poi mi si presentarono altre immagini: gli occhi vigili di Ben, il cui sguardo mi irritava, il sorriso caldo di Ben, che tanto mi turbava. Me lo vedevo davanti mentre si sistemava gli occhiali, o si passava le mani tra i capelli corti, l'accenno di un sorriso o di un'alzata di sopracciglia. Come mi metteva in subbuglio quando diceva qualcosa di saggio o di serio o mi fissava attento appena iniziavo un racconto. Vedevo i suoi movimenti che – nonostante i pantaloni e le camicie che sceglieva – avevano un tono leggero, danzante, che non si addiceva affatto al suo aspetto da manuale da bibliotecario. Quando mi distraeva con la sua abitudine a parlare gesticolando mentre guidava, quando ci confrontavamo sul giusto ordine del catalogo di una biblioteca e sul restauro della carta vecchia, delle mappe e degli antichi manoscritti, e non soltanto per il suo stile di guida che mi terrorizzava.

Forse da quel momento avrei collegato l'odore di shampoo agli agrumi con quel nodo allo stomaco, e mi resi conto che non esisteva nessuna parola per definire un odore che sapeva di una vorticosa miscela di lutto e di qualcosa completamente diverso.

Era da una vita che un uomo non mi scuoteva nell'anima quanto Ben. Eppure lo sapevo benissimo come andavano le cose. Philip mi aveva mostrato chiaramente che ero stata una schiappa come fidanzata perché non avevo saputo leggere i suoi bisogni. E come avrei potuto mai farcela se devono sempre spiegarmi cosa provano gli altri? E ovviamente un bel bibliotecario di Londra non avrebbe mai potuto provare alcun interesse per me, con i miei capelli arruffati, il mio indicibile modo di chiacchierare, il mio mondo di carta e la mia incapacità a essere uguale agli altri, *non normale*, come aveva detto Philip. Anche se Ben ballava con me, mi consolava, mi ascoltava, tutto questo poteva significare molto meno di quanto immaginavo. Pure questo me lo aveva insegnato Philip.

Il nostro era un viaggio di lavoro, né più né meno, e presto io sarei tornata nella villa di Amalia e Ben non sarebbe stato altro che un lontano ricordo.

Cercai dei vestiti asciutti nella valigia che avevo portato su dalla macchina e li indossai come uno scudo a proteggermi dal mondo e dalla stoltezza dei miei desideri.

Guardai fuori. La pioggia inglese rimbombava nel cielo grigio, tamburellava sui tetti, sulla chiesa di fronte, un velo sopra la città. Era domenica, Ben e io avremmo passato la giornata a mettere in ordine gli appunti e, a quanto pareva, insieme alla sua famiglia, poi avremmo proseguito la nostra ricerca il lunedì, nella casa d'aste. Avremmo trovato nuovi indizi oppure ci saremmo impantanati in un vicolo cieco, e alla fine avremmo forse ritrovato il frammento smarrito della Tabula, oppure no, e io sarei tornata a casa, più ricca di esperienze e di eccitazione, ma di certo non con un cuore spezzato.

Doveva bastare così.

36

Un paio di cose sull'amore, da cui Sarah apprende una lezione dolorosa

La faccenda con Philip forse non sarebbe stata tanto devastante, se dopo la storia con Dex non l'avessi giurata all'amore. E poi venne Philip, e io iniziai a farmi illusioni. Che crudeltà.

Philip non era il primo uomo a cui mi ero avvicinata, ma il primo con il quale avevo pensato che potesse esserci di più. Quando a quindici anni ero giunta alla conclusione che probabilmente non mi sarei mai disperatamente innamorata strappandomi il cuore come le altre ragazze, non c'era più motivo di aspettare il grande amore per baciare e fare sesso. La pratica del primo bacio l'avevo già espletata alle elementari e, anche se per lui era stata solo una scommessa, comunque il primo ostacolo era stato superato. Al riguardo non mi sentivo tanto una schiappa, e passai qualche serata divertente alle feste della mia classe – nel frattempo avevo preso l'abitudine di autoinvitarmi – in cui imparai quel che c'era da imparare sui baci. Era un po' come la mia ricerca su piante ed erbe: un esperimento scientifico, uno studio comparatistico sul campo; le mie cavie: i maschi miei coetanei. C'erano quelli con le labbra sottili e quelli con le labbra più carnose, più morbide e più ruvide, e muovevano le labbra sulle mie in modo molto diverso. C'erano i baciatori infervorati, che giocavano con la lingua, e quelli che automaticamente nel baciare infilavano una mano sotto la maglietta. Tutto sommato, baciare mi sembrava gradevole, finché un pomeriggio sulla strada del ritorno da scuola Milena non mi tese un agguato e, tra le lacrime e piena di rabbia, mi strillò addosso che dovevo smetterla di comportarmi come una poco di buono. A quanto pareva, mi ero fatta una certa reputazione. Si diceva che fossi una facile, che me la facevo con tutti e andavo a letto con il primo che capitava. Non era affatto vero, non ero andata a letto con nessuno; se è per questo nemmeno sul divano o in un armadio a muro, come mi era stato proposto una volta. Ma non importava. Secondo mia sorella ero una poco di buono che se la faceva con tutti, indiscriminatamente. Forse questo spiegava perché ricevessi così tante proposte.

Non capivo il problema. Era un esperimento e per analizzare i diversi modi di baciare avevo bisogno del più alto campione di soggetti possibile. I ragazzi potevano baciare più di una ragazza, perché invece quando lo facevo io diventava argomento di discussione?

A questo punto Milena batté i piedi, si girò sui tacchi e mi lasciò lì impalata.

Venne fuori che alcuni compagni della sua classe l'avevano presa in giro per colpa mia, e le avevano fatto delle proposte sconce. Amalia, che dopo un sacco di tempo tornò a mostrarsi allarmata appena lo seppe, ci convocò al tavolo in legno della cucina pieno zeppo di carte e disse a Milena che sarebbe andata a parlare con la sua insegnante per mettere un freno a quella situazione. Milena scoppiò a piangere. Singhiozzando dichiarò che era sufficiente che io la finissi di «comportarmi come una puttana» e anche lei avrebbe smesso di avere problemi.

A questo punto le narici di Amalia si spalancarono come

le ali di un drago e la sua mano si strinse talmente forte al bicchiere di vino che temetti che il vetro andasse in frantumi.

«Milena» disse a muso duro e con occhi fulminanti «chiedi immediatamente scusa a tua sorella! A prescindere da cosa fa o non fa Sarah, non accetto che in casa mia parli così di lei. Non si parla così delle donne, è offensivo e misogino, non dire mai più una cosa del genere su tua sorella!»

Milena incassò il colpo. L'ultima frase mia zia l'aveva quasi gridata e non era affatto da lei.

Amalia parlò con l'insegnante, cosa che, com'era prevedibile, non cambiò le cose di una virgola, visto e considerato che gli insegnanti sono in grado di controllare o di guidare le correnti carsiche delle loro classi all'incirca quanto una zattera le correnti dell'oceano. Quanto a me, Amalia decise di spiegarmi che viviamo in un patriarcato e pertanto per uomini e donne valgono ingiustamente regole diverse, soprattutto formulate a grande discapito delle donne, ma anche a discapito di molti uomini. Le carte sono già state distribuite, perciò è molto diverso se un ragazzo bacia molte ragazze o se è una ragazza a farlo. Agli occhi della maggior parte delle persone, che inghiottono e risputano fuori gli stupidi e misogini pregiudizi, il primo è un *tombeur de femmes*, la seconda una fraschetta.

Anche se oggi suona improbabile, in quella forma per me era una novità. Per Amalia era sempre stato importante dirci che potevamo provare e riuscire in qualsiasi cosa facessimo. Non ci aveva mai fatto indossare le lenti che distinguono tra donne, uomini e gender. Ci aveva sempre fatto leggere di tutto. Amavo la lingua di Isabel Allende, l'atmosfera gotica e cupa di Emily Brontë, la fantascienza di Octavia E. Butler, i mondi di Ursula K. Le Guin, e non mi ero mai resa conto che Amalia facesse una preselezione. Io stessa non avevo mai fatto una distinzione tra gli scrittori, ma non avevo mai riflettuto sul fatto che non fossero tutti bianchi o tutti maschi, e adesso mi rendevo conto per la prima volta di quanto fosse stato ingenuo da parte mia.

O, in altre parole, non avevo mai riferito a me il fatto che le persone venissero discriminate. Ero una che poteva fare e mollare qualsiasi cosa le venisse in mente. Certo che avevo altre opportunità rispetto alle sorelle Brontë, certo che non vivevo in un mondo come quello descritto da Isabel Allende.

Nella mia testa ero sempre stata semplicemente una persona e adesso, all'improvviso, diventavo una donna. Con tutti gli annessi e connessi. Ed era molto più sgradevole di quanto immaginassi.

Amalia mi mise in mano i libri di Judith Butler e Toni Morrison e mi disse di non farmi intimidire dalle opinioni degli altri su di me. E mi suggerì, per quanto preferisse non doverlo fare, di stare attenta. Stare attenta a non restare da sola con i ragazzi che sparlavano di me, perché chissà cosa si sarebbero azzardati a fare. Stare attenta a non bere troppo e a non tornare a casa con uno di quei ragazzi se non mi sentivo sicura.

Quell'avvertimento mi irritò. Amalia non mi aveva forse sempre detto che potevo fare tutto? C'era qualcuno che raccontava anche ai maschi che non potevano fare quello che volevano? Che dovevano stare attenti a non spaventare le donne di notte al parco?

A ogni buon conto, quella fu la fine della mia sperimentazione con i baci. Una donna che si dedica a queste campionature è considerata evidentemente una poco di buono, e se non vuole essere vista così, a quanto pare deve scegliersi un solo partner e sperimentare soltanto con lui. Ma come si può mai trovare il partner giusto se non si hanno i benché minimi parametri di confronto? Il tutto era un mistero.

Dopo un po' le voci a scuola tacquero, e la buona reputazione di Milena nella sua classe fu ripristinata.

Al liceo conobbi un ragazzo francese con cui facevamo uno scambio, Tariq, un giovane affascinante dai profondi occhi scuri con il quale ero in grado di dire solo poche parole. Quando mi prese la mano e, con timore, in uno stentato tedesco, mi chiese cosa ne pensassi di baciarsi, capii subito che volevo andare a letto con lui. Lo portai a casa mia e, anche se la prima volta non fu particolarmente piacevole, lui mi abbracciò e mi strinse forte e mi baciò, e così fui contenta che l'avevamo sfangata insieme.

In seguito ripetei l'esperimento sesso a intervalli irregolari con i ragazzi che conoscevo all'università. Mi ero iscritta alla facoltà di Conservazione e restauro al Politecnico di Colonia, per non stare troppo lontano da Amalia e Milena, e mi ero trasferita in un appartamento condiviso, per non stare troppo vicino ad Amalia e Milena. Qualche volta conoscevo degli uomini alle feste dove mi trascinava mia sorella, che era troppo giovane per andarci da sola. Tutto sommato, il sesso si rivelava piacevole, qualche volta più soddisfacente di altre, ma non mi era del tutto chiaro perché gli altri ci costruissero tutti quei castelli sopra. Certo, poteva essere divertente, ma talvolta non era nulla di più di un incastro meccanico di corpi che poteva forse portarmi all'orgasmo, ma non rivoluzionava affatto il mio mondo.

E poi arrivò Philip.

Fin dal nostro primo incontro, fu diverso da qualsiasi esperienza fatta fino a quel momento. Philip mi aveva rivolto la parola durante un corso di Filosofia dello Stato, che nel secondo semestre stavo frequentando per pura curiosità e che non c'entrava niente con la mia facoltà. Avevo alzato la mano per far notare un'incongruenza nell'esposizione del professore, al che lui aveva tossito e mormorato che avevo ragione e che avrebbe fatto ulteriori ricerche. Dopo la lezione Philip venne da me per dirmi che lo avevo impressionato con la mia domanda. Indossava una polo e un pullover avvolto sulle spalle, e mi invitò a cenare in un ristorante. Ero vagamente sorpresa, la maggior parte dei miei incontri con i maschi fino ad allora erano avvenuti in appartamenti condivisi o in discoteche, e nessuno mi aveva invitato a mangiare qualcosa di non cucinato in casa.

L'elegante locale italiano dalle pareti a mattoni grezzi con le tovaglie rosse e bianche in cui ci saremmo incontrati un paio di giorni dopo era famoso per la pasta fatta a mano. Philip ordinò un pregiato vino bianco. Il cameriere portò la bottiglia, lo fece assaggiare a Philip e aspettò. Al suo cenno di approvazione ce lo versò nei bicchieri. Mangiammo spaghetti col tartufo nero. Philip mi sembrò molto adulto, quasi provenisse da un altro mondo. Con il senno di poi questa prima impressione risultò veritiera, veniva infatti da un altro mondo: il mondo dei soldi. Con i capelli biondo cenere, le ciglia chiare e gli occhi grigi e gli zigomi pronunciati era un bell'uomo. Aveva solo un paio d'anni più di me e già al sesto semestre di Legge. Philip era intelligente e spiritoso, mi posi un sacco di interrogativi, non riuscivo a credere che quel bell'uomo si interessasse a me.

Philip mi disse già quella sera che aveva una ragazza. Mi aiutò a indossare il cappotto e nel salutarmi mi baciò sulla guancia. Ne fui un po' delusa, pensai, ma saremmo potuti restare amici.

Il sabato seguente, come quasi ogni fine settimana, andai a trovare Amalia. Quando le raccontai di Philip, sospirò profondamente e fece una leggera smorfia con la bocca, ma si risparmiò qualsiasi commento.

A ogni modo la nostra fase di conoscenza cominciò così. Giacché Philip stava ancora con la sua ragazza, ovviamente non andavamo a letto insieme; pensavo che si trattasse di sola amicizia. Philip mi portava a teatro, al ristorante e una volta allo zoo di Colonia. Era sempre lui a pagare e una lunga ruga gli solcava la fronte ogni volta che gli proponevo di dividere il conto.

Dopo esattamente due mesi mi disse di essersi lasciato con la sua ragazza e adesso potevamo metterci insieme. Ne fui sorpresa, non lo avevo messo in programma. Ovvio che ne fossi lusingata, mi piaceva. Nel fine settimana successivo mi invitò di nuovo al ristorante italiano del nostro primo appuntamento, e mi confessò i suoi sentimenti. Alla fine andammo da lui, e facemmo l'amore per la prima volta. Philip abitava in un elegante trilocale nella zona sud della città, un evidente upgrade rispetto alla stanza di quindici metri quadri nell'appartamento in condivisione per necessità nel quartiere di Ehrenfeld, in cui Suzi metteva la musica metal a volume troppo alto ed Emilian non lavava mai i piatti, motivo per cui, dopo esserci stato la prima volta, Philip si rifiutò di venirci. «Mmh» borbottò Amalia quando glielo raccontai.

Da quel momento iniziai a vedere Philip quasi tutti i giorni: stavamo ufficialmente insieme. Si impegnava molto, era attento e premuroso, continuava a invitarmi a cena e al cinema, ma passavamo la maggior parte delle serate a casa sua. Aveva molte cose da raccontarmi, dai suoi studi di Legge ai suoi «idioti» compagni di studi, che non avevano idea di come funzionasse il giro del fumo. Di suo padre, che aveva delle aspettative irrealistiche su di lui. Del cibo della mensa, che era «incommensurabile». Non ero certa che usasse la parola incommensurabile nel modo giusto. Comunque non parlavo tanto mentre mi raccontava della sua giornata. All'inizio della nostra relazione mi aveva detto che apprezzava molto quanto sapessi ascoltarlo, e non volevo deluderlo. E poi non gli interessava niente del restauro, che era certo un bell'hobby ma non faceva per lui. E così non gli raccontavo niente di come imparavo ad autentificare e a restaurare dipinti, libri e mappe, a trattare le fibre archeologiche o le fotografie sbiadite. Non era un problema, perché se non gli interessava, perché avrei dovuto raccontarglielo? E non avevo Amalia con cui confrontarmi. Inoltre aveva una bella voce, e sul divano mi cingeva con le braccia, mentre si lamentava di quanto fossero impossibili le sue professoresse.

Una sera, eravamo insieme da sei mesi, Philip mi portò a cena dai suoi genitori in una moderna villa di Colonia, molto diversa da quella di Amalia. Prima dell'incontro mi aveva detto cosa avrei dovuto indossare e che avrei dovuto stirarmi i capelli. Durante la cena, che aveva ordinato la madre – foie gras, seguito da bœuf bourguignon e per dessert mousse di limone –, Philip chiacchierò soprattutto di questioni legali con il padre Richard, a sua volta avvocato e socio in uno studio prestigioso. Sua madre Helena parlava poco, rideva nei momenti giusti e si versava il vino a intervalli regolari.

Eravamo seduti in quattro a una lunga tavolata, e Richard e Philip parlavano di questo e di quel processo e delle modifiche delle leggi, mentre io ascoltavo in silenzio. Non mi disturbava, non avrei saputo comunque cosa dire. Alla maggior parte delle persone il mio mondo di carta sembrava un gabinetto di curiosità, e sulla fronte di Philip si formava una ruga quando ne parlavo con i suoi amici. Perciò intuivo che anche i genitori non avrebbero saputo che pesci prendere al riguardo.

Alla fine della serata Richard mi strinse la mano, Helena invece mi sorrise con occhi vagamente glaciali e mi disse quanto fossi educata e carina, una buona scelta, dichiarò a Philip, mentre gli batteva sulla spalla in segno di approvazione.

Il giorno dopo Philip mi propose di andare a vivere insieme in un appartamento più grande, di proprietà dei genitori, in fin dei conti ci amavano e avremmo potuto fare anche il passo successivo.

Milena fece una smorfia, quando lo raccontai a lei e ad Amalia al brunch della domenica. Fino ad allora lo avevo portato solo una volta nella villa, e avevamo dovuto andarcene in fretta, perché Philip era allergico alla polvere e gli prese un attacco di tosse.

«Ma dove vai con quello?» mi domandò mia sorella. «Non c'entra niente con te.»

«Sei sicura che non state correndo troppo?» chiese Amalia.

Io, però, ne ero sicura. Philip si preoccupava per me, era affascinante e premuroso e anche dopo sei mesi era ancora interessato a me. Praticamente un miracolo. E quando mi guardava con le ciglia semiabbassate o mi accarezzava la guancia, pensavo che dovesse essere quello l'amore.

E così andammo a vivere nella casa più grande, di proprietà dei genitori, e ci dividemmo l'affitto. Andavo avanti negli studi, imparavo a migliorare gli antichi manoscritti e a restaurare gli affreschi e, anche se avevo poco tempo per leggere perché Philip la considerava un'inutile perdita di tempo e preferiva guardare la televisione, stavo bene così.

Erano tante le cose che Philip considerava inutili. Le quote rosa in politica o le borse di studio per frequentare l'università. Considerava inutile studiare insieme ad altri, giacché alla fine tutti avevano bisogno di fare l'esame migliore per andare avanti. Considerava inutile che io esprimessi la mia opinione su cose che non mi riguardavano.

In generale, considerava inutile quando mettevo in discussione quello che diceva lui. Perché mi amava, sosteneva, e desiderava solo il meglio per me. Visto che faceva tanto per me, pagava sempre lui quando uscivamo e si accollava la gran parte dei costi di gestione della casa, non era poi troppo pretendere da me che lo aiutassi a studiare per gli esami, a prendere in prestito i libri giusti dalla biblioteca, che gli correggessi le tesine e lo aiutassi per il primo esame di stato, che mi facessi carina quando incontravamo i suoi amici e la sua famiglia. Tutte queste cose erano scontate quando ci si ama. Anche se era sempre costretto a ribadirmele perché non mi comportavo in modo molto normale.

Era la mia prima relazione seria e, oltre a quella dei miei genitori, che mi erano sempre parsi di un altro universo, sapevo sulle relazioni di coppia nient'altro che quello che avevo letto sui libri, quindi supposi che fosse tutto normale. Perché, come diceva Philip, era ovvio che in amore si faccia tutto il possibile per l'altro.

Philip e io restammo insieme per quasi tutti gli anni dell'università, un periodo in cui andai a trovare Amalia sempre meno spesso, perché lei non andava d'accordo con Philip e lui non aveva mica l'allergia alla polvere?

Dopo il liceo Milena iniziò un periodo di formazione come impiegata bancaria, conobbe Thomas e lo sposò – circostanze di cui appresi poco, perché anche lei era andata via presto da casa di Amalia e si presentava ancora più raramente di me al brunch della domenica. Philip e io andammo insieme al matrimonio e regalammo agli sposi un barbecue scandalosamente caro di una marca di grido. E anche se Thomas e Philip avevano alcuni interessi in comune, come le grigliate e il calcio, ed erano due chiacchieroni, la smettemmo presto con le uscite a quattro, visto che Milena riteneva che ci fosse tensione nell'aria, non me ne accorgevo anch'io?

Mentre io facevo il master in Restauro, Philip lottava contro il secondo esame di stato. Restava spesso fino a tardi in biblioteca, qualche volta tornava a casa solo la mattina dopo e mi diceva di essersi fermato a dormire da un amico con cui aveva studiato. Pensavo che avesse cambiato opinione al riguardo.

E supponevo anche che dopo l'università avremmo imitato Thomas e Milena e ci saremmo sposati, perché Philip mi ripeteva spesso quanto mi amasse, soprattutto quando tornava molto tardi o io desideravo che andassimo in vacanza insieme una buona volta oppure quando non gradivo il modo in cui parlava di Amalia oppure non andavamo più al ristorante, al cinema o a teatro perché lui non aveva più tempo. Mi diceva che mi amava, mi baciava sui capelli e mi ripeteva che avremmo recuperato tutto una volta che avesse superato l'esame.

Quando ci dissero che Milena era incinta, Philip mi prese in braccio e mi disse che anche lui si immaginava di avere dei figli dopo essersi sposato.

Non ero molto sicura rispetto alla questione dei bambini, ma ero certa che le strade mia e di Philip sarebbero state legate per sempre, che Philip fosse l'uomo della mia vita, me lo aveva ripetuto troppo spesso.

La settimana dopo la promozione all'esame di stato, mi comunicò che negli ultimi mesi aveva conosciuto un'altra. Che tra noi era finita, che non era mai stato in grado di dire se io fossi una donna oppure un robot e che non lo avevo mai capito veramente. Che desiderava una donna che lo amasse davvero e l'aveva trovata in Felicitas.

Che dovevo restituirgli le chiavi, mi avrebbe spedito le mie cose a casa e buonanotte ai suonatori.

Non capivo più il mondo, o forse non lo avevo mai capito. La sera stessa tornai nella villa di Amalia e le raccontai cosa era successo. Non l'ho mai sentita imprecare tanto. Poi si offrì di accompagnarmi nell'appartamento di Philip, di versargli una busta di sterco di tartaruga nella cassetta postale e di graffiargli la BMW.

Scossi solo la testa, il padre di Philip era pur sempre un avvocato, e Amalia non aveva alcun bisogno di una denuncia per atti vandalici. Mentre ero stretta a lei sul divano, giurai a me stessa che non ci sarei mai più ricascata a credere alle parole di un bell'uomo e non mi sarei mai più fatta spezzare il cuore da false promesse. Da parole più vacue dell'aria di cui erano fatte.

37
Intermezzo in La minore

QUANDO scesi gli scalini, venticinque, nella casa dei Ballantyne per riunirmi con la famiglia in soggiorno, le campane della chiesa di fronte cominciarono a suonare.

La pioggia scrosciava sulle finestre, dal salotto provenivano voci allegre, tintinnio di bicchieri e scoppiettare di camino. Era come se la scala conducesse in un altro mondo. Restai ai piedi dell'ultimo gradino, la mano sulla ringhiera, e mi chiesi se fosse scortese uscire e sparire senza salutare per scappare da quella situazione in cui di certo non avrei fatto una buona impressione. Se fosse ancora possibile fingere di non parlare inglese, anche se lo avevo già fatto. Le campane smisero di suonare e mi diedi uno scossone. Non potevo tirare un simile tiro mancino a Ben davanti alla sua famiglia. E poi pioveva a catinelle, e non avevo nemmeno l'ombrello.

Stavo per superare gli ultimi metri fino al soggiorno, quando mi vibrò il cellulare nella tasca dei pantaloni. Lo presi, lessi il nome di Milena sullo schermo e risalii in fretta le scale per richiudermi in bagno.

Mentre correvo, persi la prima chiamata, ma mia sorella riprovò immediatamente e risposi al primo squillo.

«Sarah, dove sei? E dove sono Bonnie e Clyde? Sono

venuta per dar loro da mangiare e sono entrambe sparite! Cosa dovrei fare adesso? E dove sei? Pensavo fossi tornata da un pezzo!» mi trapanò il timpano Milena.

Chiusi gli occhi, mi massaggiai la radice del naso. Sto bene, grazie per l'interessamento, pensai, invece sottolineai calma: «Ma non eri quella che non può occuparsi delle tartarughe altrimenti a Thomas viene la salmonella?».

«Però non posso neanche lasciarle morire di fame mentre tu te ne stai in Francia!» ribatté Milena ad alta voce.

«D'estate si nutrono tranquillamente da sole, non era affatto questo il punto, il punto è che Bonnie deve prendere gli antibiotici!» replicai, anch'io a voce alta.

Silenzio all'altro capo del filo.

«Sarah, dove sono?» sussurrò Milena. «Non saranno mica... morte? Solo perché non volevo darle l'antibiotico?»

«Non preoccuparti. Sono nella Champagne a casa di Jean, che si occuperà di loro fino a quando non tornerò a riprenderle.»

«Che cosa? Ti sei portata le nostre tartarughe in Francia?»

«In che senso le *nostre* tartarughe? Da quando è morta Amalia non le hai degnate della minima attenzione.»

«E quindi quando torni?» grugnì Milena. «Ho davvero urgenza di parlarti. Thomas dice che non possiamo andare avanti così, che la tua montagna di debiti di questo passo non è più gestibile. Che ne sarà della villa se i creditori pretenderanno i loro soldi?»

«Ne abbiamo già parlato» riuscii a dire a denti stretti. «Ed è esattamente per questo che al momento sono a Londra.»

«A Londra?!» sbottò Milena con la voce rotta. «Pensavo che fossi in Francia da Jean! Com'è che all'improvviso sei a Londra?»

«Stiamo seguendo una pista per ritrovare la Tabula Peutingeriana, che sembra portare a una casa d'aste a Holborn.»

Inquietante silenzio all'altro capo del filo.

«Sei andata con uno sconosciuto a Londra? Thomas dice...» cominciò con la sua voce incredula che tirava sempre fuori quando secondo lei avevo fatto qualcosa di particolarmente stupido.

«Non voglio affatto sapere cosa ne pensa *Thomas*» la interruppi d'istinto. «Sono una donna adulta, in viaggio per lavoro. E se pure un'opinione mi interessasse, al massimo sarebbe la tua, perché sei tu mia sorella e non Thomas!»

All'altro capo del filo, all'altro lato del mare, sulla terraferma, a Colonia, Milena ribolliva in modo chiaramente udibile.

Tacemmo ancora per un po'.

«Allora, se la metti così, non serve nemmeno che parliamo! Se sono soltanto un disturbo mentre lavori» tagliò corto, la voce glaciale.

«Non mi disturbi affatto» cercai di spiegare «mi disturba soltanto che su ogni cosa tu abbia soltanto l'opinione di Thomas!»

«Come... come puoi? Sto impazzendo dalla preoccupazione per te. Scappi all'estero e rimproveri me che io e Thomas la pensiamo allo stesso modo?»

Sentii le lacrime nella sua voce e mi chiesi come la nostra conversazione fosse potuta uscire dai binari tanto rapidamente. Milena singhiozzava, e non capivo più di cosa stessimo davvero parlando.

«Non so cosa dirti» mormorai. «Che cosa sta succedendo, Milena? Finora non ti ha mai realmente interessato che cosa combinassi.»

Milena continuava a singhiozzare. «*Finora* c'era Amalia a badare a te. E adesso te ne stai tutta sola in un'antica villa e probabilmente ti sei fatta fregare dal primo ciarlatano che passa e ti inganna con i suoi trucchi.»

«Ben non è un ciarlatano!» replicai indignata.

«E come fai a saperlo? Ti sei dimenticata di come ti ha abbindolata Philip? Anche allora non ti sei resa conto di quanto ti avesse usata.»

D'istinto strinsi più forte il cellulare all'orecchio, le sue parole sembravano l'eco dei miei pensieri di poco prima.

«Stavolta è diverso» sbottai. «Ben è solo un collega. E proprio tu non hai il diritto di parlarmi di sfruttamento. Forse è vero che mi sono fatta accecare da Philip, ma anche tu sei cieca su Thomas. Non vedi nemmeno come sia lui a decidere quello che dici e fai tu!»

«Ma... ma non è la stessa cosa! Philip ti ha tradita e sfruttata, Thomas è mio marito e si preoccupa per me!» Milena stava quasi gridando.

«Non riesco proprio a immaginare che si sia preoccupato per te quando si è rifiutato di prendere il congedo famigliare, credo piuttosto che si sia preoccupato della sua carriera. Oppure che voglia sempre risparmiare per fare i lavori in casa, anche se tu piuttosto preferiresti andare in vacanza. Oppure che non ti lascia venire da noi perché la villa è un covo di tarme e le tartarughe danneggiano la salute» elencai.

«Smettila, smettila subito! Non hai idea di cosa stia succedendo tra noi» mi ringhiò contro Milena, tanto che dovetti staccare il telefono dall'orecchio. «Sei così ingenua! Certo che in una relazione si scende a compromessi! Qualche volta mi chiedo se davvero provi le stesse sensazioni degli altri! Se davvero sai che cos'è l'amore!» Passò un secondo, due, tre, poi aggiunse: «Se hai mai amato me e Amalia o se non ne sei nemmeno capace!»

Il mio cuore fece un balzo e cominciò a galoppare.

Sentii un frastuono nelle orecchie.

«Mi... mi è scappato» si affrettò a correggersi Milena. «Sarah, mi dispiace, non volevo...»

«Credo sia meglio che adesso smettiamo di parlare» dissi

ammutolita dalle sue parole. «Proprio ieri stavo pensando a quanto mi manchi, e che non so più chi sei. Che noi due non parliamo più come facevamo prima. Adesso mi chiedo se non sia meglio così.»

Milena fece un rumore soffocato dall'altro lato del mare che scorreva tra noi. «Sarah, aspetta! Io...»

Riattaccai prima che potesse terminare la frase.

Da fuori, dalla finestra aperta a metà, sentii di nuovo il suono delle campane.

38

Qualche aneddoto sull'infanzia di Ben

Quando finalmente entrai nel soggiorno dei Ballantyne, era già primo pomeriggio. Restai impalata sulla soglia tra il corridoio e la stanza in cui era drappeggiato un accogliente salottino color crema davanti a un camino su un tappeto grigio pietra. Alle pareti erano appesi disegni e quadri variopinti, più moderni di quelli di casa di Jean e, per fortuna, non raffiguravano bovini. Il chiarore di diverse lampade da soffitto riempiva lo spazio di una luce calda. Le grandi finestre affacciavano su un giardino generosamente verde sotto il cielo grigio di pioggia. Negli scaffali a tutta parete i libri se ne stavano stretti l'uno all'altro e sembravano attrarmi magicamente. Faticai a distogliere lo sguardo e a rivolgere la mia attenzione alla famiglia di Ben.

I Ballantyne si erano moltiplicati da quando ero sparita a tempo indeterminato nel bagno. Accanto alla mamma di Ben, Naomie, in quel momento intenta a versare del tè nelle tazze sul tavolino davanti al divano, suo marito Emrys era impegnato a collocare dei profumati biscotti al cioccolato in un vassoio; ogni biscotto era diverso dall'altro, però nessuno era bruciato. Nel salottino era seduto Ben, sulle ginocchia una tazza da tè in bilico, il quale cercava di trovare ascolto da sua sorella, che cingeva le spalle a una ragazza con un caschetto corto blu scuro. Gli occhi circondati dal kajal sembravano enormi in quel viso dalla carnagione chiara e la facevano somigliare a un panda.

Sulla moquette una bambina piccola e uno un po' più grande giocavano con le costruzioni.

Dietro di loro, sul divano, c'era un altro giovane, più alto e muscoloso di Ben, ma indiscutibilmente suo fratello. I capelli intrecciati in strette *cornrows* che finivano sulle spalle. Una giovane donna le cui ciocche nere ondulate arrivavano al bacino era appoggiata a lui, le mani con le unghie smaltate di lilla avvolte intorno a una tazza mentre si chinava verso Ben per ascoltarlo.

Mi osservai: i jeans consumati e il pullover con il cappuccio blu scuro e slabbrato con sopra una tartaruga che una volta, per scherzo, Amalia mi aveva portato da un'asta e nascosi le mani con le unghie smangiucchiate nella tasca sulla pancia. Avevo evidentemente un look inadeguato.

Ben si accorse di me. Si interruppe nel mezzo di una frase per balzare in piedi, quasi versandosi addosso il tè, prima di riporre la tazza sul tavolino e avvicinarsi a me.

«Sarah, eccoti finalmente! Posso presentarti la mia famiglia? Per qualche motivo sconosciuto sono arrivati tutti per la cena domenicale, anche se avevo detto espressamente che avremmo preferito una cosa più discreta e tranquilla» spiegò un po' troppo trafelato. Tutte le conversazioni ammutolirono e sentii gli sguardi dei presenti posarsi su di me.

«Come se potessimo mai lasciarci scappare quando Ben porta una donna a cena a casa!» esclamò il fratello di Ben con una voce profonda e piacevole, in tono evidentemente scherzoso.

«Sarah è una mia collega!» si affrettò a replicare Ben.

«Allora prega cortesemente la tua collega di sedersi e mettersi a suo agio» intervenne Naomie con un sorriso aperto e un sottotesto che non sapevo interpretare.

Ben indicò un posto libero sul lato lungo del salottino dove mi accomodai tra lui e suo padre. Emrys mi strinse entusiasta la mano anche se, in verità, ci eravamo già presentati, e Naomie mi versò immediatamente una tazza di tè.

«Un biscotto?» domandò Emrys mettendomi il vassoio sotto il naso. Volevo informarmi della loro composizione chimica e se il segreto delle sue soffici infornate fosse l'utilizzo del bicarbonato e del defosfato più l'antiagglomerante insieme allo sviluppo di CO_2 nel forno, quando Deborah, la sorella di Ben, si rivolse a me.

«Che bello averti qui, Sarah. E scusaci se Ben non ti ha ancora presentato a tutti.» Lanciò un'occhiata a Ben e con lo sguardo indicò il fratello maggiore con le *cornrows* e la donna accanto a lui.

«Ti presento Isaac e la sua compagna Shareeze, i piccoli sono i loro figli Sheila e Caleb.» Gli adulti mi sorrisero dall'altro capo del divano, persone così imbarazzantemente belle che quasi mi mancò il fiato, perciò feci soltanto un goffo gesto di saluto con la mano. Per fortuna i bambini mi ignorarono, al loro posto avrei fatto lo stesso. «Dei nostri genitori Naomie ed Emrys hai già appreso, e nel corso della serata apprenderai di sicuro anche a temerli.» Deborah mi strizzò l'occhio, e meno male, così riuscii a interpretare la frase come una battuta. Sorrisi riconoscente e lei proseguì: «E infine voglio presentarti la mia ragazza Loreley. È un'artista di performance!» Con visibile orgoglio indicò la donna bassina con gli occhi grandi seduta accanto a lei. Loreley mi guardò come una civetta e io annuii. Per fortuna Deborah aveva usato la parola *girlfriend*, che non dava adito a malintesi su che tipo di relazione ci fosse tra loro. Ma non fu altrettanto chiara su cosa fosse un'artista di performance.

Mi schiarii la voce. «Piacere... piacere mio conoscere voi tutti» riuscii a biascicare prima di affondare il naso nel tè per non dover continuare a parlare e non dover guardare nessuno negli occhi. Il tè nero era talmente caldo che mi ustionai la bocca nel tentativo di non starnutirlo sul tavolo.

I Ballantyne erano gentili e aperti, persone facili da amare. Ma, come sempre, tutti i nomi e i volti nuovi erano una fatica immensa. La probabilità di mostrarmi distratta o insolente a causa della mia goffa timidezza e delle mie difficoltà era purtroppo alta.

Speravo solo che la famiglia di Ben non mi trovasse antipatica a pelle. E poi mi chiesi perché piacere alla famiglia di un collega a tempo determinato fosse tanto importante, di solito non mi curavo di quel che la gente pensa di me. Perché quella strada porta direttamente alla follia.

Forse, dopo la conversazione con mia sorella, la mia unica parente ancora in vita, che evidentemente mi riteneva incapace di dare amore e dunque immeritevole di riceverne, avevo paura di vedere la stessa cosa specchiata nei volti dei Ballantyne. Rimossi rapidamente l'idea.

Ben mi lanciò un'occhiata che interpretai come una richiesta muta per assicurarsi che fosse tutto ok. Quanto avrei voluto raccontargli di mia sorella, ma perfino io capivo che non era il momento adatto.

Addentai il biscotto e mi concentrai ad annuire nei momenti giusti e a rispondere se mi domandavano qualcosa. Per mio gran sollievo, il padre di Ben mi coinvolse in una chiacchierata su Virginia Woolf. Sosteneva che fosse lei l'inventrice della psicoanalisi e che avesse formulato la teoria dell'analisi di sé ancora prima di Freud. Una donna troppo avanti rispetto al suo tempo, che aveva amato donne e uomini ed era stata funestata dai genitori come fantasmi del passato, forse – con quella grandissima intelligenza – non aveva avuto altra scelta, pensava. Trovavo l'argomento così affascinante che dimenticai presto il mio imbarazzo iniziale.

A un certo punto guardai Ben e il suo sorriso franco, e sentii un formicolio sul collo.

Alla fine la discendenza di Naomie si trasferì in cucina, dove tutti – tranne Emrys, che era responsabile della musica, e stava codirigendo una sonata di Beethoven dal buffet – ricevettero un compito da lei: lavare l'insalata, sbucciare la verdura, lavorare l'impasto. Mi ritrovai davanti un tagliere e diverse carote.

Poco dopo eravamo tutti seduti intorno a uno scuro tavolo di legno, al centro due *pies* fumanti, una con la carne, l'altra con le verdure, poi insalata e baguette fatta in casa. C'era profumo di aglio, erbette e pane fresco.

Ero seduta al lato lungo del tavolo, apparecchiato con piatti di ceramica verde scuro, tra Ben e Deborah; Isaac e Shareeze e i loro bambini di fronte a noi. In mezzo c'era un candeliere con bugie rosse e lunghe che Naomie accese. Guardai fuori, in giardino, il tempaccio era rimasto lo stesso: piovoso e sgradevole. Il cielo era così basso che in pieno giorno era già quasi buio. Dentro, però, chiacchieravano tutti rilassati e ridevano, e c'erano luce e calore. Alla fine Isaac tagliò le torte salate e ne distribuì una fetta in ogni piatto, mentre Emrys serviva l'insalata. Tutta la famiglia si prese per mano – da un lato stringevo quella calda di Ben, dall'altro le dita sottili di Deborah – quando invece di una preghiera Emrys recitò una citazione da *La gaia scienza* di Nietzsche, e Ben scoppiò a ridere.

Poi cominciammo tutti a mangiare. Tra il tintinnio delle posate e dei bicchieri diedi un morso alla *shepherd's pie* fatta in casa. Chiusi gli occhi e la assaporai: era squisita.

Ben si avvicinò e mi disse a bassa voce: «Non ti preoccupare, stasera facciamo ancora in tempo a imbastire i prossimi piani. Magari riusciamo anche a fare una passeggiata per Islington se dopo cena hai bisogno di un momento di stacco».

Il suo respiro caldo mi pizzicava le orecchie. Sorrideva e vidi una scintilla nei suoi occhi quando alzai lo sguardo, non ebbi affatto l'impressione di averlo messo a disagio davanti alla sua famiglia. Ricambiai il sorriso.

La conversazione a tavola saltabeccava dall'attuale situazione politica in Gran Bretagna alle assurde pettinature di Boris Johnson, per fortuna ex primo ministro, dalle domande sul dottorato di Deborah in Sociologia (a cui rispose alzando gli occhi al cielo) agli aneddoti sull'infanzia di Ben. Isaac raccontò come a sette anni Ben avesse trafugato il *Frankenstein* di Mary Shelley dalla biblioteca e lo avesse letto di nascosto sotto le coperte, per poi avere gli incubi per diverse settimane e rifugiarsi nel letto dei genitori.

Accanto a me Ben gli andò di traverso il cibo, gli venne la tosse e lasciò cadere sonoramente il coltello sul piatto.

«Ah, e poi in terza elementare, quando gli capitò tra le mani un manuale di veterinaria... vi ricordate? Cercò di curare l'ala rotta di una cornacchia, nonostante il terrore che aveva degli uccelli! E anche allora, dopo dovette dormire per un'intera settimana nel lettone» aggiunse Emrys ridendo.

«E mi ricordo anche come, ogni volta che uno diceva una cosa, il nostro Ben sosteneva il contrario» intervenne Deborah allegra, gesticolando e facendo cadere involontariamente un po' di merlot. «Tipo, se qualcuno diceva: "Che tempaccio di merda!" lui si aggiustava gli occhiali e spiegava quanto "le precipitazioni fossero vitali per la flora e la fauna". Oppure se io e la mia migliore amica commentavamo con entusiasmo la mia serie tv preferita, lui ribatteva che la comunità afroamericana non era rappresentata a sufficienza e che le donne venivano raffigurate solo come cliché!»

Quasi tutti a tavola risero mentre Caleb chiedeva alla

madre: «*Mum*, che cos'è un cliché?» e Shareeze quasi si strozzava con il vino.

«All'epoca avevamo dato a Ben un soprannome da supereroe» spiegò Deborah gesticolando con la forchetta quasi stesse dirigendo un'orchestra.

«Mr. Contrary Man!» esclamarono Deborah e Isaac in coro per poi scoppiare a ridere mentre Naomie scuoteva la testa.

Guardai Ben, le spalle talmente alte da raggiungere quasi le orecchie, la mano avvinghiata alla forchetta.

«Cosa significa?» gli chiesi a bassa voce in tedesco.

Abbassò la testa e mi sussurrò nell'orecchio: «Signor Bastian Contrario» poi alzò le spalle mentre tutt'intorno gli altri ridevano e parlavano confusamente.

«Meglio del mio. Dopo un... be' ecco... uno spiacevole episodio con una mia compagna di classe a scuola mi chiamavano tutti "Cacca di mucca".»

Ben spalancò gli occhi, per un attimo mi scrutò in volto, gli tremò il labbro, si disegnò un ghigno ed entrambi scoppiammo a ridere.

Naomie ci osservava con un'espressione imperscrutabile e poco dopo annunciò che era il momento del dessert, i bambini si mostrarono entusiasti e tutti dimenticammo di cosa stavamo parlando.

La torta al limone sapeva anche di vaniglia e si scioglieva sulla lingua. Con una sensazione agrodolce in bocca pensai che fosse una delle più belle serate in famiglia della mia vita.

Dopo cena Ben e io andammo a fare una passeggiata. Fummo ufficialmente esonerati dal lavare i piatti, compito di Emrys. Sembrò a entrambi di prendere fiato quando mettemmo piede fuori casa.

Nel frattempo aveva smesso di piovere, ma c'era un fresco odore di fogliame estivo e prati verdi.

Risalimmo le stradine silenziose della collina. Non c'erano quasi macchine in giro, il cielo si era rischiarato, il velo di nuvole squarciato. Ce ne stemmo zitti per un po' a camminare. Si vedevano il Carro Maggiore e Cassiopea e la calda luce dei lampioni ci indicava la strada.

Ben cominciò a raccontare del quartiere di Islington, delle sue librerie preferite, della Bookbar e della New Beacon Books. Del fatto che Islington era citata in molti libri famosi, da *Oliver Twist* a *David Copperfield* di Dickens, ma anche in romanzi di Douglas Adams e Margaret Drabble. Il sovraintendente Richard Jury dei gialli di Martha Grimes abita a Islington e nel quarto volume di *Harry Potter* di J. K. Rowling è lì che si trova la casa di Sirius Black.

Seguivo il suono della sua voce che mi guidava nelle strade notturne, passando davanti a case con poche finestre ancora accese. Case, come diceva Ben, risalenti al Diciannovesimo secolo, che ogni tanto lasciavano spazio a costruzioni moderne.

Parlammo del vicino Camden Market, che Ben avrebbe voluto mostrarmi, della probabilità che anche l'indomani avrebbe piovuto (alta; buon pro le faccia alla flora e alla fauna), di come se la passassero Bonnie e Clyde, della prevedibile durata della presidenza di Rishi Sunak rispetto a quella dei suoi predecessori e del ristorante dove servivano il miglior curry indiano della zona.

Badammo bene a non parlare delle nostre famiglie, dei nostri progetti per l'indomani e neanche della strana elettricità che scorreva tra noi quando i nostri sguardi si incrociavano.

Fu di gran lunga la più bella passeggiata che avessi mai fatto. Il rumore della metropoli di Londra, il bagliore rosso dell'inquinamento della luce all'orizzonte come una lontana promessa.

I passi composti di Ben accanto a me, la sua calma presenza, le sue pause quando gli facevo una domanda, in cui pareva riflettere accuratamente sulla risposta, erano un balsamo sui miei nervi scoperti. Potrebbe non sembrare un gran complimento, ma la sua presenza non era mai *faticosa* per me. Di solito la compagnia di altre persone, perfino quella di Amalia e di Milena, a un certo punto era uno strapazzo insostenibile e ogni tanto avevo bisogno di una pausa. Era come se, dopo soli pochi giorni, Ben mi fosse diventato familiare come una parte di me, il mio braccio destro o il fegato. Allontanai rapidamente il pensiero, in fin dei conti lui e io avevamo le ore contate, ore di lavoro contate, che avrei fatturato alla sua biblioteca. Sarebbero terminate, magari molto presto, forse già l'indomani, se avessimo trovato una traccia che ci conduceva al segmento perduto della Tabula Peutingeriana e alla fine del nostro viaggio. Ed era meglio così, altrimenti niente più avrebbe trattenuto il mio cuore illuso a mettere tutto a repentaglio per Ben.

39
Per il resto tutto bene

Poco dopo che ero tornata a vivere nella villa in seguito alla débâcle con Philip, mi resi conto che da un po' Amalia aveva iniziato a coltivare le piante di cannabis nella serra in giardino.

Ero leggermente sorpresa.

Per l'esattezza, me ne resi conto quando la trovai con uno spinello fra le labbra sulla panchina sotto il melo una volta che ero tornata prima dall'ultimo corso all'università, poiché il professore aveva avuto un attacco di nervi. Forse l'effetto calmante del tetraidrocannabinolo avrebbe fatto bene anche a lui.

Comunque, era estate e dopo aver cercato invano mia zia in casa, uscii dalla cucina in giardino passando davanti alle gramigne e al prato che avrebbe dovuto essere urgentemente tagliato.

La trovai in fondo, aveva addosso uno dei suoi vestiti di lino colorati con la cintura larga, le spalle poggiate allo schienale, e tirava profondamente da una sigaretta. Qualche passo dopo mi venne incontro un odore dolce e speziato. Quando mi sedetti accanto a lei, guardando meglio capii che non era una sigaretta fatta a mano ma una canna.

Sapevo che ogni tanto Amalia fumava e riteneva che la

marijuana andasse legalizzata, non era dunque una novità. Ma, mentre parlavamo, i suoi occhi continuavano a posarsi sulla serra di vetro nella parte soleggiata del giardino, nascosta da un muro alla vista dalla strada. La serra non c'era quando cinque anni prima mi ero iscritta all'università e non mi ero fatta troppe domande. In fondo Amalia aveva parlato spesso del suo desiderio di coltivare più verdura da sé. La porticina era aperta e dentro fioriva una rigogliosa giungla di piante alte, che da lontano ricordavano le ortiche. Di certo non erano rami di pomodori.

Quando Amalia si accorse del mio sguardo, si alzò in piedi, mi fece cenno di seguirla e disse: «Forse è meglio che lo sappia ora che sei tornata a vivere qui».

Quando raggiungemmo la serra, fece un altro tiro, sbuffò il fumo dolce dalla bocca e dalle narici e aprì di più la porta, prima di invitarmi a entrare. Dentro era caldo, un po' soffocante e le piante verde scuro con le foglie palmate a margine seghettato erano immediatamente riconoscibili come canapa. Fino a questo ci arrivavo tranquillamente con le mie conoscenze di botanica.

Guardai Amalia, che era rimasta sulla soglia della serra, e faceva placida un altro tiro. Gli affari andavano così male da dover ricorrere a quel tipo di business?

«Amalia» dissi «sai che ho studiato Restauro per aiutarti nel lavoro?»

«Non è una buona ragione per scegliere una facoltà, tesoro mio. Spero che lo abbia fatto soprattutto perché ti piace davvero» commentò con un'alzata di spalle.

«Voglio dire, non sarai mica passata al traffico di droga e nascondi le bustine nella fodera del divano? Non mi sono iscritta a Droga e commercio» protestai.

Amalia cominciò a ridere, poi tossì. Mezzo ridendo, mezzo tossendo, ricordava una nave a vapore che affonda sbuffando fuori piccole nuvolette grigie per quanto la tosse la scuoteva. Aspettai che si calmasse.

«Purtroppo no. Magari fosse così, ma coltivo queste piante, come dire... per i loro effetti terapeutici, se capisci cosa intendo.»

Non comprendevo affatto cosa volesse dire, capivo solo che aveva trasformato il mio amatissimo commercio di libri antichi e restaurati e presto ci avrebbe fatto una sgradevole visita un cartello della droga. Però annuii.

«Ok» risposi. «Per il resto tutto bene?»

Amalia tentennò per un attimo. Poi fece un altro tiro e mi sorrise. «Per il resto tutto bene, tesoro mio.»

Era forse la più grande bugia che mi avesse mai raccontato.

Poco tempo dopo anche Milena scoprì l'esistenza del supposto impero della droga. Era una domenica quando il suo strillo acuto squarciò la quiete del giardino.

E dopo Milena e Thomas si accanirono così tanto contro Amalia ripetendole che la coltivazione della canapa era perseguibile per legge, che era una criminale, e che doveva far sparire al più presto le piante e la pericolosa serra, possibilmente quella notte stessa, e, comunque, in un orario in cui i vicini non se ne sarebbero accorti.

Amalia se ne stava placida in soggiorno, le braccia incrociate, ad ascoltare quella coppia di coniugi molto agitati. Milena era al terzo trimestre di gravidanza, e il livello di ormoni era una buona spiegazione per il suo grado di emotività. Thomas invece vedeva in pericolo la sua carriera di bancario, il solo e unico punto della loro ramanzina in cui Amalia aveva alzato gli occhi al cielo. Ero seduta sul divano, tra le mani inguantate una prima edizione di *Splendori e miserie delle cortigiane* di Balzac, che stavo sfogliando con grande cautela, pagina per pagina, alla ricerca di danni. Da un lato capivo la preoccupazione di Milena che Amalia potesse essere arrestata, dall'altro non mi ero mai immischiata negli affari di nostra zia, perché, sebbene ci avesse cresciute lei, aveva tutto il diritto a conservare una sfera privata.

Alla fine Milena e Thomas si imposero con la minaccia che l'avrebbero denunciata loro stessi se non avesse fatto sparire immediatamente la serra con tutto il suo contenuto. Era il momento in cui sarei intervenuta, se Amalia non avesse alzato la mano e messo tutti a tacere con un'occhiataccia severa, per poi promettere che avrebbe sradicato la canapa e non ne avrebbe piantata di nuova.

La notte successiva mi insegnò a raccogliere e a essiccare i germogli e le foglie. Strappammo il resto delle piante, tagliammo a pezzi gli steli e li mescolammo al compost. La serra restò, e resta ancora, vuota.

In seguito, dopo la morte di Amalia, quando in ospedale lessi con i miei occhi la documentazione della sua malattia e calcolai i tempi, mi resi conto che quell'episodio risaliva a quando si era ammalata per la prima volta. Se non fossi stata tanto sconvolta e abbattuta per la separazione da Philip e il suo tradimento, avrei dovuto capire che con «effetti terapeutici» intendeva la proprietà antidolorifica del tetracannabinoide e non quella di calmare i nervi o di inebriare. Che in quel periodo Amalia forse soffriva già dei dolori cronici di cui soffrono molti malati di cancro e di cui non aveva detto niente né a me né a mia sorella. Piuttosto aveva sradicato le sue piante per tranquillizzare Milena e Thomas e a me aveva raccontato che andava tutto bene.

Era una cosa che non ero mai riuscita a perdonarle: negli ultimi anni, proprio come Philip, mi aveva tradito sulla verità. Non si era fidata a condividere con me il suo dolore.

E se non potevo più fidarmi di Amalia che aveva promesso di non mentirmi mai, di chi mai avrei potuto fidarmi?

Quando cinque anni dopo quell'episodio, guardai la sua

bara essere calata nella terra scura, il suo corpo divorato da un tumore che non aveva voluto combattere, i miei occhi erano aridi di lacrime. Lo sguardo puntato sulla cassa di legno, giurai a me stessa che non avrei mai più permesso di sentirmi come in quel momento in cui svaniva qualsiasi cosa in cui avessi mai creduto.

40

L'esemplare e involontaria infrazione di tutte le regole

QUANDO dopo la nostra passeggiata in una Islington avvolta nel silenzio aprimmo la porta di casa Ballantyne, Naomie ci corse incontro per comunicarci che purtroppo c'era stato un piccolissimo cambio di programma.

Non ci eravamo nemmeno tolti le giacche quando ci spiegò che Deborah e la sua ragazza non ce l'avevano fatta a tornare a casa – il vino! – perciò erano andate a dormire nella stanza degli ospiti. Il materasso ad aria che Emrys aveva appena gonfiato accanto al letto di Ben, però, era davvero comodissimo. E visto che anche Ben aveva bevuto, non era certo il caso che mi accompagnasse in albergo, e a quell'ora un taxi era poco più di una meteora.

Ben strabuzzò gli occhi al punto che perfino io riuscii a leggervi lo stupore.

«*Mum*, ma non possiamo far dormire Sarah con me nella mia cameretta, è una collega. E la mia collezione...» Ammutolì, era così sconvolto che non trovava le parole.

Avrei voluto chiedergli a quale collezione si riferisse, ma dovevamo prima chiarire come sistemarci, perché ero stanca morta e volevo soltanto un letto. «Dov'è il problema? Dormire nella stessa stanza? A dispetto di tutte le apparenze, non sono un'avvizzita vergine vittoriana in ambasce per preservare la sua virtù» replicai a Ben, leggermente offesa che potesse pensare una cosa simile.

Lui spalancò gli occhi ancora di più, mentre Naomie rideva sonoramente. «Ecco, vedi, Sarah è una tranquilla» disse al figlio.

Ben abbassò le spalle e si arrese, all'unica condizione che prendesse lui il materasso ad aria e io il letto.

Ebbi l'impressione che si trattenesse più a lungo del necessario in bagno, forse per delicatezza: voleva darmi il tempo di indossare il pigiama e infilarmi sotto le coperte prima che lui entrasse in camera. Ovviamente ne approfittai – come avrebbe fatto qualsiasi altra cacciatrice di pezzi di antiquariato e cercatrice di tesori – e ficcanasai nella stanza.

Lo spazio sotto il tetto della mansarda non era particolarmente grande. Vicino a una finestra che affacciava sulla strada c'era il letto. Sul comodino, un mappamondo luminoso. Le pareti erano ricoperte da un armadio in legno chiaro, diversi scaffali stracolmi di libri e una scrivania. Negli spazi vuoti fra l'uno e l'altro erano appesi ogni sorta di bigliettini, diplomi e una locandina de *Il Signore degli Anelli* di Tolkien. Era evidente che i genitori di Ben non avevano mai ristrutturato la stanza. Mi avvicinai a uno scaffale e passai in rassegna i dorsi. La *Divina Commedia* campeggiava tra la letteratura contemporanea. Sfogliai *Denti bianchi* di Zadie Smith e *Infinite Jest* di David Foster Wallace. Ben aveva collezionato innumerevoli gialli e variopinti tascabili con cover che avevano un'aria da fantasy e fantascienza. I numerosi volumi dell'*Oxford English Dictionary*, in doppia fila, occupavano quasi uno scaffale intero, e i dorsi blu sembravano consumati dall'uso. Accanto era stipata l'opera di J. R. R. Tolkien. Accarezzai i dorsi di quelle antiche edizioni inglesi. Quei libri erano stati molto amati. Mi fece una certa impressione che l'*Oxford English Dictionary* e Tolkien – che ci aveva lavorato e il cui vero capolavoro era stato creare una nuova lingua della quale *Il Signore degli Anelli* era solo un gadget – condividessero lo stesso spazio. Il ragazzo che aveva accostato quei libri sembrava non fare alcuna distinzione tra i mondi inventati e quelli reali.

Passai poi alle pareti e alle travi, su cui erano attaccati diversi biglietti. Andai a dare un'occhiata più da vicino e mi accorsi che erano schede ingiallite, che ricoprivano quasi l'intera carta da parati e quasi ogni spazio disponibile sulle pareti e sul soffitto. Mentre mi avvicinavo, le mie sopracciglia si sollevarono automaticamente. Ciascuna delle schede ingiallite era etichettata con il titolo di un libro, il nome di un autore – battuti a macchina – e una griglia al fianco della quale i nomi erano scritti con grafie diverse e con penne diverse, e accanto a ciascuna c'erano due date apportate con un timbro. I miei occhi guizzavano tra i nomi, scritti a volte in caratteri illeggibili, a volte ben ordinati. Decifrai Jean Evans e, sotto, Mildred Grange e Abraham Goldstein. Su un'altra scheda c'erano Natasha Jelinowski, Sinéad O'Leary e Tahar Kahlil. E un unico nome continuava a ricorrere sempre in una sinuosa calligrafia:

Benjamin Ballantyne

Appena compresi cosa stavo guardando, espirai lentamente il fiato che avevo trattenuto. Erano vecchie schede, tagliandi di una biblioteca, che usava lo stesso sistema della nostra: sul retro del libro, una tasca contenente una scheda era attaccata su una replica della stessa scheda. Se volevi prendere in prestito il libro, lo portavi a uno dei bibliotecari allo sportello, scrivevi il tuo nome sul retro del volume e sulla scheda che poi consegnavi in cambio del libro. La data veniva poi stampigliata su entrambi i tagliandi. La scheda del prestito rimaneva in biblioteca e finiva in una scatola di documenti disposti in ordine alfabetico e di data di restituzione. Il timbro serviva a ricordare quando il volume era stato preso e quando doveva essere riportato. Appena i volumi venivano riconsegnati, sulla scheda e nel libro si apponeva il secondo timbro con la data di restituzione.

Doveva essere quella la collezione di cui avevano parlato Ben e sua madre. Immaginai il giovane Benjamin mentre scriveva meticolosamente il proprio nome su ogni singolo volume e su ogni singola scheda. Mentre portava a casa un libro dopo l'altro e lo leggeva, sdraiato sul letto, sul divano, sul prato del giardino o sul tappeto. Le schede sulle pareti erano una mappa della conoscenza, una rappresentazione cartografica dei libri che Ben aveva amato da bambino e lo avevano aiutato a plasmarsi e a diventare la persona che era.

Quest'uomo, che da grande avrebbe lavorato in una biblioteca, fin da piccolo aveva trasformato la sua cameretta in un castello cartaceo.

All'improvviso sentii un nodo alla gola. Forse perché mi rividi in quel bambino, nel piccolo Ben dentro il suo mondo di carta.

Forse le affinità elettive esistono davvero e due persone, in città a centinaia di chilometri di distanza con in mezzo il mare, girano la stessa pagina nello stesso istante, ridono e piangono negli stessi punti, gli occhi fissi sulle parole stampate in lingue diverse.

All'improvviso bussarono alla porta, trasalii. Corsi per i pochi scalini fino al letto e mi ficcai sotto le coperte con un balzo che fece cigolare il materasso.

«Sarah?» chiese Ben dal corridoio, esitando. «Posso entrare?»

Questa manifesta sollecitudine era tipica di Ben.

«È la tua stanza, certo che puoi entrare» dissi alzando gli occhi al cielo che Ben non poteva vedere, come nemmeno il tenero sorriso idiota sulle mie labbra.

La porta si aprì lentamente e Ben si fermò sulla soglia. Mi guardò sdraiata lì, sorridente, con la coperta tirata fino al mento, e sospirò. Il pigiama di flanella a maniche lunghe a quadri sembrava un po' esagerato per una calda notte d'estate; direi che lo avesse indossato solo per colpa mia. Si girò, chiuse la porta e poi si voltò di nuovo verso di me.

«Avanti, fa' pure le domande che hai sulla punta della lingua» disse in un tono che pareva rassegnato.

«Come diavolo hai fatto a procurarti tutte quelle schede della biblioteca? Nessuno si è accorto che erano state rubate?»

«Rubate? Non ho mai rubato nulla in vita mia! Ho iniziato a collezionarle da quando il sistema della nostra biblioteca scolastica è stato gradualmente digitalizzato. Ogni volta che le informazioni su un libro venivano salvate nel database e la scheda corrispondente finiva nel cestino, la salvavo dalla carta straccia.»

«Rubate, appunto. I cassonetti sono ancora considerati proprietà privata» risposi scherzando.

Le spalle di Ben si incurvarono, poi le alzò prima di appoggiare ordinatamente i vestiti sulla sedia davanti alla scrivania. I miei invece li avevo infilati alla rinfusa nella valigia.

«Non avrei mai creduto che avessi tanto ardore criminale.»

Ben si voltò, aprì la bocca, ma la richiuse quando vide il mio sorriso.

«Mi stai prendendo in giro?»

«Ben, non ho mai visto un monumento privato a una vecchia forma di catalogazione meraviglioso come questo.»

Mi fissò per un attimo.

«Questo però non cambia i mezzi con cui hai raggiunto il

fine di quest'opera d'arte» aggiunsi, cercando di mantenere un'espressione seria. Sentii gli angoli della bocca contrarsi.

Lui mi fissò di nuovo, poi scoppiò in una risata, calda e gutturale, un suono che mi avvolse il cuore come fili di miele. Lo guardai e pensai che non avevo mai visto una persona così bella, bella dentro e fuori.

Ben mise la borsa da toilette nell'armadio, recuperò i vestiti dalla sedia e li appese ordinatamente alle grucce.

Gli indicai la locandina del film e, cercando di distrarmi dai muscoli che si vedevano sotto la stoffa del pigiama, domandai: «Fan del *Signore degli Anelli*?»

«Piuttosto fan di Tolkien, penso che i libri siano meglio dei film. Il poster me lo hanno regalato. Ma non immagineresti quanto sono rimasto deluso quando sono usciti i film e nessun personaggio mi somigliava» rispose.

Mi ci volle un attimo per capire cosa intendesse.

«Sì, è questo il bello dei libri: puoi immaginarti i personaggi come preferisci. Nella mia testa Aragorn, Legolas, Arwen e Gimli erano tutti neri» rise sommessamente.

«Spegniamo la luce?» chiese mentre stavo ancora rimuginando sulle sue parole. Annuii. Ben accese il mappamondo sul comodino e spense il lampadario. Poi si infilò sotto le coperte; il materasso ad aria, a meno di cinquanta centimetri da me, cigolò leggermente mentre si metteva comodo.

«Non è la stessa cosa» risposi poco dopo «ma ricordo che da piccola divoravo tutti i libri della serie *I tre investigatori*. Adoravo le storie di quei tre ragazzi che risolvevano casi molto avvincenti. Neanche a dirlo, da grande anch'io sognavo di diventare una detective. E poi mi ricordo quell'altra serie poliziesca, *TKKG*, in cui c'era anche una ragazza, Gaby. Ma Gaby era soltanto carina ed educata e tanto terribilmente incompetente che preferivo leggere libri in cui le ragazze non apparivano affatto, perché così potevo identificarmi con i maschi.»

«Mmh. Anche mia sorella una volta mi ha fatto un discorso simile, qui almeno però avevamo *La Banda dei Cinque* di Enid Blyton, con il personaggio di Georgina, che si fa chiamare George, che all'epoca era molto per una ragazza, e anche Deborah pensava che fosse nera, ovviamente. Spero che le mie nipoti crescano con dei modelli migliori nei libri.»

«Sì, lo spero anch'io, e anche in un mondo migliore. A volte mi chiedo perché alcune persone rimpiangano il passato.» Rabbrividii. «Prima era tutto decisamente peggio per la maggior parte della gente.»

«Amen» disse Ben, e potei quasi udire il sorriso sul suo volto.

Eravamo entrambi distesi supini e fissavamo il soffitto. Mi accorsi che tra le schede luccicavano dei punti luminosi. Erano stelle? Strizzai gli occhi e vidi dei piccoli adesivi fosforescenti che brillavano nell'oscurità. Come mi sorpresi a scoprire pochi istanti dopo, il piccolo Benjamin li aveva attaccati nella forma delle vere costellazioni. Sopra il letto, nella relativa oscurità della stanza, c'era una replica astrale dell'emisfero occidentale, che si estendeva sopra di noi nell'infinita vastità del cosmo. Sentii un calore diffondersi nello stomaco.

«Quando ero piccolo» disse all'improvviso Ben, intrecciando le mani dietro la testa «credevo che ogni libro, ogni storia, ogni racconto contenesse il proprio universo, un mondo a sé costruito tra le pagine. Che ogni biblioteca riunisse un numero infinito di mondi realmente esistenti da qualche parte nel cosmo. Che dovessi trattare ogni libro con cura, perché se fosse stato danneggiato, anche il mondo al suo interno sarebbe stato danneggiato. Più tardi ho capito che non è esattamente così. Ma non ho mai perso il rispetto e la cura per i libri, l'idea che siano un tesoro da custodire. Quando ho iniziato a collezionare le schede, volevo preservare una testimonianza dei mondi in cui avevo vissuto e che ormai erano diventati parte di me.»

Deglutii così forte che avevo paura che Ben mi sentisse.

«Penso che sia la storia più bella che abbia mai sentito sull'amore per i libri.»

Silenzio.

Poi: «Spengo il mondo?»

«Prego. "E buio fu."»

Restammo così per un po', la stanza illuminata solo dalla fioca luce dei lampioni che filtrava dalle fessure delle imposte.

«Sarah» mormorò Ben «grazie per aver intrapreso questa ricerca con me.»

«Non dovresti ringraziarmi prima di aver appurato che stiamo seguendo la pista giusta, altrimenti saremo di nuovo al punto di partenza» replicai.

Sentii il fruscio della coperta. Ben allungò una mano verso di me, tenendola aperta nei cinquanta centimetri che ci separavano. Esitai per un attimo, poi misi la mia mano nella sua. Ben me la strinse brevemente, con calore e forza, e poi la lasciò di nuovo.

«Buonanotte, collezionista di libri.»

«Buonanotte, bibliotecario.»

41

Vecchie conoscenze e nuovi problemi

La casa d'aste che visitammo la mattina successiva non era né la famosa Sotheby's né Christie's, entrambe nel pieno centro di Londra a destra e a sinistra della Royal Academy of Arts, a due passi da Piccadilly Circus. No, quella dove andammo non era meno prestigiosa o centrale, ma era situata tra Bloomsbury e Holborn. Ben suggerì di andarci in metropolitana.

Quando la mattina presto, dopo la doccia, scesi in soggiorno, Naomie era già seduta al tavolo da pranzo con una tazza di caffè in mano, intenta a sfogliare una pratica, mentre Emrys era in cucina a trafficare con una padella. Stava preparando una tipica colazione all'inglese con uova, bacon, salsicce e perfino *baked beans*. Andai a chiedergli se potessi dare una mano – dalla padella che sfrigolava fragorosamente si alzava del fumo – ma Emrys si limitò a scuotere la testa e a mettermi in mano una tazza. Così mi sedetti accanto a Naomie, bevvi il caffè in silenzio e cercai di svegliarmi davvero.

Ben si presentò poco dopo, come sempre con una camicia impeccabile, stavolta bianca, pantaloni neri e una giacca, che si tolse e appese allo schienale di una sedia. Aveva perfino in mano una cravatta. Con quel completo scuro ricordava

James Bond, e d'istinto i miei occhi si posarono sulle linee eleganti e diritte del suo corpo. Ben era magro, ma non allampanato. Aveva i muscoli di un ballerino o di un acrobata, e si muoveva con l'eleganza spensierata di chi non pensa al proprio corpo. Niente affatto rigido, come avrebbe potuto suggerire il suo abbigliamento.

Anch'io mi ero vestita con l'unico tailleur pantalone che possedevo, perché in certe situazioni l'apparenza è tutto, come mi aveva più volte ricordato Amalia. Ben mi squadrò da capo a piedi, aggrottando la fronte.

«Che c'è?» chiesi.

«Ti sta benissimo, Sarah, anche se ti vedo più a tuo agio con i jeans. Ma magari... be', magari sarebbe meglio dargli una stiratina prima di andare?» propose con cautela.

Mi squadrai dalla testa ai piedi. Ovviamente non è che il viaggio in valigia avesse giovato al tailleur pantalone. Mi ravviai la ciocca che come sempre si era staccata dalla treccia e sospirai. Stirare non era il mio forte.

Naomie alzò lo sguardo. «Può farlo Ben. Dopotutto, ha anni di esperienza. Ogni volta che ho un processo importante, gli faccio stirare anche i miei vestiti.»

Ben quasi fece cadere la cravatta.

«Se non ti dispiace... purtroppo il rischio che mandi a fuoco la casa è molto alto.»

Naomie sbuffò una risatina e Ben annuì lentamente.

«Ovviamente faremo tutto il possibile per evitarlo.»

Durante la colazione, Ben e io stabilimmo le mosse successive. Avremmo chiesto alla casa d'aste di rilasciare alcune informazioni riservate sfruttando le referenze di Ben e la richiesta della British Library.

«E se non dovesse funzionare, facciamo così: uno di noi simula uno svenimento, così intanto loro chiamano un'ambulanza. Nel frattempo l'altro che non recita studia i fascicoli» dissi, sapendo quanto fosse improbabile che ci passassero informazioni private di quel genere.

Ben, che aveva appena bevuto un sorso, gli andò di traverso e quasi spruzzò il caffè su tutto il tavolo. Naomie alzò lo sguardo e mi osservò da sopra le lenti degli occhiali da lettura. «Fingo di non aver sentito.»

«Sarah è un reato!»

«Se pure fosse, è comunque un reato veniale e vale la pena commetterlo. Non vedo perché dovrebbero aiutarci spontaneamente.» Riflettei. «Un'altra opzione sarebbe corromperli. Abbiamo un budget?»

La bocca di Ben si aprì e si chiuse senza che ne uscisse una parola, mentre Naomie scuoteva la testa, sorridendo, ed Emrys, che nel frattempo si era unito a noi, faceva la spola con gli occhi tra l'uno e l'altra.

Ben sembrava essersi inghiottito la lingua.

Per la prima volta mi chiesi se i metodi appresi da Amalia fossero davvero adeguati a quella situazione. «Negli affari il fine giustifica i mezzi» amava dire ammiccando mia zia, ed ero abituata che ci dessimo da sole le regole. Forse il mondo di collezioniste e collezionisti, di cacciatrici e cacciatori di libri e di restauratrici e restauratori è sempre stato un po' losco. Dopotutto sono numerosi i falsi passati di mano con profitto. Non che io e Amalia avallassimo la pratica, che avrebbe violato la nostra etica professionale, ma a volte ce ne accorgevamo, e in più di un'occasione avevamo taciuto per spirito corporativo. In alcune situazioni avevamo consapevolmente valutato al ribasso un patrimonio contenente oggetti di valore declassandoli a semplici ninnoli. Ricordavo anche almeno un caso in cui Amalia aveva «liberato», come diceva lei, dalle grinfie di un collezionista particolarmente odioso un prezioso manoscritto che, di punto in bianco, aveva trovato una nuova casa. Probabilmente era meglio non raccontarlo ai Ballantyne.

«Non starai parlando sul serio?» Ben finalmente recuperò l'uso della parola.

«Ovviamente, però, non dobbiamo fare nulla che ti metta a disagio.»

«A disagio? Quello che stai proponendo è illegale! Certo che non commetteremo nessuno reato in nome della British Library, potrebbe costarmi il lavoro!»

Ben sembrava sconvolto e io alzai le mani in segno di resa. Non avevo immaginato che se la sarebbe presa tanto. «Nessun problema. Vediamo cosa ci dicono e decidiamo come andare avanti.» Il che ovviamente non era affatto un piano.

«Sarah, promettimi che non farai nulla per cui rischiamo un arresto.»

Sospirai, poi annuii. Era il committente, era lui a dettare le regole, che avessero senso o no. «Promesso» lo rassicurai, con la crescente sensazione che presto avremmo avuto in mano di nuovo solo un pugno di mosche.

Ben mi stirò il tailleur mentre io me ne stavo seduta sul letto in pigiama, a guardare il telefono e a ignorare le quattro chiamate perse e i dieci messaggi vocali di Milena. Dopo essermi vestita e aver superato il suo vaglio, Ben mi consegnò una Metrocard e ci avviamo verso la stazione della metropolitana nella High Street di Islington. Emrys ci diede un passaggio prima di andare all'università. Per fortuna la sera prima aveva smesso di piovere, ma l'estate inglese ci servì il suo cielo grigio chiaro. Dalla stazione dal bel nome Angel prendemmo la Northern Line fino a King's Cross e da lì la Piccadilly Line fino a Holborn. Durante il tragitto Ben fu insolitamente taciturno.

Io ero impegnata a fissare tutto quello che mi circondava. Forse avrei dovuto prepararmi meglio all'esposizione al sovraccarico sensoriale. Inutile ripetere che Londra è enorme e la metropolitana è una città sotterranea a sé stante, piena di gente, scale, tapis roulant, negozi e tunnel. E di un sacco di odori contrastanti.

Il cambio a King's Cross mi lasciò senza fiato, anche se sottoterra non potei vedere nulla della famosa stazione.

Quando scendemmo a Holborn – una fermata con la pavimentazione di piastrelle bianche e nere in un motivo a scacchiera – e risalimmo in superficie dalle viscere della terra su una scala mobile apparentemente interminabile, mi sentii come se fossi sopravvissuta al primo girone dell'inferno.

Trassi un respiro profondo per calmare il mio cuore che galoppava. Mentre mi guardavo intorno e continuavo a rallentare, Ben mi aspettava senza dire una parola. Holborn era un insolito mix di antichi palazzi ed edifici moderni. Bellissime costruzioni in mattoni rossi con vetrate e finestre dipinte di bianco. Ville bianche con stucchi alle finestre, balconi con ringhiere curve in ferro battuto nero. Autobus rossi a due piani che mi sfrecciavano accanto sul lato sbagliato della strada. Gli alberi fiancheggiavano la via e gli uffici si alternavano a palazzi che sembravano antiche istituzioni amministrative o altre architetture ufficiali. Su alcuni ingressi sventolavano delle bandiere e, a mano a mano che ci avvicinavamo alla nostra destinazione, spuntarono altri negozi. Non sapevo bene neanch'io dove guardare, era tutto variopinto e rumoroso, e speravo che il sovraccarico sensoriale non mi procurasse un mal di testa lancinante. E meno male che non eravamo nel centro turistico.

Anche sopra il bell'edificio in mattoni rossi con stucchi bianchi alle finestre, davanti al quale finalmente ci fermammo, sventolava una bandiera con il fiero nome della casa d'aste appesa sul portico ad arco dell'ingresso.

Avevo caldo, sentivo la maglia appiccicarsi alla schiena e mi bastò un'occhiata al maestoso edificio di fronte a noi per capire che la tecnica di Ben del «basta chiedere» non aveva alcuna possibilità di riuscita.

«Entriamo, dunque» disse, sorridendomi per la prima volta dopo la piccola discussione della colazione.

Dieci minuti dopo, due robuste guardie giurate ci scortavano brutalmente fuori, accompagnati dal clangore dei tacchi alti. Ci inseguiva la signora furiosa che, dopo un breve scambio di parole, ci aveva minacciati di chiamare la polizia se noi o il nostro basso e tarchiato collega avessimo mai osato mettere di nuovo piede in quell'edificio.

Ben e io inciampammo, barcollai rischiando di essere investita da un fattorino in bicicletta, ma Ben mi afferrò il braccio e mi tirò indietro appena in tempo.

Mi fissava. A causa del trattamento rude degli impossibili agenti delle forze dell'ordine, gli era scivolata la cravatta e aveva gli occhiali storti sul naso.

«Cos'è successo?» chiese flebilmente, una mano ancora sul mio braccio. «E cosa intendeva con "collega tarchiato"?»

Strinsi le mani a pugno e dovetti trattenermi dal ringhiare di rabbia.

«Dengelmann» riuscii a dire alla fine. «La Donnola è arrivata prima di noi!»

42
Gioie quotidiane

Amalia e io eravamo nell'imponente atrio di una villa di Düsseldorf, ai piedi dello scalone d'ingresso. Al centro della sala c'era una vetrina sotto la quale una pacchiana scultura in legno di un angelo piccolo e grassottello si avvinghiava su una colonna.

Dietro di noi sulle scale l'ereditiera con la quale volevamo concludere un affare si stava torcendo le mani, quando Dengelmann ci raggiunse da uno degli uffici del primo piano insieme a un altro erede.

«Questa palese insolenza assolutamente poco professionale grida vendetta!» esclamò Amalia, le mani puntate sui fianchi del vestito di lino verde, mentre i grandi orecchini d'oro tintinnavano sul suo corpo tremante di rabbia.

Di fronte a lei c'era Dengelmann, una spanna più basso, che cercava invano di guardarla ad altezza di naso con il mento sollevato. Il completo grigio gli strizzava la pancia e le spalle, gli occhi scintillavano come quelli di una gazza.

«Be', sono semplicemente arrivato prima!» esclamò Dengelmann con una malcelata gioia che perfino io riuscivo a riconoscere. «La prossima volta dovrai svegliarti prima se vuoi concludere l'affare in tempo, cara Amalia!»

«Avevamo un accordo preliminare con l'ereditiera!» ribatté Amalia. «Tu... tu, Donnola senza dignità!»

«Bah!» sbottò Dengelmann. «Abbiamo regolato la faccenda tra galantuomini!»

L'uomo alle sue spalle abbassò la testa mentre tutti gli occhi si voltavano verso di lui.

«Tu... tu...» ansimò Amalia «tu hai scoperto di questa collezione di manoscritti solo perché ti sei presentato accidentalmente nel mio ufficio la settimana scorsa e hai frugato nei miei appunti!»

«Non dire sciocchezze! Ho le mie fonti!» replicò urlando Dengelmann.

Mi ravviai i capelli e posai esitando una mano sulla spalla tremante di Amalia. «Lascia perdere, è inutile» dissi calma.

«Te ne pentirai!» gridò rabbiosa mia zia senza nemmeno guardarmi.

«Non sai perdere, Amalia» ghignò sprezzante Dengelmann. «Eppure dovresti esserci abituata.»

Amalia si sollevò in tutta la sua altezza. «Karl» sibilò a bassa voce «stavolta hai passato il segno. Se tutto questo dovesse succedere di nuovo, spifferò la faccenda del manoscritto di Emily Dickinson!»

Dengelmann sgranò gli occhi, si guardò intorno nervoso – sembrava davvero un roditore con le spalle al muro – e strinse a pugno le piccole mani grassocce. «N-n-non ti azzardare» balbettò.

«Lo vedremo. Questo è il mio ultimo avvertimento.»

«Ah!»

Due settimane dopo arrivammo per prime alla liquidazione della biblioteca di un monastero perché con un'operazione fulminea Amalia aveva tagliato un cavo della macchina di Dengelmann.

Poco dopo, la nostra villa venne scassinata e fu trafugata

una vecchia mappa astrale. Amalia poi fece trapelare negli ambienti giusti che Dengelmann aveva venduto un falso di Emily Dickinson. E così continuarono le scaramucce.

Quando una volta chiesi ad Amalia come fosse nata l'inimicizia con Dengelmann, lei sbatté le palpebre.

«Cosa ti fa pensare che siamo nemici?» chiese, con un tono sinceramente sorpreso. «La sua incompetenza è la migliore pubblicità che potremmo desiderare. E poi è piuttosto divertente fregarlo, non trovi? In ogni caso con lui non ci si annoia mai.»

In quel momento scoprii anche che facevano entrambi parte dello stesso gruppo di colleghi che si riuniva una volta al mese in una birreria del centro storico. Da allora vidi il loro rapporto con occhi diversi. Poco dopo il caso Dickinson, mentre Amalia si truccava per andare proprio a quella riunione, rimasi sulla soglia della sua stanza.

«Tieniti vicini gli amici e ancora più vicini i nemici» disse, facendomi l'occhiolino allo specchio.

Scossi la testa, incredula.

43
Una questione di posizione

ANDAMMO difilato alla stazione della metropolitana più vicina, in direzione Tamigi. Ben riteneva che per riflettere avessimo bisogno di aria e di un flusso d'acqua. Per un bel po' fu l'unica cosa che disse, ma non me la presi. Credo che fossimo entrambi assorti nei nostri pensieri.

Viaggiammo sulla Central Line da Holborn a St. Paul. Mentre attraversavamo il parco, occhieggiai la famosa, enorme chiesa bianca con l'imponente cupola. Attraversammo a passo svelto un ampio viale con moderni palazzi di uffici per raggiungere una strada pedonale fiancheggiata da edifici in mattoni antichi e recenti, che ci condusse direttamente al Millenium Bridge e al Tamigi. Quel ponte pedonale sottile e moderno con la ringhiera metallica lucida ci regalò una bella vista sul fiume e sul panorama della città. Trassi un respiro profondo.

Il cielo si era aperto, l'acqua bruna del Tamigi che scorreva lenta rifletteva luci e nuvole bianche.

Alla nostra sinistra, sull'altra sponda, un alto edificio appuntito in vetro perforava il cielo come una scheggia di ghiaccio. In lontananza intravidi le eleganti torri del London Bridge. Sulla riva opposta torreggiavano gru e altre torri di vetro piene di uffici, proprio di fronte a noi spiccava un edificio in mattoni rossi che sembrava una versione moderna di un vecchio capannone industriale con un alto camino.

Cercai di tenere il passo di Ben e insieme di registrare le impressioni della città evitando nel frattempo di scontrarmi con qualcuno dei numerosi passanti.

Quando ci avvicinammo, la presunta fabbrica si rivelò essere la Tate Modern Art Gallery, ma la ignorammo. Svoltammo invece a destra sull'ampio viale pedonale rosso lungo il Tamigi. Dall'altro lato, intravidi tra gli alberi la sagoma circolare del Globe Theatre, dove andavano in scena le opere di Shakespeare.

Davanti alla Tate Gallery c'erano un piccolo prato e diverse betulle, le cui chiome lucenti frusciavano nel vento, ma le superammo altrettanto rapidamente. Con il fiume a destra e gli edifici moderni a sinistra, procedemmo a passo svelto fino al ponte successivo, largo e con uno strano tetto; lessi il nome della stazione della metropolitana di Blackfriars. Proseguimmo finché sulla riva, pochi metri sotto il passaggio pedonale, apparve una piccola striscia di sabbia. Poco più avanti, il lungofiume si apriva in uno slargo con diverse panchine affacciate sull'acqua. Ben crollò su una di esse, le gambe distese davanti. Mi sedetti accanto a lui con un piccolo sospiro soffocato. Il mio unico paio di scarpe eleganti non era minimamente fatto per una simile escursione. I miei occhi scivolarono sull'ampio fiume, sul sorprendente sfondo di grattacieli di vetro, alti campanili, edifici nuovi e antichi e numerosi ponti, e sui lampioni decorati con serpenti d'acqua incorporati nelle ringhiere lungo la riva.

Accanto a me, Ben iniziò a borbottare tra sé. «Una cosa del genere... non mi era mai capitata in vita mia... Ma cosa si pensano quelli là?»

Mi dispiaceva che essere stato sbattuto fuori da una casa

d'aste lo turbasse tanto. Forse non era frequente nella sua vita di bibliotecario con un debole per il rispetto delle regole. Io invece avevo fatto spesso la conoscenza di guardie giurate poco cordiali. Era un rischio del mestiere, al quale ero abituata, soprattutto lavorando al fianco di una zia fuori dagli schemi.

A preoccuparmi, invece, era come, fra tutti, proprio Dengelmann fosse riuscito ad arrivare prima di noi.

Dalle poche frasi che avevamo potuto scambiarci con l'impiegata della casa d'aste prima che i suoi occhi si spalancassero e le sue narici si dilatassero e chiamasse le guardie ordinando loro di sbatterci fuori con epiteti ingiuriosi, avevo ricostruito la seguente catena di eventi: Dengelmann doveva essere stato nella stessa casa d'aste due giorni prima di noi, il sabato. A giudicare dalle imprecazioni nervose della donna, il nostro «basso e tarchiato complice» aveva attivato l'allarme antincendio per ficcare il naso nei suoi archivi mentre lei si allontanava a verificare cosa avesse fatto scattare l'allarme. Una pratica altamente condivisibile, sempre che Dengelmann non fosse arrivato prima di noi. Quando poi Ben e io le avevamo chiesto dell'asta segreta della Tabula Peutingeriana e i nomi dei battitori, dei quali Dengelmann aveva trafugato l'indirizzo, l'impiegata aveva immediatamente pensato che appartenessimo alla stessa combriccola e ci aveva sbattuti fuori. Il che, ovviamente, era stata una reazione d'impeto del tutto illogica perché, se fossimo stati effettivamente in combutta, non avremmo avuto alcun motivo per chiederle esattamente la stessa cosa.

Un'ulteriore riprova di quanto le emozioni umane ostacolino il pensiero logico.

E come facevo a essere tanto certa che quell'«uomo basso e tarchiato» fosse proprio Dengelmann? Innanzitutto, Dengelmann era effettivamente basso e tarchiato, per di più ricordavo che Ben e io lo avevamo sentito nel laboratorio di mia zia all'inizio del nostro viaggio. Non che questi indizi fossero a prova di tribunale, ma ero sicura che Jean non avrebbe venduto le informazioni che avevamo ottenuto da lui ad altri cacciatori di tesori. Restava il collezionista di Heidelberg, che aveva contattato e che gli aveva indicato la casa d'aste. Ma perché quell'uomo avrebbe dovuto mettersi a cercare la mappa proprio adesso, pur avendone avuto l'opportunità in passato? No, la coincidenza temporale fra la nostra ricerca e il losco trafugamento con lo stratagemma dell'allarme antincendio, e la consapevolezza che Dengelmann ci aveva spiati non davano adito a dubbi.

E poi, semplicemente, era uno che non mi piaceva.

Restava da chiarire come fosse arrivato a Holborn, dal momento che l'asta poi ritirata, avrebbe dovuto essere segreta. Ovvio che nel nostro settore alcune informazioni trapelano e Dengelmann, come Jean e Amalia, aveva i suoi contatti, ma ero comunque molto interessata a sapere come avesse potuto scoprirlo in così poco tempo. E perfino ad arrivare prima di noi!

Se non fossi stata tanto furiosa, avrei quasi provato rispetto per quella Donnola e i suoi metodi.

Mi girai verso Ben, che si era allentato la cravatta e ci stava giocherellando pigramente. Quando gli spiegai i miei ragionamenti, si fece sempre più cupo in volto e mi riempì di domande incredule finché non completai la mia argomentazione. Fece un sospiro profondo e a me sembrò di avergli lanciato una secchiata d'acqua gelida. Poco ma sicuro: aveva un aspetto diverso dal solito, se ne stava seduto sotto il cielo grigio di Londra a fissare l'acqua del fiume con le spalle basse.

«E adesso?» mi chiese.

Non risposi subito. Non mi piace quando le persone si aspettano delle soluzioni o fanno affidamento su di me, temo di deluderle. A dar credito a mia sorella e a Philip, ero fin troppo brava in questo. Ma non volevo per nessuna ragione deludere Ben, e dopo anni in cui avevo solo seguito le idee di Amalia, non era una spiacevole sorpresa?

Cosa avrebbe fatto mia zia in una situazione del genere?

Di fronte alle battute d'arresto, la sua parola d'ordine era: alzati, riposati, riorganizzati.

«Adesso» dissi, riordinando lentamente le idee «andiamo nel tuo ufficio in biblioteca e mi mostri le ricerche che hai fatto sulla Tabula.»

Si strofinò il ponte del naso sopra gli occhiali. «E pensi che sarebbe utile rivedere i miei appunti? Sebbene non sia mai riuscito a recuperare alcun indizio su dove si trovi il frammento perduto della mappa?»

La nostra unica pista si era rivelata un vicolo cieco, dunque inutile come qualsiasi altra, a meno di non fare irruzione nella casa d'aste e pretendere che ci fornissero le informazioni sotto la minaccia delle armi. Voce che certamente non figurava nell'elenco delle opzioni di Ben.

Ma in fondo il mio ragionamento era più semplice: da un lato volevo davvero vedere le ricerche che aveva svolto, dall'altro ero curiosa di conoscere il posto dove lavorava e pensavo che potesse essere un bene per lui rifugiarsi in un luogo familiare. Infatti rialzò le spalle e gli tornò il sorriso.

«Va bene, vediamo se quattro occhi riescono a vedere meglio di due.»

Ne dubitavo. Ma non volevo nemmeno accennare a quanto fosse remota la possibilità che facessi una scoperta rapida nel suo senza dubbio immenso lavoro di ricerca sulla Tabula.

E nemmeno alla corsa che avevamo ingaggiato contro il tempo e contro Dengelmann, che in quel momento era avanti di un indirizzo e di un vantaggio. Eravamo già in ritardo di due giorni. E se Dengelmann avesse messo le mani sul segmento prima di noi, ero sicura che il frammento sarebbe finito nelle mani del miglior offerente nella darknet in un batter di ciglia.

Compresi che la mia paura di deludere Ben era molto più forte del mio desiderio di ritrovare quella cartina.

Che disastro.

44
Un ponte di carta

E così ci dirigemmo alla British Library, la più grande biblioteca nazionale del mondo. Dal Blackfriars Bridge ci incamminammo verso il centro, e da lì prendemmo il Thameslink verso nord, oltrepassando la famosa King's Cross, che non riuscii a vedere neanche stavolta. Scendemmo a St. Pancras, così potei almeno ammirare lo stupendo edificio in mattoni rossi di quell'antica stazione con i suoi ricchi decori, i frontoni verdi, le torri, gli orologi e le finestre a sesto acuto dal sapore orientale. Concentrarmi sugli edifici e sull'architettura mi aiutava a dimenticare la folla intorno a me, il variopinto trambusto, il vociare, i tanti volti e le diverse lingue. Amalia e io avevamo escogitato insieme quel trucco: ci concentravamo sulle facciate e sui palazzi invece che sulla baraonda della strada.

Da St. Pancras erano solo due passi fino al gigantesco e moderno complesso dove lavorava Ben.

Ci sono diverse cose che val la pena conoscere riguardo alla British Library e Ben aveva iniziato a parlarmene già strada facendo.

La biblioteca, che per Ben era rifugio e posto di lavoro, ospita più di 170 milioni di oggetti, oltre a libri, incunaboli e manoscritti, immagini, opuscoli, registrazioni audio, brevetti, francobolli, cartoline e molto altro ancora. Questa gigantesca collezione non è solo la più grande raccolta di media e mappe al mondo, ma anche uno dei più importanti istituti di ricerca. Ogni anno il suo inventario cresce di circa tre milioni di articoli, e la tendenza è in aumento, poiché la biblioteca raccoglie libri da tutte le lingue, da tutti i Paesi e da tutte le epoche e riceve per legge una copia di ogni nuovo libro e rivista pubblicati in Gran Bretagna, Irlanda e Irlanda del Nord.

Alcuni degli antichi documenti storici possono essere ammirati in mostre o eventi, in teche di vetro climatizzate. Come la famosa *Magna Carta* firmata da re Giovanni, il *First Folio* di Shakespeare e alcune antichissime Bibbie, incunaboli o anche appunti, quaderni e lettere di famosi scrittori o studiosi, per esempio di Leonardo da Vinci, e ovviamente prime edizioni o manoscritti di autori come Jane Austen o Geoffrey Chaucer o Thomas Malory, per citarne solo alcuni. Naturalmente Ben elencava molto di più con gli occhi lucidi, ma purtroppo era sovrastato dagli annunci metallici dell'altoparlante e dal rumore della metropolitana.

La British Library è una biblioteca enorme, ma a differenza di una normale collezione di libri, la maggior parte non è visibile al pubblico. Richiedendo in anticipo una tessera, si possono visitare alcune stanze del complesso, simile a un campus, e le sale di lettura, ma la gran parte della raccolta, catalogata e conservata in enormi scaffali di metallo, non è accessibile ai visitatori. È come un iceberg in mezzo al mare: la massa di ghiaccio è sepolta sott'acqua, nascosta alla vista. Se ne vede solo la punta.

La stragrande maggioranza dei volumi non si trova nelle sale di lettura o nella King's Library – collocata in una torre moderna, le eleganti pareti di vetro fumé oscurato – che ospita la famosa collezione di libri rilegati in pelle di re Giorgio III. No, la stragrande maggioranza delle opere si trova nei magazzini sotterranei, magazzini delle dimensioni di un campo da calcio, distribuiti su tre o quattro piani altissimi, dove la temperatura e l'umidità dell'aria sono mantenute costanti per preservare al meglio il materiale.

Bisogna immaginarsi questa raccolta come un enorme tesoro di conoscenze umane in cui il mero volume di parole, idee, pensieri e scritti conservati inizia a deformare la realtà così come, secondo la teoria della relatività di Einstein, la massa fa con il tempo. A deformarla e a mutarla, nel silenzio delle catacombe sotterranee, disegnando cerchi come sassi lanciati nell'acqua.

Grazie a un sistema semiautomatico, il libro o il media che si vuole visionare viene trasportato dalle enormi file di scaffali metallici sotterranei a uno degli sportelli e lì consegnato al lettore. Questo sistema di trasporto quasi magico è lungo più di un chilometro e mezzo e collega la collezione sotterranea con le parti dell'edificio accessibili alle visitatrici e ai visitatori.

Per questo la British Library è senza dubbio qualcosa di speciale. Anche se non si possono portare a casa le opere, si possono comunque ordinare quasi tutti i 170 milioni di articoli della collezione per visionarli in una delle sale di lettura di Londra o dello Yorkshire. Tutto ciò di cui si ha bisogno è una tessera oppure, ovviamente, un badge da dipendente come quello di Ben.

Che non smetteva di raccontare, e quando arrivammo nel piazzale della biblioteca quasi gli mancava il fiato, e un po' mancava anche a me a immaginare l'enorme mole di carta, le interminabili pagine intorno a noi e sotto i nostri piedi.

L'ingresso principale della British Library non dà direttamente sulla strada, ma su un cortile interno dove campeggia un'enorme statua di Isaac Newton, seduto chino su un compasso. Subito dopo l'entrata ci controllarono le borse, così potemmo entrare nell'ampio androne. Irradiava il silenzio di raccoglimento che solo i posti pieni di libri possono offrire e che mi calmò immediatamente. Sulla destra, accanto a una moderna scala bianca, c'era un grande dipinto sul muro con palme e persone come macchie di vernice.

Da qui ci dirigemmo verso uno dei banchi della reception, dove Ben mi fece rilasciare un pass temporaneo per i visitatori mentre il mio sguardo vagava lungo gli interni dall'aspetto moderno. Poi salimmo le scale color crema e superammo il pavimento a motivi geometrici.

Ammirai i trattati della collezione re Giorgio III che si intravedevano dal vetro fumé e Ben mi indirizzò alla galleria dei tesori che secondo lui non potevamo assolutamente perderci. Mi condusse attraverso le sale dalle luci fioche, passammo davanti ai busti di personaggi storici famosi, a turisti e studenti, di teca in teca, dalla vetrina con i testi delle canzoni scritti a mano da Elton John al taccuino originale di Leonardo da Vinci. I miei occhi guizzavano avidamente da un reperto all'altro, ammiravo la calligrafia sottile come una zampa di ragno di Jane Austen, le partiture originali di Mozart, una Bibbia di Gutenberg e alcuni meravigliosi antichi incunaboli.

Mi sembrava di respirare la storia. Ben e io ce ne stavamo in silenzio mentre camminavamo attraverso la collezione, e a lungo non pensai a quanto avrebbe fruttato la vendita anche di uno solo di quegli scritti protetti da teche climatizzate. Però poi l'idea mi balenò nella mente e si fece spazio; l'eccitazione e l'entusiasmo lasciarono il posto a un'altra sensazione: all'improvviso mi sentii come la piccola fiammiferaia di Andersen, che sogna un banchetto irraggiungibile. Uno sguardo in tralice a Ben mi mostrò che non condivideva quella sensazione, per quanto franco fosse il suo sorriso. Per lui ogni cosa lì era nel posto dove doveva essere, protetta dal vetro nelle sacre sale di una delle biblioteche più grandi del mondo.

Mi vergognai un po' dei miei pensieri, ma se nasci cacciatrice di libri oltre che collezionista, lo resti per sempre.

Forse avevo sottovalutato quanto fossero diversi il mio mestiere e quello di Ben. Lui voleva custodire, rendere accessibile al pubblico e studiare; io volevo scovare, restaurare ma anche vendere, non solo collezionare. In fondo eravamo cacciatori di tesori di diverso tipo e avevo la vaga idea che Ben sarebbe rimasto inorridito dalle mie riflessioni sul valore economico di quelle meraviglie.

Si voltò verso di me, con un luccichio nel nero delle pupille, io gli sorrisi, con una fitta allo stomaco.

«Vieni» mi invitò «ti faccio vedere la sala lettura delle cartine geografiche.»

E così mi mostrò la sua biblioteca, sala dopo sala, fino alla Map Library, la collezione cartografica, dove Ben mi presentò una meravigliosa mappa astrale del Diciassettesimo secolo, che rappresentava le costellazioni e i segni dello zodiaco come immagini di animali e persone reali e le stelle come punti fissi su uno sfondo blu intenso, traccia di un'epoca in cui l'astronomia e l'astrologia forse erano ancora all'incirca la stessa cosa.

Sul video di un computer nella sala di lettura adiacente, Ben scaricò una rappresentazione digitale di una delle stampe moderne esistenti della Tabula Peutingeriana, senza la parte mancante delle isole britanniche, *ça va sans dire*.

«Stiamo cercando il segmento smarrito di una carta raffigurante regioni che, ovviamente, da tempo i satelliti ci hanno messo a disposizione cartograficamente in ogni loro anfratto. E non è forse ironico che siamo a caccia di qualcosa che, nella forma che ha, non serve più a nessuno se non a quelli che non riescono a lasciar andare il passato?» Ben sembrava diverso, quasi fosse in trance, mentre scorreva la lunga, lunghissima mappa. Dalla voce trapelavano stanchezza e rassegnazione. Mi chiesi se anche lui sentisse il peso dell'infinita conoscenza, antica e nuova, ripudiata e sperimentale, e delle innumerevoli storie che ci circondavano. Il fruscio lievissimo quando qualcuno voltava pagina nella silenziosa sala di lettura come il sussurro di innumerevoli segreti.

Forse ogni persona è un'infinità di pagine, scritte e bianche, e in quel momento avrei dato qualsiasi cosa per poter leggere le pagine di un'unica persona.

Esitai un attimo, poi gli posai una mano sulla spalla, con cautela, e la strinsi per un attimo. «Ben, farò del mio meglio per aiutarti a ritrovare il segmento della Tabula.»

«Lo so. A volte però mi domando che senso abbia aggrapparsi, come faccio io, alla storia, ai manufatti apparentemente interminabili di un sapere passato e inadeguato. Ma sai cosa penso quelle volte?»

Scossi la testa, lui continuò: «Che questa conoscenza sia un ponte tra noi e le persone che ci hanno preceduto. Un ponte e un collegamento con le nostre origini. Con noi stessi, se preferisci. Un ponte di carta. E se perdiamo questo ponte, se dimentichiamo tutte le cose belle e quelle brutte, ci ritroviamo senza più una casa, una patria, e forse a quel punto perdiamo perfino noi stessi. Se dimentichiamo ciò che ci siamo fatti l'un l'altra, non possiamo imparare a migliorare».

Ben chiuse la bocca e guardò a terra. Sollevò le spalle, come se cercasse un nascondiglio. Aspettai per vedere se continuava. Alla fine alzò di nuovo gli occhi.

«Ho detto di nuovo troppe cose cupe, vero?» mi chiese con un sorriso flebile. «Sono ancora Mr. Contrary Man, e il mio superpotere è trovare l'aspetto negativo nelle cose belle e innocue.»

«Non penso che sia la descrizione giusta per il tuo superpotere. Non che esistano dei superpoteri, ma se tu ne avessi uno, sarebbe quello di vedere le cose molto da vicino e con un occhio vigile a dettagli e sfumature.»

«Che cosa te lo fa pensare?»

«Ma dai» replicai, quasi un po' offesa. «Posso non essere un asso a leggere i volti o a comprendere le motivazioni delle persone, ma questo significa semplicemente che devo prestare maggiore attenzione a come è strutturato il comportamento degli altri.»

«E com'è strutturato il mio comportamento, Sherlock?» chiese Ben.

«Il ragazzo che raccoglie le schede scartate dalla biblioteca, che ha una replica piuttosto accurata del cielo stellato dell'emisfero settentrionale attaccata al soffitto, che ama i libri più di ogni altra cosa e che ascolta prima di parlare, è molto attento a fare tutto nel modo giusto. Ecco perché non lasci che il tuo amore per i manufatti del passato ti inganni facendoti credere che il passato non sia stato un luogo crudele. Ti preoccupi di cosa pensano gli altri, di quello che dici. Perché ad alcune persone dispiace che la maggior parte delle cose nel mondo abbia due facce. Perfino i loro amati ricordi dei bei vecchi tempi.»

Ben mi fissò con la bocca aperta e io cercai di leggere i suoi occhi marroni oltre la montatura degli occhiali.

«Ho esagerato?» chiesi.

Scosse la testa e sulle sue labbra e nel suo sguardo si disegnò un sorriso. Sentii un formicolio nello stomaco.

«Ogni volta che penso di aver capito come funziona il tuo cervello, mi sorprendi con un'osservazione che non mi sarei mai aspettato.»

«Non so se è un complimento o un'offesa.»

«Un complimento, spero.» Mi guardò dritto negli occhi e mi sentii arrossire.

«Andiamo nel tuo ufficio» suggerii velocemente. «Meglio approfondire la tua ricerca mentre hai ancora una buona opinione delle mie capacità deduttive. I dettagli, Watson!»

«Certo. Se vuole attirare la mia attenzione su qualche particolare, Holmes, lo faccia.»

«A tempo debito, Watson. A tempo debito.»

45
Quel che ha valore

Dopo la morte di Amalia mi resi conto che con lei se n'era andata anche una parte essenziale della mia storia. Non me ne resi conto subito, all'inizio non riuscivo a pensare con lucidità, poi l'assenza della zia funestò ogni momento della mia vita.

Ma dopo un po' lo capii. Ero in giardino, impegnata a dare la lattuga alle tartarughe tristi e a strappare le vecchie canne appassite per far spazio alle foglie fresche. Non ero sicura che fosse il trattamento giusto, ma avevo iniziato a farlo nella primavera dopo il primo inverno con Amalia, e lei non mi aveva detto niente. Mi aveva osservato per un po', poi aveva annuito, come se si trattasse di un'attività di giardinaggio sensata.

Mi fermai, con le mani inguantate piene di canne secche, e mi chiesi se all'epoca me lo avesse permesso solo per farmi uscire di casa, allontanarmi dai libri e lasciarmi mettere il naso fuori. «Un po' d'aria fresca ti farebbe bene» ripeteva quando mi trovava a letto immersa nella lettura. Adesso non avrei più potuto chiederglielo.

Pensosa, portai i lunghi steli nella compostiera in fondo al giardino, dove avevo ammucchiato anche le foglie autunnali cadute prima che succedesse quella cosa con Amalia e che io e il giardino cadessimo in una specie di letargo.

Misi in tasca i guanti da giardinaggio e tornai alla porta della cucina quando sentii Milena chiamarmi dall'interno. Mi tolsi gli stivali e camminai a piedi nudi sul freddo pavimento verso lo studio, dove pensavo avrei trovato mia sorella.

Milena era china sulla scrivania e sfogliava una cartellina piena di documenti. Rimasi per un po' sulla soglia a guardarla in silenzio. Fu solo quando mi schiarii la voce che lei alzò lo sguardo e si fermò.

«Ah, eccoti» disse. Poi i suoi occhi caddero sui miei piedi scalzi e aggrottò la fronte.

«Posso aiutarti? Stai cercando qualcosa?» chiesi. Milena abbassò lo sguardo, tenendo ancora in mano l'angolo della cartellina. «No, è solo che... Oh, lascia perdere.»

Aspettai ancora un attimo, in fondo mi aveva chiamato lei, ma siccome non aggiunse altro, andai in cucina a preparare il tè.

Poco dopo Milena mi raggiunse, liberò una sedia, posò i volumi impilati sul tavolo già stracolmo e si sedette. Senza chiedere, versai il tè nero fumante in due tazze e ne avvicinai una a lei. Milena la avvolse con le mani e io guardai il libro sul tavolo di fronte a me, *Swing Time* di Zadie Smith, di cui però leggevo a malapena le parole.

«Sai che è da un po' che gli affari di Amalia vanno male, vero?» sospirò Milena.

Alzai gli occhi controvoglia. «Certo che lo so. Nell'era di Internet i piccoli mercanti locali non sono più molto richiesti.»

«Allora sapevi dei debiti che Amalia ha contratto negli ultimi anni?» domandò alzando la voce.

Le sue parole mi ferirono. Fino a poco tempo prima, davvero non ne avevo idea. La zia non mi aveva parlato delle difficoltà economiche in cui versavamo e non potevo fare a meno di pensare che avrebbe dovuto informarmene se mi avesse considerato una vera socia. Era un po' come con le canne: me lo aveva lasciato fare solo per tenermi occupata e darmi l'impressione di stare facendo qualcosa di utile, mentre in realtà eravamo già al verde? Questo pensiero mi feriva, e insieme mi rendeva furiosa. E ora la mia rabbia non aveva nessuno contro cui dirigerla se non me stessa. Come avevo potuto essere tanto cieca?

La mia mano strinse dolorosamente la tazza, poi allentai la presa.

«Non voglio parlarne, Milena.»

«Sarah, sono passati tre mesi dalla sua morte, e tu... da dopo il funerale non sei uscita di casa nemmeno per fare la spesa!» gridò.

«E allora?»

«E allora? Non è sano. Ti stai trasformando in un fantasma.» Milena fece un respiro profondo e mi guardò negli occhi. «Devi affrontare la realtà una volta per tutte: con questi debiti non puoi mandare avanti l'attività di Amalia da sola. Non hai la più pallida idea di come si gestisca un'azienda. Thomas e io pensiamo che sarebbe meglio se vendessi i libri e i pezzi di valore rimasti e ti cercassi un altro lavoro.»

Fissai mia sorella, e tutta la rabbia che avevo trattenuto fino a quel momento esplose in un'ondata gelida.

«Cosa?» sussultai.

«Cerca di capire» mi disse implorante, con una mano tesa verso di me come se fossi un animale selvatico capace di mordere o fuggire da un momento all'altro «siamo preoccupati per te. Non riteniamo che sarai in grado di portare avanti l'attività da sola.»

«Cosa significa? Che non so lavorare?» ansimai.

«No» replicò Milena, con un filo di voce, come per attenuare l'impatto delle sue parole. «Semplicemente che non sei brava in contabilità e gestione aziendale, e poi ci sono tutte le insidie del lavoro autonomo.»

Alzò una mano mentre aprivo la bocca per parlare. «Ho guardato le carte, Sarah, e anche Amalia non era molto brava. I suoi documenti sono un disastro. Non so davvero come sia riuscita a restare a galla per così tanto tempo. E tu non ti sei preoccupata delle pratiche burocratiche nemmeno una volta negli ultimi mesi. A essere sincera, non so nemmeno se ne sia capace. Va tutto a rotoli e tu ti rintani nel tuo mondo di libri. Come pensi di far fronte alle esigenze della vita quotidiana?»

Il mio respiro era ormai diventato così rapido che nessuna tecnica antirabbia sarebbe più riuscita a rallentarlo.

«Credi che Amalia pensasse lo stesso di me?» l'apostrofai con la voce tremante. «Che non posso farcela da sola? È per questo che non mi ha mai detto niente?»

Milena abbassò per un attimo lo sguardo e, quando lo rialzò, per me fu impossibile leggere il mix di emozioni sul suo volto. Colpa? Pietà? Sollievo?

«Forse» rispose. «Non lo so, Sarah.»

Con un tonfo posai la tazza, mi alzai di scatto e corsi nel laboratorio mio e di Amalia, dove erano settimane che non riuscivo più a svolgere nessun lavoro. Volevo che ogni strumento restasse dov'era quando mia zia era viva. Perché se ne avessi spostato anche solo uno, era la prova che non sarebbe mai più tornata a mettere in disordine il mio piano di lavoro.

Mi fermai davanti al nostro scaffale dei libri, il respiro affannoso, e gli occhi mi scivolarono senza vederle sulle innumerevoli rilegature in pelle, sui manoscritti e sui libri che avevamo collezionato nel corso degli anni. Dentro di me si agitava un tumulto di sentimenti e pensieri, c'erano troppe cose a cui non sapevo dare un nome e mi affondavano come artigli nello stomaco. C'erano così tante cose che Amalia sapeva di me, più di chiunque altro. Mi aveva vista crescere e lottare con la scuola. Mi aveva incoraggiata eppure mi aveva sempre protetta come meglio poteva. Mi aveva visto uscire di casa all'università e leccarmi le ferite dopo la fine della relazione con Philip. Con lei se ne andava l'unico testimone di tanti avvenimenti della mia vita, la sua memoria aveva conservato parti di me che forse io stessa avevo dimenticato da tempo. Adesso che lei non c'era più, era come se avessi perso il collegamento con il mio specchio più fedele, il mio stesso passato.

Ero pronta a rilevare l'attività da sola?

Chi, se non Amalia, mi conosceva abbastanza per dirmelo?

Ripensai a un episodio di quando Milena e io eravamo piccole, entrambe sedute su una panchina di legno nella scuola di musica. Milena non smetteva di piangere, le lacrime le rigavano le guance e le gocciolavano sul pavimento di linoleum grigio. Aveva dimenticato il suo flauto nuovo, e il suo orgoglio, insieme alla custodia sull'autobus. La maestra aveva fatto una smorfia e le aveva sottolineato con tono di rimprovero quanto costasse uno strumento del genere e chiesto come si facesse a essere così sbadati, sperava proprio che Amalia potesse permetterselo un altro flauto. Per la prima volta nella mia vita fui felice di suonare il pianoforte. Anche se Amalia mi aveva persuaso a prendere lezioni, non mi piaceva esercitarmi e il mio insegnante sospirava ogni volta che sentiva il suono meccanico dei tasti, ma almeno uno strumento così non puoi dimenticartelo da nessuna parte.

Quando nostra zia venne a prenderci, Milena corse tra le sue braccia e, singhiozzando, le disse quanto le dispiaceva aver perso il costoso strumento. Rimasi seduta mentre Amalia le accarezzava la schiena e le sussurrava piano all'orecchio. Dopo un po' i singhiozzi di mia sorella si calmarono, lei si asciugò il viso con la manica, tirò su con il naso e guardò la zia.

«Onestamente, capita a tutti» disse infine. «E forse è una

buona lezione per imparare in futuro a prenderci maggiore cura delle cose preziose.»

Milena annuì, il viso rigato di lacrime.

Non ricordo che abbia mai più perso qualcosa. Ma forse Milena prese un po' troppo sul serio la lezione. Perché ho l'impressione che da allora non abbia fatto che chiedersi quanto costino le cose e come poter essere sicuri di non perderle. E che per lei il loro valore economico sia più importante delle cose stesse.

A volte mi chiedevo se non sarebbe stato meglio se avesse suonato anche lei il pianoforte.

Ora, sola con i miei pensieri lì in laboratorio, con la punta delle dita raggiunsi i dorsi dei libri, la cui presenza mi confortava come quella di vecchi amici. Alle mie spalle si aprì la porta. Milena non si sarebbe arresa facilmente.

«Sarah» esordì «davanti a certe cose scappare non aiuta, anzi non fa che peggiorarle.» Si fermò, ma non mi girai a guardarla. «Forse potresti cercarti un altro lavoro e saldare qualche debito almeno finché non migliora la situazione?»

Le mie mani presero un volume di poesie di Emily Dickinson, la copertina verde decorata con morbide scritte dorate e i bucaneve incisi che sfiorai con le dita. Aprii il libro, gli occhi guizzarono tra i versi della poesia senza leggerli.

«La casa è tutto quello che ci resta di lei» continuò Milena. «Non possiamo perderla... non riuscirei a sopportarlo.»

«Preferiresti che rinunciassi all'attività di Amalia? Che smettessi di lavorare, cioè tutto quello che mi resta? Se lo facessi, perderei me stessa. Pensi che ne valga la pena?»

Silenzio.

Chiusi il libro prima che Milena potesse ribattere. Forse il suo silenzio era già una risposta sufficiente.

46
Enigma

L'UFFICIO di Ben era pulito e ordinato proprio come me l'ero immaginato. Si trovava nell'ala del complesso che ospitava i dipendenti impegnati in progetti di ricerca o nel lavoro della biblioteca. Un piccolo cartello sulla porta recitava: BENJAMIN BALLANTYNE, DOTTORE IN RICERCHE E ACQUISIZIONI.

Sulla scrivania regolabile in altezza c'era un grande monitor accanto a diversi faldoni. Alle pareti erano appesi un calendario e alcuni manifesti di mostre esposte nella Biblioteca. Accanto allo schermo campeggiava una foto di famiglia in cui Sheila e Jacob sembravano più piccoli; posavano tutti con maglioni di lana davanti a un albero di Natale decorato con colori vivaci accanto al camino nel soggiorno. Guardai la foto mentre Ben tirava fuori la cartella «Tabula Peutingeriana». Presi lo sgabello davanti alla libreria e Ben si sedette sulla sua sedia.

«Ok, ecco quello che ho scoperto finora» esordì per poi riassumere le sue ricerche.

Merda, per usare un francesismo, era impressionante.

Ben si era lanciato alla ricerca del frammento smarrito della Tabula Peutingeriana dopo che un accenno durante un seminario di storia medievale aveva acceso la sua curiosità.

Alla Tabula Peutingeriana – un rotolo di pergamena lungo circa seicentosettantacinque centimetri e largo trentaquattro, che nel 1863 era stato suddiviso negli undici segmenti odierni conservati alla Biblioteca Nazionale Austriaca – mancava una parte già da prima. Almeno, questo è il presupposto di tutti i ricercatori, perché chi mai avrebbe creato una mappa del mondo senza inserirci regioni ben conosciute?

Esiste una rappresentazione del primo segmento smarrito realizzata nel 1887 da uno studioso di nome Konrad Miller, che però aveva usato come modello un'altra cartina antica, motivo per cui gli scienziati di oggi non considerano il suo tentativo particolarmente riuscito.

E allora dov'era finito il segmento mancante e quando era stato visto l'ultima volta? Peutinger lo aveva mai avuto tra le mani? Ovviamente Ben non era stato l'unico a cercare una risposta a quelle domande, ma con la meticolosità che lo contraddistingueva aveva studiato tutta la corrispondenza di ricercatori, studiosi e colleghi di Peutinger e aveva creato una propria mappa della conoscenza sulle persone che avevano visto e descritto l'originale. Le aveva rintracciate in testi, manoscritti, lettere e lasciti testamentari. Aveva confrontato stampe e facsimili, e le descrizioni che lo menzionavano. Sulla base della minuscola grafia carolingia con cui erano scritti i nomi sulla mappa, Ben era giunto alla conclusione che il documento fosse stato realizzato in uno scriptorium della Germania meridionale, forse quello dell'abbazia sull'isola di Reichenau nel lago di Costanza, un'abbazia benedettina nota proprio per i suoi miniaturisti. E Ben aveva scoperto che la parte smarrita probabilmente era scomparsa poco prima che Peutinger avesse ricevuto la cartina. Era riuscito a individuare vari studiosi, e i loro testi, che avrebbero potuto ancora possedere quella parte della mappa, o almeno aver visto la Tabula integra.

Per Ben era stato lo choc più grande della sua vita quando Amalia lo aveva contattato dopo aver letto – a suo dire – una pubblicazione scientifica sulla Tabula da lui redatta, e gli aveva proposto di mettersi alla ricerca del segmento mancante per conto della British Library. E poi, come se fosse spuntata dal nulla, lo aveva avvicinato con la foto di un frammento che a prima vista sembrava l'originale perduto.

Ben aveva chiesto ad Amalia di rivelargli le sue fonti in numerose email, lettere e messaggi vocali, ma lei all'inizio non aveva risposto per segreto professionale, ovviamente, e dopo non aveva più potuto farlo.

A questo punto Ben fece una smorfia e si scusò. Mi guardò attentamente, come se si aspettasse una reazione. Sì, non aveva potuto rispondere perché era morta, ma non era colpa di Ben.

A incuriosirmi piuttosto era come mai Amalia avesse contattato proprio la British Library. La domanda mi frullava nella testa fin da quando Ben si era presentato alla mia porta, ma nel suo faldone non c'era traccia di risposta. Non l'aveva nemmeno lui.

Certo, la biblioteca contava su un budget per le nuove acquisizioni più alto di qualsiasi altro istituto di ricerca. Fin dall'inizio, per Ben era stato un mistero il motivo per cui Amalia non avesse contattato la Biblioteca Nazionale Austriaca, dove erano conservate le altre parti della Tabula.

E come mai era entrata in contatto con una biblioteca invece che con il familiare mondo dei collezionisti privati? Per quanto la British Library fosse disposta a pagare, infatti, c'erano numerosi privati che avrebbero messo sul piatto molti più soldi di qualsiasi biblioteca o ente pubblico.

Quali erano le fonti di Amalia, come aveva fatto a rintracciare la mappa, e perché aveva voluto collaborare con la British Library? Avevo la vaga sensazione che fosse tutto collegato e, se fossi riuscita a chiarire un primo punto, anche gli altri si sarebbero sciolti per magia, come un nodo aggrovigliato. Ma magari era solo un pio desiderio.

Mentre nuvole basse e pesanti oscuravano il cielo fuori dalla finestra, ce ne stavamo lì seduti vicini a parlare delle ricerche di Ben. Caddero le prime gocce e poco dopo la pioggia cominciò a picchiettare contro le finestre. A volte le nostre mani o le nostre braccia si toccavano, mentre prendevamo un pezzo di carta o mentre Ben cercava di dimostrarmi le sue conclusioni con copie di manoscritti, e io sentivo il suo calore, e qualcosa di ancora più potente: l'elettricità. Faticavo a concentrarmi, ma a un certo punto arrivò l'illuminazione e non dall'impressionante ricerca di Ben.

No, l'illuminazione si manifestò sotto la forma di una bibliotecaria dagli occhiali a forma di gatto un po' troppo impicciona.

Si era fatto già pomeriggio, ed era molto più cupo di quanto dovrebbe essere un pomeriggio d'estate, perfino in Inghilterra. Ma forse dipendeva anche dal nostro umore. Perché nonostante l'entusiasmo di Ben e il mio sguardo fresco sul suo lavoro di anni e anni, ore dopo eravamo esattamente nello stesso punto in cui ci trovavamo dopo essere stati cacciati dalla casa d'aste: Ben aveva la sua ricerca, Amalia il misterioso accesso alla fonte, e tra i due non c'era il minimo collegamento.

Ben si passò per l'ennesima volta la mano tra i capelli, un gesto che cominciai a leggere come un segno di frustrazione.

«Non capisco» ripeté per l'ennesima volta «come Amalia abbia potuto sapere del segmento mancante, e ancor più averne una foto.»

Era davvero sconcertante.

Bussarono e, prima che Ben o io potessimo rispondere, la porta dell'ufficio si aprì.

Una donna sulla sessantina con un severo chignon grigio, un blazer nero e una gonna a tubino, ci guardò sbattendo le palpebre attraverso le enormi lenti degli occhiali rossi a forma di gatto.

«Mr. Ballantyne» disse «che ci fa qui? Non dovrebbe essere in ferie?»

Ben si rimpicciolì. «Buonasera, Ms. Howard, che piacere...» esordì, ma lei lo interruppe a metà della frase.

«Mr. Ballantyne, non so cosa pensino i giovani di oggi, ma se è in ferie e ha un incidente nel perimetro della biblioteca, non è assicurato. Se ne rende conto?»

I suoi occhi sembrarono illuminarsi dietro gli occhiali, come se vedesse già la potenziale catastrofe.

«Sono abbastanza sicuro che le leggi inglesi sul lavoro e sulle assicurazioni non funzionino così» mormorò Ben.

«Come dice?» chiese piccata Ms. Howard, storcendo il naso. «La prego di parlare a voce sufficientemente alta da permettermi di udirla.»

Ben aprì la bocca, ma in quel momento lo sguardo della bibliotecaria dagli occhi felini si spostò su di me e parve accendersi di nuovo.

«E sono sicura che i regolamenti della biblioteca non consentono visite femminili» continuò.

Ben restò con la bocca aperta e sembrò soffocare con il suo stesso respiro. Gli diedi una piccola pacca sulla schiena.

«Visite femminili?» gli chiesi a bassa voce in tedesco. «Pensavo che non fossimo più nel Diciannovesimo secolo.»

La tosse di Ben si trasformò in una risata, che cercò rapidamente di nascondere dietro una mano mentre Ms. Howard aggrottava la fronte.

«È una *spia tedesca*?» chiese a gran voce, sembrava impazzita.

«Dunque, Ms. Howard, Sarah è mia ospite e sì, è tedesca. Ma penso che da diversi decenni possiamo presupporre che non tutti i turisti tedeschi siano qui per rovesciare l'Impero britannico; o la sua fonte nei Servizi segreti di Sua Maestà le ha detto il contrario?» le chiese Ben con un sorriso.

Ms. Howard sussultò. «Vorrei ben dire! Mia madre decodificava i messaggi radio della Wehrmacht a Bletchley Park, e io oggi devo subire la mancanza di rispetto delle nuove generazioni?»

Il sorriso sul volto di Ben si congelò.

«Mi perdoni, non volevo sembrarle impertinente.»

Ms. Howard era senza dubbio *not amused*. Aprì la bocca, sembrava sul punto di dire qualcos'altro di scortese, ma all'improvviso mi si accese una lampadina.

I miei pensieri corsero. Bletchley Park, messaggi radiofonici tedeschi nella Seconda guerra mondiale, la macchina Enigma...

Enigma: un mistero basato su un codice.

«Ma certo!» gridai, saltando così forte da far cadere lo sgabello e sia Ben sia la Signora di ferro sobbalzarono. Io però guardavo soltanto Ben, che era rimasto seduto accanto a me e mi fissava.

«Eureka! Enigma, una macchina per cifrare! Un codice: come ho fatto a non pensarci prima? Amalia adorava i codici, gli enigmi, i gialli e le vecchie forme di crittografia! E se nei suoi diari avesse lasciato dei messaggi in codice? E se avessimo da sempre avuto i suoi indizi davanti agli occhi ma non li vedevamo?» La mia voce quasi si incrinò per l'eccitazione. Sarebbe stato così... così tipico di Amalia.

Il cuore mi batteva forte mentre Ben e io ci guardavamo. Poi sul suo volto apparve un sorriso.

«È un'ottima intuizione!» esclamò Ben.

Ms. Howard fece un respiro profondo. «Ne ho abbastanza! Chiamerò la sicurezza se cominciate a fare i vandali!»

Ben e io continuammo a guardarci e scoppiammo a ridere nello stesso istante. Ridemmo fino alle lacrime mentre Ms. Howard scappava a gambe levate, quasi fosse inseguita da un fantasma.

Non potrei mai ringraziarla abbastanza per avermi fatto avere quell'intuizione che risolse il mistero del frammento smarrito della Tabula Peutingeriana.

Ma prima che la security della biblioteca arrivasse insieme all'indignata Ms. Howard, Ben e io ci eravamo già dileguati nel piovoso pomeriggio londinese per svelare finalmente il segreto di Amalia.

47

Soluzione del mistero
Parte prima

Ricordo ancora una giornata invernale di poco anteriore al nostro primo Natale da Amalia. Mi sentivo ancora l'anima stordita.

Fuori nevicava e io mi ero soffermata a osservare i fiocchi bianchi e vorticosi che seppellivano lentamente gli alberi, la panchina, lo stagno. Al mattino avevo aperto la porta della cucina che dava sul giardino e avevo guardato la coltre di neve accelerare la scomparsa del mondo e rendere tutto muto, immobile. I fitti fiocchi di neve cadevano silenziosi, soffocando i rumori delle macchine, delle case e dei pochi uccelli rimasti.

Ero seduta in soggiorno davanti al camino, con Milena rannicchiata sul divano dietro di me. Aveva prima letto un libro, poi si era addormentata. Anche quello era strano: dopo la morte dei nostri genitori, sembrava che dormissimo molto di più. Come se il dolore fosse una malattia che succhia le forze al corpo, ma tutto il sonno non sembrava che renderci ancora più stanche. Milena e io danzavamo l'una intorno all'altra, come fiocchi di neve. Non stavamo bene da sole, ma ci davamo rapidamente sui nervi a vicenda. Amalia aveva dovuto separarci più di una volta perché all'improvviso era scoppiata una discussione che era poi sfociata in insulti o litigi. La maggior parte delle volte era Milena ad aggredirmi. E Amalia mi aveva proibito di difendermi veramente.

«Sei molto più forte di lei» mi aveva detto. «Pensa che i due anni che vi separano fanno ancora una grande differenza. Credo che sia semplicemente triste. Non lasciarti ingannare, ok?»

Ma non capivo perché, se Milena era davvero triste, si arrabbiava sempre tanto. Si arrabbiava quando prendevo l'ultima fetta di pane al tavolo della colazione, anche se Amalia poteva tagliarne ancora. Si arrabbiava quando le facevo una domanda. Si arrabbiava quando tornavamo a casa da scuola e lei doveva aspettarmi per qualche minuto. Si arrabbiava quando Amalia mi accarezzava la testa, anche se faceva altrettanto con lei (avevo contato le volte).

Semplicemente non la capivo. L'avevo detto anche ad Amalia una sera di qualche settimana prima mentre noi eravamo in cucina e Milena in bagno si preparava per andare a dormire.

«Perché mi aggredisce solo perché ho usato la spazzola? Pensavo che fosse di tutt'e due. E poi non fa alcuna differenza quale spazzola uso» cercai di spiegare ad Amalia la confusione che provavo riguardo a mia sorella.

Amalia mi scrutò, sembrò raccogliere le idee prima di rispondere: «Il dolore per la morte di chi amiamo ci fa fare cose strane».

«Ma io non sono arrabbiata con lei. Non ha nessuna logica!»

«I sentimenti non sono logici, Sarah. Molti ci sono e basta. Il lutto è uno dei più complicati, forse insieme all'amore, e i due sovente vanno di pari passo. A volte un sentimento è un po' come un messaggio in codice per un'altra persona, ma l'altra persona non ha la chiave per decifrarlo e capire cosa le sta realmente accadendo» spiegò Amalia mentre versava l'acqua nella teiera. Il vapore si alzò traghettando l'odore di uno dei suoi tè natalizi con anice stellato, cannella e scorzette d'arancia. Arricciai il naso mentre inspiravo il profumo.

«Non capisco» borbottai mentre Amalia richiudeva la teiera.

Afferrò due tazze dalla credenza prima di risedersi di fronte a me. Avevo l'impressione che, ogni volta che voleva prendersi tempo per pensare prima di rispondere, muovesse le mani come se stesse sistemando o aggiustando qualcosa. Poi le incrociò sul tavolo. «Vedila così: Milena è in lutto, e forse ha anche dei sensi di colpa e di certo ha paura dell'abbandono e di tutte le altre cose brutte difficili da sopportare. E invece di mostrarlo, si infuria per proteggersi. Si infuria con te perché in questo momento sei l'unico punto fermo della sua vita. Prova a leggere la sua rabbia come un messaggio in codice. Il testo è che ti vuole bene, è triste e ha paura di perdere anche te. Ecco perché ti respinge.»

Fissai Amalia, che ricambiò il mio sguardo.

«Cos'è un messaggio in codice?» le chiesi.

Amalia continuò a guardarmi come se si aspettasse che continuassi, poi ci versò il tè e ignorò Milena che dal piano di sopra strillava che aveva finito e potevo andare in bagno.

Posò la teiera e avvolse le mani attorno alla tazza fumante. «Che cosa sai dei messaggi segreti?» mi chiese.

«Niente» risposi. «Ma sembrano interessanti.»

«Vuoi scoprirli?»

Annuii.

E così Amalia cominciò a parlarmi di crittografia, la scienza di criptare le informazioni. Era come se mi avesse aperto la porta di un nuovo mondo.

Nelle settimane successive mi portò libri per bambini che spiegavano semplici sistemi di crittografia, enigmi e codici, libri che divorai. Iniziò a lasciarmi messaggi in codice sui post-it. Mi raccontò di casi storici in cui avevano avuto un ruolo i messaggi segreti e mi mostrò immagini di codici e macchine di decrittazione. Mi regalò un quaderno in cui scrivevo per lei semplici messaggi in codice che la facevano ridere mentre li decifrava. Poi mi scriveva una risposta in un nuovo codice e il gioco ricominciava.

Amavo gli enigmi, le crittografie, i codici.

E con Milena le cose migliorarono. Avevo capito che le emozioni sono un linguaggio crittografato di cui forse non avrei mai trovato la chiave giusta. Ma a volte basta capire che non sempre mostrano quello che significano realmente.

In quel pomeriggio silenzioso, mentre fuori cadeva la neve, ero seduta davanti al fuoco e Milena dormiva sul divano, mi alzai, mi sdraiai dietro lei, la strinsi tra le braccia, e le promisi in silenzio che le avrei dato tempo finché non avessi trovato la chiave e compreso di nuovo i suoi messaggi.

Ma non sono sicura che sia mai successo.

48
Breve guida alla crittografia

DA bambina avevo imparato molto sui metodi di crittografia, per poi dimenticare quasi tutto visto che non hanno più alcuna applicazione nella vita moderna. Certo, la crittografia ha un ruolo importante nella programmazione e nelle questioni tecniche di decifrazione, ma ovviamente non grazie ai vecchi metodi che mi affascinavano tanto.

I metodi di crittografia esistono da lungo tempo e si presume che alcune forme, per il mero fatto di essersi preservate, siano qualcosa che non siamo ancora riusciti a decifrare, forse non sappiamo nemmeno che sono crittografie. Da sempre i messaggi vengono codificati, per motivi diversi, per esempio religiosi, come presso i faraoni egizi, oppure politici, come nell'Antica Roma.

Per esempio, il cifrario di Cesare, che prende il nome da Giulio Cesare, è un metodo semplice ma efficace per nascondere il contenuto dei messaggi. Si dice che, per proteggerla dalle spie nemiche, il condottiero abbia scritto la sua corrispondenza militare in modo che ogni lettera delle parole da lui utilizzate sostituisse quella tre posizioni dopo nell'alfabeto. Una cosa del genere:

testo	a	b	c	d	e	f	g	h	i	j	k	l	m	n	o	p	q	r	s	t	u	v	w	x	y	z
cifra	d	e	f	g	h	i	j	k	l	m	n	o	p	q	r	s	t	u	v	w	x	y	z	a	b	c

In un tale tipo di crittografia, il numero di posizioni di cui spostare i caratteri è spesso indicato in una sorta di chiave che il destinatario conosce o ha ricevuto separatamente. La chiave può essere, per esempio, la lettera il cui numero nell'alfabeto corrisponde al numero di posizioni da scalare. In questo esempio, sarebbe «C», che corrisponde a Cesare. Semplice ma pratico.

Naturalmente il sistema può anche essere modificato in modo che la cifra – la chiave per la decodifica – sia una parola con un certo numero di lettere da utilizzare per svelare il vero testo.

Ma il fatto è che una serie di strane lettere illeggibili nei quaderni di Amalia avrebbe dovuto farmi capire ben prima che potesse trattarsi di un codice.

Oltre al cifrario di Cesare esistono ovviamente innumerevoli altre possibilità di crittografia e in alcune il messaggio originale resta un po' offuscato. Per esempio, un codice in cui la chiave è uno o più numeri che indicano le parole da contare sulle pagine di un certo libro. Un numero, o una serie di numeri, può anche riferirsi a un conteggio di parole o lettere in un testo specifico: basta solo sapere a quale testo applicarla.

Anche all'interno di cifrari semplici, però, le possibilità sono comunque numerose, come sapevo dai miei tentativi infantili di decodifica e codifica.

Quindi era importante trovare la chiave giusta, il codice giusto e soprattutto il messaggio giusto da decodificare. Un gioco a cui avevo giocato spesso con Amalia.

49
Soluzione del mistero
Parte seconda

Mi sedetti sul letto di Ben, i quaderni di Amalia tutti sparsi intorno a me come due giorni prima nell'orangerie – o meglio *pomodorerie* – di Jean. Erano davvero passati solo due giorni? Ben era seduto alla scrivania di quando era bambino, con davanti quaderni e fogli di carta illuminati da una lampada che proiettava un cerchio di luce.

Ormai era scesa la notte, in casa c'era silenzio, da quella tranquilla strada di Islington non proveniva quasi nessun rumore. Era come se avessimo attraversato uno specchio e fossimo entrati in un altro mondo, immersi febbrilmente nel nostro rompicapo, il fruscio della carta come unica compagnia mentre ripassavamo gli appunti.

Quando finalmente trovai la risposta e alzai lo sguardo, Ben sollevò immediatamente la testa come se mi avesse letto nel pensiero. Vide l'espressione del mio viso e iniziò a sorridere piano. Non sapevo che un semplice sorriso potesse suscitarmi tali emozioni e in quel momento mi sentii più legata a Ben di quanto non fossi mai stata a nessuno. Si alzò e si sedette sul letto accanto a me. Gli porsi il foglio che avevo tra le mani. Il cuore mi batteva forte. E non solo perché la soluzione del mistero era vicina.

Negli appunti di Amalia non c'era nessun ingarbugliato testo segreto, per quanto ne potessimo capire io e Ben. C'era però una pagina in fondo ai suoi appunti con scritto in alto il vezzeggiativo con cui mi chiamava: Sarahli. Sottolineato due volte e seguito da una lunga lista che ci svelò quello di cui avevamo bisogno. Era un elenco di indicazioni di cose e materiali che Amalia aveva annotato per acquistarli, una lista della spesa, insomma, quindi non ci avevo badato più di tanto. Con cifre e informazioni sui costi, talvolta anche voci numerate.

Poi mi venne in mente un codice che Amalia aveva già usato quando io ero piccola: Sarahli aveva sette lettere, e se si contavano sette caratteri nel testo e sette e poi ancora sette e così via, ogni volta si trovava una lettera o un numero, che insieme davano come risultato questa serie di caratteri: c-a-r-t-i-n-a-52.020611,0.220889.

Quando Ben vide quei numeri, gli venne in mente che potesse trattarsi non di un numero di telefono o qualcosa di simile, ma di coordinate nella forma di gradi decimale, che si potevano trascrivere anche così: 52°01'14.2"N 0°13'15.2"E.

Coordinate, che per esempio avremmo potuto digitare su Google Maps.

Cosa che effettivamente facemmo. E restammo a bocca aperta pensando: che fortuna che siamo già in Inghilterra!

E così partimmo per Saffron Walden, Essex, o meglio per Audley End, per ritrovare il frammento di una cartina smarrito da tempo.

Ed ebbi l'impressione che non era l'unica cosa che forse avevo trovato.

50
Audley End

PARTIMMO la mattina dopo, di buon'ora, di martedì. Avevamo lavorato fino a tarda notte, ma ovviamente avevamo fretta. Perché se il messaggio in codice di Amalia si riferiva davvero alla Tabula, allora era probabile che Dengelmann fosse diretto nello stesso posto e aveva due giorni di vantaggio.

Ben e io avevamo discusso a lungo sulla probabilità che il messaggio di Amalia per me avesse davvero a che fare con la nostra ricerca e la Tabula Peutingeriana. Sarebbe stata una strana coincidenza che le coordinate annotate da mia zia portassero a un indirizzo in Inghilterra e che anche i contatti di Jean avessero indicato l'ultima apparizione del segmento perduto in un'asta segreta a Londra. Qual era la probabilità che si trattasse di una pura coincidenza?

«Cosa abbiamo da perdere?» chiesi a Ben mentre fissavamo lo schermo del suo computer dopo che l'eccitazione iniziale si era spenta. Stranamente le coordinate portavano a una dimora storica in un parco, Audley End House, di cui avevamo cliccato le foto e il sito web con una sensazione di irrealtà.

«Mmh» mugugnò Ben «ma cosa significa? Pensi che il segmento perduto si trovi nell'ala sud di Audley End?»

Non l'avremmo mai saputo, se non ci fossimo andati.

«È a meno di un'ora e mezzo di macchina da qui e, se pure non trovassimo niente, al massimo ci saremmo fatti una gita in una cittadina inglese o, nel peggiore dei casi, avremmo solo sprecato una giornata.»

Ben mi guardò, l'espressione dei suoi occhi marroni per me fu illeggibile.

«Mi sento come in un romanzo di spionaggio» replicò. «Voglio dire: chi mai lascia alla nipote un quaderno con appunti crittografati e coordinate nascoste? Sei sicura che tua zia non fosse una spia e che, se ci presentassimo a Saffron Walden, non verremmo inseguiti dall'MI6?»

«Abbastanza sicura. Be', al novantacinque per cento. Ma sono sicura al cento per cento che una cosa del genere è nel suo stile. Facciamo un tentativo: qualunque cosa troviamo, sarà sicuramente un'avventura!»

Tutta la faccenda della Tabula Peutingeriana era un mistero che riguardava Amalia molto più di quanto pensassi inizialmente. E volevo risolverlo, non solo per ritrovare la mappa. Sentivo un formicolio nello stomaco, provavo la stessa eccitazione di quando io e mia zia ci dirigevamo verso un indirizzo che prometteva tesori inaspettati.

Cercai di indossare un'espressione cospiratoria, anche se non avevo idea di come si facesse e di cosa ci leggesse Ben. «Mi hai convinta tu a fare questa ricerca» dissi «quindi adesso la portiamo a termine insieme.»

«E va bene» concesse alla fine. «Seguiamo questa traccia misteriosa. Anche se sospetto che potrei pentirmi di aver confidato nei vostri metodi di cacciatori di libri, francamente assurdi, più che nel mio buonsenso.»

Sollevai una mano trionfante: «Yessss!»

Gli occhi sgranati di Ben incrociarono i miei e anche lui

cominciò a sorridere. Lungo la schiena mi corse un brivido caldo, scintillante ed elettrico.

Il viaggio fu davvero breve. All'inizio diedi una rapida scorsa al cellulare e vidi otto chiamate perse e cinque nuovi messaggi vocali da parte di mia sorella. Anche un messaggio di testo che diceva semplicemente: *Sarah, per favore, fatti sentire, dobbiamo parlare. Mi dispiace.* Ignorai il telefono per il resto del viaggio.

La parte più difficile e noiosa fu proprio lasciare Londra. Mi chiedo se non dovrebbe esistere un proverbio analogo a «Tutte le strade portano a Roma». Magari: «Nessuna strada diretta porta fuori Londra»? oppure «A Londra sai come ci arrivi, non sai come ne esci»? Ci sarebbe sicuramente del vero.

A ogni modo, quando finalmente uscimmo dalla città, imboccammo la M11 in direzione nord-ovest finché, nei pressi di Saffron Walden, lasciammo la superstrada che tagliava i campi recintati dai muretti di pietra dell'isola verde.

Per metà del viaggio lessi a Ben tutto quello che riuscii a trovare su Internet riguardo a Audley End House. La tenuta, un ex convento trasformato in magione di campagna, è circondata da un grandissimo parco. È considerata uno dei migliori e più maestosi esempi dell'architettura giacobita, un'evoluzione della corrente architettonica elisabettiana in Inghilterra. Lo stile giacobita era in voga durante la seconda metà del Rinascimento; quindi ci si può immaginare quanto sia imponente Audley End House: qualunque opinione si abbia dell'architettura rinascimentale, è innegabile che all'epoca non facevano le cose a metà.

È una casa delle meraviglie, ovvero una di quelle magnifiche residenze di campagna inglesi costruite da cortigiani e nobili che, a seconda dei proprietari, possono somigliare a palazzi nobiliari o a catastrofici incidenti di gusto. Rivestita in pietra bianca, Audley End, che perfino Elisabetta I aveva visitato durante uno dei suoi giri estivi lungo il suo Paese, ha una serie di finestre dall'aspetto moderno eccezionalmente grandi, oltre ai balconi con le colonne sopra gli ingressi e a un'infinità di fronzoli, dopotutto è del Seicento. È costruita come una parentesi quadra, le cui estremità puntano verso il parco. In sostanza ha la forma di un motel americano, solo che è enorme, antica e, appunto, ha gli ingressi principali sul lato più lungo, non all'interno della parentesi. La famiglia proprietaria della residenza aristocratica aveva da tempo ceduto Audley End House all'English Heritage, una sorta di ente inglese per la salvaguardia dei monumenti.

«Almeno la residenza è aperta al pubblico» borbottò Ben senza distogliere lo sguardo dalla strada. «Ma se appartiene all'English Heritage, fatico a immaginare che conservino il segmento smarrito della Tabula in qualche angolo della biblioteca senza che nessuno lo sappia.»

«È vero» replicai «ma è anche vero che libri e documenti si perdono in continuazione, soprattutto nelle biblioteche e nei fondi. Basta catalogarli in modo errato o non sapere nemmeno cosa si ha davanti e scompaiono per qualche centinaio di anni.»

«Sì, ovunque i libri si perdono a causa di classificazioni sbagliate e questo è davvero, davvero fastidioso. Ma il segmento di un antico stradario sarebbe più simile a un frammento di pergamena, a un'immagine, per così dire, che non si può semplicemente riporre su uno scaffale e dimenticarsene.»

«La perdita di libri sembra preoccuparti davvero.» Non potei fare a meno di sorridere.

«Certo» rispose Ben, serio. «È tragico che nella British Library ci fossero libri del calibro di un'antica edizione illustrata di *Alice nel Paese delle Meraviglie*, e in realtà potrebbe essere ancora da qualche parte nel complesso, ma sono stati classificati erroneamente e quindi risultano impossibili da trovare. È così... così insopportabile! Poi ovviamente può anche succedere che i libri vengano rubati. Entrambe le possibilità potrebbero essersi verificate con il nostro frammento sempre che, ovviamente, non sia andato distrutto. Ma a questa ipotesi preferisco non pensarci nemmeno.»

L'idea sembrava davvero abbatterlo e gli chiesi, per distrarlo e perché mi interessava: «E tu hai mai rubato o distrutto un libro?»

«Rubato? Io? Ma sono un bibliotecario! Certo che no! Credo che i ladri di libri non abbiano un'anima» dichiarò.

«Allora meno male che sono atea e comunque l'anima non ce l'ho. E invece ne hai mai distrutto uno?» chiesi.

Ben rimase in silenzio per un attimo, sembrava stesse soppesando la risposta. Poi confessò: «Solo una volta».

Stuzzicò la mia curiosità. «Com'è successo?» domandai.

Si morse il labbro inferiore. «Ero a York, in viaggio con la mia famiglia, avrò avuto quindici anni. Non mi ero portato niente da leggere e così in una piccola libreria comprai un volume che sembrava un fantasy. Quando lo iniziai però, capii subito che non si trattava affatto di un romanzo, ma del manifesto religioso di un fondamentalista cristiano, in cui l'omosessualità veniva definita un peccato perverso. Mia sorella aveva fatto coming out poco tempo prima. Non riuscivo a credere che tali stronzate venissero ancora pubblicate in nome della fede.»

«E poi?» chiesi.

«Poi strappai il libro e lo gettai a pezzi in un bidone della spazzatura tra i contenitori del fast food.» Le spalle di Ben erano incurvate.

«Ben! Non avrei immaginato che fossi capace di una cosa simile. Distruzione della conoscenza!»

Raddrizzò la schiena. «Sì, in quel caso ebbi davvero la sensazione che questa presunta conoscenza potesse solo essere gettata nell'immondizia e che nessun altro avrebbe dovuto leggere quell'odiosa spazzatura» sostenne con fermezza.

Era proprio il Ben che avevo conosciuto fino a quel momento. Poi ripensai a come una volta Philip aveva cercato di farmi prendere in prestito un libro di diritto dalla biblioteca e poi di farmelo riporre in una posizione sbagliata affinché nessun altro studente potesse trovarlo e leggerlo. Scossi la testa a quel ricordo e a qualsiasi altro ricordo di Philip.

«Sai, quello che trovo quasi più fastidioso della religione formale – oltre a tutta l'ipocrisia, ovviamente – è la deroga dalle responsabilità. Le persone pensano di non dover fare nulla in prima persona perché i problemi sono un'incombenza di un'autorità divina. Dal mio punto di vista ateo, posso solo dire che la distruzione del libro per uno scopo superiore nel tuo caso era completamente giustificata, hai preso la decisione giusta, perché hai combattuto un'ingiustizia, anche se piccola, invece di non fare nulla.»

Lo sentii guardarmi con la coda dell'occhio, poi cominciò a ridere con la sua risata gutturale che mi scivolò nello stomaco come lava incandescente.

«Me lo ricorderò» balbettò. «Distruzione della conoscenza per scopi superiori. Basta che Ms. Howard non lo scopra!»

Risi anch'io e per un attimo ebbi la vertiginosa sensazione che nulla al mondo potesse fermarci.

Attraversammo il vasto parco di Audley End House e cercammo un parcheggio accanto alle numerose auto degli altri visitatori. Il cielo si era oscurato e si era riempito di nuvole grigie, tra le quali si stagliava l'edificio bianco con le torrette dai tetti verde menta e i numerosi camini. Ci fermammo sul prato inglese (che, sorprendentemente, si poteva calpestare) di fronte al grande palazzo e lo osservammo in silenzio. Il parapetto decorato dei tetti piani sembrava un'imitazione in miniatura delle mura stilizzate del castello e conferiva all'edificio un che di arcaico, in contrasto con le grandi facciate ricche di finestre rettangolari dalle cornici bianche. Non riuscivo a credere che le coordinate di Amalia ci avessero portato proprio lì: quello era un vero castello, il piccolo château di Jean non reggeva il confronto.

Lo stomaco mi crepitava dall'emozione, guardai Ben, mentre contemplava Audley End. Il suo profilo maestoso risaltava sullo sfondo e all'improvviso pensai che Ben si adattasse perfettamente a un ambiente aristocratico tanto distinto, i suoi bei lineamenti senza tempo, proprio come quei manufatti che voleva preservare dall'oblio.

Lui sembrò percepire il mio sguardo. Avevo un nodo allo stomaco, o forse era il cuore. Ma non era il momento giusto per pensarci.

Quindi puntai gli occhi sulla casa e ci dirigemmo verso l'ingresso.

Attraverso il quale un'ora dopo lasciammo di nuovo Audley End, frustrati e delusi. Almeno stavolta non eravamo stati sbattuti fuori, ma ci era mancato poco.

51

Saffron Walden
Un labirinto di segni

Percorsi il labirinto di Saffron Walden, mettendo un piede davanti all'altro con cautela. Chi a questo punto si starà immaginando un imponente groviglio di siepi in cui potersi smarrire si sbaglia di grosso. No, il Saffron Walden Turf Maze, dove eravamo andati per provare a calmarci, è sì il più grande esemplare al mondo del suo genere, ma è un labirinto di tipo erboso, ed è esattamente come uno si immagina un labirinto erboso: i sentieri stretti e tortuosi formano solchi scavati nel prato e rivestiti di pietre infossate. Calcolate tutte insieme, le strisce raggiungono la ragguardevole lunghezza di circa un chilometro e mezzo.

Il Turf Maze è fondamentalmente circolare con diciassette cerchi concentrici, dall'anello più esterno partono delle insenature leggermente più alte, che somigliano a quattro orecchie. In totale, il labirinto ha un diametro di circa quaranta metri ed è circondato da una leggera pendenza e da un fossato, il tutto ricopre all'incirca la superficie di un piccolo appartamento.

I labirinti erbosi come quello in cui mi trovavo in quel momento sono molto antichi, alcuni risalgono perfino all'epoca precristiana.

Inspiravo ed espiravo profondamente, cercando di ingoiare la rabbia che mi si era bloccata in gola. Mi tenevo in equilibrio sui sentieri del labirinto e immaginavo i piedi delle innumerevoli persone che li avevano percorsi prima di me.

«Vieni» dissi a Ben, tendendogli una mano «provalo!»

Ma Ben si limitò a scuotere la testa. Se ne stava al margine del labirinto con le mani in tasca.

La visita a Audley End non ci aveva portato a niente. Avevamo comprato i biglietti e passeggiato per i corridoi e le stanze quasi intimidatorie dell'edificio. Non che ci aspettassimo un segmento di mappa del Dodicesimo secolo appeso in una cornice, scoprimmo però che quasi tutta la biblioteca della tenuta non era stata affidata all'English Heritage e la piccola parte sotto la loro tutela non era accessibile al pubblico.

Quindi avevamo rintracciato uno degli impiegati dell'ente e grazie al biglietto da visita della British Library avevamo ottenuto un'udienza con un uomo bianco alto, magro, con i capelli grigi e l'abito decorato da una spilla della Union Jack che gli calzava a pennello.

La scrivania nel suo ufficio era ordinata come quella di Ben, ma l'uomo lo guardò con le sopracciglia leggermente aggrottate.

«E dunque lei ha un dottorato in Studi medievali e Storia inglese? E da dove sorge tale interesse?» chiese a Ben.

«Be', è anche la mia storia.»

L'uomo lo squadrò. «Davvero?»

Feci un respiro sonoro e aprii la bocca. Ma Ben si limitò a scuotere la testa.

E così di quel passo. Fu orribile. Quando iniziammo a raccontare la contorta storia del perché volevamo visionare il patrimonio della biblioteca, o quantomeno l'inventario di Audley End, l'espressione sul volto dell'uomo divenne sempre più sinistra, gli angoli della bocca sempre più all'ingiù.

«I proprietari hanno affidato Audley End House all'English Heritage indicando linee guida rigorose su quali zone rendere accessibili al pubblico, e la collezione bibliofila non è certamente una di queste! Inoltre, la maggior parte è rimasta comunque nelle mani degli eredi attuali» spiegò indignato l'uomo.

Inutile aggiungere che poco dopo fummo invitati a uscire senza tanti complimenti.

Non ci restava più nessuna pista da seguire. Certo, andare fin lì era stato un salto nel buio, ma mi sarei aspettata qualcosa di più fruttuoso. E decisamente un trattamento più rispettoso.

«Non riesco ancora a credere a quanto sia stato orribile quel tizio con te» dissi a Ben.

«Succede, Sarah. Non parliamone più.»

Mi guardai i piedi, arrabbiata e confusa. Non è giusto che fosse abituato a una cosa del genere. Ma questo lo sapeva benissimo anche lui, e la mia rabbia non gli era comunque di grande aiuto. Parte della rabbia era diretta verso me stessa per non aver risposto per le rime a quel tizio oltraggioso.

«Sai» commentò Ben «è uno dei motivi per cui indosso sempre abiti eleganti. Non voglio che uomini come quello mi manchino di rispetto per il colore della mia pelle.»

Trattenni il fiato. Poi i miei piedi lasciarono automaticamente i sentieri del labirinto e superai i solchi per raggiungerlo, fermandomi proprio di fronte. Abbassò gli occhi, io seguii il suo sguardo. Aveva le mani chiuse a pugno, quindi probabilmente era infuriato. Giusto così. Aveva tutto il diritto di esserlo.

Per un attimo non seppi cosa fare, mi sentivo un grosso peso sullo stomaco. Poi mi ripresi, allungai la mano e strinsi uno dei suoi pugni nel mio. La portai lentamente alla bocca e gli baciai il dorso della mano. Ben trasse un respiro profondo. Alzai lo sguardo e i suoi occhi incrociarono i miei.

«Resta arrabbiato, Ben. Per favore, non smettere mai di arrabbiarti per una cosa del genere.» Il pugno di Ben si aprì sotto le mie dita. Vidi le sue spalle alzarsi e abbassarsi rapidamente.

«Cacciala fuori con un urlo. Devono saperlo tutti.»

Ben mi guardò sbattendo le palpebre. Poi i muscoli attorno alla sua mascella si irrigidirono e strinse di nuovo il pugno.

Si voltò dall'altro lato, verso il labirinto, verso la distesa verde alberata e piovosa del parco.

E poi urlò. Urlò così forte che i corvi volarono via dagli alberi gracchiando. Il suo pugno si aprì, le sue dita si chiusero attorno a una delle mie mani, la strinse forte, fece un altro respiro e gridò: «*Gormless racist shmuck*!»

Sbuffai di sorpresa, portai velocemente la mano libera alla bocca e cercai di trattenere la risata che voleva scoppiare.

«Arrrgh!» gracchiò Ben, gettando indietro la testa e gridando nella pioggerellina e nel grigio cielo inglese: «*Bloody stupid numpty muppet*!»

Non riuscii più a trattenermi e scoppiai a ridere, una risata così forte da farmi piegare. Mi sollevai a metà, mi asciugai le lacrime e lo fissai.

«Non ti avevo mai sentito imprecare.»

«*Sod off, what a cock-up*» disse cortesemente in un perfetto inglese di Oxford e io iniziai di nuovo a ridere. Ben mi guardò per un attimo e poi cominciò a ridere anche lui. Prima piano, poi sempre più forte. Non lo avevo mai sentito ridere così. Teneva la mia mano stretta nella sua mentre riuscivamo a malapena a respirare, ridendo della nostra allegria finché alla fine non dovemmo tenerci stretti l'uno all'altra.

Il calore del corpo di Ben all'improvviso si impossessò della mia mente. Le sue spalle si alzavano e si abbassavano al ritmo delle mie. Avevo di nuovo quella sensazione di formicolio nello stomaco. La tensione elettrica che sprigionava, come se lui fosse un polo magnetico e io l'ago della bussola, mi diede un brivido. Mi ritrovai a fissarlo con la bocca semiaperta. Ben deglutì, mentre i miei occhi seguivano il movimento del suo pomo d'Adamo. Quando alzai lo sguardo, i suoi occhi erano sulle mie labbra. Poi all'improvviso si voltò e guardò da un'altra parte e un improvviso calore mi salì alle guance. Si schiarì la voce e mi lasciò andare. Feci mezzo passo indietro, scorsi nervosamente le dita tra i miei capelli scompigliati e arruffati. Ben mi lanciò un'altra occhiata che non riuscii a interpretare. Rinunciai a cercare di comprenderlo e sospirai.

«Andiamo» lo incitai, afferrando di nuovo la sua mano, il cui calore mi era ormai diventato familiare. Poi lo trascinai verso i sentieri tortuosi. «Per adesso attraversiamo il labirinto dei tempi pagani e lo facciamo nostro. Al resto ci penseremo dopo.»

Percorremmo insieme il labirinto, io seguendo le sue orme e poi, quando tornammo indietro, lui le mie. Non mi lasciò mai la mano.

«Troviamo prima un bar e poi riflettiamo sulle prossime mosse» suggerii a Ben a un certo punto, quando i miei capelli furono completamente fradici e il respiro di Ben si era calmato. Mi lasciò le dita per tirarsi su il cappuccio. La pioggerellina si era fatta più fitta e grigi nuvoloni gravavano sul prato verde.

E così uscimmo dal parco e attraversammo le stradine del paesino inglese fino in centro. Un paesino che non può essere definito se non incantevole. Le vie erano fiancheggiate da piccole case medievali, dai colori vivaci, i cui piani superiori, come spesso accade negli edifici a graticcio, sembravano sporgersi sulla strada. Accanto c'erano graziose casette con i piani superiori in mattoni decorati sopra le vetrine rivestite in legno. La piazza del mercato sembrava così pittoresca con la fontana e il selciato che per un attimo mi sentii come se fossi sul set di un film, un film tipo *Notting Hill*, giocoso e romantico. L'edificio nella piazza del mercato, che pareva una chiesa, si rivelò essere la biblioteca comunale. Ero stregata. Forse era il paesino più bello che avessi mai visto. Il meteo invece non si mostrava altrettanto stregato: il cielo restò grigio e coperto, senza un raggio di sole come avrebbe meritato quel bel panorama. Estate inglese.

Cominciò a piovere sul serio, una pioggia estiva impetuosa, quasi calda. Cercammo riparo nel bar più vicino, che somigliava un po' alla casa di campagna sognata da un'eccentrica signora inglese: mobili bianchi ovunque, pieni di piante, lampade colorate e decorazioni.

Ben quasi non aveva aperto bocca per tutta la strada. Mi sentivo in colpa perché lo avevo convinto io a fare quella gita inutile e perché a causa di quella gita inutile lui era stato trattato in modo oltraggioso da un tizio che avrebbe invece dovuto condividere il suo amore per le cose antiche. Trovammo un tavolo vicino alla finestra, ordinammo un caffè e osservammo la pioggia. Ben rimase in silenzio e io glielo permisi. Forse uno dei problemi del nostro settore, pensavo mentre seguivo le gocce che picchiavano sulla finestra, era che non tutte le persone aggrappate al passato hanno le stesse motivazioni. Ben voleva preservare, imparare dagli errori compiuti e correggere il presente. Invece molti si afferravano al passato perché lo ritenevano migliore. Un'idea orribile che non capirò mai: basta pensare alla peste, alla mancanza di diritti, alla scarsa assistenza medica, alla mancanza di elettricità, mobilità e Internet!

Come collezionista di libri, avevo a che fare con parecchi collezionisti avanti negli anni che non prendevano sul serio né me né le mie valutazioni. Non li capivo. Perché non si possono apprezzare i manufatti del passato senza per forza attenersi ai modelli tradizionali e ad altre idee antiquate, per di più usandole per giustificare il presente?

«Il mondo non cambierà in meglio se non ci impegniamo in prima persona» ripeteva sempre Amalia. «Nessuno verrà a salvarci, dobbiamo sbrigarcela da sole, tesoro mio.»

Stavo appena cominciando a capire quanto avesse ragione.

A metà del suo caffè, Ben mi squadrò e sul suo viso si alternarono diverse emozioni complicate.

«Penso che siamo arrivati al capolinea, Sarah» sentenziò.

Deglutii e tossii. Non me l'aspettavo. «Ma Ben...» iniziai, lui però alzò la mano per fermarmi.

«Ci stiamo arrampicando sugli specchi. Tua zia non ha lasciato abbastanza informazioni, ammesso che ne avesse, per trovare il segmento smarrito della Tabula. Forse ormai abbiamo raggiunto il punto in cui dobbiamo ammettere il nostro fallimento e interrompere la ricerca» sospirò, gli occhi spenti.

Faceva male: che avesse messo in discussione Amalia e che volesse arrendersi. Forse fu ingenuo da parte mia, ma mi venne spontaneo.

«Ma...» ricominciai, senza però andare oltre.

«Cosa ci resta da fare?» chiese Ben. «Ripassare i taccuini di tua zia nella speranza che ci sia sfuggito qualcosa, un altro indizio che non porta da nessuna parte? Contattare Jean, per *lettera*? Riprovare alla casa d'aste che ha minacciato di chiamare la polizia? E possono volerci mesi per redigere e ottenere l'approvazione di un progetto di ricerca che spinga l'English Heritage a concedere informazioni. Mesi! Ammettiamolo, Sarah, è finita.»

L'espressione di Ben era illeggibile, ma dalla veemenza e rapidità con cui parlava sembrava arrabbiato. Ma per cosa era arrabbiato adesso? Per colpa mia, per colpa della situazione?

«Ben» dissi, cercando di mantenere un tono calmo «non abbiamo ancora preso in considerazione tutte le possibilità. Pensa, per esempio, agli ex proprietari di Audley End che quell'uomo ha menzionato. Sembra che conservino ancora la maggior parte dei volumi della biblioteca. Forse possiamo rintracciarli.»

«Per possedere una magione del genere devono essere nobili di una qualche stirpe. Come pensi che reagiranno quando gli racconteremo la nostra storia? A prescindere da questo particolare, e se tutta la faccenda delle coordinate di tua zia fosse solo uno scherzo malriuscito? Oppure se non avesse nulla a che fare con la Tabula? Non lo sappiamo, lo abbiamo immaginato perché ci faceva comodo!»

Aveva un tono diverso dal solito e questo mi confuse.

«È vero» ammisi «può darsi che le coordinate abbiano a che fare con qualche altra questione che mia zia ha voluto tenermi segreta. Ma non ho idea di quale. Ma ricorda che davanti c'era la parola *cartina*. Almeno indicava di cosa si trattasse» argomentai.

«La parola cartina in un contesto del genere può anche indicare semplicemente che ci sono coordinate da cercare su una mappa. Forse è solo una cifra da decodificare, non indica cosa si troverà nelle coordinate» replicò Ben a bassa voce.

Guardai la mia tazza di caffè, presi il cucchiaino e mescolai. Sapevo che aveva ragione e il mio umore naufragò. Che Ben avesse già deciso di arrendersi fu un colpo al cuore. Non volevo rinunciare, non volevo mettere fine alla ricerca che mi aveva fatto sentire di nuovo viva, per la prima volta dopo mesi. Dalla morte di Amalia.

Mi tornò in mente la conversazione che avevamo avuto con uno dei capi scuderia di Audley End: oltre a tutto il resto, la tenuta aveva scuderie funzionanti con cavalli da equitazione, che venivano mostrati ai visitatori come parte del tour.

Un uomo stava strigliando con una spazzola un grosso morello che aveva assicurato con la cavezza a un anello di ferro nel muro della stalla. Mentre gli passavamo davanti, l'animale alzò la testa e sbuffò. Sia io sia Ben facemmo un passo indietro, anche se eravamo abbastanza distanti. Lo stalliere diede una pacca sul collo al cavallo, si alzò in piedi e ci rivolse uno sguardo da sotto le sopracciglia aggrottate che sembrava esprimere il suo disprezzo per i bipedi.

«Di chi sono questi cavalli?» domandai, osservando sospettosa il grosso animale. Non che si fosse scatenato e ci avesse calpestato.

L'uomo accarezzò il collo e la spalla del morello. «Prima che lei morisse, era di Lady Catherine. Ora appartiene a sua figlia. Audley End era di proprietà di una famiglia aristocratica locale, poi un erede l'ha affidata alla tutela dell'English Heritage. Un ramo della stirpe vive ancora qui in zona.» L'ultima frase lo stalliere la disse in tono freddo: forse non gli piacevano i nobili. Lo capivo.

Nel bar mi ricordai delle sue parole e presi impaziente il cellulare.

«Ben, l'uomo con il cavallo non ha detto che alcuni membri della famiglia proprietaria di Audley End vivono ancora qui nei paraggi?» chiesi con rinnovata energia.

Mi sembrò di notare un velo di scetticismo sul suo volto mentre cercavo su Google Lady Catherine, cavalli da corsa e ramo di Saffron Walden di numerosa famiglia aristocratica. Audley End era stata il possedimento di una baronia. La questione si mostrò subito complicata a causa delle leggi di successione inglese, visto che molti titoli potevano essere trasmessi solo agli uomini, ma proprio il titolo di barone talvolta poteva essere conferito anche alle donne (che diventavano così baronesse), anche se non in questo caso, e comunque, pur senza ricevere un titolo, le donne potevano ereditare.

Cosa che complicava ulteriormente la nostra ricerca. Poi mi imbattei in alcuni testi sul dressage, in un necrologio e infine in un articolo su come una certa Emilia Ricard-Hastings avesse inaugurato la biblioteca locale poco dopo la morte di sua madre, Lady Catherine (il fatto doveva aver causato non poco scalpore per meritarsi un articolo nella stampa scandalistica).

«Aha!» esclamai, mostrando eccitata a Ben l'articolo online del giornale.

Durante la mia ricerca era rimasto in silenzio, cosa di cui mi accorsi solo ora.

«Guarda» gli mostrai «qui c'è un nome correlato direttamente con Audley End! E se cerchi su Google Emilia Ricard-Hastings trovi anche il suo indirizzo. Un peana alla tecnologia moderna! Abita qui vicino.»

Ben mi guardò sbattendo le palpebre. «E quindi? Pensi davvero che possiamo presentarci in casa di una donna che non conosciamo e chiederle un'antica mappa solo perché c'è un articolo di giornale su di lei?»

«Perché no? Non è certo la cosa più assurda che abbia mai fatto in vita mia. Dovremmo almeno provare a parlarle mentre siamo ancora qui.»

«È una follia.»

«Perché è una follia? È evidente che ha un legame con Audley End e magari sa anche dirci dove si trovano i reperti dell'antica biblioteca. E se non lo sa, almeno avremo scandagliato ogni indizio di questa pista» argomentai.

Ben scosse la testa.

«Ben» insistetti «di cosa hai paura? Cosa ci può essere di male a cercare di parlare con questa signora? E poi, non dovresti mai evitare di fare qualcosa solo perché hai paura. La paura è una cattiva consigliera.»

Mi guardò a lungo, il mio cuore batteva così forte che le

mie orecchie iniziarono a ronzare mentre aspettavo la sua decisione.

«E sia» concesse. «Ma questo è l'ultimo tentativo. Se non ci porta a niente, la corsa finisce qui.»

Liberai l'aria che avevo trattenuto involontariamente nei polmoni.

«D'accordo. Tanto il peggio che può succederci è che la pista si riveli un vicolo cieco» affermai.

Quanto mi sbagliavo.

52
Attraverso uno specchio oscuro e vago

NELL'INTIMO ho sempre creduto nella magia. Potrebbe non sembrare strano per una ragazza di fatto cresciuta in un castello di carta incantato, che ha ricavato dalla letteratura metà delle sue conoscenze sul mondo. Ma fin da bambina, immersa in libri in cui il fantastico era naturale come una boccata d'aria fresca appena usciti dalla porta di casa, sapevo che questa forma di magia, così com'è descritta nei libri, non esiste. No, non è quella la magia in cui credo. A dieci anni non cercavo nell'antica villa di Amalia un armadio che portasse a Narnia. A undici non aspettavo la lettera che mi avrebbe convocato a Hogwarts. A dodici non cercavo le pietre del fiume dove l'acqua aveva fatto un buco circolare per poter spiare nel mondo degli elfi. A tredici anni non usavo tavole ouija e intrugli di erbe nel maldestro tentativo di ritrovare una strega fra i miei antenati. A quattordici non ero convinta che se avessi sussurrato tre volte allo specchio: «Bloody Mary» sarebbe apparso uno spirito che mi avrebbe perseguitato. A quindici anni feci scandalo durante la lezione di religione quando chiesi al nostro professore, Naumann, in cosa esattamente l'idea di Dio, una creatura onnipotente e invisibile, fosse diversa dall'idea di un unicorno.

Forse era un po' dovuto all'educazione dei miei genitori che, come Amalia capì, ci avevano sottratto troppo presto la gioia di tutte le cose soprannaturali quando ci spiegarono, con illuminista piacere protestante e inflessibile spirito di razionalità scientifica, che non esistevano né Babbo Natale né la Befana.

Forse Amalia avrebbe avuto ragione nel dire che bandire presto la fede nei miracoli toglie magia dal mondo, se i miei genitori in cambio non avessero avuto la convinzione, incrollabile come una vera e propria fede, che i metodi scientifici e la ricerca della verità possano illuminare e mettere ordine nell'oscurità di un mondo inspiegabile.

Paradossalmente, la mia fede nella magia sembrava più legata a questa convinzione che a qualsiasi idea di incantesimi e creature fatate. Se queste idee, infatti, trasformavano il mondo in un luogo sempre più mistico e incomprensibile per la sua vastità al di là dell'immaginazione a mano a mano che si scendeva nel tunnel della tana del Bianconiglio, la magia in cui credevo io era l'opposto. Era una forza in grado di afferrare l'incomprensibile, di contenerlo e di renderlo tangibile. Era l'energia necessaria per dare una forma al caos di suoni, luci, colori e immagini, per dare un senso. La magia che illumina i luoghi bui, generando la consapevolezza della loro oscurità. La magia dei numeri e degli schemi e dei ritmi. La magia che serve per trasformare l'assoluta, schiacciante arbitrarietà e casualità del mondo in un cono di luce e sicurezza da cui poter guardare la notte. La magia che tiene insieme tutto nel profondo.

La magia della ripetizione e dei cicli e delle trasformazioni che si manifesta nella circolazione del sangue e nella fotosintesi. In ogni lampadina che si accende dopo aver premuto un interruttore, e in ogni storia in cui la narrazione crea un legame tra una quasi infinità di eventi possibili, crea un significato.

Tutto, *tutto*, dal più minuscolo microbo alle innumerevoli stelle dell'universo, sarebbe incomprensibile, inafferrabile, se non cercassimo di riconoscere il modello nella ripetizione, le regole dietro le cose. E senza queste regole, che governano il comportamento di ogni creatura, dalla più piccola cellula fino alla più grande, senza queste regole tutto ciò che accade, che è mai accaduto e che mai accadrà sarebbe solo un puro caso. Tutto, dallo scambio ossigeno-anidride carbonica fra sangue e vescicole polmonari all'accensione di un televisore, potrebbe avvenire per pura magia.

Questo mi spaventava più di ogni altra cosa al mondo.

Senza ordine, schemi, connessioni, siamo burattini di forze misteriose, sballottati come gusci di noce in un mare infinito di possibilità puramente casuali, che ci sovrastano ed estinguono e non mostrano alcun interesse nei nostri confronti.

E questo è, francamente, inaccettabile.

La magia di una buona storia funziona in modo che componenti noti e ignoti si uniscano per formare un insieme armonioso, in cui tutte le parti siano collegate tra loro e al grande arco della narrazione come i fili di un mandala buddhista. La magia del linguaggio sta nel fatto che, contro ogni previsione, qualcuno racconta qualcosa che qualcun altro può capire. La magia è quel che accade quando qualcuno fissa un'equazione matematica e improvvisamente tutti i componenti si uniscono per formare un insieme logico e *significare* qualcosa.

La magia è la capacità di creare nella realtà incomprensibile della nostra esistenza connessioni dentro cui possiamo vivere. Rendere comprensibile l'incomprensibile, organizzare il caos e dare un nome alle cose che ci sovrastano.

E credo che in qualche modo la magia sia stata all'opera anche quando Ben e io finalmente risolvemmo il mistero di Amalia e del frammento perduto della Tabula Peutingeriana.

53
Anche Bambi è morto nel bosco

INTANTO era calato il buio e aveva iniziato a piovere a dirotto. Il vento sferzava foglie e rami, la pioggia tamburellava sul parabrezza e Ben si sporgeva in avanti, cercando di vedere qualcosa attraverso i goccioloni contro cui combattevano i tergicristalli per aprire uno squarcio sul buio.

Seguimmo una strada di campagna stretta e tortuosa, fiancheggiata da siepi o alberi che apparivano e scomparivano alla luce dei fari. Non c'era quasi traffico e da tempo non vedevamo altri fari o luci posteriori. Oltre a noi, nulla illuminava il circondario, non si vedevano lampioni né case. Il temporale e l'oscurità ci facevano sentire come le ultime persone rimaste al mondo.

Non aprii quasi bocca per non distrarre Ben. Il forte ticchettio della pioggia sul tettuccio dell'auto avrebbe inghiottito comunque le parole.

L'app sul mio cellulare mi indicava che eravamo a pochi minuti di distanza dalla casa isolata che stavamo cercando, quando i fari di un'auto apparvero dietro di noi nello specchietto retrovisore e si avvicinarono rapidamente. Poco dopo, l'auto ci tallonò con i lampeggianti. E all'improvviso, nel bel mezzo della stretta e tortuosa strada di campagna e sotto la pioggia battente, iniziò un sorpasso. Ci fu a fianco per un attimo, guardai dal finestrino e, con la flebile luce del cruscotto, intravidi un uomo tarchiato al volante. Incredula, presi fiato, poi all'improvviso Ben gridò.

Si accesero le lucine dei freni. L'altra auto, che procedeva per metà davanti e per metà accanto a noi sulla strada, inchiodò con pneumatici stridenti proprio mentre la strada faceva una curva a gomito. Ben schiacciò i freni, imprecando, ma l'auto sbandò sulla strada bagnata dalla pioggia. Inspirai con forza e afferrai agitata la maniglia di sicurezza. Ben girò il volante per evitare lo scontro con l'auto davanti a noi, che ora stava scomparendo dietro la curva. Noi, invece, finimmo sul ciglio della strada, dove i nostri fari illuminarono un albero. Socchiusi gli occhi e attesi l'impatto, ma non ci fu. Ben aveva sterzato al massimo, all'ultimo momento riuscimmo ad avere un po' di aderenza e, con un traballamento e un dondolio, scivolammo sull'erba. Poi ci impantanammo nel fango. Il motore si spense e per un attimo fu buio completo, poi i fari si trasformarono in luci di posizione. Alcune spie lampeggiarono e si udì un bip. Probabilmente la macchina stava cercando di informarci di un imminente incidente causato da aquaplaning. Troppo tardi.

Fissammo il prato di fronte a noi sotto la pioggia battente. Poi ci girammo nello stesso istante per guardarci. Aveva gli occhi sbarrati dalla paura, respirava affannosamente e le sue mani stringevano il volante così forte che le nocche sporgevano.

«Stai bene?» mi chiese.

Abbassai lo sguardo. Non vidi arti rotti né sangue. L'airbag non si era nemmeno aperto, eravamo solo scivolati fuori strada. Nessuno scontro, nessuna tragedia.

«Sì» risposi, un po' confusa. Ma quando lasciai la maniglia, la mia mano tremò. «E tu?» chiesi di rimando.

«Va tutto bene, mi sono solo preso un brutto spavento. Sono contento che non ti sia successo nulla.»

Lo guardai con la coda dell'occhio. «Era Dengelmann» dissi accigliata.

«Cosa?» Ben si girò verso di me con uno scatto e sbatté le palpebre.

«Nell'altra macchina» ripresi a denti stretti. «Era Dengelmann.»

Ben continuò a fissarmi. «Sarah ne sei sicura?»

«Sicurissima. L'ho riconosciuto quando ci è passato accanto. Quella piccola Donnola velenosa... Deve averci seguito.»

Ben distolse di nuovo lo sguardo, ma continuò a tenere le mani strette al volante. «Non prendertela, Sarah, ma sinceramente mi sembra che tu abbia un po' di spirito di persecuzione.»

«Bah!» Sbuffai. «Spirito di persecuzione un corno! È stato quel furbastro, ci scommetterei tutti i miei libri. Dengelmann era a Londra e ora è a Saffron Walden. Quindi le coordinate di mia zia devono essere la pista giusta se le informazioni trafugate alla casa d'aste hanno portato anche lui qui!» esclamai trionfante.

«Mmh» si limitò a bofonchiare Ben, mordicchiandosi il labbro inferiore.

«Potremmo tornare sulla strada?» chiesi. Dengelmann era di nuovo in vantaggio, dovevamo sbrigarci.

Girò la chiave. Trattenemmo il fiato, il motore si accese e la luce dei fari si fece più intensa. Poi Ben ingranò la retromarcia e accelerò. Gli pneumatici si mossero per un istante prima di girare. Schizzarono terra e fango. Lui mi guardò e schiacciò di nuovo l'acceleratore. Gli pneumatici girarono di nuovo, raschiando, e l'auto sembrò abbassarsi un po'. Ben tolse il piede dall'acceleratore e per un attimo ci fu solo silenzio, a parte il ticchettio della pioggia.

«Merda» imprecò infine.

Le ruote erano precipitate nel fango. Eravamo impantanati.

Ben aveva fatto un altro tentativo, vano, di riportare l'auto in strada. Avevamo esitato a scendere sotto la pioggia battente per cercare rami e pietre. Ma cos'altro potevamo fare? Fradici ed esausti, prendemmo le pietre e le mettemmo il più possibile sotto gli pneumatici. La tempesta e il mugghiare del vento ci circondavano mentre ripetevamo la procedura fino a quando il terreno non fu ragionevolmente solido. La pioggia fredda mi scorreva sulla nuca, tremavo e battevo i denti quando finalmente cercai di spingere l'auto, mentre Ben riprendeva a schiacciare l'acceleratore. Ci alternammo, ma non servì a nulla.

A peggiorare le cose, nella bufera non c'era campo per chiamare un carroattrezzi.

Bagnati come pulcini, infreddoliti e disperati, tornammo a sederci in macchina.

«E adesso?» domandò Ben.

Guardai attraverso l'acqua che inondava il parabrezza. Davanti a noi, i fari illuminavano un altro tratto di campo e poi alcuni alberi che proiettavano lunghe ombre e inghiottivano il resto della luce.

«Spegni i fari.»

«Cosa?» chiese Ben.

«Fallo e basta.»

Ben ubbidì. Per un attimo rimanemmo seduti nel buio più completo, circondati solo dal vento scrosciante e dalla pioggia che cadeva a cascate.

«Lì» dissi all'improvviso, indicando la notte «c'è una luce dietro il boschetto. Dev'essere la casa che stiamo cercando.»

* * *

Ci vollero diversi tentativi di convincimento prima che Ben si decidesse a uscire dall'auto e a incamminarsi con me nel buio.

Avevamo lasciato gli ombrelli in macchina, perché nella tempesta non sarebbero comunque serviti a niente. Ci avviammo a testa bassa e con le spalle ricurve, mentre i nostri piedi sguazzavano nelle pozzanghere e scivolavano sui ciuffi d'erba bagnata. Le eleganti scarpe di pelle di Ben si erano già coperte di fango per aver spinto la macchina, così come le mie scarpe da ginnastica. Illuminai la strada con la torcia del cellulare, l'unica luce che avevamo, e cercai di proteggere il telefonino con l'altra mano. Ben camminava qualche passo dietro di me. La sua idea era di continuare a seguire la strada asfaltata, ma alla fine l'avevo convinto a camminare tra i campi in direzione della luce. Aveva accettato solo quando ero riuscita a mostrargli sulla mappa, che fortunatamente avevo già scaricato, le deviazioni che la strada prendeva per arrivare all'edificio verso cui stavamo andando. A giudicare dalla posizione, doveva essere comunque il posto dove eravamo diretti, il che mi fece battere il cuore all'impazzata. Eravamo quasi arrivati, lo sentivo.

La pioggia ci sferzava il viso, pungendoci la pelle. L'acqua mi scorreva lungo il colletto, il collo, le maniche. Avevo i pantaloni completamente zuppi, così come le scarpe, il vento infuriava e ci strattonava. Ben, vestito di tutto punto per la città e non per un'avventura in campagna, doveva sentirsi anche peggio.

Mi diressi verso il boschetto di fronte a noi e maledissi mentalmente Dengelmann e tutti i suoi antenati. Ecco perché l'uomo aveva inventato la civiltà: non certo per colpa di

Dengelmann, ma per non dover camminare sotto una bufera, bagnato fradicio e infreddolito.

Si sentivano dei tuoni. Mi voltai a guardare per un attimo Ben, che era ancora dietro di me, e mi incamminai ancora più velocemente verso gli alberi. Prima che potessi fare il primo passo tra i tronchi e sotto le chiome degli alberi sferzate dalla tempesta, Ben mi trattenne. Rimasi immobile.

«C'è un temporale» mi gridò sopra i tuoni e il fragoroso fruscio delle foglie.

«Lo so!» gridai di rimando.

Volevo voltarmi, ma Ben mi strinse inesorabilmente il braccio.

«Noi... non... alberi... fulmini» furono le uniche parole che capii, il resto si perse nel frastuono del tuono. Nello stesso momento, come a sottolineare le sue parole, un lampo attraversò il cielo, illuminando brevemente lo spazio intorno a noi con una luce intensa. Incrociai gli occhi stralunati di Ben, lo vidi trasalire in sincronia con me.

«Ma è la strada più breve!» strillai.

«Sarah, potrebbero colpirci un fulmine o un ramo!»

Scrollai le spalle, anche se probabilmente nel buio Ben non poteva vedermi.

«È un boschetto, non un albero isolato in mezzo a un campo. Non credo sia probabile che un fulmine colpisca proprio qui e proprio in questo momento!»

Si sentì un altro tuono che inghiottì le sue parole, poi Ben urlò: «Torniamo in macchina, è più sicuro!»

Come no, all'aperto l'auto era il posto più sicuro durante un temporale, una vera gabbia di Faraday. Guardai la luce dietro gli alberi. Mancavano ancora duecento metri, forse meno. Era a un tiro di schioppo. Un altro lampo illuminò il buio e riuscii a vedere una collinetta con alberi e tralicci poco distante. Quindi eravamo più che altro in una conca, i nostri alberi non erano i più esposti ai fulmini. Contai i secondi tra il lampo e il tuono: era quasi mezzo minuto, quindi il temporale era ancora lontano.

«Il temporale non è sopra di noi e la casa è vicinissima. Io proseguo. Tu torna alla macchina.»

Ben, che mi teneva ancora per il braccio, ora gridò un po' titubante: «È pericoloso nel bosco, c'è gente che ci è morta!»

Il tuono rimbombò di nuovo. L'acqua gelida mi schiaffeggiò il viso e sbattei le palpebre. Discutere nel bel mezzo della tempesta era diventato troppo per me.

«Conosci qualcuno a cui è successo? Dai, non siamo su una collina, gli alberi sono bassi.»

«E se ci fossero degli animali nel bosco?»

«Che animali?»

«Be', predatori o qualcosa del genere. Anche Bambi è morto nel bosco!»

«Ben» dissi con pazienza «Bambi non è morto nel bosco, è morta sua madre, e a causa delle pallottole. Inoltre, è un personaggio immaginario della Disney. Di solito in un bosco la cosa più pericolosa sono le persone. Dammi la mano.» Ben mi guardò per un attimo, confuso. Non ero sicura che mi avesse sentito nel rumore della natura ruggente e raggiunsi la sua mano, che era appoggiata sul mio braccio. Le sue dita erano fredde come il ghiaccio.

«Andiamo» lo esortai «non manca molto e, con i vestiti bagnati, in macchina ci beccheremmo comunque una polmonite.» Prima che potesse continuare a protestare, mi voltai, puntai la torcia del cellulare sugli alberi radi, i cui rami ondeggiavano selvaggiamente nel vento, e tirai Ben per mano dietro di me attraverso la tempesta, la pioggia e il vento verso la casa che stavamo cercando.

54

Un viaggio nel passato
Il crollo della casa Usher

SOTTO la pioggia battente e a testa bassa ci affrettammo a risalire il vialetto di ghiaia che portava alla casa. Ci eravamo lasciati alle spalle la radura del bosco, avevamo attraversato un prato fangoso, un fosso e una stradina stretta che conduceva alla casa la cui luce ci aveva guidato fin lì.

Il temporale si era avvicinato sempre di più, ormai ruggiva quasi sulle nostre teste. Un lampo illuminò la tenuta di fronte a noi, una bella e antica casa di campagna circondata da un giardino ricco di alberi secolari, i cui rami ondeggiavano al vento. Il cancello del vialetto si era fortunatamente lasciato aprire e ora stavamo raggiungendo la porta d'ingresso, che si trovava sotto un portico coperto. Fuori c'era una luce accesa e anche le finestre erano ben illuminate.

Ben camminava accanto a me e io gli stringevo ancora la mano, dopo il bosco non l'avevo più lasciata. Un rombo di tuono che sentimmo vicinissimo ci fece trasalire e udimmo il rauco gracchiare di corvi o cornacchie.

La casa, al contrario, sembrava accogliente, ma si ergeva solitaria e appartata nel buio, quasi una trappola pronta a scattare per chi si avvicinava troppo. Tuttavia, Ben e io camminammo più velocemente per raggiungere il piccolo portico, sostenuto da due pilastri laterali. Tre scalini conducevano alla porta.

Tirando un sospiro di sollievo, salii gli scalini, con Ben accanto a me.

Lo guardai, di colpo insicura. Eravamo vicinissimi, bagnati e infreddoliti e tutto dipendeva da chi ci avrebbe aperto la porta e che tipo di impressione avremmo suscitato su quella persona.

«E adesso?» gli chiesi, mentre un altro lampo guizzava all'orizzonte dietro di noi. Il rauco gracchiare degli uccelli risuonò di nuovo.

Ben, che teneva la mia mano stretta come io tenevo la sua, alzò le spalle e mi sorrise. Sembrava sollevato dal fatto che ci fossimo lasciati il bosco alle spalle.

«Se siamo arrivati fin qui, suoneremo anche il campanello» decise.

Poi mi lasciò la mano e premette il pulsante.

Da qualche parte, all'interno della casa, si udì il Big Ben.

Quel suono familiare mi fece battere il cuore, per una frazione di secondo mi aspettai che apparisse Amalia, il che ovviamente era una follia. Per un attimo, però, mi sembrò che fosse lì, con me.

In casa continuava a esserci silenzio. E se nessuno avesse aperto?

Poi si sentì l'inconfondibile tintinnio di tacchi alti e un attimo dopo aprirono. Di fronte a noi c'era una donna sulla quarantina, con i capelli castani e ondulati acconciati in uno chignon disordinato ma pettinato ad arte. Indossava un abito grigio chiaro di tessuto spesso, collant e tacchi. Sulle labbra un rossetto rosso vivo, in netto contrasto con la pelle chiara, quasi traslucida. In una mano teneva la maniglia della porta, nell'altra un classico bicchiere da Martini mezzo pieno con un'oliva dentro. Il suo sguardo luminoso faceva la spola tra Ben e me.

«Santo cielo» disse, agitando il bicchiere senza versare nemmeno una goccia del contenuto. «Cosa vi è successo? Vi hanno rapinato?»

La donna abbassò lo sguardo sulle scarpe piene di fango di Ben, poi lo alzò per guardarlo in viso. «Sono Oxford di Ferragamo? Che peccato.» Gli occhi della donna, che prima erano a mezz'asta, si allargarono.

Ben fece un sorriso che avevo imparato a conoscere come il suo sorriso sociale, destinato alle persone che non conosceva.

«Mi perdoni» esordì «ma abbiamo la macchina in panne e con la tempesta i cellulari non prendono.»

Gli occhi della donna si ridussero a fessure e il suo sguardo fece la spola tra me e Ben.

«È più o meno quello che direste se foste qui per rapinarmi» replicò.

Ben, accanto a me, trasalì visibilmente, il che non rafforzava certo la nostra credibilità.

«Certo che no!» ribatté indignato. «Non avremmo attraversato la tempesta e il fango se avessimo pianificato tutto in anticipo.»

«Ottima osservazione. Va bene, potete chiamare il soccorso stradale da qui» disse. Ben tirò un sospiro di sollievo.

«Dov'è la macchina?» aggiunse la signora. Si sporse un po' in avanti, come se potesse vedere la nostra auto da qualche parte dietro di noi attraverso le nuvole di pioggia, il buio e la siepe che delimitava la sua proprietà.

Sospirai. Non era quello di cui avevamo bisogno. La cosa migliore, decisi, era dire la verità. Rischiando che la donna ci sbattesse la porta in faccia, spiegai: «In realtà, non è del tutto vero. Abbiamo realmente la macchina in panne, ma stavamo già venendo a casa sua. O almeno è quello che presumo: lei è Emilia Ricard-Hastings?»

Con la coda dell'occhio notai Ben che si voltava verso di me. Cercò di catturare il mio sguardo e scosse leggermente la testa. Lo ignorai e mi concentrai sulla donna di fronte a noi, che ci scrutava con attenzione.

«E se pure fosse?» chiese.

«Allora» ripresi «la storia che dobbiamo raccontarle è un po' più lunga. Mi chiamo Sarah von Richtershofen, e lui» con la testa indicai Ben «è Benjamin Ballantyne. Stiamo cercando...» Ma gli occhi della donna si erano ulteriormente ristretti.

«Von Richtershofen?» mi interruppe, con lo sguardo fisso sul mio viso. «Non è che per caso è parente di una certa Amalia von Richtershofen?»

Sussultai. «Lei... conosce mia zia?»

Gli angoli della bocca della donna si sollevarono leggermente all'insù e lei sorseggiò il suo drink.

«Conoscere è una parola grossa» rispose con una risatina. «Allora siete qui per la mappa?»

Alle nostre spalle, un altro lampo attraversò il cielo e illuminò il volto di Benjamin, che ora stava fissando a bocca aperta la donna di fronte a noi.

Il suo sguardo fece la spola tra me e lui e viceversa, allargando il sorriso.

«Lo prendo come un sì» disse, con la voce calma e leggermente divertita come all'inizio della conversazione. «È meglio che entriate, non vorrete morire qui fuori. Sarebbe un peccato se accadesse a una persona con un gusto così raffinato in fatto di scarpe.»

* * *

La donna, che in realtà si presentò come l'Emilia Ricard-Hastings che stavamo cercando, non accettò altre domande e iniziò subito a impartirci ordini. Il mezzo sorriso non scomparve mai dalle sue labbra, che consistevano principalmente nell'angolo destro della bocca all'ingiù.

Accettò le scuse di Ben per il nostro aspetto sporco e fradicio con un gesto sprezzante e le parole: «Mio caro, la vostra visita inaspettata nel bel mezzo di un temporale è la cosa più eccitante che sia accaduta in questa casa negli ultimi anni. Credo che in cambio si possa sopportare un po' di acqua piovana».

Ci disse di aspettare nell'ingresso e tornò poco dopo con asciugamani e vestiti asciutti. Senza accettare obiezioni, ci spedì nei due bagni al primo piano della grande casa vittoriana.

Lasciai una scia di fango bagnato sul pavimento, il che mi fece sentire in colpa mentre mi decongelavo nella doccia calda. Sicuramente Emilia Ricard-Hastings non avrebbe pulito lei stessa, e tutto dentro di me si rifiutava di lasciare un tale disordine a qualche povero dipendente. Tuttavia, quando uscii dal bagno avvolta in uno dei suoi pantaloni da jogging, in morbidi calzini di lana e in un bel maglione caldo, la scia di fango si era ripulita da sola e il pavimento era immacolato. Sembrava che nella casa ci fossero ancora servitori silenziosi e invisibili che fluttuavano nei corridoi come fantasmi vittoriani.

Emilia sembrava non avere problemi a sporcarsi le mani. Mise i miei abiti pieni di fango in un sacchetto di plastica, lo lasciò in corridoio e mi disse che potevo tenere i suoi. Cosa che ovviamente non avrei fatto, visto che il suo abbigliamento doveva essere molto più costoso del mio. Ma Emilia accantonò anche quest'obiezione con un gesto sprezzante della mano.

E mi ritrovai seduta su una delle grandi poltrone di fronte al suo camino, in cui scoppiettava un fuoco, in attesa di lei e di Ben. Infilai nelle morbide fibre del tappeto le dita dei piedi avvolti nelle calze calde. Emilia mi aveva messo in mano, senza dire una parola, un pesante bicchiere rotondo con dentro un liquido scuro: al primo sorso si rivelò essere un whisky, che mi bruciò la gola. Poi era scomparsa di nuovo.

Dentro di me si diffuse un piacevole calore. Fuori si udivano tuoni e lampi attraversavano il cielo. La tempesta ormai infuriava, speravo che si sarebbe allontanata presto. Mentre aspettavo Ben ed Emilia, mi guardai intorno nell'accogliente salone con camino. L'arredamento consisteva principalmente in pesanti librerie scure piene di edizioni elegantemente rilegate dei classici assoluti, il che faceva pensare che avessero soprattutto uno scopo decorativo. Alle pareti, insieme alla carta color bronzo, erano appesi quadri a olio di cui non riuscivo a capire se fossero di buon gusto o orrendi: uno di essi raffigurava davvero il Ratto delle Sabine? Una scelta strana per un salotto, ma che ne sapevo io. La poltrona Luigi XIV su cui ero seduta e il bel tappeto orientale, invece, erano ottime idee. Mentre mi guardavo intorno, mi passavano per la testa un mucchio di pensieri, inquieti e in fuga come le nuvole scure della tempesta. Speravo che Emilia potesse rispondere a tutte le domande che con poche frasi aveva suscitato. Era davvero possibile che fossimo arrivati al termine della nostra ricerca?

Fissai il fuoco e mi chiesi cosa avrebbe pensato Amalia di tutto questo.

In quel momento, Emilia tornò insieme a Ben, al quale fu assegnata un'altra poltrona prima che gli venisse messo in mano un bicchiere. Indossava pantaloni da jogging e una felpa larga con cappuccio. Non l'avevo mai visto con qualcosa di diverso da camicia, giacca e pantaloni con le pince e lo fissai per un attimo di troppo. Sembrava accogliente, caldo e morbido, come se ci si potesse appoggiare a lui.

«È fortunato che mio fratello abbia lasciato dei vestiti»

commentò Emilia parlando con Ben «altrimenti si sarebbe dovuto accontentare di uno dei miei accappatoi.»

Ben si strozzò con il suo whisky e quasi lo sputò sul tappeto. Emilia aggrottò la fronte. «Non che mi sarebbe dispiaciuto» aggiunse.

Il tono della sua voce cambiava appena, indipendentemente da quel che diceva, e gli angoli della sua bocca sembravano essere permanentemente all'ingiù. Ormai aveva rabboccato il suo drink e ne bevve un lungo sorso.

«Ms. Ricard-Hastings» esordì Ben, seduto ritto nonostante l'abbigliamento informale.

Emilia lo interruppe con un ampio gesto della mano che sembrò comprendere lui e me, i nostri vestiti colorati e i nostri capelli bagnati, nel mio caso selvaggiamente arruffati, in breve, tutto il nostro triste aspetto.

«Per favore, date le circostanze, può chiamarmi Emilia. Penso che abbiamo superato le formalità» disse con la lingua un po' pesante.

Ben e io ci scambiammo un'occhiata. Mi chiesi se vivesse da sola in quella casa enorme e quanti drink avesse già bevuto prima del nostro arrivo.

Ben chinò il capo con la sua solita dignità, che non era minimamente sminuita dal nuovo look.

«Emilia» ricominciò «le siamo grati per la sua ospitalità. Come ha detto Sarah, stiamo cercando il frammento perduto di una mappa storica e forse lei può aiutarci.»

«Come fa a conoscere il nome di mia zia?» domandai di punto in bianco, e Ben mi lanciò un'occhiata irritata che perfino io compresi immediatamente. Ma non riuscivo a pensare ad altro che a quella domanda.

Emilia non rispose subito, ma bevve un altro sorso del suo Martini. Ero inquieta. Avrei voluto balzare in piedi, afferrarla per le spalle e scuoterla fino a farle uscire le informazioni.

La squadrai mentre si passava la lingua sulle labbra e lasciava che i suoi occhi facessero la spola fra me e Ben.

Alla fine sospirò e posò il bicchiere su un tavolino di legno. «Be', le due domande sono inestricabilmente collegate. State cercando il segmento perduto della Tabula Peutingeriana, l'unica versione medievale sopravvissuta di una cartina dei tempi dell'Antica Roma, dico bene?»

Ben si sporse in avanti e io sentii il cuore battermi in gola. Lui annuì con occhi lucidi e ipnotizzati.

«Be', al riguardo purtroppo casca male» disse Emilia «il frammento che possiedo io è un falso.»

55

Alcune verità di cui c'era urgente bisogno

A Ben cadde la mascella. «Come, scusi?»

La sua reazione sembrò divertire Emilia. Gli occhi avevano cominciato a brillarle. Il mio cuore batteva forte e sentivo il sangue pulsarmi nelle tempie. Lo choc delle sue parole mi aveva stordito per un attimo, ma lentamente recuperai la voce.

«Cosa... cosa vuol dire? E cosa vuol dire che le nostre domande sono inestricabilmente collegate?» chiesi con una sensazione di disagio nello stomaco. Gli occhi di Ben sembravano infelici.

Emilia si appoggiò alla sedia e mi guardò impassibile. «Sa dove mi sono imbattuta per la prima volta nel suo cognome, o meglio nel cognome di sua zia?» Fece una pausa a effetto e io scossi la testa in silenzio.

«Nelle lettere d'amore di mio padre» si rispose da sola.

«E cosa c'entra tutto questo con il segmento perduto della Tabula Peutingeriana? Lei è in possesso di una parte della mappa, ma come fa a essere certa che sia un falso?» intervenne Ben. Le sue mani erano strette intorno ai braccioli della poltrona e avrei voluto accarezzargli la schiena, ma non era abbastanza vicino, e non sapevo nemmeno se quel gesto sarebbe stato gradito.

Gli occhi grigi di Emilia si posarono su di lui. «Lasci che le racconti una breve storia per rispondere alle sue domande.»

Ben esitò. Per quanto fosse teso, seduto lì com'era, le spalle rigide come una tavola, i muscoli delle braccia che sporgevano da sotto il maglione stretto, sospettavo che fosse impaziente quanto me. Ma, come spesso accadeva, era troppo educato per dirlo e annuì.

Emilia pescò l'oliva dal suo bicchiere e la mise in bocca. Con calma, si appoggiò allo schienale mentre Ben e io scivolavamo sulle nostre poltrone.

«C'era una volta una giovane nobildonna inglese di una famiglia aristocratica più o meno importante. Trascorse un semestre all'estero in Francia, dove conobbe un giovane e ambizioso studioso dell'antichità.»

Ben e io ci guardammo, le sue sopracciglia si avvicinarono e io risposi con un'alzata di spalle.

L'angolo destro della bocca di Emilia si sollevò ulteriormente. «Si sposarono ed ebbero due figli» continuò. «Come succede a volte nella vita, però, non erano felici insieme. Il non più giovane uomo, ormai professore di Storia medievale e antica, chiese un periodo di riflessione. La donna, che era già abbastanza impegnata con le sue avventure, accettò. Nessuno dei due era esattamente quello che si definirebbe un genitore premuroso. Ma per questo ci sono le tate.»

A questo punto la bocca di Emilia si storse leggermente, come se avesse morso qualcosa di aspro.

«La cosa andò avanti per alcuni anni prima che il professore tornasse dalla moglie e le confessasse di essere affetto da una malattia incurabile. Le propose di divorziare, ma le chiese di poter passare più tempo con i figli prima di morire. Lei rifiutò il divorzio perché non voleva uno scandalo, se lo riprese e disse che avevano abbastanza soldi per farlo curare quando sarebbe arrivato il momento.»

Emilia distolse lo sguardo e fissò il fuoco. «I figli, ormai adolescenti, ebbero il padre per qualche anno prima che la madre lo portasse in una casa di cura e lui morisse poco dopo. La madre non permise mai loro di dimenticare la generosità con cui se l'era ripreso.»

In quel momento, il vento scagliò un ramo contro il vetro della finestra e io trasalii. Gli altri due sembrarono quasi non accorgersene. Le fiamme crepitavano e scoppiettavano nel camino, la pioggia batteva sul tetto e noi ascoltavamo una storia forse non insolita, ma triste. Il modo in cui Emilia la raccontava mi entrò sotto pelle.

Rimase in silenzio per un attimo. Personalmente non riuscivo a capire dove volesse andare a parare.

«Qualche anno dopo, anche la nobildonna morì inaspettatamente a causa di una caduta da cavallo» continuò Emilia senza distogliere lo sguardo dal fuoco. «I figli, ormai cresciuti, esaminarono per la prima volta le carte del padre, che la madre aveva conservato.»

Trattenni il fiato quando Emilia alzò la testa e mi guardò dritto negli occhi. «Scoprirono lettere d'amore tra il padre e una donna sconosciuta. A quanto pare, il padre aveva trovato l'amore della sua vita nei cinque anni in cui i due genitori erano stati separati. Una certa Amalia von Richtershofen.» Il mio cuore ebbe un sussulto, poi iniziò a galopparmi nel petto. Emilia mi fissava, i suoi lineamenti raffinati mostravano un'emozione che non capivo.

«Mi scusi» la voce calda e profonda di Ben interruppe quel silenzio denso «anche se è una domanda privata, le dispiacerebbe dirci il nome di suo padre?» Emilia mi liberò finalmente dal suo sguardo e riuscii a respirare di nuovo. Guardò Ben e rispose: «Matthieu Ricard. Si chiamava Matthieu Ricard».

«Quel Matthieu Ricard? Il famoso professore? Una volta, all'università, ho seguito un suo seminario di storia romana.

È stato più di dieci anni fa, ma lo ricordo ancora con affetto. È stato lui a suscitare il mio interesse per la Tabula.» La voce di Ben sembrava incredula, come mi sentivo io.

Emilia sorrise, ma questa volta sembrava diversa, più sincera. «Deve essere stato uno dei suoi ultimi corsi all'università» calcolò. «Allora era già sulla sedia a rotelle.»

«Aveva la sclerosi multipla, vero?» chiese Ben a bassa voce.

Emilia deglutì e annuì.

La testa mi ronzava, per un attimo il mondo mi sembrò scardinato, finché non si rimise saldamente al suo posto. Matthieu Ricard, lo sconosciuto il cui nome avevo sentito dalla bocca di Amalia circa diciassette anni prima. Il misterioso Matthieu dei taccuini di Amalia, di cui non aveva mai scritto il cognome.

«Amalia sapeva che Matthieu era sposato?» chiesi con la voce roca.

Emilia inclinò la testa. «Non vedo come potesse non saperlo» disse «ma non è sordido come sembra. Si erano conosciuti mentre i miei genitori non stavano insieme e, per quanto ne so, quando mio padre è tornato da mia madre, hanno interrotto i contatti.»

Annuii debolmente. Tutto in me si opponeva all'idea che Amalia fosse stata con il padre della donna seduta di fronte a me. Ma perché no? L'amore colpiva dove voleva. I miei occhi vagarono involontariamente verso Ben, le cui dita avevano iniziato a giochicchiare con una delle sue maniche.

«E la Tabula?» chiese infine. «Cosa c'entrano suo padre e Amalia con la Tabula?»

Emilia si alzò in piedi. «È meglio che ve lo mostri.»

Ci ritrovammo in una stanza dai mobili massicci, con una scrivania in palissandro lucido con intarsi chiari e tende pesanti. Le librerie arrivavano fino al soffitto e uno spesso tappeto inghiottiva i nostri passi. Emilia ci aveva condotto nello studio del padre.

Disse qualcosa, ma riuscii a sentire la sua voce solo da lontano. Mi fischiavano le orecchie. Non riuscivo a distogliere lo sguardo dalla mappa incorniciata dietro un vetro e appesa alla parete sopra la scrivania. Eccolo lì: il frammento perduto della Tabula Peutingeriana, la sezione che mostrava le parti mancanti delle isole britanniche, del Portogallo e della Spagna. I miei occhi scorrevano sulle masse terrestri simili a salsicciotti, sui piccoli disegni di edifici che indicavano le città, sui nomi latini dei luoghi e delle strade, sull'azzurro del mare. Non riuscivo a distogliere lo sguardo.

Non avevo dubbi su ciò che avevamo davanti. A differenza della piccola foto che Ben mi aveva mostrato, da vicino certi dettagli potevano essere interpretati con chiarezza.

«C'è la mano di Amalia. Riconosco il suo tratto artistico. Le pennellate, qui» mormorai indicando le lettere del nome di una città «l'applicazione stratificata del colore... È opera sua. È lei che ha falsificato questa mappa.»

L'idea era mostruosa, ma allo stesso tempo, stranamente, aveva un che di confortante: guardavo l'opera di Amalia, vedevo ciò che aveva creato con le sue mani quando era ancora viva. Ben mi fissò, Emilia sfoggiò il suo sorriso felino.

«È vero, l'ha fatta lei. Insieme a mio padre, su un rotolo di pergamena del Dodicesimo secolo. Certo, un confronto tra le fibre della carta e quelle della mappa originale non reggerebbe a nessun esame. Ma questa collaborazione tra una falsaria e uno studioso dell'antichità è così convincente che quel cretino di mio fratello ha cercato di mettere all'asta la mappa qualche mese fa. Appena l'ho scoperto, l'ho ritirata e gli ho dato una bella strigliata.»

Ben, che si era avvicinato, scrutò la carta con occhi affamati. «Quindi... quindi è davvero un falso?» La delusione nella sua voce era infinita. «Perché?» chiese, con un'aria improvvisamente smarrita.

«Per quanto ne so, era solo un divertissement di Matthieu e Amalia. Hanno unito le loro competenze per creare insieme questa sezione della mappa.»

Emilia mi guardò con la coda dell'occhio. «Non credo che mio padre volesse truffare qualche ignaro collezionista. Dopotutto era uno scienziato, e non ha mai cercato di vendere la cartina. Credo che per lui avesse un valore più che altro... sentimentale.»

Mi avvicinai di un altro passo. I miei polpastrelli scivolarono sul vetro dietro il quale si trovava una mappa che mia zia, la mia zia meticolosa e precisa, aveva creato con un lungo e minuzioso lavoro insieme all'uomo che aveva amato. Potevo solo immaginare le sue motivazioni, ma questo era stato senza alcun dubbio un gesto d'amore. Lo sentivo nelle ossa.

«Quindi Amalia ha sempre saputo che la parte di cartina che mi ha mandato in foto era un falso?» Ben sembrava aver perso il terreno da sotto i piedi. «Tu lo sapevi?» mi chiese di punto in bianco.

La sua domanda mi colpì come un pugno nello stomaco e mi fece perdere l'equilibrio. Non ero preparata.

Mi uscì tutta l'aria dai polmoni.

«Cosa?» chiesi senza tono.

Lui continuò a fissarmi, con un'espressione illeggibile. Era incredulità? Una ferita? Rabbia?

Poi i suoi occhi si ridussero a fessure. «Dimmi la verità, Sarah. Hai sempre saputo che tua zia ci aveva mandati a caccia di un falso?» Ben quasi sputò le parole. Mi si avvicinò, così che dovetti alzare lo sguardo verso di lui. I suoi occhi minacciosi lampeggiarono pericolosamente.

«Mi hai mentito fin dall'inizio?»

56
Lettere a una sconosciuta

Lettera 167, dicembre 20xx

Mia carissima Amalia,

oggi volevo raccontarti dello stormo di passeri che ho visto dalla finestra sopra il giardino. È incredibile il frastuono che possono fare queste piccole creature poco appariscenti che, sprimacciate e rotondette, starebbero quasi nel palmo di una mano. Il cielo è grigio, l'inverno è alle porte, e questi coraggiosi uccellini sfidano le stagioni, restano e non si lasciano scacciare dalla tempesta in arrivo.

Non mi rimane molto tempo. Nelle ultime settimane mi rifugio sempre più nella memoria.

Ricordo perfettamente la prima volta che ti ho vista alla mostra. I tuoi occhi verdi scintillanti, quando hai preso in giro l'artista, quel vanesio. Non riuscivo a toglierti gli occhi di dosso, la tua vivacità, la tua naturale sicurezza espressa in ogni tuo movimento fluido, lo sguardo birbante, i commenti intelligenti e mordaci. In confronto, era quasi secondario quanto fossi bella nel tuo vestito blu, con le labbra rosse e i capelli biondo fragola. La luce era dentro di te.

Mi manca il tuo spirito fulmineo, mentre il mio diventa sempre più lento. Gli antidolorifici lo rendono fiacco, adesso non riuscirei a ribattere alla tua lingua arguta. Ma soprattutto mi mancano la tua generosità, il tuo calore, la tua passione. Sei l'unica persona su questo dannato pianeta che non è sangue del mio sangue che ho amato più di ogni altra cosa. Questa, però, probabilmente è una bugia, perché non ti ho amato, io ti amo ancora.

Vorrei poter sentire ancora una volta la tua voce che mi dice quanto sono dannatamente romantico e quanto divento terribilmente patetico quando parlo di te. Vorrei poter vedere il tuo viso ancora una volta, ma so che non servirebbe.

Ora che sono arrivato alla fine, penso sempre di più alla nostra, di fine. Quando sono tornato da Catherine, in ginocchio, per rivedere i miei figli, sapevo che avrei potuto scegliere una strada diversa. So che non mi avresti lasciato solo. Avresti combattuto per me, contro la mia malattia e per la custodia dei miei ragazzi insieme a me.

Ti prego di perdonarmi per non averti mai permesso di prendere questa decisione. Quando tua sorella è morta e tu hai riversato tutto il tuo amore nel crescere le sue figlie, sapevo di non poter avanzare alcuna pretesa e ho preferito lasciarti piuttosto che correre il rischio che tu mi allontanassi. O peggio ancora, che tu non mi allontanassi. Ora che la mia vita volge al termine, a volte mi chiedo se sia stata la decisione giusta.

In tutte le lettere che ti ho scritto e non ti ho mai spedito, non ho mai ammesso che avrei potuto aver commesso uno sbaglio.

Questo addio è lungo, è iniziato anni fa. Da quando il tuo sguardo non si posa più su di me, anch'io sono sparito un po' da questo mondo, da ben prima di adesso che sto per farlo realmente. Credo che quello che hai detto una volta sia vero, me ne rendo conto a mano a mano che mi spengo: l'amore è quel che resta quando tutto scompare.

Con amore, il tuo Matthieu

57
La fine dell'odissea

«Come puoi pensare una cosa del genere di me?» affrontai Ben, con la voce roca.

Dovetti appoggiarmi con una mano alla massiccia scrivania. Continuava a fissarmi.

«Cos'altro dovrei pensare?» Aveva la voce troppo alta. «Dopotutto, tua zia mi ha contattato per ingannarmi deliberatamente. Pensava forse che avrei acquistato la cartina senza farla esaminare?»

L'aria mi uscì dai polmoni. Mi colpì un'ondata di nausea. Sentii il sapore della bile e del whisky in gola e per un attimo temetti di vomitare. «Amalia non avrebbe mai cercato di vendere a te o alla biblioteca un falso!» strillai.

«Davvero? E allora perché mai mi avrebbe contattato per offrirmi una mappa che sapeva essere un falso? Che aveva fatto con le sue stesse mani, eh?» gridò Ben, alzando le mani in aria.

Eravamo così vicini che i nostri volti si stavano quasi toccando. L'aria tra noi era carica, ma di qualcosa di molto, molto diverso dal solito. Ben mi guardò dritto negli occhi, la sua rabbia era inconfondibile. Respirava pesantemente, e anch'io.

«Ma, ma... non è un buon motivo per urlarsi addosso» intervenne Emilia. «Sua zia potrà di certo spiegarle le motivazioni che l'hanno spinta a farlo.»

Sentii un frastuono nelle orecchie, le mani si strinsero involontariamente a pugno, come se così potessi tenere uniti i pezzi in cui mi stavo frantumando.

«No, non può» obiettai io senza intonazione «perché è morta.»

«Oh» fece Emilia.

«Adesso non ricominciare con questa storia solo per tirartene fuori» sibilò Ben. Non mi aveva staccato gli occhi di dosso.

Non riuscivo a credere alle sue parole. Il frastuono nelle mie orecchie si fece ancora più rumoroso. Tutto intorno a me, i colori dell'ufficio, la cartina alla parete, la voce di Ben, i corpi di Emilia e di Ben... tutto sembrava gridarmi contro. Avevo il respiro pesante, ero in affanno come dopo una corsa velocissima.

Alla fine Ben si allontanò con un rumore sprezzante, cominciò a camminare su e giù nello studio dell'uomo che Amalia aveva amato e a cui aveva rinunciato per me e Milena. Di colpo fu tutto troppo per me.

«Come avete potuto. Come hai potuto farmi una cosa del genere?» sibilò Ben, il passo svelto e la furia di una tigre in gabbia. «Mi sono fidato di te! Ho creduto a tutto quello che mi hai raccontato! Ti ho ascoltata, ti ho... raccontato cose di me! Ti ho accolto nella mia famiglia!»

Le parole di Ben mi arrivavano distorte. Mi girava la testa, i suoi passi mi davano le vertigini.

«Si calmi» lo sollecitò Emilia, anche la sua voce era lontanissima. «Non c'è ragione di alterarsi in questo modo.»

Ben mi girò intorno, gli occhi glaciali, la lampada dietro di lui come un'aureola dietro la sua testa.

Cominciò a vorticarmi tutto intorno.

«Dimmi... Dimmi la verità» pretese Ben, le pupille come due buchi neri che mi inghiottivano. «C'è mai stato qualcosa di vero tra noi?»

Aprii la bocca, volevo rispondere, ma era come se avessi la gola annodata. Intorno a me vorticava tutto come una girandola impazzita, come se fossi una giostra uscita dai binari. Avevo i crampi ai polmoni.

«Mi manca l'aria» ansimai.

«Risparmiati la scenetta, Sarah!» ringhiò Ben il bel viso deformato. «La recita è finita!»

Non smettevo di fissarlo. Dentro di me sentivo solo una tempesta che si ribellava contro quel troppo rumoroso, troppo luminoso, troppo vicino, troppo doloroso. Di lì a poco quel vorticare sarebbe diventato insopportabile e avrei iniziato a vomitare. Con una mano mi aggrappai a una manica del pullover e cercai di trovare spazio per respirare.

Sentii una mano sulla mia schiena. «Tutto bene?» mi domandò Emilia. Trasalii.

«Devo andarmene» ansimai e cominciai a trascinarmi verso la porta poggiandomi alla scrivania, alle librerie e alle pareti. Dovevo andarmene di lì, avevo bisogno di aria! Era troppo, troppo, troppo.

«Sarah» sentii la voce di Ben alle mie spalle. «Aspetta! Cosa...»

Ma stavo già raggiungendo la porta di casa, i miei passi incerti attutiti dalle calze sul marmo freddo dell'androne.

Al guardaroba mi infilai automaticamente nelle mie scarpe sozze, il loro gelo fu uno choc.

«Aspetti, prenda questa» mi disse Emilia, di nuovo accanto a me, e mi mise in mano una borsa di plastica.

Annuii senza guardarla, non riuscivo a sopportare i suoi occhi. Presi la borsa e spalancai la porta. Mi accolse un'ondata di aria gelida che inspirai a pieni polmoni. Alzai la testa e mi ritrovai davanti un uomo basso e tarchiato, come congelato, in volto un'espressione strana, la mano tesa in aria verso la maniglia della porta.

«Ah, Dengelmann» gli dissi appoggiandomi sulle sue spalle dopo aver sceso i gradini. Lo trascinai con me. «Meno male che è qui. La cartina è un falso, ce ne torniamo.»

Quella davanti all'ingresso doveva essere la sua macchina, la puntai. La tempesta era finita, registrai la fine della pioggia in un angolo recondito del mio cervello. Era come se nel frattempo l'uragano fosse scoppiato dentro di me.

«Co... Cosa? Sarah? Signorina... Cioè, signora von Richtershofen! Che sta facendo? E che significa, un falso?» sentii bofonchiare Dengelmann. Guardai il mio braccio e mi accorsi di non avergli ancora lasciato le spalle. Cercai di concentrarmi sul suo viso, mentre intorno a me vorticava tutto, non smetteva di vorticare. Volevo non vedere, non sentire, non dire più niente. Calma, avevo bisogno di calma. Ma in quel momento non era possibile.

Presi fiato.

«Dengelmann, ce ne torniamo a casa. Adesso.»

Il piccoletto mi guardò con gli occhi spalancati, non so per quanto tempo. Poi mi posò teneramente una mano sul gomito.

«Va bene» disse. «Se mi dà il numero, per strada telefono a sua sorella.»

Annuii esausta, aprii la portiera del passeggero e affondai sul sedile. Si chinò su di me per allacciarmi la cintura di sicurezza, facendo grande attenzione a non toccarmi.

Quando mise in moto, nello specchietto retrovisore scorsi la sagoma di Ben alla luce della lampada del portico davanti alla porta aperta della grande casa vittoriana.

Sapevo che non lo avrei rivisto.

PARS

Al di fuori della carta
(Segmento smarrito)

«Hai mai visto
come le nuvole amano un monte?»
Toni Morrison

58
Congedo

Trovai Amalia in giardino, seduta sulla panchina sotto il melo.

«Amalia» dissi, con il pensiero ancora all'incunabolo che stavo restaurando. Alcune pagine erano state danneggiate dall'acqua e dalle tarme e avevo già preparato la soluzione chimica. Molte pagine di quell'antico erbario risalente all'epoca di Gutenberg necessitavano della ricolorazione delle lettere e delle illustrazioni che lo decoravano. «Hai ordinato i pigmenti che ti avevo chiesto?»

Lei alzò lo sguardo. Era avvolta nel cappotto, aveva una sciarpa giallo brillante al collo e un paio di stivali di gomma a righe ai piedi. Indossava addirittura i guanti. Aggrottai la fronte mentre tardava a rispondermi. L'aria era fresca e carica di umidità, le nuvole grigie in cielo promettevano pioggia, ma non faceva particolarmente freddo.

Amalia continuava a restare in silenzio. A un certo punto picchiettò con la mano sulla panchina, invitandomi a sedere accanto a lei. «Vieni, stai qui con me un attimo.»

Ero uscita senza il cappotto perché pensavo di chiederle solo dei materiali, ma presi posto accanto a lei. Amalia non aveva ancora risposto alla mia domanda e stavo diventando impaziente. Si era dimenticata di ordinarli? Negli ultimi tempi era un po' sbadata.

«A che punto siamo con i colori?» chiesi di nuovo. «Senza l'ocra 5489 non posso andare avanti.»

I miei piedi rimestavano nei mucchi di foglie ormai scolorite del melo. Dobbiamo rastrellarle, pensai. Ultimamente, con tutto il lavoro che ci era piovuto addosso, non eravamo riuscite a farlo.

Mi girai verso la zia, non aveva ancora aperto bocca. Sembrava sprofondata nel suo cappotto. Mi guardò, sul viso un'espressione imperscrutabile.

«Sarah, ti piace il tuo lavoro? I libri, i collezionisti, le tante ore in laboratorio?»

«Perché mi fai questa domanda?»

Mi osservò con attenzione. «Così» disse. «A volte ho paura che sia un lavoro piuttosto solitario per una ragazza come te, con i libri per amici.»

«Sai benissimo che con i libri me la cavo meglio che con le persone. Perché mai pensi che potrei essere sola?»

Allungò una mano appoggiandola sulla mia guancia, la lana ruvida del guanto pizzicava. Era un gesto un po' strano da parte sua e la abbassò subito.

«A volte mi preoccupo per te, tutto qui. È quello che fa ogni genitore.»

«Ti ricordo che non sei mia madre.»

Stavolta fu Amalia ad aggrottare svelta la fronte. «Spero che sia tu sia Milena sappiate che per me siete come delle figlie.»

Era raro che dicesse certe cose, anche lei come me faticava a mostrare i sentimenti.

«E dire che non ne volevi di figli» risposi ridendo di gusto. Amalia però rimase seria. I suoi occhi mi scrutavano il viso. Si sfilò lenta il guanto e mi afferrò la mano. Le sue dita erano gelide e sembravano piccole e delicate. Le guardai turbata. Da quando le sue mani forti ed energiche erano diventate tanto rugose e ossute? La pelle fragile come pergamena stropicciata.

«Sarah» disse, restando in attesa che la guardassi negli occhi «spero che sappia quanto ti voglio bene. A te e a Milena. Siete la cosa migliore che mi sia capitata nella vita. Anche se all'inizio ero incerta e non avrei mai pensato che sareste diventate così importanti per me. Mi siete entrate nel cuore e ci siete rimaste.»

Di colpo sentii un nodo alla gola.

«Come le tarme» la canzonai, la voce stridula «difficilmente riesci a sbarazzartene.»

Amalia rise, ma la risata si trasformò in tosse. Quando si placò, liberò la mano dalla mia presa e mi diede un paio di colpetti sul ginocchio. «Ce la farai.» Aprii confusa la bocca per domandarle cosa intendesse dire, ma lei si alzò e aggiunse: «Ho ordinato i colori la scorsa settimana. A meno che tu non abbia terrorizzato per l'ennesima volta il postino, sono in arrivo».

Annuii, la testa di nuovo sull'incunabolo e la nostra conversazione ben presto dimenticata.

Due mesi dopo Amalia era morta.

59
La casa è diventata tanto silenziosa

Aprii la porta, non era chiusa a chiave, e subito risuonarono grida e risate di bambini, calpestio di piedi che corrono. Mi fermai sulla soglia e trattenni il fiato. Per un attimo pensai di trovarmi nella casa sbagliata, un'assurdità naturalmente.

Percorsi esitante il corridoio della villa di Amalia. Faceva piacevolmente fresco al confronto con la calura estiva che odorava di catrame.

«Ehilà» chiamai con circospezione, la giacca appoggiata sul braccio, la borsa di plastica nella mano. «Chi c'è in casa?»

Milena uscì dalla cucina, un canovaccio per i piatti tra le mani e lo stress dipinto sulla faccia.

«Ah bene, sei tornata» disse, mentre la guardavo come se fosse un fantasma. Le piccole pesti che giravano per casa dovevano dunque essere i miei nipoti. Mi chiesi se avevo chiuso a chiave il laboratorio.

Mentre continuavo a osservarla con aria interrogativa, Milena alzò gli occhi al cielo e puntò le mani sui fianchi. «Io e Thomas ci siamo lasciati. Sono venuta qui con i bambini...»

«Cosa... Perché?» domandai, e subito mi sembrò davvero stupido da parte mia, ma le persone quando sono spaventate non sono molto loquaci.

Milena incrociò le braccia sul petto, la mano destra stringeva ancora il canovaccio. «È anche casa mia, sai?» disse impertinente.

«Non intendevo certo... Non volevo affatto...» balbettai.

Milena mi scrutò con fare indagatore e cominciò a mordicchiarsi il labbro inferiore. Un gesto nervoso di quando era piccola che aveva smesso ormai da tempo.

«Non abbiamo nessun altro posto dove andare» mugolò, la voce tremante.

«Milena» dissi lasciando cadere a terra giacca e borsa «cosa è successo?»

Quello per l'aeroporto di Londra la notte prima era stato forse il viaggio in macchina più lungo della mia vita. Ci volle un po' perché il tremore sparisse, perché il mondo la smettesse di girarmi intorno e il mio cuore ritrovasse la calma.

Per tutto il tempo Dengelmann non disse una parola – chi lo avrebbe mai creduto – a parte chiedermi il numero di Milena e parlare brevemente con lei bisbigliando mentre eravamo fermi a un incrocio. Mentre mi scarrozzava per stradine di campagna in direzione di Londra, mi lasciò in pace.

Tenevo lo sguardo fisso sul buio che ci scorreva accanto veloce, interrotto soltanto dalle luci di un centro abitato in lontananza. A poco a poco ripresi contatto con me stessa: la scarsezza di macchine, il buio e il silenzio avevano davvero contribuito a tranquillizzarmi. Mi resi conto che Dengelmann mi lanciava continue occhiate in tralice. Ero sfinita, sembrava che non dormissi da giorni e provavo orrore all'idea di una conversazione con lui.

«Dengelmann, perché ci ha mandato fuori strada? Ce la siamo vista brutta, sa?»

«Cosa? Come?... Voglio dire... Cosa?» balbettò.

Nella mezz'ora che seguì alla mia domanda, mentre sfrecciavamo nella notte, venni a conoscenza della storia di Karl Dengelmann e della sua ricerca della Tabula Peutingeriana, che aveva avviato dopo aver spiato, come avevo immaginato, me e Ben nel laboratorio.

Fu prolisso e confuso nel parlare, ma capii abbastanza da rendermi conto che quella sera ci aveva sì sorpassato sulla stradina deserta, ma senza alcuna intenzione di mandarci fuori strada... non si era neanche accorto del nostro incidente. Tipico di lui. Ci aveva sorpassato solo perché notassimo che ci stava seguendo... tra l'altro non sapeva neanche la strada. Pensava di poter svoltare nel caso avessimo imboccato una deviazione. Noi però eravamo finiti nel fosso, o meglio nei campi, e quindi lui si era perso. Questo spiegava anche come mai fosse arrivato molto più tardi di me e Ben a casa di Emilia. Passato un po' di tempo senza vedere più le luci dei nostri fari nello specchietto retrovisore, aveva fatto inversione. Dopo aver cercato per un po', aveva finalmente trovato la villa di Emilia.

Ci aveva scovato due giorni prima a Saffron Walden, dove eravamo finiti in un vicolo cieco della nostra ricerca. Dopodiché aveva preso alloggio in un bed and breakfast. Poco dopo aveva visto me e Ben passeggiare – bel colpo di fortuna per la Donnola! – e aveva preso subito a seguirci.

Nei giorni precedenti ci aveva anticipato alla casa d'aste di Londra, perché un noto collezionista che ne aveva ricevuto l'invito gli aveva parlato di un'asta segreta per il presunto frammento perduto della Tabula. Da quel che capivo, Dengelmann era in possesso di una specie di rubrica telefonica con contatti loschi. L'indirizzo che aveva trafugato alla casa d'aste si era poi rivelato essere quello di Audley End House... probabilmente lo aveva indicato il fratello di Emilia, cosa tutt'altro che furba; Emilia, del resto, lo diceva che era un idiota.

Dengelmann adesso era come un fiume in piena, il suo discorso era tutta una lunga e confusa richiesta di scuse per l'incidente che aveva provocato. Stanca, gli feci cenno di lasciar perdere.

Sia lui sia io sorvolammo sul fatto che ci avesse spiato, sorpassato e pedinato di nascosto. Era un comportamento frequente nel nostro settore e, dal momento che mi stava accompagnando in aeroporto, preferivo non litigare con lui.

Gli ero grata di avermi creduto senza fare domande quando gli avevo detto che la cartina era un falso e di avermi portato via subito. Quando glielo avevo chiesto, aveva alzato le spalle dicendo che sapeva che non ero tipo da mentire, e che riaccompagnarmi a casa era un dovere. Tanto più che ero praticamente incapace di intendere e di volere. Gli lanciai un'occhiata incredula, ma Dengelmann si limitò a sghignazzare. Era la prima conversazione vera che facevo con lui.

Quando all'aeroporto di Heathrow aprii la portiera e stavo per congedarmi, Dengelmann mi guardò con occhi da cane bastonato.

«Abbia cura di sé, Sarah, ok? Senza le signore von Richtershofen il mondo dei collezionisti di libri è molto meno avvincente e vario. Anche se ogni tanto ti mettono sulla pista sbagliata.» Abbozzò un sorriso.

Scesi dalla macchina e prima di richiudere la portiera, mi affacciai dal finestrino dell'auto a noleggio che avrebbe restituito nei giorni successivi, prima di fare anche lui rientro a Colonia. Aveva ancora degli affari da sbrigare a Londra, aveva detto. Avevo preferito non chiedergli di che tipo.

«Grazie, Karl» ringraziai alludendo al passaggio in macchina, al suo silenzio nel momento in cui ne avevo avuto bisogno, al fatto che non avesse esitato a sorreggermi quando ero inciampata sulla soglia della casa di Emilia.

«Mi manca tantissimo sua zia, sa? Amalia era speciale. Ma lo è anche lei, Sarah» disse con una ruga solcata sulla fronte. «A volte persino molto faticosa.»

«A presto» dissi accennando un saluto con la mano. «Arrivederci alla prossima. Che vinca il migliore.»

Richiusi la portiera ed entrai in aeroporto.

Milena e io avevamo steso una coperta sul prato dietro casa, che urgeva di una bella sistemata. Sentivo le irregolarità del terreno sotto il sedere. I figli di Milena imperversavano qua e là: sonore risate e urla accompagnavano il loro gioco che prevedeva la conquista di una fortezza.

Milena guardava i due bambini con la coda dell'occhio. Quando le gridavano qualcosa, sorrideva e rispondeva allegra. Ciononostante riuscivo a vedere il solco che si formava tra le sue sopracciglia appena pensava di non essere osservata. Stringeva tra le mani la tazza con la tisana che le avevo preparato con la menta del nostro giardino.

Dopo aver trascorso la notte in aeroporto, in attesa del primo volo l'indomani, ero stremata. Tra la stanchezza e il rapido spostamento, il viaggio mi sembrava irreale, come se la mia anima non reggesse il ritmo e fluttuasse sopra le acque della Manica simile a un palloncino legato a una cordicella troppo lunga.

Sia io sia Milena tacevamo; sentivo il bisogno di farmi una doccia e dormire. L'ultima volta che mi ero lavata era stato a casa di Emilia, mentre fuori impazzava la tempesta, ma adesso preferivo non pensarci. Succedeva non più tardi del giorno prima.

Milena fece un grosso sospiro. La guardai restando in

attesa. A un certo punto avrebbe iniziato a parlare, faceva sempre così.

Stavolta però continuava a tacere.

«Non avevo idea che le cose tra te e Thomas andassero così male» iniziai.

Milena fece una smorfia e si concentrò sulla tisana. «Ultimamente a malapena ci siamo parlate» replicò.

Era doloroso, ma vero. Da quando Amalia era morta non ero quasi riuscita a pensare ad altro. E prima, io e Amalia eravamo state impegnate con le aste, le vendite patrimoniali e i restauri. Quand'era stata l'ultima volta che avevo prestato ascolto a Milena?

Strappai l'erba accanto alla coperta e di colpo mi venne in mente un altro momento in cui le mie dita avevano giocherellato nervose con i fili d'erba. C'era Ben accanto a me, la sua mano appoggiata sul mio braccio. Alzai svelta lo sguardo, sul volto di Milena segnato dal solco sulla fronte.

«Però avresti potuto dirmelo che qualcosa non andava. Se avessi saputo che la situazione era così grave...»

«Dopo la morte di Amalia» mi interruppe «eri così... così annientata. Avevo l'impressione di non poterti caricare anche dei miei problemi.»

Annuii e di nuovo restammo entrambe in silenzio.

«Mi dispiace tantissimo, Milena» dissi infine. Era vero, mi dispiaceva. «Che è successo?» chiesi, e quasi ebbi paura della risposta.

Milena si limitò ad alzare le spalle.

«Niente» rispose e il suo sguardo scivolò di nuovo sulla tazza. Imperversavano le grida dei fratelli, il maggiore raccoglieva acqua dallo stagno con le mani e bagnava il fratello, dopodiché se la ridevano felici.

«Che significa niente?»

«Esattamente quello che ho detto: niente. Era questo il

problema» sospirò Milena. Restò di nuovo in silenzio, poi proseguì: «Sai, quando ho sposato Thomas, ci immaginavamo una vita felice. Una casa nostra, due figli, lavori fighi, ogni anno una vacanza in un posto diverso, hobby in comune. Avevamo entrambi così tante cose da fare, poi è arrivata la casa, a seguire i bambini. E quando gli ho chiesto di prendersi il congedo parentale, mi ha fatto credere che per lui sarebbe stata la fine della carriera. Lavorava sempre tanto. All'inizio pensavo che prima o poi sarebbe andata meglio. Ma invece andava sempre peggio, lui non aveva mai tempo. Quando volevo ricominciare a lavorare, si è opposto dicendo che era meglio risparmiare i soldi per la babysitter, in fondo lui guadagnava bene... e il posto di una madre è a casa con i figli.»

Milena deglutì.

«Ho sempre pensato che per te non fosse un problema» sussurrai «che fossi tu a volerlo.»

Milena strinse forte la tazza e scoppiò a ridere. «Non avrei mai ammesso che non era la vita che avevo sognato. Voglio dire, che tristezza sposarsi giovani e recitare la parte della casalinga soddisfatta! Proprio come avete sempre sostenuto tu e Amalia. A voi Thomas non piaceva, lo avete sempre detto che era un prevaricatore. Avevo la sensazione di dover difendere lui e il mio modo di vivere. Voglio dire, chi desidera essere una fallita totale?»

«Accidenti, Milena, tu non sei una fallita! È stato Thomas a convincertene?»

«Non ne ha avuto bisogno» disse con la voce provata. Avvertii un groppo in gola. Che fine aveva fatto la mia sorella sicura di sé?

Per un attimo guardammo in silenzio i suoi due bambini che nel frattempo erano saliti sulla panchina e cercavano inutilmente di arrampicarsi sul melo.

«Amalia e io non ti abbiamo reso la vita facile, perché

Thomas non ci piaceva granché» affermai appena le sue parole cominciarono a trovare un ordine nella mia mente. «Avevi bisogno di alleate, non di criticone che ti ricordavano di continuo che avevi commesso un errore.»

«Lui mi ha tradita» esclamò d'un tratto. «Ha tradito la persona che desideravo essere, che avrei potuto diventare. Ha tradito i nostri sogni e, quando gliel'ho detto, mi ha riso in faccia.»

Le lacrime le rigarono le guance. Non potevo credere che avesse affrontato tutto questo da sola. Che io e Amalia non ce ne fossimo accorte, che non fossimo state al suo fianco.

Allungai la mano verso di lei. Mi guardò con gli occhi umidi ed esitò, ma poi l'afferrò.

«Adesso sei a casa. Adesso puoi tranquillamente diventare la persona che desideri essere.»

Milena sorrise, un sorriso piccolo e tremolante. Le strinsi forte la mano.

«È bello che sei tornata, Sarah. La casa era diventata silenziosa senza te e Amalia» disse tirando su con il naso.

Sentimmo un tonfo. I bambini erano accanto allo stagno e cercavano di far rimbalzare i sassi sullo specchio d'acqua. In Milena si accese una lampadina: «Dove sono Bonnie e Clyde? Non le avrai mica dimenticate in Francia, vero?»

«È una lunga storia.»

60
Tradimento

Dopo il crollo di Amalia sugli ultimi scalini, mentre arrivava l'ambulanza avevo dovuto controllare se era ancora viva, come mi aveva detto di fare la donna del numero delle emergenze. Le mie dita tremanti avevano cercato il battito sotto la sottile pelle di pergamena, mentre il cuore mi picchiava forte contro il petto e il sangue mi vorticava nelle orecchie. Il cuore di Amalia batteva ancora, anche se lentamente. Mi chinai e avvicinai l'orecchio alla sua bocca per auscultare il suo flebile respiro. Poi mi rannicchiai accanto a lei sul variopinto tappeto orientale in fondo alle scale. Il suo corpo era diventato così piccolo, così delicato, così leggero. Ero terrorizzata. Quanto era magra, solo pelle e ossa sotto i suoi ampi vestiti.

I momenti fino all'arrivo dell'ambulanza sono stati i peggiori della mia vita. E furono solo attimi, non perché avessero fatto in fretta, anche se i paramedici avevano dato il massimo nonostante la neve e il ghiaccio ed erano arrivati presto, come mi dissero in seguito. Non mi riferisco a questo. In quegli istanti persi la cognizione del tempo, ogni istante si estendeva all'infinito. Me ne stavo là ai piedi delle scale accanto ad Amalia, non le lasciavo il polso per poter continuare a sentire il suo battito. Aspettavo con il fiato sospeso che ogni debole e lenta pulsazione sotto le mie dita mi dicesse che era ancora viva. Un battito ancora e un altro e un altro. Così ci trovarono i paramedici, che dovettero sfondare la porta d'ingresso perché, malgrado il loro scampanellare e le loro grida, non riuscivo ad alzarmi per aprire. Vivevo solo il momento, da un battito all'altro.

Volevo salire anch'io sull'ambulanza, ma un infermiere mi prese da parte e mi disse, con voce calma e rassicurante, che avrei dovuto raccogliere le cose di Amalia e seguirla in ospedale.

Amalia non aveva ancora ripreso conoscenza quando la caricarono. Rimasi in piedi sui gradini della porta d'ingresso e guardai l'ambulanza, vidi la neve che continuava a cadere come se non fosse successo nulla, attutendo i suoni come una lapide sul mio cuore.

Infilai alla rinfusa dei vestiti in una borsa, mi ricordai della biancheria da notte e dello spazzolino da denti. Quando mi vidi nello specchio del bagno, quel fantasma con i capelli arruffati e gli occhi rossi e gonfi mi terrorizzò. Non mi ero nemmeno accorta di aver pianto.

Il mondo era lontanissimo e foderato come sotto uno strato di ovatta mentre lungo le strade innevate guidavo la vecchia jeep militare di Amalia, ancora funzionante. Il telone dell'auto ondeggiava al vento, doveva far freddo, ma io non lo sentivo.

All'ospedale, l'addetto alla reception ci mise un sacco di tempo per scoprire dove fosse Amalia e dove dovessi andare. Ma prima mi tempestò di domande sulla cartella clinica e sulla tessera sanitaria di mia zia. A un certo punto mi venne in mente di telefonare a Milena; i suoi singhiozzi spaventati sembravano raggiungermi attraverso il cellulare come se provenissero da un posto remoto. Ero quasi assente, congelata.

Poi un infermiere mi prese sotto braccio e mi invitò a calmarmi su una sedia. Una donna mi mise in mano una bevanda calda in un bicchiere di carta. Mi resi conto di quanto stessi tremando solo quando feci cadere metà del liquido a terra. Mi guardai le mani come se fossero quelle di un'estranea.

Alla fine l'addetto alla reception scoprì dov'era ricoverata Amalia. Era stata trasferita dal pronto soccorso in una stanza, la numero 403. Mi sentii sollevata. Se non era stata operata d'urgenza ma era stata trasferita in una stanza, significava che doveva sentirsi meglio.

Attraversai in fretta i corridoi e i piani della clinica, l'inconfondibile odore di malattia, lutto e addii nelle narici, e trovai la stanza 403.

Amalia sembrava piccola, piccola e fragile in quel grande letto bianco, sdraiata sotto le lenzuola, le mani messe da qualcuno sopra la coperta come lei non le avrebbe mai messe. Mi avvicinai lentamente, quasi fosse un animale selvatico che minacciava di scattare.

«Non ha ancora ripreso conoscenza» disse una voce dietro di me. Mi girai e vidi un'infermiera di cui non mi ero nemmeno accorta.

Mi sedetti accanto ad Amalia sull'unica sedia per le visite e aspettai. Il suo viso era raggrinzito, sembrava inquieta nel sonno, ma da quando aveva tutte quelle rughe? Non l'avevo mai vista tanto vulnerabile, la sua bocca solitamente agile e sorridente si era rilassata, gli angoli della bocca erano all'ingiù.

Poi qui c'è un taglio, come in un film, e le scene dei miei ricordi ricominciano davanti alla scrivania della dottoressa.

La dottoressa Arun, i capelli scuri attorcigliati in uno chignon stretto, mi guarda, le labbra assottigliate, un'espressione del viso che non riesco a leggere.

«Cosa?» chiedo. Ha appena detto qualcosa di importante o mi ha chiesto qualcosa e io non me ne sono accorta.

«Possiamo solo accompagnarla alla fine» dice la dottoressa Arun con un tono che fa pensare che stia ripetendo di nuovo la frase. «Sapeva che questa volta ha rifiutato la chemioterapia?»

«In che senso, questa volta?» chiedo ottusamente, la mia voce come se provenisse da un abisso.

Taglio.

Sono seduta al capezzale di Amalia in ospedale. Non è il suo letto, non è casa sua, e mi fa male vedere quanto sia inquieta perché non è a casa. Si gira e si rigira, le sue dita si aggrappano alla mia mano, alla coperta, al letto. Non si sveglia, ma è tormentata. Come se non sapesse cosa fare di se stessa. Le mie dita si intrecciano con le sue, le sue dita di carta pergamena.

Milena va e viene, mi parla, non la ascolto. A volte ho in mano del cibo o qualcosa da bere. A volte sono a casa sotto la doccia o sto organizzando una pila di documenti e penso per un attimo che devo comunicare ad Amalia l'arrivo del prossimo incarico, poi sono di nuovo in ospedale. Non so quali momenti sto sognando e quando sono lucida.

Amalia ci mette tre giorni per morire. Si gira e si rigira, a volte si sveglia e mi sembra di vedere nei suoi occhi acquosi che riconosce me e Milena. A volte i suoi occhi ci attraversano e le sue mani afferrano il vuoto, afferrano quelli che non ci sono. Darei qualsiasi cosa per essere la persona che cerca disperatamente in questi momenti. A volte mormora nel delirio e io avvicino l'orecchio alle sue labbra ruvide per carpire le sue parole come segreti preziosi. Stringo la sua piccola mano tra le mie, mi siedo sul bordo del letto e le parlo. Le accarezzo i capelli rossi sulla fronte, ancora e ancora.

«Amalia, più tardi dobbiamo sistemare le copertine dei libri per la signora Demmel, che paga sempre bene» le dico.

Dico: «Più tardi è meglio prendere un taxi per tornare a

casa, la tua jeep è troppo fredda d'inverno e anche il telone è ricoperto di neve».

Dico: «Ti voglio bene, lo sai, vero?»

Dico: «Non so come farò senza di te. Hai fatto in modo che potessimo farcela. Hai detto che ce l'avremmo fatta».

Respirava affannosamente, come se tutto il peso della vita gravasse sul suo petto.

Domando: «Amalia, perché non ci hai mai detto che avevi un tumore?»

Dico: «Mi dispiace tanto di non averti mai detto quanto sei importante per me. Hai reso il mondo un posto in cui io posso vivere».

Domando: «Come hai potuto farci questo, lasciarci in questo modo? Perché non hai lottato? Perché non ce l'hai detto?»

Il suo petto si alza e si abbassa ancora una volta, poi il silenzio.

Dico: «Milena, Amalia è morta».

Milena dice: «Adesso siamo rimaste completamente sole».

Il corpo piccolo e smunto di Amalia aveva un aspetto diverso dopo la sua morte. Non avrei mai potuto scambiare il suo corpo morto per lei, quel guscio ceruleo e pallido. Quella non era Amalia.

Amalia non c'era più.

«Sarah, devi mangiare qualcosa, ecco, prendi» disse Milena e mi mise in mano un panino dopo il funerale.

«Non ho fame» borbottai.

«Sarah, ti prego, non puoi continuare così.»

«È che non ho fame.»

«Tieni, mangia almeno un po' di zuppa.»

«Più tardi.»

«Sarah, se continui così, chiamo il dottore. Devi mangiare qualcosa! Sono seriamente preoccupata.»

«Amalia è morta.»

«È successo quasi una settimana fa. Devi mangiare.»

«Lasciami in pace, Milena.»

«Sarah, non abbandonarmi.»

«Lasciami, Milena. Lasciami in pace.»

E poi silenzio per molto, molto tempo.

61
Tutti gli uccelli nel cielo

Mi ci volle un po' per riabituarmi a vivere con Milena.

Qualche giorno dopo il mio ritorno dall'Inghilterra, ero ai fornelli a scaldare il latte per la cioccolata dei bambini. I due erano seduti al tavolo della cucina, che Milena aveva liberato da carte e libri. Ero un po' inquieta perché non sapevo dove avesse messo i libri, ma al momento era l'ultima delle mie preoccupazioni.

«Zia Sarah, anche Batman fa colazione?» strillò Lukas. Stava giocando con un piccolo personaggio azzurro, giallo e nero che immergeva a testa in giù nel burro quando mi voltai verso di lui e Florian.

«No, la tua bambola non fa colazione, è fatta di plastica e non può mangiare.»

Lukas fece una smorfia. «Non è una bambola, è Batman!» protestò. «Solo le femmine giocano con le bambole!»

«Chi ti ha detto queste sciocchezze sessiste?» chiesi, severa.

«Cosa significa *sestista*?» borbottò Florian, che ormai si era spalmato lo yogurt sul maglione, sul tavolo e sul naso e la bocca.

«Sessista» risposi «e significa guardare dall'alto in basso una persona a causa del suo sesso.»

La fronte di Lukas si aggrottò in mille rughe. «Ma papà ha detto che le bambole sono solo per le femmine.»

«E ti pareva che non dicesse una cosa del genere» borbottai a bassa voce e mescolai un po' troppo energicamente il latte, che fece la schiuma.

«Cosa significa *setto*?» borbottò Florian.

Feci un sospiro profondo.

Poi mi rivolsi a Lukas. «Tuo padre ti ha gabbato. Le bambole sono per tutti, per i bambini e le bambine e per quelli che sono entrambe le cose o nessuna delle due.»

La fronte di Lukas si aggrottò ancora di più, per quanto possibile.

«Cosa vuoi dire, zia Sarah?» chiese.

Florian sbatté il cucchiaio sul tavolo, facendo schizzare lo yogurt.

«Cosa vuol dire *setto*?» strillò, le manine piene di un'energia che non sapevo da dove provenisse, di certo non dal cibo che aveva sparso ovunque, tranne che nella bocca.

In quel momento Milena planò nella cucina. «Sarah, sai benissimo che Lukas è intollerante al lattosio!»

Guardai il latte scaldato sul fornello. «Ah, sì?»

Milena brontolò. «Te l'ho detto mille volte!»

Presi il cartone di latte accanto a me. Latte d'avena, yuuhh. Doveva averlo comprato Milena. «Guarda, è latte d'avena, quindi non c'è problema.»

Milena puntò le mani sui fianchi. «Non *sapevi* nemmeno che era latte d'avena quando l'hai aperto!»

«L'intolleranza inizia con il lattosio» borbottai a bassa voce tra me e me.

«Che cosa hai detto?» chiese Milena, lanciandomi un'occhiata severa.

Per fortuna fummo interrotte da Florian. «Mamma, che

significa *setto*?» domandò, stavolta a Milena, mentre tamburellava sul tavolo con il cucchiaio.

«Mamma, quando torniamo a casa?» cantilenò Lukas.

«Adesso è questa casa vostra, dove sicuramente non ci sarà mai più del latte vero» commentai.

«Sarah, siamo sinceri, non puoi dire una cosa del genere!» gridò Milena.

«Perché?» chiesi. «Sto sbagliando?»

Milena sospirò, alzò le mani in aria e sparì dalla cucina.

Mi voltai verso i ragazzi, che la stavano guardando andar via.

«La vostra cioccolata sarà pronta tra un minuto.»

«La mamma sta bene?» chiese Lukas con un filo di voce.

«Starà bene. Dalle un po' di tempo, Lukas. Ce la faremo.»

Il giorno dopo, mi chinai sul letto davanti alla porta della cucina e cercai di strappare alcune delle viti di zucca che si allungavano incontrollate, in modo da poter entrare in casa dal giardino senza inciampare. Avevo avvolto la mano intorno a una vite particolarmente spessa e la stavo tirando con tutte le mie forze. Nel frattempo, cercavo di non pensare a Ben. Non mi riusciva benissimo. Cercavo di non pensare a lui sotto la doccia la mattina. Cercavo di non pensare a lui quando andavo a letto la sera. Cercai di non pensare a lui quando trovai un volume dell'*Oxford English Dictionary*. Quando entrai in laboratorio e vidi le pile di documenti ben organizzate. Quando ero in cucina e per un momento, prima che i bambini entrassero di corsa, c'era silenzio. Cercavo di non pensare all'elettricità che correva tra noi quando ci toccavamo fugacemente. Quando la mia mano stringeva la sua. Ma più cercavo di non pensare a lui, più lo facevo. Avevo raccontato tutto a Milena nei primi giorni, a notte fonda, mentre i bambini dormivano nei nostri vecchi letti in soffitta. Milena non voleva parlare di Thomas, non ancora, voleva invece sapere tutto del mio viaggio e di Ben. Così avevo raccontato tutta la storia, della sua apparizione nella villa, della nostra visita a Jean, che continuava a occuparsi di Bonnie e Clyde, della nostra odissea a Londra e a Saffron Walden.

Della nostra scoperta su Amalia.

Milena aveva ascoltato e fatto domande, scherzato e riso. Mi aveva guardato e commentato il litigio in casa di Emilia meno di quanto mi aspettassi.

Alla fine, come al solito, i miei pensieri tornarono a Ben e alla nostra disastrosa discussione. Pensavo al modo in cui mi avevano guardato i suoi occhi marroni, altrimenti sempre caldi. Alla rabbia nella sua voce. Da allora non era passata nessuna notte senza che lo avessi sognato.

La vite che stavo tirando si strappò dal terreno all'improvviso e io atterrai bruscamente sul sedere. Accanto a me una gazza si mise a gracchiare, inclinando la testa e guardandomi con un occhio nero accusatore. Dietro di lei si appollaiò un altro uccello bianco e nero, che beccava forsennatamente il concime.

«Innanzitutto devi migliorare» sussurrai alla gazza. «Non hai nemmeno le mani.»

«È specista» commentò Milena.

Mi voltai. Aveva le braccia incrociate sul petto e mi guardava dall'alto in basso.

«Cosa?»

«È specista accusare una gazza di non avere le mani. Stai mettendo la tua specie dotata di mani al di sopra della loro.»

«Buono a sapersi» borbottai. Poi mi rivolsi alla gazza che si era avvicinata. «Mi dispiace, sei fantastica con le ali come lo saresti con i pollici opponibili, non preoccuparti.»

Milena sgranò gli occhi quando alzai lo sguardo verso di

lei e sospirò sonoramente. «Sarah, hai parlato di sesso con i bambini?»

«Ieri a colazione si parlava di sessismo, perché?»

«Perché?»

«Perché cosa?» ribattei a mia volta, confusa.

«Perché si parlava di sessismo?»

«Perché Lukas ha detto che le bambole sono solo per le femmine. Così, mentre tu eri a tenere il broncio, ho spiegato a lui e a Florian la differenza tra genere biologico e genere sociale. E gli ho spiegato che ci sono persone che hanno un genere diverso da quello biologico o entrambi i generi o nessuno dei due.»

«Arrgh, Sarah!» gridò Milena. «Lukas ha cinque anni!»

«È un buon momento per imparare qualcosa.»

«Ho appena dovuto passare mezz'ora su Google per rispondere alle domande di Lukas su cosa significhi trans!» sbraitò.

La gazza accanto a me se ne andò con un cipiglio di rimprovero. Avrei voluto fare lo stesso, ma purtroppo avevo solo le mani e non le ali.

«Mi dispiace» mormorai con la massima calma possibile «ma da quando stare su Google è una cosa brutta? Accedere rapidamente alle informazioni è sempre positivo, quando non si sanno le cose. E visto che al momento non hai un lavoro, finché non inizi a mandare curriculum? Hai il tempo di farlo.»

«Sei proprio impossibile!» gridò Milena, tornando di corsa in casa.

Eravamo sedute sul divano, le finestre aperte e i grilli a frinire in giardino. Finalmente, dopo il tramonto, l'aria si era un po' rinfrescata. I bambini dormivano nei loro letti, cosa che aveva necessitato un programma di intrattenimento completo di canti, racconti e letture ad alta voce. Ero esausta e Milena aveva stappato una bottiglia di vino bianco.

«E se non scoprissi mai quello che voglio davvero? Chi sono o chi posso essere?» mi chiese con un filo di voce. «E se lasciare Thomas fosse stato un errore?»

All'improvviso iniziò a singhiozzare e io non seppi cosa fare. Alla fine la strinsi tra le braccia. All'inizio era molto rigida e tesa, poi i suoi muscoli si rilassarono. Le accarezzai la schiena. Non conoscevo la risposta a nessuna delle sue domande.

Cosa avrebbe detto Amalia?

«Forse non è necessario che tu sappia subito chi sei, chi vuoi essere e cosa vuoi fare. È giusto che ti prenda il tempo necessario per scoprirlo.»

«Ma di cosa vivremo, io e i bambini?»

«Milena, abbiamo l'antiquariato di Amalia. L'attività, la casa, il giardino, tutto appartiene a te quanto a me.»

«Ma... ma» singhiozzò «ho guardato i conti. Gli affari vanno male. Le spese per l'acquisto dei libri e il materiale per restaurarli sono superiori ai profitti delle vendite. Così sei solo in perdita.»

Le scostai i capelli biondi, molto più ordinati e lisci dei miei, dal viso posato sulle mie ginocchia, per guardarla.

«Milena» abbozzai cauta «cosa ne pensi di occuparti della parte contabile dell'attività di Amalia?»

«Quale parte contabile?»

«Be', intendo le fatture, gli ordini, i conti...»

«No, intendo *quale contabilità*?» disse Milena. «Finora il sistema consiste in fogli di carta che qualcuno ha disposto in ordine cronologico, e di certo non sei stata tu, perché *tu* negli ultimi mesi non hai documentato un bel niente!»

Entrambe le cose erano vere. L'organizzazione delle fatture era opera di Ben, ma non volevo pensarci.

«Be', cosa ne pensi di iniziare da adesso?»

Milena si alzò a sedere.

«Sei impossibile, Sarah.»

Alzai le spalle.

«E quindi possiedo il cinquanta per cento dell'azienda?» domandò.

«Ovvio» risposi.

L'azienda al momento consisteva in una montagna di debiti, ma Milena lo sapeva meglio di me. Quindi perché non avrebbe dovuto tentare la sorte? Tanto, peggio di com'era non poteva essere.

«Mmh... ho già qualche idea su come renderla più redditizia...»

Poi si sdraiò di nuovo sul divano, avvicinandosi. Bevemmo in silenzio per un po'.

«E Ben?» chiese poi.

«Ben, cosa?» ribattei, sorpresa dal cambio di argomento.

«Be', Ben, il tuo bibliotecario.»

Il mio cuore sobbalzò come un pesce fuor d'acqua.

«Non è il *mio* bibliotecario.»

«Ma per favore! Sono giorni che non fai che parlare di lui. Ben di qua, Ben di là. Ben ha detto questo, Ben ha detto quell'altro. Non ti ho mai sentito parlare di qualcuno in questo modo. Allora, quando ti decidi a chiamarlo?»

«È complicato...»

«Non lo è. Avete litigato, lui si è comportato in modo ignobile, ora lo chiami perché possa scusarsi con te, perché in fondo è una brava persona, e poi – *bam!* – lieto fine!»

«Vive a Londra e ci conosciamo solo da pochi giorni» borbottai. «Cosa penserebbe se lo chiamassi all'improvviso? E poi non ho nemmeno il suo numero.»

In quei cinque giorni, che ora sembravano lontani come

un'altra vita e in cui erano successe così tante cose, non ci eravamo mai scambiati i nostri numeri di telefono.

«Oh, sciocchezze! Allora non ti resta che andarci di persona. Oggi Londra praticamente è la porta accanto! Pensa all'epoca dei Romani quanti giorni di cavalcata ci volevano, e lo segnavano ancora su una mappa.»

Spalancai gli occhi di fronte alla strana logica di Milena e pensai a Ben. A come mi aveva consolato nella soffitta di un castello francese incantato, a come avevamo ballato esattamente alla giusta distanza. A come mi aveva ascoltato e si era fidato del mio istinto. A come parlava, alle cose che mi aveva raccontato con gli occhi lucidi. A come da ragazzo aveva raccolto le schede della biblioteca e sognato un mondo di Tolkien in cui gli elfi non erano tutti bianchi. A come aveva curato l'ala di un uccello, nonostante il suo terrore, e a come aveva trasportato nel bagagliaio dell'auto un gufo reale che aveva bisogno di aiuto. A come aveva distrutto un libro per proteggere sua sorella.

Al formicolio dentro di me quando mi teneva per mano in un bosco buio o tra due letti. A quanto mi piacevano i suoi occhi, la sua postura dritta distinta, la sua premura, la sua eleganza e la sua arguzia.

A quanto mi aveva fatto male quando mi aveva accusata di tradimento. Ripensai alla volta in cui Amalia mi aveva detto che l'amore e il dolore sono i sentimenti più complicati, e a quanto mi sarebbe piaciuto chiedere a Ben se era della stessa idea.

Se aveva voglia di rivedermi dopo tutto quello che era successo. Se pensava ancora a me.

E in tutti i miei sogni lo vedevo in piedi sulla porta aperta di una villa, una sagoma in controluce nel corridoio, e non mi guardava.

62
Con il senno di poi

Aprii il cancello, Milena e io ci incamminammo in silenzio lungo il sentiero di ghiaia tra le sepolture. I vecchi alberi facevano ombra nel caldo meridiano, mentre passavamo davanti alla famosa Statua della morte nel cimitero di Melaten.

Ci fermammo prima alle due lapidi dei nostri genitori, le cui tombe erano rimaste vuote. Milena vi depose un mazzo di rose bianche, poi proseguimmo.

La sepoltura di Amalia era sotto un faggio. Non ricordavo la posizione esatta e di certo non l'avrei trovata rapidamente senza Milena. Mi sembrò strana, non solo perché ora era estate e l'ultima volta che c'ero venuta era stato sei mesi prima, quando la neve ancora ricopriva i sentieri e le siepi e gli alberi erano spogli. Al funerale di Amalia ero troppo frastornata per rendermi conto di ciò che mi circondava. Da allora non c'ero più tornata.

Milena e io camminammo sull'erba muschiata. La lapide chiara di Amalia, a forma di libro aperto con il suo nome, la data di nascita e quella di morte, alla luce del giorno sembrava troppo kitsch per lei; ci avrebbe di certo fatto qualche battuta sopra. Un semplice sasso o l'albero di un bosco tranquillo sarebbero stati più adatti a lei. Ma nel momento in cui avevo dovuto decidere, non ero riuscita a pensare. La sua tomba era tappezzata di edera e di piante fresche che avevano ancora bisogno di tempo per crescere.

Le mie dita si strinsero attorno al manico della borsa di plastica che tenevo in mano. Era la stessa che Emilia mi aveva dato quando avevo lasciato la sua villa. La stessa che avevo guardato per la prima volta ai controlli di sicurezza dell'aeroporto e in cui avevo trovato un plico di lettere. Le lettere che avevo letto durante il breve volo da Heathrow a Colonia fino a quando il velo di lacrime non me lo aveva impedito. Le lettere che Matthieu Ricard aveva scritto ad Amalia in tutti gli anni in cui erano stati lontani, e che non aveva mai spedito.

Milena si chinò, scostò alcuni rami e foglie e ripose sulla tomba il grande mazzo di girasoli che avevamo portato per Amalia. Poi iniziò a scavare nella terra con entrambe le mani.

Nella piccola cavità seppellimmo il plico di lettere, un ponte di carta tra i vivi e i morti.

Milena e io ricoprimmo la busta con la terra secca, la picchiettammo con le dita impolverate e vi deponemmo sopra i fiori.

Alla fine ci alzammo e fissammo la tomba.

«Pensi che sapesse che Matthieu era morto prima di lei?» chiesi.

Le foglie del faggio proiettavano un disegno di ombre sul suo viso, gli occhiali da sole nascondevano gli occhi gonfi.

«Non lo so, ma non credo. Tu cosa ne pensi?»

Mi si strinse lo stomaco. Abbassai di nuovo lo sguardo sui girasoli gialli: fiori allegri, proprio come li avrebbe voluti mia zia.

«Non faccio che scervellarmi sulla questione su cui Ben e io abbiamo finito per litigare: perché Amalia lo ha contattato se ovviamente sapeva che la cartina era un falso? Si era forse chiesta come mai la cartina all'improvviso fosse apparsa in un'asta? E perché ha scritto proprio a lui?»

«E dunque?»

«Tra i suoi documenti ho trovato le prime pagine della tesi di dottorato di Ben» proseguii. «Dedica il suo lavoro a Matthieu Ricard, per aver suscitato in lui la passione per le mappe antiche. Quando eravamo da Emilia, Ben ha raccontato di aver frequentato un seminario con Ricard durante i primi anni di università.»

Milena rise.

«Cos'hai?» le domandai.

«Allora è per questo. Amalia ha contattato Ben per il suo legame con il grande amore della sua vita. Probabilmente voleva scoprire grazie a lui come avesse fatto la cartina a finire sul mercato. Forse sperava che andasse a prenderla per lei e gliela restituisse dopo aver capito che era un falso. Oppure voleva mettersi in contatto con Matthieu attraverso di lui, perché non sapeva che era morto» ipotizzò Milena.

«Pensi che sia andata così?» chiesi con un fremito nel petto. «Allora Ben avrebbe ragione a pensare che in qualche modo Amalia volesse usarlo per i suoi scopi.»

«Può darsi» concesse, e mi cadde il mondo addosso. Deglutii.

«Ma non lo sapremo mai. So soltanto che Amalia avrebbe fatto qualsiasi cosa per te, per noi. Perfino una truffa per aiutarci a uscire dai guai finanziari» proseguì.

Nel profondo mi opponevo a quell'idea, ma sapevo che mia sorella aveva ragione.

Milena si tolse gli occhiali da sole, si asciugò le lacrime e posò gli occhi verdi su di me. «Ma forse non è poi così importante cosa volesse fare Amalia con la cartina. Ciò che conta è che Ben aveva tutto il diritto di essere infuriato con lei, anche se si è comportato da idiota con te. Ma tutti noi sbagliamo, e questo non è un buon motivo per non perdonare le persone ogni tanto.»

La guardai con aria interrogativa. «Sto cercando di dirti che dovresti dargli un'altra possibilità, Sarah.»

Il mio battito accelerò.

«Che senso ha?» chiesi. «Lui vive a Londra e io a Colonia. E non so nemmeno se lui...» Prova qualcosa per me, volevo dire, ma mi fermai. Mi sorprese l'improvvisa presa di coscienza: io provavo qualcosa per lui. Quel sentimento si era fatto strada in sordina, rapido e inosservato.

Ero un'idiota.

Milena scosse la testa. «Non ci si deve sempre arrovellare su tutto. A volte si deve fare qualcosa solo perché a pelle si sa che è la cosa giusta.»

Rimasi in silenzio e guardai la lapide di Amalia. Sotto il suo nome, era incisa una frase:

QUESTE NON SONO LE ULTIME PAGINE DEL MIO LIBRO.

Non ricordo come avessimo scelto quella frase, ma era stata la decisione giusta.

Alla fine il punto era proprio quello: si trattava di prendere le decisioni giuste. Era stata una decisione giusta da parte di Matthieu separarsi da mia zia per tenerle nascosta la malattia e risparmiarle la scelta di prendersi cura di lui al momento necessario? Era stata la decisione giusta da parte di Amalia fare la stessa cosa con Milena e me e rifiutare la chemioterapia quando le era tornato il tumore?

La sua scelta mi aveva fatto così male che a lungo non ero riuscita a perdonarla. Mi aveva rubato il tempo dell'addio. Mi ero sentita tradita come mai in vita mia.

Mentre guardavo la terra in cui avevamo seppellito le lettere dell'uomo che le aveva rubato il tempo della fine insieme, mi meravigliai di questo parallelo nelle loro vite. Entrambi avevano affrontato volontariamente in silenzio il dolore, la solitudine in una situazione disperata e la paura della morte.

Nel tentativo di proteggerle, avevano privato le persone che amavano della possibilità di venire a patti con la loro fine, avevano tolto loro la possibilità di scegliere, e così facendo le avevano ferite molto di più.

Ma era stata una loro decisione, e per entrambi forse era ciò che in quel momento ritenevano giusto.

Forse questa era la lezione che si poteva trarre da tutta la vicenda: che amare significa anche fare del male all'altro. Che tutti commettiamo degli errori e amare significa anche riuscire a perdonarne alcuni.

Le decisioni di Amalia vivevano in noi, continuavamo noi a scrivere il libro che lei aveva iniziato. Era ora di apprenderne qualcosa.

Feci un respiro profondo e guardai Milena.

«Mi dispiace averti lasciata sola» dissi.

«Non fa niente, tu e Amalia avevate un legame speciale.»

Scossi vigorosamente la testa. «Non è così. Eravate altrettanto legate, solo in modo diverso. Ma ero così cieca nel mio dolore che non riuscivo a vedere quanto anche tu soffrivi per la morte di Amalia, per la situazione con Thomas.»

Milena mi prese la mano e la strinse: «Non avrei dovuto lasciarti all'oscuro di tante cose. Mi sono isolata invece di fidarmi di te».

«In futuro faremo le cose in modo diverso, migliore» promisi. «So che commetterò degli errori, ma voglio impegnarmi a fare del mio meglio.»

«Ce la faremo» disse, asciugandosi il viso con il dorso della mano. «Torniamo a casa.»

Lasciammo il cimitero e, mentre la ghiaia scricchiolava

sotto i nostri piedi, guardai il cielo azzurro. Mi sentivo il cuore più leggero, più libero, come se mi fosse caduto un peso.

Il mio sguardo seguì il piccolo banco di nuvole vaporose nel cielo altrimenti limpido sopra di noi. Sembrava che qualcosa fosse giunto alla fine. Una fine necessaria, che avrebbe permesso un nuovo inizio.

Mi sembrava di aver finalmente cominciato a dire addio.

63
Il cuore traditore

GETTAI alla rinfusa dei vestiti nel borsone. La maggior parte dei miei abiti era ancora a casa dei genitori di Ben, il che perciò limitava la mia scelta.

«Dai che ti accompagno» urlò Milena da basso, dove Lukas e Florian, a giudicare dal baccano, portavano avanti un litigio di medie dimensioni.

«No» replicai «prendo la metro!»

«Sei sicura?» gridò Milena.

«Sì, sono sicura» risposi.

Avevo in mano un piccolo atlante da viaggio ed ero indecisa. Dovevo infilarlo in valigia? Per il breve volo non sembrava necessario, e in ogni caso non avrei certo potuto fare da navigatrice alla pilota nel caso si fosse persa nei cieli. Ma avevo la sensazione che non fosse affatto il caso di partire senza almeno *un* atlante. Lo feci scivolare in valigia con un sospiro.

«Davvero, per me non è un problema accompagnarti prima di portare i bambini all'asilo» ripeté Milena, all'improvviso dietro di me.

Quando mi girai, la vidi sulla soglia della mia stanza. Il

chiasso dei bambini aveva inghiottito quello dei suoi passi mentre saliva la scala scricchiolante.

Scossi la testa, il borsone in mano, e per un attimo la fissai.

«Che c'è?» domandò.

Dopo un leggero tentennamento mi uscì a valanga: «E se fosse tutto uno sbaglio? Se Ben non avesse nessuna voglia di vedermi e non provasse nulla per me? Sono un disastro nel valutare le persone». Abbassai la testa e giochicchiai con il manico del borsone da viaggio.

«Sarah» iniziò e poi aspettò. «Perfino se Ben non provasse niente per te, è meglio che tu lo scopra adesso. Altrimenti passerai il resto della tua vita a chiederti: come sarebbe andata, se?... E se non vuole avere niente a che fare con te, allora ti fai una piccola vacanza a Londra e peggio per lui. Parlaci.»

«E se mi sbagliassi, come ho fatto con Philip?»

Milena si avvicinò di un altro passo, mi sciolse con cautela le dita e mi prese di mano il borsone.

«Ehi» disse teneramente «e questa adesso come ti viene? Tutto quello che mi hai raccontato finora di Ben parla di una persona completamente diversa da Philip.»

«Ma alla fine, quando abbiamo litigato... era un altro, non lo avevo mai visto così» borbottai con un filo di voce guardando i miei calzini, che avevano un buco. Mi torsi l'alluce per nasconderlo.

Milena mi mise due dita sotto il mento e mi sollevò la testa. «Sarah, è vero, non ha avuto nessun rispetto e in quel momento ti ha ferita. Ma tra lui e Philip c'è una differenza abissale. Philip ti ha parlato d'amore e poi ti ha raggirata. Tu e Ben avete litigato, ma ho l'impressione che non ti abbia mai ingannata. Era furibondo perché pensava che tu avessi ingannato *lui*. E poi tu te ne sei scappata senza chiarirvi. Voglio dire, è normale che ti sia sentita sotto pressione, ma non pensi che ve la dobbiate una spiegazione? Non vale la pena almeno provarci?»

Gli occhi di Milena mi guardavano pieni di speranza. Occhi così simili a quelli di Amalia. Era davvero sorprendente quanto ci vedesse chiaro in molte circostanze, bastava che non riguardassero lei e Thomas, pensai. Ma anche in quello era ormai riuscita a fare chiarezza.

Annuii lentamente. Milena mi lasciò il mento e sospirò.

Guardai di nuovo i calzini. «Penso sempre a lui» dissi a bassa voce. «Mi vengono sempre in mente cose che vorrei raccontargli e mi chiedo cosa ne penserebbe. Se crede ancora che l'abbia tradito. Se il nostro litigio lo fa soffrire quanto me.» Quando finalmente alzai gli occhi, vidi un grande sorriso.

«Ti manca» rispose. «Cos'altro aspetti? Vai, avanti!»

In quel preciso istante l'orologio a cucù cominciò a suonare. «Ha ripreso a funzionare?» domandò Milena, mentre da basso Lukas strillava: «Mamma, mamma, nell'orologio c'è un uccello!»

Poco dopo Milena aveva preparato i bambini, potevamo uscire tutti insieme. Florian stava ancora cercando il suo peluche tra le pile di libri mentre io facevo un ultimo check al borsone. Passaporto, biglietti, chiavi e cellulare, c'era tutto.

In quel momento bussarono alla porta. Risuonò il familiare Big Ben.

«Mamma! Chi è?» domandò Florian in soggiorno mentre Milena lo aiutava a cercare.

«Sarah, puoi andare tu ad aprire? Sarà di sicuro il postino» mi disse Milena e io mi lamentai in silenzio. Perché gli arrivi in quella casa erano sempre tanto frenetici e caotici?

Il borsone in mano, andai ad aprire e spalancai la porta con vigore, già pronta a mandare a quel paese il corriere per il pessimo tempismo.

Restai di sasso, la porta ancora aperta. Il cuore mi salì in gola, poi iniziò a galoppare.

Davanti a me c'era Ben, gli occhi velati di stanchezza, con un sorriso cauto sulle labbra.

Lo fissai.

«Sarah» esordì, il suo sguardo impigliato nel mio.

All'improvviso sulla soglia comparve Lukas che si strinse alla mia gamba. «Chi è, zia Sarah? Il postino?»

Ben aggrottò la fronte quando si palesò anche Florian, che cercò di spingere il fratello maggiore e di passarmi davanti per uscire. Gli bloccai la strada con le gambe, senza staccare lo sguardo da Ben. All'altezza delle mie ginocchia infuriava una battaglia, ma io avevo occhi solo per lui.

«Ahia!» strillò Lukas e anche Florian iniziò a lamentarsi.

«Adesso basta!» tuonò la voce di Milena. «È veramente ora di andare!»

Apparve dietro di me, mi posò una mano sulla schiena, guardò oltre le mie spalle. Poi prese fiato sonoramente.

«Lei deve essere Ben!» esclamò. «Sarah mi ha tanto parlato di lei!»

Le sopracciglia di Ben si sollevarono ancora di più, senza che staccasse lo sguardo da me. «Davvero?»

Arrossii un po' e diedi una leggera gomitata a mia sorella, mentre lei rideva e cercava di nascondere la risata sotto la tosse.

Si rivolse a Florian e Lukas. «Su! Mettersi le scarpe! Zia Sarah e il suo bibliotecario devono parlare per un attimo tranquilli.»

Poi Milena tirò via i figli, mi spinse fuori dalla porta e la richiuse prima che potessi anche solo aprire bocca, la traditrice.

Stavo sul gradino più alto della scala, Ben pochi passi più

in basso di me. Non riuscivo a staccare lo sguardo dai suoi lineamenti marcati, le sue labbra e i suoi occhi.

Aprii la bocca, la richiusi, la riaprii. «Che ci fai qui?» domandai alla fine.

Ben si passò una mano tra i capelli corti. «Una donna intelligente mi ha detto che la paura è una cattiva consigliera.»

Lo fissai senza dire una parola. Il sorriso sparì dalle sue labbra quando non risposi niente.

«Sarah, mi dispiace presentarmi così all'improvviso. Ho le tue cose in macchina, se vuoi venire un attimo con me...»

A quelle parole il cuore mi affondò. Giusto, la valigia, che era rimasta dai suoi genitori. Era venuto per quello. Annuii muta e lo seguii con il cuore che tamburellava fino alla sua Vauxhall, al bordo della strada.

Ben aveva parcheggiato all'ombra di un tiglio, che presto avrebbe ricoperto l'auto dei suoi fiori appiccicosi. Nel vedere quel veicolo così familiare, il mio cuore fece un altro balzo doloroso. Ben e io eravamo stati in viaggio solo cinque giorni e mezzo, anche se a me sembrava una vita intera. Premuroso com'era, Ben voleva solo riportarmi le mie cose. Cos'altro mi ero immaginata?

Mi guardò mentre continuavo a restare muta, le parole non volevano uscirmi dalla bocca, aprì brevemente il bagagliaio e posò la valigia accanto a me sul marciapiede.

«Grazie» gracchiai con la voce roca.

Ben sospirò. «Sarah, mi dispiace immensamente quello che è successo da Emilia. Ero furibondo e ho completamente ignorato quanto tu fossi agitata. Non avrei dovuto uscire così di senno. Ti prego... Ti prego, scusami.»

Il cuore smise per un attimo di battere, poi si riprese e iniziò a correre. Organo idiota.

«Non c'è... Non c'è problema» borbottai.

«No, il problema c'è. Non avrei dovuto comportarmi in

modo così ignobile da costringerti a scappare via da me in piena notte!» Sembrava afflitto.

«Non è andata così, non sono scappata da te, ero solo... tutta la situazione era troppo per me» replicai in fretta. «Qualche volta i sentimenti e tutto il resto per me diventano ingestibili e... allora me ne vado. Dispiace anche a me averti lasciato lì impalato in casa di Emilia.»

«Me lo sono meritato.» Esitò. «Riguardo a tua zia, non so ancora bene cosa pensare.»

«Neanch'io. Non è improbabile che ti abbia contattato a causa del tuo legame con Matthieu Ricard.»

«Ci ho pensato anch'io. Ma questo non c'entrava niente con te.» Abbassò lo sguardo, con le dita giochicchiava con la manica. «Mi dispiace moltissimo averti accusato di avermi raggirato.»

«Sì. Mi ha fatto molto male.»

«Ero sconvolto, ma non è una buona scusa per dire una frase del genere. Lo so che non faresti mai una cosa simile e che sei una persona di cui posso fidarmi. Ti prego, perdonami.»

Il suo sguardo, serio e sincero, non si staccò da me, mi colse un'ondata di sollievo.

Annuii, un nodo in gola non lasciava passare le parole.

Ci fissammo ancora per un attimo tacendo. Ora che lo avevo davanti volevo soltanto tendere le mani verso di lui, prenderlo per il colletto della camicia e tirarlo verso di me.

Poi lui si voltò e aprì la portiera posteriore.

«Ti ho portato una cosa» disse con un ampio gesto della mano che comprendeva l'abitacolo della macchina.

Mi chinai e vidi un grande oggetto rettangolare, avvolto in una coperta. Il mio cuore traditore cominciò a battere ancora più veloce.

Mi chinai nell'auto lentamente e tolsi la copertura. Vidi il vetro e, dietro di esso, il frammento della Tabula Peutingeriana realizzato da Amalia insieme a Matthieu. Una cartina delle strade intricate del loro amore.

Mi rialzai e incrociai lo sguardo di Ben.

«Ben... Non puoi capire quanto significhi per me. Grazie.» Ed ero sincera.

«Ho convinto Emilia a lasciarmi la cartina. Ha detto di averla avuta per un tempo sufficiente, adesso è il tuo turno.»

Poi fece un respiro profondo. «Ma non è l'unico motivo per cui sono venuto.» Tentennò un attimo. «Sarah, vorresti venire a mangiare con me?» mi chiese.

Mi uscì una risata che non riuscii a fermare. Il sorriso di Ben sparì, sembrava talmente offeso che la risata mi si fermò in gola.

«No, no, non sto ridendo di te» mi affrettai a chiarire e d'istinto gli presi la mano. Potevo far peggio di così? «Sono soltanto molto sollevata.» Abbassai per un attimo lo sguardo sulle nostre mani. Le sue dita avevano stretto le mie. «Sai, stavo per partire. Per Londra, per venire a parlare con te.»

Tra i lineamenti di Ben si affollarono diverse emozioni, troppo veloci perché potessi avere anche solo una chance di decifrarle. Alla fine gli angoli della sua bocca si rivolsero un po' all'insù.

«Per Londra? Davvero? Ma tu odi viaggiare in aereo.»

«Per le occasioni importanti faccio un'eccezione» borbottai.

«In questo caso, qual è la tua risposta?»

«A cosa?» domandai, distratta dal movimento delle sue labbra.

«Se vuoi venire a mangiare con me» insistette Ben.

«È un appuntamento romantico?» chiesi, per esserne sicura.

«Se me lo permetti.»

Mi guardai, i jeans, la T-shirt con il corvo della poesia di Edgar Allan Poe, le scarpe da ginnastica consumate.

«E cosa devo indossare? È da anni che non ho un vero appuntamento romantico.»

«Quello che ti pare. Mi piaci così come sei, Sarah.»

Deglutii, lo sguardo di Ben si impigliò nel mio. Mi chiesi cosa ci leggesse e se i miei sentimenti fossero un libro aperto per lui, tutta la mia speranza, il calore e l'affetto che provavo per lui. Può diventare qualcosa di grande, pensai.

«Mi farebbe piacere.»

«Mmh» fece Ben, gli occhi fissi sulle mie labbra.

«Mi farebbe molto piacere venire a un appuntamento romantico con te» accettai e Ben si fece raggiante.

Sollevò una mano, lento, cauto, così che avrei potuto sottrarmi se avessi voluto. La posò teneramente sulla mia guancia.

«Sarah, posso baciarti?»

Il mio cuore fece quella strana, goffa capriola.

«Prima del primo appuntamento?» scherzai, senza fiato.

«Be', mi sembra di conoscerti da sempre» rispose Ben «ma se preferisci aspettare...»

«No!» lo interruppi a voce un po' troppo alta e troppo in fretta e mi sporsi in avanti.

Negli occhi di Ben danzava una luce.

«Sai, spero che tu non ce l'abbia più con mia zia per averci spedito in questa odissea. Perché io ho trovato qualcosa di molto più prezioso di un'antica mappa» dichiarai.

Il viso di Ben era vicinissimo al mio, sentivo il calore del suo respiro. Le piccole rughe intorno ai suoi occhi scintillanti si fecero più profonde.

Non so chi si avvicinò per primo, ma le sue labbra furono sulle mie e le mie sulle sue e tutto il resto passò di colpo in secondo piano. Quel bacio era caldo e tenero e appassionato, una promessa.

Quando ci staccammo, ci fissammo di nuovo, un po' trafelati e confusi, entrambi.

«E dimmi, che ne è di Bonnie e Clyde?» domandò Ben di punto in bianco, mentre le sue dita non smettevano di accarezzarmi la guancia.

«Sono felice che tu me lo chieda. Anche Milena e i bambini ne sentono la mancanza. Che ne dici di un viaggetto in Francia? Visto che sei in macchina. L'atlante è già in valigia.»

E questo fu l'inizio.

Nota dell'autrice

MOLTE cose di questo libro, la maggior parte direi, sono frutto della fantasia, alcune però esistono davvero.

È realmente possibile visitare Saffron Walden e il suo labirinto, Audley End House e la British Library, che possiede una delle raccolte di documenti più grandi al mondo.

Ancora più sorprendente, forse, è il fatto che la Tabula Peutingeriana si trova davvero nella Biblioteca Nazionale Austriaca, tranne l'ultimo frammento che risulta ancora oggi introvabile.

Magari, però, la prossima volta Sarah e Ben saranno più fortunati.

Chiedo scusa per eventuali errori nella descrizione della cartina o di altre cose. In alcuni casi sono una licenza poetica, in altri sono semplicemente dovuti al fatto che, nonostante le tante ricerche svolte, non sono un'esperta di cartografia, restauro e storiografia dell'Antichità e del Medioevo. Spero che questo non sminuisca il piacere della lettura.

Purtroppo esistono davvero anche il razzismo, l'omofobia, il sessismo e la discriminazione delle persone con specificità psichiche o fisiche. È difficile parlarne in un romanzo di intrattenimento e ho cercato di affrontarli con cautela come argomenti che riguardano me e i miei personaggi, evitando di fingere che non esistano. Chiedo scusa se qualcuno dovesse sentirsi offeso dal modo in cui l'ho fatto. Sono grata fin d'ora per ogni eventuale consiglio al riguardo, lo affiderò al mio editore così da poter rielaborare i passaggi.

Razzismo, sessismo, omofobia e discriminazione non riguardano solo chi ne è vittima, solo chi li subisce, ma tutti noi.

Come diceva sempre Amalia: il mondo non cambierà in meglio se non ci impegniamo in prima persona.

Breve nota sull'argomento «gender»: quando parlo di gruppi di persone ho scelto di alternare l'uso del femminile e del maschile o di usarli entrambi. Naturalmente non era mia intenzione escludere le persone non-binary, genderless, intersex e transex, e spero che attraverso questo uso diversificato si sentano tutte rappresentate. L'uso alternato di queste forme fa emergere la diversità linguistica nel testo. Credo sia importante rendere visibili le differenze attraverso la lingua, perché la nostra lingua è la nostra realtà. Se i confini della lingua diventano i confini del nostro mondo, come diceva Ludwig Wittgenstein, allora faremmo bene ad ampliarli.

Ringraziamenti

ALL'INIZIO del viaggio che è stato per me questo libro avevo pensato di rappresentare la protagonista Sarah come un personaggio con autismo. Per una serie di ragioni, tra cui il fatto che tentare una rappresentazione autentica dell'autismo femminile mi sembrava troppo difficile per il tipo di romanzo che volevo scrivere, ho accantonato l'idea. Ciò che rende speciale Sarah, dunque, non è il tentativo di parlare in maniera realistica dell'autismo femminile, anche se ne ha alcuni tratti.

Desidero ringraziare la dottoressa Imke Heuer e Anna Zickert che, con meravigliosa apertura mentale e fondata conoscenza dell'argomento, mi hanno fatto da consulenti sull'autismo femminile.

Grazie alla mia agente Eva Semitzidou e alla mia editor Leonora Tomaschoff per il loro magnifico lavoro sul romanzo e la passione con cui lo hanno reso possibile. Grazie anche alle meravigliose persone che lavorano nella mia agenzia e nella mia casa editrice, senza le quali questo libro non avrebbe mai preso forma.

Un grazie in particolare ad Andrea Vogel e Jessica Guaia per il loro preziosissimo aiuto sul testo e la loro inestimabile amicizia che per me è importantissima.

Grazie alle due sorelle di cui ho qui rubato il nome, esistono per davvero e sono meravigliose: sono grata di poter essere vostra amica.

Grazie alla mia famiglia e alle mie amiche e amici per le idee, le correzioni e i consigli, anche se non ho potuto inserire tutto. Sono contenta e riconoscente per il vostro sostegno sulle questioni relative al libro e su molto di più, e perché siete parte della mia vita.

Nessun animale è stato maltrattato per la stesura di questo romanzo.

PEFC
PEFC/18-31-226
Certificato PEFC
Questo prodotto è realizzato con materia prima da foreste gestite in maniera sostenibile e da fonti controllate
www.pefc.it

GRAFICA VENETA
GV CARBON NEUTRAL

Questo libro è fabbricato da Grafica Veneta S.p.A.
con un processo di stampa e rilegatura certificato 100% carbon neutral
in accordo con PAS 2060 BSI

Finito di stampare presso Grafica Veneta S.p.A.
Via Malcanton, 2 – Trebaseleghe (PD)
Printed in Italy